L

Laurence Peyrin a
vingt ans. Mère
désormais à trans… …éma à
des élèves de collè… …ages et à l'écriture
qui occupe la plus grande partie de sa vie. Après *La Drôle de vie de Zelda Zonk* (Kero, 2015, Prix Maison de la Presse), Laurence Peyrin redonne vie à ses personnages dans *Hanna* (Kero, 2015). Elle publie ensuite *Miss Cyclone* (2017) puis *L'Aile des vierges* (2018) chez Calmann-Lévy. Son dernier ouvrage, *Ma Chérie*, paraît en 2019 chez le même éditeur.

L'AILE DES VIERGES

DU MEME AUTEUR

CHEZ POCKET

LA DRÔLE DE VIE DE ZELDA ZONK

HANNA

MISS CYCLONE

L'AILE DES VIERGES

LAURENCE PEYRIN

L'AILE DES VIERGES

calmann-lévy

MIXTE
Papier issu de
sources responsables
FSC® C003309

Pocket, une marque d'Univers Poche,
est un éditeur qui s'engage pour la préservation
de l'environnement et qui utilise du papier fabriqué
à partir de bois provenant de forêts gérées
de manière responsable.

ISBN 978-2-266-28979-5
Dépôt légal : mars 2019

À Fabienne, ma sœur, pour tous les Autant en emporte le vent *partagés.*

PROLOGUE

5 avril 2010 – New York

Les marches du musée en bordure de Central Park ne suffisaient pas à contenir la foule brillante et pomponnée. Il avait fallu interrompre la circulation sur quatre ou cinq blocs, et ce n'étaient que klaxons furieux aux carrefours – dans cette ville, il y avait plus de treize mille taxis qu'il ne fallait pas trop agacer.

Celui qui avait déposé Talia avait sifflé entre ses dents :

« Ils nous emmerdent avec leurs expos de riches.

— Ce n'est pas une exposition, c'est l'ouverture d'une galerie », avait rétorqué Talia en sortant son porte-monnaie. Et puis, pensant que le chauffeur, afro-américain comme elle, partagerait sa fierté : « Michelle Obama sera là. C'est pour ça qu'ils ont bloqué le quartier.

— Ah, s'extasia en effet le taxi. Michelle O. ! »

Il eut un silence respectueux pendant que sa passagère comptait sa monnaie. C'était peu dire que l'élection de Barack Obama avait exalté New York – et Harlem, en particulier, pas si loin du musée, au nord du parc. Talia y habitait l'une de ces maisons de grès rouge où l'on partageait ses révoltes et ses enthousiasmes le soir autour d'un thé, assis sur le perron avec ses voisins.

Pour l'instant, c'était l'état de grâce. Après des années de conservatisme, on espérait tant du jeune président.

« Michelle O., répéta le chauffeur. Magnifique, hein, petite sœur ? C'est une expo sur les Obama ?

— Le baptême d'une galerie, rectifia de nouveau Talia en sortant de la voiture. Et non, pas pour les Obama. Pour mes grands-parents. »

Elle lança un clin d'œil souriant au type ébahi et claqua la portière.

La jeune femme se fraya un passage dans l'élégant essaim au pied du bâtiment blanc, tenant sa jupe de cocktail à deux mains pour ne pas se prendre les pieds dedans. Punaise, elle détestait faire la belle, comme ça. Les escarpins, c'était impossible.

Où donc étaient passés son frère et ses cousins, dans cette cohue ? Elle avait accepté d'être la porte-parole de la famille, d'accord, elle savait faire, elle était avocate. Mais à cet instant, elle aurait bien eu besoin qu'on l'épaule.

« Talia ! l'accueillit la chargée de communication du musée, veillant en haut des marches. Je m'inquiétais !

— Le trajet en taxi, Myriam… »

Talia trouvait cette Myriam vertigineuse, avec ses talons, sa longue frange lisse d'un improbable gris bleuté, sa façon de saluer chaque personne croisée par son prénom.

« Venez voir où nous avons finalement installé la visioconférence », dit-elle en fendant les groupes babillant de happy few, de stars pop et de passionnés du musée.

Talia eut un mouvement de recul devant l'écran placé dans le hall.

« Vous savez, Myriam, je ne sais pas si ma grand-mère donnera une conférence. Ce sera sans doute plus court. Un simple discours de remerciements, voyez-vous. »

Myriam eut l'air vaguement contrariée – ce qui se manifesta par un geste furtif sur sa frange. « Bien. Mais je l'ai eue au téléphone et elle me semble en bonne forme. N'est-ce pas ?

— Elle l'est. Et elle est très touchée par l'honneur qui leur est fait, à elle et à mon grand-père.

— Un héros, votre grand-père.

— Malheureusement, je ne l'ai pas connu. Je n'ai pas eu cette chance. »

Mais elle avait la chance d'être la descendante d'un couple mythique. À y penser, elle était parfois saisie d'une fierté pétrifiante. Cet héritage, fallait-il en être digne…

« Venez voir, dit Myriam en la conduisant vers l'entrée de la galerie. Tous deux méritent leur nom ici. Pour leurs engagements. Et les objets symboliques que votre grand-mère nous a fait parvenir. Quel dommage qu'elle ne puisse plus se déplacer. »

Talia posa les yeux sur le voile qui masquait encore la plaque.

Mon Dieu, se dit-elle, enivrée par le murmure hypnotique de la foule qui se rapprochait.

Une simple gravure sur quelques dizaines de centimètres de marbre.

L'histoire d'une vie.

I

Comté du Kent, Angleterre, 1946

1

Si la vie avait obéi à une logique, Maggie Fuller aurait été médecin à Folkestone, figure d'autorité établie dans une maison en brique et silex du front de mer, notoirement qualifiée pour soulager les lumbagos des manutentionnaires du port, prévenir le scorbut des matelots au long cours et traiter leurs maladies vénériennes.

La grand-mère de Maggie, Augusta O'Neill, avait été infirmière et membre de l'Union sociale et politique des femmes. Interpellée avec ses amies suffragettes pour avoir perturbé une réunion du Parti libéral en 1905, elle avait choisi la prison plutôt que de s'acquitter d'une amende. Plus tard, Augusta et ses copines mirent le feu à un terrain de golf et à un club de bridge – domaines de la souveraineté masculine –, firent une grève de la faim, défilèrent dans les rues de Londres et finirent par obtenir un embryon de droit de vote en 1918, sous certaines conditions d'âge et de profession.

La mère de Maggie, Elizabeth O'Neill, avait refusé de porter le nom de son époux, considérant cet usage contraire au principe d'égalité des sexes. En 1928, lorsque la loi définitive sur le suffrage des femmes – toutes les femmes – fut adoptée, elle alla voter en pantalon. Elizabeth exerçait comme sage-femme à l'hôpital, se mêlait de contraception au dispensaire – et sans doute était-elle faiseuse d'anges quand les hommes avaient manqué de responsabilité.

Alors, par atavisme, Maggie Fuller, née O'Neill, n'aurait eu aucun mal à manipuler les lombaires des mécaniciens des ferries ou à panser les plaies des marins pêcheurs – ni aucun scrupule à jeter un œil réprobateur dans leurs caleçons.

Mais, à moins de naître avec une cuillère en argent dans la bouche, la vie n'avait jamais obéi à une quelconque logique – ni morale ni politique, et surtout pas celle d'une femme –, alors que la constance avec laquelle les tuiles vous tombent sur le coin de la figure peut avoir une vraie cohérence : voir la guerre arriver, épouser le mauvais type, tout perdre. Imparable.

C'est cette absence de logique qui conduisait aujourd'hui Maggie Fuller sur le chemin détrempé de Sheperd House, le manoir le plus majestueux du Kent après le château de Leeds, féerie médiévale se mirant dans l'eau lisse à quelques kilomètres au nord.

Ce premier jour d'avril, Maggie Fuller allait commettre l'impensable. À chaque pas, elle se sentait rapetisser, comme dans l'un de ces contes de fées que sa mère répugnait à lui lire – il semblait que, dans la famille, on ait du mal avec Cendrillon et les tâches ménagères en particulier. Et, en général, avec le prince charmant comme aspiration féminine, mais ça, c'était une autre histoire.

À l'instant où elle franchirait les portes de Sheperd House, Maggie la résistante héréditaire s'effacerait jusqu'à devenir un personnage fictif, petit désastre en jupe de bonniche qui récurerait les sols en rêvant d'un monde meilleur.

Et, pour une fois, elle se félicitait de n'avoir plus aucun parent vivant pour attendre le récit coupable qu'elle ferait de cette journée de malheur.

Elle s'arrêta pour souffler et leva les yeux sur le palais où s'écrirait son histoire à elle, Cendrillon d'après-guerre. Ici il n'y avait pas de douve, pas de cygnes blancs et noirs glissant sur le lac comme à Leeds, mais Sheperd House était faite des mêmes pierres canoniques – à tout instant, on avait l'impression que ses façades allaient tomber à genoux et la caillasse dégringoler vers les falaises en contrebas. Même les raids de la Luftwaffe pendant le Blitz de 1941 l'avaient épargnée, les Allemands croyant laisser au salpêtre le travail des bombes. Raté.

Si ses murs affichaient l'héritage vétuste du XVIIe siècle, le château était entretenu avec finesse, comme on restaurerait par petites touches un tableau ancien. L'une des dynasties les plus riches du comté y vivait depuis le règne des Stuart – pour la population révérencieuse du coin, autant dire depuis la période où les diplodocus broutaient dans les arbres.

En plus d'un titre héréditaire, les Lyon-Thorpe devaient leur prospérité à la construction navale. Tirant parti de ce que la mer avait à offrir au sud du Kent et de la révolution industrielle, la famille n'avait pas attendu ses pairs pour faire entrer la gentry dans l'ère moderne. Et l'argent appelant l'argent, la vie à ces hauteurs retrouve une certaine logique, quand on y pense.

Après avoir observé un moment le ballet des mouettes au-dessus des tourelles, Maggie Fuller, elle, se tordait les chevilles dans ses chaussures à 3 pence. Le sol gras, les cailloux glissants, le chemin vers Sheperd House était décidément pavé de mauvaises intentions. Mais nécessité faisait loi, n'est-ce pas ? Et veuvage faisait misère.

Elle s'arrêta de nouveau, les mollets douloureux, et crut voir des meurtrières percer les tourelles, des pointes de hallebardes pointées sur elle – déjà l'édifice enveloppé de brume se jouait de son féminisme avorté. Dans sa nuque, la bruine démolissait sournoisement la masse travaillée du chignon dépassant de son chapeau. Elle aurait dû se faire couper les cheveux pour faire meilleure impression, mais elle n'avait plus un sou. Et puis cette coquetterie n'aurait masqué qu'un sacrifice supplémentaire.

Le sud du Kent, jardin de l'Angleterre, avec ses vergers et ses houblonnières, était d'ordinaire la région la plus ensoleillée du royaume ; aujourd'hui, Maggie voyait le ciel d'un gris ferreux s'abattre sur elle, comme un couvercle sur un faitout. Un vent loyal à son ascendance la repoussait à chaque pas vers les falaises d'argile qui tombaient tout droit dans la Manche. Deux pas en avant, un pas en arrière. Son horizon rétrécissait.

Maggie Fuller, piètre descendante d'Augusta et Elizabeth O'Neill, avait vingt-six ans depuis deux jours, elle était en pleine santé, beaucoup plus robuste que ses chevilles et ses poignets fins ne le laissaient penser, et elle avait l'esprit vif – parfois incisif.

Mais, devant cette porte en bois massif ornée des armoiries bêcheuses des Lyon-Thorpe – un lion, qui l'eût cru ? ironisa-t-elle *in petto* –, elle ne s'était jamais sentie aussi proche de sa propre mort.

« À Sheperd House, nous avons conservé le fonctionnement edwardien. Pour une maison de cette taille, c'est beaucoup plus adapté. »

En tant que gouvernante, Bertha Stanfield échappait à l'uniforme, mais son austère tenue de ville semblait tout de même vouloir la tenir à sa place – très en dessous de la maîtresse de maison. Chemisier blanc à col rigide, gilet gris, jupe au mollet, malgré toute son autorité sur le petit personnel on ne risquait pas de la confondre avec Lady Philippa Lyon-Thorpe, dont le portrait emplumé, enrubanné, doré sur tranche, était posé sur la console juste à côté d'elle, comme un rappel à sa condition.

« Lady Philippa vous recevra si nous nous entendons, dit Bertha, surprenant le coup d'œil de Maggie. Ce dont je ne doute pas. Vous nous avez été recommandée par le Dr Heady, et Lady Philippa accorde beaucoup de crédit au Dr Heady. Il a mis au monde ses trois enfants. Du thé ? »

Maggie opina, observant cette femme massive et sans âge s'appliquer à donner un peu de grâce à ses gestes au-dessus du plateau en argent. *Un fonctionnement edwardien*. Elle était censée savoir ce que cela signifiait, aussi elle se retint de poser la question. De toute façon, il ne pouvait s'agir que d'un rapport de domination, une échelle de pouvoirs savamment saupoudrés pour que ça ne sente pas trop l'esclavage moderne.

« Le poste de femme de chambre ne demande pas de compétence particulière, sourit poliment Bertha

Stanfield en lui tendant sa tasse. Il s'agit ni plus ni moins de faire ici ce que toute femme se doit de faire chez elle. Nous connaissons toutes parfaitement notre rôle, n'est-ce pas Mrs Fuller ? »

La jolie tasse en porcelaine trembla dangereusement dans la main de Maggie, une boule se coinça dans sa gorge. Bon sang, elle n'aurait jamais cru que la complicité féminine puisse être aussi écœurante. À cet instant précis, elle ne savait plus ce qui la retenait d'aller vendre ses charmes sur le port plutôt que de vider des pots de chambre en glorifiant le travail bien fait. Peut-être aurait-elle exercé davantage de pouvoir sur les marins qu'elle ne subirait d'aplatissement dans ce gynécée de domestiques. D'ailleurs, y avait-il encore des pots de chambre dans cet endroit antédiluvien ? C'était bien possible.

« Vous serez en charge des appartements de Lady Philippa, poursuivit Bertha Stanfield. Sa chambre, son petit salon et son bureau. Petit déjeuner à 9 heures, thé à 5 heures, Katherine vous expliquera tout cela.

— Katherine ?

— Katherine est femme de chambre de Lady Philippa, elle aussi. »

Bon Dieu, se dit Maggie, cette femme avait deux employées rien que pour faire son lit et ouvrir ses rideaux le matin. *Et servir le thé. Me voilà bien*. La simple perspective de porter un plateau couvert de tasses, de soucoupes, de pots à lait et d'eau bouillante sans rien casser lui posait déjà problème.

Mais à quoi s'attendait-elle, lorsque le Dr Heady l'avait pressée de se présenter ? À se contenter de plier des draps au carré et de tapoter quelques coussins pour mériter un toit sur la tête et une assiette remplie ?

Elle observa un moment la gouvernante discourir sans plus rien entendre de ce qu'elle disait. Bertha Stanfield s'était perdue dans une digression généalogique – « Les trois enfants sont au pensionnat. Sir Charles a dix-huit ans, il est à Eton. Alice et Victoria sont à Exeter… Sir Albert, le grand-père de Sir John… » –, une litanie de Sirs et de Ladies, de prénoms qui revenaient deux ou trois fois, et lorsqu'on en fut à la grand-tante ou elle ne savait qui du côté de Madame, Maggie commença à craindre qu'ils n'habitent tous ici. Un vrai bazar familial.

« À ce sujet, s'interrompit la gouvernante, nous n'utilisons pas les diminutifs, ni les surnoms. Je parle du personnel, évidemment. Ce serait faire preuve d'une familiarité… inadaptée à Sheperd House. »

Sortant d'une léthargie brumeuse, Maggie ouvrit des yeux ronds. De quoi parlait cette grosse femme devant elle ?

« Vous vous faites appeler… Maggie, poursuivit Bertha Stanfield après un rapide coup d'œil à sa fiche. Maggie est le diminutif de Margaret, n'est-ce pas ? »

Elle attendit, les sourcils perchés si haut qu'ils touchaient la racine de ses cheveux gris. *Qu'est-ce que… ?* Maggie reprit ses esprits.

« Euh, non. Martha.

— Vraiment ? C'est peu commun. Usuellement, Maggie est employé pour Margaret. »

Maggie se mordit l'intérieur de la joue. Elle avait l'impression que son cerveau faisait de petites bulles sous son crâne. Sérieusement ? Fallait-il s'excuser ?

« Moi, c'est Martha, grinça-t-elle.

— Vraiment ? répéta la gouvernante. Bien, bien. (Elle sembla un bref instant déroutée.) Nous avons déjà eu une Martha en cuisine, qui est partie à la retraite l'année dernière... Cela risquerait de désorienter le personnel... »

La gouvernante jeta un œil sur le portrait de Lady Philippa comme si elle y cherchait une approbation, puis se retourna vers Maggie avec le sourire allègre de quelqu'un s'apprêtant à commettre une transgression très osée.

« Eh bien, conservons Maggie, après tout ! »

Quelle modernité ! Quelle folie ! Maggie grimaça quelque chose qui ressemblait à un sourire mi-complice mi-reconnaissant, alors qu'en elle les derniers vestiges de dignité s'effondraient. Elle pensa à sa mère répétant à l'assesseur du bureau de vote de Folkestone : « Je m'appelle O'Neill, monsieur. Faulkner est le nom de mon époux, pas le mien. » Elizabeth campant sur ses positions et son patronyme, informant le pauvre homme dépassé par tant de fougue féministe que prendre le nom de son mari n'était qu'une tradition obsolète et pas une obligation légale.

Et voilà qu'à Maggie on faisait l'aumône de son prénom.

Bertha Stanfield s'était éclipsée, la laissant comme atrophiée sur sa chaise capitonnée.

Le mobilier paraissait aussi obéir à ce fameux fonctionnement edwardien au sein duquel la rigidité des apparences prévalait sur le bien-être de chacun. La bergère sur laquelle était assise Maggie semblait confortable, mais le dossier était aussi raide qu'un tuteur de rosier. Le petit salon de style néo-baroque était planté de meubles en bambou et rotin couverts de chintz aux motifs végétaux, les commodes et guéridons surchargés de compositions florales et de cadres photo.

L'ensemble, d'une dominante bleu lilas, jaune vert et gris, était plutôt lumineux, féminin. Seule la cheminée massive, d'un noir laqué, déployait un manteau sombre.

Sous les tableaux accrochés les uns au-dessus des autres jusqu'au plafond – des portraits minuscules encadrés de dorures plus larges que la toile elle-même, une immense marine où les éléments se déchaînaient sur de pauvres petits bateaux et des fleurs, encore des fleurs –, les murs étaient d'un blanc crémeux, signe que la suie n'était plus une préoccupation. Maggie en conclut que la fée électricité s'était penchée sur ce caveau séculaire depuis belle lurette. Avec un peu de chance, il y avait même le tout-à-l'égout. Perdue dans ce monde fantastique, elle ne se rendait même pas compte de la naïveté de son raisonnement : on était en 1946, plus personne dans les maisons de classe moyenne à Folkestone ne s'éclairait à la bougie ni ne pissait dans un pot, pourquoi en aurait-il été autrement chez les rupins de Sheperd House ?

Tout à fait immobile mais les narines frémissantes, elle en était à tenter de définir le parfum qui flottait dans la pièce – du muguet et des roses, puisque les vases en étaient remplis, mais aussi l'odeur miellée de l'encaustique… – quand Lady Philippa Lyon-Thorpe entra dans son champ de vision, une apparition de soie vert amande, de porcelaine rose et de noir de jais.

Maggie se leva illico et saisit la main qu'on lui tendait. Cette femme était une princesse de cinéma, même toute la mauvaise foi roturière du monde n'aurait su dire le contraire. Une beauté lustrée au gant de satin, des yeux de tourmaline et un grain de peau aussi fin que de la poudre de fée. L'entrevue fut brève, Madame n'avait pas vocation à poser son noble fessier pour discuter le bout de gras avec la plèbe. On ne pouvait pas lui en vouloir : après toutes ces années à travailler à la conserverie, Maggie sentait encore probablement le poisson.

Par réflexe, elle cacha ses mains derrière son dos et observa les lèvres carmin lui signifier son embauche, puis s'enquérir de la santé du Dr Heady.

« Il va bien, s'entendit-elle répondre. Il est âgé mais c'est un homme robuste.

— Oh, magnifique », répliqua son hôtesse, souriante. Puis, passant joliment ses longs doigts dans l'onde de cheveux noirs qui affleurait ses épaules, elle posa *la* question, d'un air contrit : « Ainsi vous êtes veuve ?

— Oui, Madame.

— Seigneur, cette guerre nous a tellement pris… Mon époux volait jusqu'à Dieppe pour livrer des armes à la Résistance française, j'étais si inquiète. (Elle eut un geste léger de la main comme pour chasser ses angoisses.) Mais nous avons eu la chance qu'il revienne toujours. »

Oui mais non, mon mari, lui… voulut rectifier Maggie. Mais elle se demanda si le Dr Heady avait bien tout raconté au sujet de Will. Sans doute s'était-il contenté du minimum. Alors elle se tut.

Ainsi, quand Lady Philippa sortit aussi furtivement qu'elle était entrée, un sourire bienveillant sur ses lèvres parfaites, que Bertha Stanfield la reconduisit gentiment jusqu'à la porte, à un vol de mouette de la falaise, elle prit conscience qu'à leurs yeux compatissants elle était veuve de guerre – ce qui n'était pourtant pas plus honorable que la réalité.

Oh, ce n'était pas un mensonge, n'est-ce pas ? Juste une interprétation.

2

Le jour où Will était mort, Maggie avait ressenti un soulagement infini – ce sentiment coupable libérait d'un coup toutes les petites respirations qu'elle s'était économisées depuis six ans.

Will était là, dans son fauteuil près du poste de radio, la tête penchée, la bouche légèrement ouverte. La BBC diffusait les *Variations Enigma* d'Edgar Elgar, ce qui allait très bien à la scène. Le vrai Will avait disparu depuis bien longtemps, mais son corps, que Maggie avait soigné, auprès duquel elle avait dormi, s'était trop attardé. Ce qui avait été charnel n'était plus que l'allégorie de la plus vieille *Enigma* du monde : qu'est-ce que l'âme, d'où vient-elle, et où disparaît-elle ?

Ce soir-là, en rentrant de la conserverie, Maggie avait ôté son manteau, son chapeau, pris le temps de débarrasser une fois de plus ses mains de l'odeur tenace du poisson, puis avait tiré une chaise près de son mari mort, allumant une cigarette pour réchauffer ses doigts gourds. Et elle était restée assise là, dans la nuit hivernale qui tombait trop tôt. Le feu dans la cheminée était éteint, les cendres froides exhalaient une odeur de résine, Will avait dû mourir à midi, peu après son départ.

Maggie avait étudié son visage, le miraculeux apaisement de ses traits, pour voir si elle reconnaissait enfin quelque chose du Will dont elle avait été amoureuse. Mais c'était impossible, il était si marqué, il avait tant maigri, ses cheveux s'étaient raréfiés. Le Will d'avant-guerre, lui, avait les joues pleines, le sourire oblique, et une mèche blonde qui lui tombait sur le front.

Elle se souvenait du duvet doré qui courait sur ses bras bronzés, les manches de sa combinaison de mécano retroussées aux coudes – comment ces bras la tiraient sur le ponton du chaland rouillé, échoué dans le cimetière de bateaux, leur sanctuaire. Elle se souvenait de leurs jambes ballant de concert au-dessus des hautes herbes, tandis qu'ils s'inventaient des histoires sur les épaves jonchant la terre limoneuse comme dans une tempête en haute mer. Elle se souvenait de leurs mains jointes sur le bastingage, le mazout qui laissait ses traces sous les ongles de Will.

« Will, souviens-toi de *La Merveilleuse*... »

La Merveilleuse, c'était une goélette de douze mètres à peine, couchée sur le côté, dont le grand mât brisé en deux s'était planté dans l'herbe, curieux arbre sans feuilles. Will voulait la retaper, puis ils partiraient en Amérique, vers le sud, en Floride. Ils pourraient habiter sur le bateau, là-bas il y avait du soleil toute l'année. Ils avaient des projets, tous les deux, et même la guerre qui s'annonçait ne leur faisait pas peur. C'était pour les autres, la guerre, la colère, le malheur, tout.

Et puis un jour, Will était tombé et s'était brisé les os. Il ne travaillait même pas, ce jour-là, alors que son métier – réparer les machines qui propulsaient les ferries – était parfois dangereux, et qu'il aurait pu mourir dans l'explosion d'une chaufferie. Non, il était sur le toit de la petite maison de Mrs Peecott, qui lui louait une chambre en attendant qu'il renfloue leur vaisseau fantôme et qu'il épouse Maggie – elle avait dit oui, mille fois oui, même si, elle le savait bien, sa mère espérait que ça lui passe. Ce jour-là, il pleuvait, le toit fuyait, et cette vieille bique de Mrs Peecott y avait envoyé Will, il avait bougé quelques tuiles puis il avait glissé.

Il était tombé, fin de l'histoire.

Ou plutôt le début d'une autre.

« N'épouse pas ce garçon, tu ne vivras plus », avait supplié Elizabeth O'Neill, mais Maggie savait que sa mère ne comprenait rien à l'amour, elle qui avait quitté son père, et encore deux maris après lui. Au-delà d'un don de soi, épouser Will, c'était lui rendre l'espoir. Alors elle l'avait fait, elle debout, lui couché, à l'hôpital.

Elle avait même pris son nom.

Mais bien sûr, le Will de *La Merveilleuse* était mort ce jour de 1939. À sa place, restait un grabataire de vingt-trois ans, un corps en déshérence dont il fallait tirer un miracle.

Au côté de sa jeune femme, Will avait fini par marcher, fantôme appuyé sur deux cannes. La victoire était amère, car tous les deux savaient qu'elle serait unique, qu'il n'y aurait plus de combat à mener. Will ne s'habillerait jamais seul, ne sauterait plus jamais sur le ponton des bateaux, ne travaillerait plus. Pour ajouter un peu d'argent à la maigre pension d'invalidité, Maggie irait quatre heures par jour vider harengs et maquereaux à la conserverie du port, dans l'équipe de l'après-midi, faisant le deuil de ses études de médecine, les mains dans les entrailles visqueuses des poissons.

Elle n'avait jamais demandé d'aide à sa mère, qui était partie pour Londres, comme par principe. Et le 7 septembre 1940, lorsqu'une armada de trois cent vingt bombardiers et six cents chasseurs allemands avait bombardé la capitale, Elizabeth O'Neill avait disparu sous les décombres du cabinet médical de l'East End où elle travaillait.

Il n'y avait donc de cohérence que dans la tragédie, un drame en amenant un autre.

Le jour où Will était mort, Maggie avait fini par aller chercher le Dr Heady, au dispensaire où elle aurait dû faire son internat. Le mentor de sa mère avait posé sur elle ce regard qui disait tout – les regrets, les années perdues, et ce *Tu vois bien que ça n'en valait pas la peine* qui ne demandait qu'à sortir.

Mais au lieu d'un sermon sur le passé, il s'était inquiété de son avenir. Maggie était loin des quarante-cinq ans qui donnaient droit à une indemnité de veuvage. Vider des poissons ne lui assurerait pas de toit décent sur la tête.

Alors, par chance, il y avait cette place à Sheperd House. Un bel endroit, vraiment, des gens bien, et une chambre, la nourriture dont elle n'aurait pas à se soucier.

De Will, Maggie n'avait gardé qu'une photo. Debout au milieu du cimetière de bateaux, une main sur la hanche, l'autre sur le flanc de *La Merveilleuse*. C'était avant qu'il soit blessé, avant qu'il soit triste, avant qu'il soit méchant. Elle aimait le voir debout. Ce fut la dernière chose qu'elle glissa dans son sac, avant de partir s'installer dans une chambre de bonne.

3

Sur le mur de brique de l'office, des clignotants électriques avaient remplacé les clochettes sous les plaques de laiton gravées au nom des pièces du manoir : *Petit salon*, *Salon Vert*, *Chambre de Madame*...

Cette géographie des urgences aristocratiques – thé brûlant à servir au salon, bouton en souffrance à recoudre dans le dressing – rappela ironiquement à Maggie les moments privilégiés où elle faisait des parties de Monopoly avec sa mère. Elizabeth lui avait expliqué que c'était une femme qui avait inventé ce jeu de société, et qu'elle portait d'ailleurs le même prénom qu'elle. À travers cette distraction, l'Américaine Elizabeth Magie comptait dénoncer l'oppression des rentiers sur les locataires – c'était en 1904, mais le mur du réfectoire de Sheperd House, version 1946, aurait fait un formidable tapis de jeu.

Il y avait du monde, dans cette pièce aveugle du sous-sol, à 6 h 30 du matin, une douzaine de personnes. Osant à peine lever les yeux de son bol de porridge, Maggie compta bien plus de femmes que d'hommes. Dans les caves de la noblesse britannique, la suprématie masculine ne semblait être qu'une vue de l'esprit, mais elle doutait que ce soit une bonne nouvelle.

Les conversations étaient traînantes, le tintement des cuillères et le fracas des assiettes sur la desserte en aluminium arrachaient des grimaces exaspérées à la domesticité mal réveillée. En majesté, Bertha Stanfield s'était levée pour allumer la radio, comme un curé galvanisant ses ouailles. Le *boogie woogie* des Andrews Sisters sembla dégourdir les esprits, les gestes se firent plus vifs, les bavardages plus animés.

Maggie releva la tête sur ses deux voisines de table, reprenant leur débat là où elles l'avaient laissé, dans l'escalier descendant des combles au sous-sol, avant de s'installer devant leur petit déjeuner.

« Le fonctionnement edwardien, ça date de Mathusalem, ma pauvre, dit l'une.

— Ne remonte pas si loin, Kitty, dit l'autre. Edward VII suffira. Et arrête avec le sucre. »

Maggie posa sa tasse de thé sur sa soucoupe assortie – des fleurs bleues sur de la porcelaine blanche, toujours des fleurs –, observant ses deux nouvelles collègues se disputer la sucrière en même temps que la définition de leur condition.

La plus âgée, Annie, semblait ne pas avoir vu le soleil depuis son entrée à Sheperd House, seize ans auparavant. Sa peau laiteuse, ses lèvres fines et son casque de cheveux roux parfaitement crantés la faisaient ressembler à un biscuit céramique. L'un de ses sourcils épilés à l'ancienne était plus haut que l'autre et les mots paraissaient littéralement tomber de sa bouche, ce qui lui donnait un air un peu snob.

Annie ne s'embarrassait guère des préceptes

patronymiques de leur gouvernante, puisqu'elle donnait allègrement du « Kitty » à sa cadette : « Kitty, tu sais bien ce que ça te fait, quand tu manges trop de sucre ! (Annie regarda Maggie, sourcil au zénith.) À 8 heures, mademoiselle fait des bouffées de chaleur, et hop, plus personne.

— C'est pas grave, intervint la petite, juste de la… Euh…

— Glycémie-je-sais-pas-quoi. C'est ce qu'a dit Madame, alors arrête. »

Katherine alias Kitty, la fameuse femme de chambre de Lady Philippa dont Maggie devrait tirer tous les enseignements, paraissait beaucoup plus jeune qu'elle. Elle semblait toujours chercher des mots au-delà des frontières de son vocabulaire. À vrai dire, elle ressemblait à une gamine de huit ans, se dit Maggie, mortifiée. Kitty était haute comme un coin de table et aussi maigre qu'un bâton de chaise. À l'heure du petit déjeuner, ses cheveux blonds étaient entortillés en une natte plus grosse que son bras, mais avant de prendre son service elle les remonterait en chignon sur le sommet de sa tête – avec la charlotte en guipure blanche, elle gagnerait quelques centimètres. Maggie se demandait comment on pouvait être aussi rachitique et avoir autant de cheveux.

« La grosse Bertha se donne des airs, avec son fonctionnement edwardien, dit Annie la Rousse. Elle se rêve à Buckingham Palace. (Elle coula un œil oblique vers Bertha Stanfield qui trônait en bout de table.) Ne te fie pas à son sourire avenant, elle a juste voulu te dire que c'est elle qui commande, et que nous autres on est de la piétaille. Les femmes de chambre comme les servantes de salon. Il n'y a que McMillan qui échappe à son contrôle.

— Mary McMillan, renchérit Kitty. Tu risques pas de la voir à cette table. C'est comme qui dirait la dame de compagnie de Lady Philippa. On ne l'entend jamais dire un mot mais elle crâne parce que c'est elle qui choisit les vêtements de Madame. Sa chambre est juste à côté de la sienne. Pas comme nous autres, dans les combles. »

Maggie hocha la tête, mordant dans un petit pain tartiné de gelée d'oranges amères. C'était bon. Et franchement, sa chambre sous les toits n'était pas si mal. Pas très grande, mais lumineuse. « Tu as de la chance, tu as une fenêtre, avait commenté Kitty en l'installant la veille au soir. Depuis qu'ils ont monté des cloisons pour faire des chambres euh… individuelles, c'est pas le cas de tout le monde. Mais il fallait choisir entre les fenêtres et euh… l'intimité, alors… Pour le temps qu'on y passe. »

Ces accommodements faisaient partie de l'effort général consenti par la noblesse et la gentry pour sauver leur style de vie. Depuis l'âge d'or edwardien, le vent de la modernité avait dangereusement soufflé sur leur monde en équilibre. D'autres postes s'étaient créés – on engageait des secrétaires, des vendeuses, des ouvrières, pour des salaires supérieurs aux gages des femmes de chambre. Alors, il n'était plus question de dortoirs mal chauffés ni de bassinets pour des jeunes filles qui touchaient à leur émancipation. Dans les combles, les Lyon-Thorpe avaient fait installer deux salles d'eau qu'on pouvait verrouiller. Et, ô Seigneur, le tout-à-l'égout desservait même le dernier étage.

« Ils sont tout ce qu'il y a de plus évolué, pour des aristos, confirma Annie. Si la chaudière tombe en panne, quelqu'un vient la réparer dans la journée.

— Ils sont gentils, opina Kitty.

— Oui, oh, gentils… Pippa-ma-chère a tendance à te regarder comme un insecte, et dans ses mauvais jours elle est capable de piquer des crises pour un thé tiède ou une ampoule allumée… (Maggie l'interrogea du regard.) Pippa-ma-chère, c'est comme ça que Monsieur appelle Madame. Toutes les snobinardes du comté aussi. Bon, sinon les trois gamins sont mal embouchés, la plus petite, Victoria, mériterait des claques plus souvent qu'à son tour. Heureusement, ils ne sont pas souvent là. Et Sir John est un dédaigneux.

— Un quoi ? demanda Kitty, éberluée.

— Un dédaigneux. Un type qui nous prend pour quantité négligeable.

— Tu exagères, Annie, protesta Kitty. Il est juste euh… énigmatique. »

Annie toisa sa cadette d'un sourcil supérieur, l'ironie au coin des lèvres.

« Énigmatique ? Regardez-moi cette dinde qui en pince pour le maître ! Méfie-toi, ça n'a jamais réussi à personne…

— C'est des bêtises. »

Maggie sourit au-dessus de sa tasse brûlante – finalement, l'expérience pourrait se révéler drôle. C'est bien ainsi qu'il lui faudrait voir les choses pour garder un peu d'estime d'elle-même, n'est-ce pas – comme une sorte d'étude anthropologique… Non ? Non. Elle pinça les lèvres, effrayée par ce mépris souterrain qui remontait à la surface. Qu'avait-elle de mieux que tous les autres, là, autour de cette table ? En déplaçant sa soucoupe sur le bois massif, elle vit l'usure irrégulière du vernis, les différentes strates, les minuscules encoches qui lui donnaient son relief, comme un territoire habité sur lequel elle débarquait en évangéliste. Toutes ces vies avant, autour.

« Pardon ? » dit-elle. Annie la Rousse lui chuchotait quelque chose d'un air entendu, mais elle s'était déconnectée.

« Je disais que malgré leur mauvais caractère, c'est pas chez les maîtres que tu trouveras des ennemis, mais plutôt autour de cette table. » À son côté, Kitty la maigrichonne opina vigoureusement, l'œil féroce.

Maggie fit un panoramique sur son nouvel horizon, sous les commentaires éclairés des deux femmes de chambre.

« Avec les cheveux blancs, c'est le majordome Bernard, chuchota Annie, il est là depuis…

— Mathusalem, rigola Kitty.

— … trois générations, il ne sourit pas beaucoup mais il n'est pas méchant. Mary, qui vient de sortir, c'est la cuisinière. On ne dirait pas, vu qu'elle est maigre comme un clou… Mais ceci explique cela, elle ne goûte jamais rien, il faut rajouter du sel partout.

— Et du sucre, intervint Kitty.

— Pippa-ma-chère mange sans sel, sans sauce, sans beurre, à croire qu'il faudrait qu'on soit tous au régime comme elle… Plus loin à ta droite c'est Jane, qui travaille aux salons, avec moi. Elle pipe jamais un mot, c'est les pompes funèbres, je te jure… Là-bas, la rousse comme moi, c'est Mildred, la lingère. (Annie grimaça.) Mais elle se teint les cheveux, elle. Les deux gamines qui brassent de l'air, j'oublie toujours leur nom, c'est l'aide cuisinière et la bonne à tout faire. En général, elles restent pas longtemps.

— Parle-lui de Baptiste, suggéra Kitty, tout excitée.

— Oui, Baptiste… (Annie eut un sourire sibyllin.) Il n'est pas ici, Baptiste, il a sa chambre dans les étages, comme McMillan…

— C'est le valet de Sir John, chuchota Kitty qui ne se tenait plus sur sa chaise. Et…

— C'est un Nègre, lâcha Annie, lui coupant son effet. Feu le baronnet, le père de Sir John, l'a ramené d'Afrique dans les années 1930. Tu verrais ça, un géant noir comme du charbon. Impossible de le rater. Sauf la nuit, on ne peut pas voir du noir sur du noir, pas vrai ? Bouh ! La trouille. »

Elle roula des yeux, gonflant ses joues comme une baudruche. Impassible, Maggie regarda ses deux collègues se gondoler sur leur chaise. C'était certainement hilarant pour une arrière-cuisine britannique oubliée par le temps, mais, en ce qui la concernait, sa mère l'avait trop renseignée sur l'arrogance humaine et la morgue des empires coloniaux pour qu'elle prenne la blague au second degré.

Annie la Rousse se calma, décontenancée par sa froideur, et poursuivit en s'essuyant les yeux avec sa serviette en coton aussi blanc qu'elle.

« Bon, le gros et le maigre là-bas, Colin et Steven, valets de pied, toujours ensemble comme Laurel et Hardy, mais beaucoup moins drôles, crois-moi. Encore des vieux, ici tu ne trouveras pas de fringant jeune homme. La guerre, pauvres de nous… (Elle secoua la tête.) C'est pas pour rien qu'on surnomme les combles "l'Aile des vierges". Tu le savais ?

— L'Aile des vierges ? Non.

— À l'origine à Sheperd House, le couloir des hommes fermait de l'extérieur. C'était la gouvernante qui s'en chargeait, comme on parque les lions au Barnum, tu vois. Hélas, maintenant ça ne craint plus rien. Ici tu peux dire adieu à ta vie amoureuse. Une vraie misère.

— Personne n'est marié ? s'étonna Maggie.

— Si, Colin et moi », fit Annie, placide.

Au chant du coq, personne n'était coiffé ni vraiment habillé, à l'exception d'Annie, de Bertha Stanfield et du vieux majordome dont elle avait déjà oublié le nom. Les chemises n'étaient pas encore boutonnées jusqu'au gosier, les bretelles étaient mal ajustées, comme si chacun s'accordait un peu d'air, un peu d'amplitude, avant de corseter ses bonnes manières. Maggie contempla cet ensemble disparate de têtes hirsutes. À la radio, le *boogie woogie* des Andrews Sisters s'était effacé sous les accents pompeux d'une ode d'Henry Purcell annonçant la fin du petit déjeuner.

Elle eut la certitude qu'ici, personne ne l'apprécierait, et qu'elle entamait aujourd'hui une carrière d'emmerdeuse de bout de table.

4

La première journée fut longue, mais creuse.

Maggie avait songé à tenir un journal, pour s'occuper le soir dans sa chambre, après le service. Pour le moment, elle n'aurait su quoi écrire d'édifiant. Sinon que le lit de Lady Philippa était comme un luxueux traîneau, avec son bord supérieur incurvé et ses plaids en fourrure jetés en travers – c'était vraiment un truc de riche, puisque le printemps dispensait déjà une douceur appréciable.

Que Madame était pareille à une comète, sortant d'une pièce, traversant un couloir, disparaissant derrière une porte, comme si ses pieds ne touchaient pas le sol. « Elle est préoccupée par le dîner de mai, lui avait soufflé Kitty. Un événement dans le comté, tu verras ça… Il y aura même le duc de Kent. » Certes, mais fallait-il pour autant que la maîtresse des lieux passe son temps à visiter sa propre maison comme si elle hésitait à l'acheter ?

Elle-même n'avait touché à rien, Kitty la demi-portion le lui avait interdit. Maggie l'avait suivie partout comme une ouvrière en formation, la regardant tapoter le matelas et dépoussiérer des meubles déjà impeccables, l'esprit ailleurs. Tout de même, elle aurait bien aimé toucher la fourrure, juste pour voir ce que ça faisait.

Maggie n'enregistrait rien de ce qu'elle voyait. Les tentures, les tapis, les dorures partout, cette déferlante de luxe entravait son système de pensée, grippant son sens critique. Elle qui avait vécu dans un deux-pièces fonctionnel, où le lit, une baignoire sabot et toute une batterie de cuvettes occupaient la plus grande place, ne savait plus ce qui était beau ou pas, dans cette débauche de détails.

Quant aux humains, ils se croisaient sans un bruit ni un regard. Elle avait aperçu le fameux Baptiste au bout d'un couloir – effectivement, on ne pouvait pas le rater.

Deux dames gantées et chapeautées avaient débarqué d'une Bentley en poussant des cris pointus – *Pippa-ma-chère !* – et Jane la serveuse de salon avait accouru avec un plateau en argent couvert de porcelaine et de petits gâteaux – l'un était tombé dans l'escalier de service, le vieux majordome, qui semblait être partout à la fois, l'avait ramassé sans un mot.

Annie la Rousse s'était plainte que Sir John ait emboué avec ses bottes d'écurie le hall d'entrée fraîchement lavé.

Voilà pour les événements.

Kitty et elle étaient redescendues à l'office grignoter un sandwich et des pickles en début d'après-midi. En passant devant les petites fenêtres de la tourelle où se tortillait l'escalier en colimaçon, Maggie avait aperçu l'herbe couchée par le vent printanier, et plus loin le labyrinthe de mille cinq cents ifs communs, fierté du domaine, sur lequel donnait aussi sa chambre. Elle aurait voulu sortir, s'allonger sur le doux tapis de verdure, offrir son visage au soleil.

Il lui faudrait s'accorder ce temps-là, que cela plaise ou non à la communauté.

D'ailleurs, elle avait sauté le repas du soir, pris en collectivité au réfectoire. Son estomac le lui reprochait, mais elle avait besoin d'être seule.

Elle profita que l'Aile des vierges était déserte pour s'accorder une longue douche dans la salle d'eau spartiate, s'enroula dans le peignoir miteux qu'elle avait sorti de sa maigre valise, en même temps que les deux robes dont elle n'aurait pas besoin. Elle les rangea dans sa petite penderie, veillant à les accrocher à l'opposé de ses uniformes, la rangée de cintres vides entre les imprimés fleuris et les robes de coton bleu avec leurs tabliers à bavette établissant une zone grise entre les deux mondes. Pour le moment, c'est là que Maggie se situait.

Puis, pieds nus sur le parquet grinçant, elle fit le tour de la pièce, prenant sa mesure. Dix pas dans un sens, six dans l'autre. Un lit étroit recouvert de draps blancs, et d'une couverture marine, comme à l'hôpital où Will avait passé tant de mois. Une table de chevet où trônait une lampe à pétrole à la mèche fanée, un petit bureau flanqué d'une chaise en paille, la penderie qui occupait la moitié d'un mur. C'était minuscule, mais Maggie n'avait pas eu autant d'espace pour elle seule depuis qu'elle avait quitté sa mère.

Si elle se prenait au jeu, elle en ferait un petit paradis. Avec ses premiers gages, elle irait acheter un couvre-lit en patchwork à la mercerie de Folkestone, et elle dénicherait un pot quelque part pour y mettre des fleurs – il y avait des roses et du jasmin partout dans cette maison, pourquoi pas dans les combles.

Elle entortilla ses longs cheveux blond foncé dans une serviette pour terminer de les sécher, et décrocha le crucifix qu'une âme soucieuse du salut de la domesticité avait fixé au-dessus du lit. Le remplaça sans vergogne par un miroir tacheté trouvé dans le tiroir de la table de chevet, et s'immobilisa devant son reflet piqueté de noir par les failles de l'aluminure. La lumière vespérale donnait à ses yeux verts un éclat particulier, sa peau était si pâle qu'elle croyait faire face à une âme en vadrouille. Elle ne s'était pas regardée depuis si longtemps qu'elle fut stupéfaite de ne pas retrouver la jeune fille aux traits doux, aux joues roses, qui tenait la main de son amoureux sur le bastingage des rafiots endormis, là-bas au cimetière de bateaux.

Will, qu'as-tu fait de moi…

Un coup léger à la porte la sortit de sa mélancolie. « Tiens », dit Kitty, la bouche pleine. Reconnaissante, Maggie prit le plateau qu'elle lui tendait, articula un merci alors que l'autre avait déjà tourné les talons.

Des carottes, des petits pois, une belle tranche de viande, un bol de consommé au poulet, du pain, un verre de vin rouge. Et, emballée dans une serviette, une grosse part de gâteau aux raisins. Affamée, Maggie se dit qu'elle se ferait peut-être à cette vie. Peut-être.

Elle posa le plateau sur son lit avec un contentement enfantin, et avant de s'installer pour manger tranquillement, sortit de son sac la première touche qui ferait de cet endroit son chez-elle – un livre, *La Ferme africaine* de Karen Blixen, qu'elle posa à son chevet, près de la photo de Will.

5

« Alors, Maggie, avez-vous pris vos marques ? »

Dans le miroir de la coiffeuse, le reflet de Pippa-ma-chère l'observait de ses yeux violets. *Au moins, elle se souvient de mon nom*, se dit Maggie, s'interrompant dans sa tâche. Kitty l'avait laissée seule ce matin. La gringalette avait été réquisitionnée pour l'inventaire de l'argenterie, puisqu'elle était la seule à pouvoir entrer dans le cagibi aux merveilles sans rien casser – il y avait là-dedans du cristal de Bohême, de la porcelaine anglaise et de la faïence antique, Kitty n'en avait pas dormi de la nuit.

« Oui, Madame, répondit Maggie, les mains sagement jointes sur son tablier.

— Votre chambre vous convient-elle ?

— Elle est parfaite, Madame.

— J'en suis heureuse. »

Dites donc, tant d'honneur pour une femme de chambre, songea Maggie. Était-ce son âge respectable (à vingt-six ans, on n'est plus un perdreau de l'année, n'est-ce pas) ajouté à un veuvage de guerre apocryphe qui lui valaient ces égards ?

« Pour le dîner de mai, nous aurons besoin de toutes

les énergies, poursuivit Lady Philippa. Vous verrez avec Mrs Stanfield comment préparer Sheperd House.

— Bien, Madame. »

La conversation semblant terminée, Maggie reprit le coussin en damas qu'elle avait pour exaltant projet de tapoter avant de le reposer harmonieusement sur la méridienne du boudoir. *Bien Madame, oui Madame*, se singea-t-elle intérieurement. Quelle catastrophe. En seulement cinq jours elle était devenue la honte du gynécée O'Neill. Merde alors.

« Mary, ôtez cette épingle, c'est affreux », s'agaça soudain Pippa-ma-chère.

Le grand raout de printemps approchait comme un rouleau compresseur qui broyait patience et raison. Le duc de Kent serait là, ainsi que toutes les huiles du comté, et un stress plus épais que le fog londonien s'était abattu sur Sheperd House. La maîtresse de maison passait les journées à ses essayages, habillée, coiffée et parée par sa dame de compagnie comme une de ces poupées en papier victoriennes qu'on vendait à la librairie.

Mary McMillan, belle blonde au teint hâlé, semblait avoir été montée en titane pour résister ainsi aux humeurs de sa patronne. Elle la débarrassa d'une espèce de coulée de diamants glissant d'un peigne en ivoire, la bouche légèrement pincée.

« Essayons les plumes », suggéra-t-elle d'une voix ferme.

Sans trop savoir pourquoi, cette réplique eut un effet euphorique sur Maggie. C'était tellement surréaliste. *Essayons les plumes*. Mon Dieu, ces gens avaient des dilemmes kafkaïens. Elle se retourna, en proie à une dangereuse montée d'endorphines. C'était comme si elle sortait enfin de la léthargie fataliste qui l'avait abattue depuis son arrivée à Sheperd House. Les coins de ses lèvres la chatouillaient, un grondement sourd montait du centre de son corps – elle avait besoin de rire, c'était inévitable, charnel, presque sexuel.

Elle murmura quelque chose, comme une révérence, et sortit du boudoir avec toute la dignité possible – puis, une fois la porte refermée, explosa d'un rire bienfaisant, magnifique, la tête contre le mur capitonné de velours floral.

C'était si bon, Seigneur, depuis combien de temps n'avait-elle pas ri ? Depuis les imitations que Will faisait de son contremaître, peut-être bien. Will se plantait à la proue d'un rafiot rouillé, dans le cimetière de bateaux, et descendait son pantalon jusqu'à la raie des fesses : « Le sourire du contremaître », annonçait-il, faisant mine de crouler sous le poids d'une caisse à outils. Will imitait aussi Winston Churchill, un bâton dans la bouche, bégayait comme le roi George. Il était doué pour ça.

Et Maggie rit encore, pour les plumes de Pippa-ma-chère, pour les souvenirs de Will aussi. Elle reniflait, ses yeux pleuraient. Il lui fallait un mouchoir, mais elle n'en avait pas.

Elle s'engagea dans le corridor, espérant retrouver la buanderie dans ce château de malheur. Sheperd House semblait abriter deux maisons parallèles – celle des maîtres, baignée de lumière, et celle des domestiques, nébuleuse de pièces souterraines et de couloirs aveugles. De l'extérieur, on se demandait comment ce tour de passe-passe architectural était possible, et le manoir prenait une dimension ésotérique pour qui comme Maggie arpentait ses intérieurs.

Elle tourna à droite, puis encore à droite, fit demi-tour, ouvrit une porte débouchant sur un escalier, la referma. Elle s'était perdue. *Essayons les plumes*. Le rire la reprenait, tout cela était ridicule.

Tête baissée, elle aperçut les bottes sales, la badine qui les effleurait au rythme des pas qui venaient sur elle, les jodhpurs en prince-de-galles, les pans de la veste côtelée. Et l'homme au-dessus de tout ça, les cheveux noirs en bataille, la fine moustache courant sur sa lèvre supérieure, la barre des sourcils sur des yeux aussi verts que les siens – voilà sans doute pourquoi elle eut un bref sentiment de familiarité.

Maggie s'arrêta, la main sur la bouche. C'était la première fois qu'elle voyait Sir John Lyon-Thorpe de tout son long, et la rencontre était tragique. Elle avait la morve au nez, les yeux rouges, et une irrépressible envie de rire encore du sort grotesque qui s'acharnait sur elle.

Il s'arrêta, les sourcils froncés, vaguement contrarié. Ce type était le parfait pendant de sa femme, se dit Maggie, s'essuyant les yeux du bout des doigts : magnifique, hautain et sans doute perpétuellement ennuyé par tout un tas de choses incompréhensibles pour le commun des mortels. *Essayons les plumes*. Elle pouffa, tant pis. Puis partit dans un nouvel éclat de rire.

En face d'elle, Sir John parut se décomposer, dans le sens où la belle organisation de son visage d'aristocrate fut perturbée par une émanation plus humaine – une ébauche de sourire dérangeant l'alignement de sa moustache, un étonnement dans ses pupilles.

« Nouvelle ? lâcha-t-il.

— Perdue », opina-t-elle.

Et lui aussi, que diable foutait-il là, dans la partie occulte du château, se demanda-t-elle, inversant les rôles comme s'il mordait sur ses privilèges. Elle se calma, tentant de se composer une figure plus effacée en appliquant ses paumes fraîches sur ses joues. Bien sûr, Sir John lui tendit un mouchoir propre sorti de sa poche, c'était pathétique.

« Et que cherchez-vous ? demanda-t-il.

— La buanderie, mais ce n'est plus la peine, merci », dit-elle en agitant le mouchoir. Le fait qu'il se trouve dans un endroit qui lui était inhabituel justifiait qu'elle ne rajoute pas du « Monsieur ».

Il parut vouloir répondre quelque chose, puis se dire qu'à la réflexion elle n'en valait pas la peine. Après un silence perturbant, John Lyon-Thorpe inclina la tête et poursuivit son chemin.

Maggie soupira. L'instant avait duré une éternité, et elle se demandait bien ce qu'elle aurait dû raconter s'il s'était enquis des raisons de son fou rire. Partie comme elle l'était, elle n'aurait peut-être rien inventé du tout. Elle lui aurait tout balancé à la figure, les plumes, son stupide tablier – et sa bonne femme capricieuse, sa domesticité à quatre pattes et son héritage à *elle*, bon sang, sans fortune mais riche de combats utiles. Et puis elle serait partie, elle aurait claqué la porte – si seulement elle avait retrouvé son chemin dans cette foutue baraque.

Le soir, quand elle reçut ses premiers gages dans une enveloppe de papier vélin, elle crut qu'on la remerciait. Que son insolence et son côté franchement timbré avaient effrayé. Elle n'était pas conforme : dehors !

Et puis non, il n'y avait rien d'autre qu'une fiche de paye tapée à l'encre baveuse et signée par le vieux majordome Bernard, accompagnant les billets de banque qu'elle rangea dans le tiroir de sa table de nuit.

C'était à elle. Cet argent était à *elle*.

Et la pointe d'orgueil qui la piqua réussit presque à crever la bulle d'échec dans laquelle elle flottait depuis son arrivée à Sheperd House : elle avait suffisamment de valeur pour qu'on la paye, et ça, c'était quelque chose.

Lorsqu'elle habillait Will, qu'elle nettoyait ses vêtements et changeait ses draps souillés, elle n'obtenait aucune forme de considération en échange. Elle obtenait même tout l'inverse.

Mais il était son mari, n'est-ce pas ? Maggie se surprit à gratter le creux de son coude et rabattit prestement sa manche. Avec son argent, elle irait s'acheter une jolie robe de chambre, bien douce, bien moelleuse, dans laquelle elle s'envelopperait le soir, telle Pippa-ma-chère dans ses peignoirs de soie.

Elle avait terminé son service en préparant la chambre de Madame pour la nuit, ouvrant les draps satinés, dressant les oreillers, tirant les lourds rideaux, et Kitty avait pris le relais pour son infusion de mille-pertuis – Madame angoissait à mort, et l'herbe de Saint-Jean lui faisait du bien.

Maggie était bien servie aussi : quand la gringalette remonterait des cuisines, elle lui apporterait un plateau-repas – une habitude prise sans qu'elle demande rien, l'ensemble des domestiques considérant sans doute que la veuve Fuller avait encore besoin de porter le deuil dans le secret de sa chambre plutôt que de s'adonner aux agapes communes. Annie la Rousse l'avait informée que son mari Colin jouait du violon au dîner, qu'on fumait et buvait de la bière en tapant la belote, et c'était effectivement plus que ce qu'elle pouvait supporter pour le moment. Sauf la cigarette, elle en avait très envie. Elle en achèterait demain, avec son argent.

Vaguement heureuse, Maggie noua la ceinture de son vieux peignoir, s'approchant de la fenêtre. Les jours allongeaient, le ciel était encore clair, on voyait jusqu'à la mer à l'aplomb des falaises de sable vert.

Son regard balaya les jardins sous la lumière déclinante et s'arrêta sur le labyrinthe végétal. Quelque chose attirait l'attention, un point mouvant, rasant une rangée d'ifs coupés au cordeau. Elle colla son front sur la vitre pour mieux voir. Ce n'était pas un jardinier, les jardiniers ne portaient pas de paletot rouge comme celui-ci… Non, c'était un vieil homme. Ça alors.

Maggie plissa les yeux. Un vieil homme en pyjama rayé et bottes de cavalerie sous un long manteau grenat. Il avançait à pas heurtés, caressant les ifs d'une main blanche. Qu'est-ce que…

Kitty toqua à la porte. « Qu'est-ce que c'est que ce vieux bonhomme, en bas ? lui demanda Maggie en la débarrassant de son plateau.

— Un vieux bonhomme ?

— Dans le labyrinthe.

— Ah ! Sir Albert ! réalisa Kitty en s'approchant de la fenêtre. Il est habillé, encore heureux.

— Qui est Sir Albert ?

— Le grand-père de Monsieur. Il a au moins cent

ans. Il est complètement givré, mais pas méchant. Il habite dans une aile séparée, Madame ne le supporte pas. Une fois, Sir Albert est descendu en chemise dans le jardin où elle prenait le thé avec ses amies. Elles ont vu ses… (Kitty eut un geste de la main pour chasser le vilain mot qui lui venait). Enfin, tu vois.

— Ah oui. »

Maggie éclata de rire. Cette maison était une comédie.

« Mais il est tout seul, le pauvre homme.

— Oh, ne t'inquiète pas, son garde-malade va venir le chercher. Parfois il le colle à l'entrée du labyrinthe pour avoir dix minutes tranquilles. Sir Albert ne trouve jamais la sortie. Mais c'est pas dangereux », ajouta-t-elle benoîtement.

Et la petite quitta la chambre en bâillant un « Bonne nuit », le comique de la situation lui ayant manifestement échappé depuis longtemps.

Le sourire accroché aux lèvres, Maggie passa le quart d'heure suivant à la fenêtre, jusqu'à ce qu'un escogriffe en uniforme blanc vienne récupérer le volatil vieillard.

Puis, assise à sa table, elle mangea tranquillement, les pensées se mélangeant dans sa tête – songeant à s'acheter un poste de radio et une jolie nappe avec son argent, et se demandant quelle autre surprise lui réserverait le lendemain.

6

Pour son premier jour de congé, Maggie partit à pied vers la ville, grisée par un sentiment de liberté inédit. Elle avait ces deux billets dans sa poche, et comme le lui avait toujours dit sa mère, l'indépendance financière ouvrait bien des perspectives. Elle espérait que, pour avoir au moins mis en pratique ce précepte, Elizabeth lui pardonnait un peu.

Le soleil matinal rasait le littoral, l'herbe était d'un vert vif et la Manche murmurait en caressant la plage. Sur l'étroit chemin qui serpentait entre les bruyères, Maggie se tenait éloignée de l'à-pic des falaises. C'était magnifique, mais pourquoi ne pas installer de barrières – même petites, juste pour prévenir qu'ici la mort était rapide et inévitable ? Rien de plus bête qu'une chute, se disait-elle, les jambes douloureusement innervées par le vertige. Arrivée au cimetière marin, elle s'arrêta pour se masser les mollets.

La tombe de William Ashton Fuller n'était jamais fleurie. Après son accident, ses copains s'étaient raréfiés, et ceux qui avaient été assez solides pour rester n'étaient pas du genre à ramasser des pâquerettes. Sa famille était bien loin, au pays de Galles.

Will et Maggie étaient deux âmes solitaires. Et Maggie continuait à se demander si son mari n'aurait pas préféré être inhumé en pleine mer plutôt que dans cette fosse étroite sur laquelle personne ne venait jamais se recueillir. À quoi bon. Depuis 1939, Will n'était plus qu'un souvenir, bien antérieur à sa mort réelle.

Elle ne resta pas longtemps. Pour parler à Will, elle irait au cimetière de bateaux. Plus tard. Elle n'en était pas encore capable.

Le Dr Heady aurait toujours du temps pour Maggie, il le lui avait promis. Aussi, quand elle arriva au dispensaire, il abandonna ses patients aux bons soins de ses collègues et sortit s'installer sur un banc avec elle, une tasse de thé dans chaque main.

« C'est une mauvaise journée, la prévint-il d'emblée. On doit m'amener une noyée. Sais-tu que je reste le seul médecin légiste assermenté dans le sud du Kent ? »

C'était un bel homme aux cheveux blancs et aux rides en soleil. Maggie s'était toujours demandé s'il y avait eu quelque chose entre lui et sa mère – mon Dieu, elle l'aurait mille fois préféré au dernier de ses maris dont elle se souvenait, un cheminot syndicaliste qui se rêvait en dirigeant du Labour Party.

George Heady aurait dû prendre sa retraite, mais s'il avait quitté le Royal Victoria Hospital à l'orée de Radnor Park, il œuvrait toujours au dispensaire des marins, près du port d'où partaient les ferries. « Il y a de plus en plus de monde, dit-il à Maggie. La route Folkestone-Ostende avait à peine été rétablie après la guerre qu'on a en ouvert une autre vers Calais. On y a mis l'ancien steamer *Golden Arrow*.

— Will a travaillé sur le *Golden Arrow*, dit-elle par réflexe.

— Je sais, Maggie. Eh bien, tu vois, il navigue toujours. »

Il y eut un silence. Maggie n'avait pas envie de parler de Will avec le Dr Heady. Il savait trop de choses de lui qu'elle préférait oublier. Le médecin changea de sujet.

« Dis-moi, les Lyon-Thorpe sont gentils avec toi ? »

Maggie avala une gorgée de thé brûlant. Ses billets étaient toujours dans sa poche, alors, tout bien pesé, oui, les Lyon-Thorpe étaient gentils avec elle. Inutile de se lancer dans de grands discours sur les classes sociales.

« Ça va. Ce sont des gens bizarres, mais ça va.

— Bizarres ? (Le bon docteur eut un petit rire.) Ils sont riches, c'est tout. Crois-moi, pour le reste, ce sont des humains tout à fait normaux.

— C'est vous qui avez accouché Lady Philippa ? Mon Dieu, j'ai du mal à l'imaginer les quatre fers en l'air sur une table.

— C'est bien ce que je te dis. Il y a des choses devant lesquelles les femmes sont toutes égales, ma petite, et ça ne doit pas déplaire à ton militantisme héréditaire.

— Maman ne se battait pas pour le socialisme, le communisme ou je ne sais pas quoi, George, elle se battait pour l'égalité des sexes.

— Oh, entre autres. Elizabeth aurait fait une excellente avocate. »

Un ange passa. Le vent était doux. Maggie était plus sereine qu'elle ne l'avait été depuis longtemps.

« Tout de même, sourit-elle, je me demande. De quoi rêve une femme qui a tout ?

— On n'a jamais tout, ce n'est pas possible, petite.

— Oh allez, docteur, Lady Philippa est belle, elle dort dans des draps en soie, sa garde-robe occupe toute une pièce, ses enfants sont parfaits et son mari est plus beau que Rhett Butler.

— Rhett Butler ?

— Clark Gable, dans *Autant en emporte le vent*. Rhett Butler. »

Amusé, le médecin fit signe qu'il ne voyait pas de quoi elle parlait. Maggie avait vu *Autant en emporte le vent*, au cinéma. Ça avait été son unique sortie après l'accident de Will, il ne supportait pas qu'elle s'absente. Elle en gardait une vision fantasmagorique, sur les images en Technicolor tout était exacerbé – la terre, le combat d'une femme, la fougue, la passion. *Autant en emporte le vent* était le deuil flamboyant du monde tel qu'il aurait dû s'offrir à elle.

Bien sûr, Maggie avait compris tout de suite que ce falot d'Ashley Wilkes n'était pas digne de Scarlett, qu'elle se trompait sur ses sentiments comme une pauvre petite fille riche et têtue, et que le grand amour ne pouvait être que cette splendide canaille de Rhett Butler.

« Bref, dit-elle en posant sa tasse sur le banc en pierre, ces gens me font penser à des chevaux qu'on accouple pour leur belle allure.

— C'était sans doute comme ça avant, rit le bon docteur. On mariait les fortunes. Mais je crois que les Lyon-Thorpe forment un couple uni. Ils se sont mariés jeunes. John est soucieux de sa famille. Pendant la guerre, il resté seul à veiller sur Sheperd House avec les domestiques et à exécuter des missions pour la Royal Air Force. Il a envoyé femme et enfants à l'abri à Lamu, une île du Kenya où la famille a une sorte de ranch. Ton employeur y est même né, figure-toi, et y a vécu toute son enfance. (Il regarda Maggie qui ouvrait des yeux ronds.) Eh oui. Son père, feu le baronnet, y dirigeait une entreprise de construction navale florissante.

— En Afrique ?

— Oui, en Afrique. John Lyon-Thorpe en a semble-t-il gardé un grand respect de la nature puisque c'est le seul gentleman du Kent qui ne chasse pas. Voilà qui devrait satisfaire à tes convictions.

— Mes convictions… Vous vous souvenez ? rit Maggie.

— Oui, je me souviens du jour où tu as sauvé de la noyade les chatons des voisins en volant de l'argent dans le porte-monnaie de ta mère.

— Je les ai achetés pour qu'on ne les tue pas, c'était mon devoir, cher docteur.

— À onze ans, c'est ce qu'on appelle un engagement précoce.

— J'aurais voulu emmener un chat ou deux avec moi quand je me suis mariée, mais c'était impossible avec Will. »

Elle jeta un bref coup d'œil au docteur qui ne releva pas.

« Donc, s'exclama-t-elle, les Lyon-Thorpe ont une ferme en Afrique.

— Oh, ne te fais pas d'illusions, tu n'y passeras

jamais de vacances. Philippa y a attrapé la dengue et ne veut plus y retourner. »

Maggie pensa à son livre de chevet, aux paysages magnifiques décrits par Karen Blixen. Comment pouvait-on ne pas rêver de l'Afrique ?

« Et il y a ce vieil homme, à Sheperd House, dit-elle après un moment de flottement.

— Qui, Albert ? Comment va-t-il ?

— Il n'a pas toute sa tête, n'est-ce pas ? Hier soir il se promenait en pyjama dans le labyrinthe.

— Oui, rit le médecin. C'est un original. La vieillesse est clémente avec lui. Il vit dans son monde. On n'en sait pas beaucoup sur cette maladie qui le dégrade, mais il semblerait que la pente soit douce. »

Le Dr Heady tira la montre gousset de sa poche, puis s'appuya sur le dossier du banc. Il avait encore un peu de temps.

« Et toi, Maggie ? demanda-t-il soudain. Quelle est ta place dans ce monde ?

— Eh bien, je suppose que ma place est dans les combles – tiens, savez-vous qu'on appelle cette partie de Sheperd House "l'Aile des vierges" ?

— Non, je l'ignorais, rit-il. Et ce n'est pas de très bon augure.

— Ça me va très bien », répliqua-t-elle.

Le docteur l'observa une minute, à faire mine de boire dans sa tasse vide, à ramasser son sac et son foulard pour mettre fin à la discussion qui menaçait.

« Je te parle de ta place dans ce monde que tu as quitté lors de cette parenthèse malheureuse.

— Une parenthèse malheureuse ? Je me suis occupée de mon mari handicapé, docteur, ça a compté bien plus qu'une simple parenthèse. »

Le Dr Heady soupira. Quand on s'en approchait trop près, Maggie était aussi inflammable que sa mère.

« Ma petite, risqua-t-il quand même, nous savons tous les deux que Will n'a pas toujours pris la mesure de ton sacrifice. »

Maggie tressaillit. La main de Will qui lui serrait le poignet à lui faire mal, le fracas des assiettes contre le mur, ses yeux qui crachaient sa fureur, sa haine de soi et des autres – elle y compris. Par réflexe, elle massa sa main gauche, tâtant ses phalanges pour y trouver les scories. Ce jour-là, Will y avait abattu un bol en grès épais, qui n'avait même pas cassé sous le choc.

« Je veux juste te dire que tout est encore possible pour toi, Maggie. Et que ce qui m'effraye, c'est que tu n'y croies pas. (Il la prit par l'épaule, tentant de capter son regard en fuite.) Je suis heureux de te savoir à Sheperd House. Tu es à l'abri, tu as besoin d'argent. Ce sont des gens bien. Mais ne reste pas trop longtemps dans ton Aile des vierges.

— Ne vous inquiétez pas, docteur, je vais gagner de l'argent en dépoussiérant le mobilier edwardien, puis je partirai avec le pactole rejoindre mes cousins d'Amérique. D'après ce que je sais, ils sont partis au siècle dernier, mais je devrais bien retrouver leur descendance.

— Bien. Bien, Maggie. N'oublie pas que la vie est fugace, et que tu as plus d'avenir que cette pauvre fille », dit-il en pointant du menton l'ambulance qui se garait dans la cour.

Tu parles, se dit-elle en le quittant. Les cousins d'Amérique. C'était un serpent de mer. Elizabeth avait menacé ses trois maris et ses nombreux amants avec ça. Je pars en Amérique avec Maggie, je ferai comme Elizabeth Blackwell – Elizabeth Blackwell (encore une Elizabeth féministe) était la première femme médecin diplômée par une université aux États-Unis, avait appris Maggie qui ainsi en savait beaucoup sur tout un tas d'Elizabeth. Les Elizabeth assuraient la marche occulte du monde, croyait-elle, petite fille.

En attendant ce jour improbable où le monde s'ouvrirait de nouveau à elle, comme devant Scarlett brandissant la terre de Tara, Maggie fila s'acheter une robe de chambre et un paquet de cigarettes.

Et rentra à l'Aile des vierges.

7

Les journées étaient réglées comme du papier à musique, Maggie commençait à connaître la partition. Dès 7 heures, le ballet des domestiques s'élançait à corps languissants dans une chorégraphie que chacun aurait pu suivre les yeux fermés. On ouvrait les rideaux dans un grand vent d'herbes humides, le parfum des rosiers anciens grimpait jusqu'aux solives du deuxième étage, où se trouvait la chambre de Lady Philippa – le deuxième étage pour Madame, le troisième pour Monsieur, ainsi en allait-il de la vie maritale des Lyon-Thorpe qu'elle n'avait encore jamais vus ensemble.

Même si le joli mois de mai s'annonçait dans les trilles joyeuses des merles et des mésanges, les murs épais conservaient la fraîcheur de la nuit, alors on allumait des feux dans toutes les cheminées pour réchauffer Sheperd House. Maggie avait l'impression que les gens qui vivaient ici n'étaient que de passage, et que la vénérable maison était la seule vraie maîtresse dont il fallait s'occuper.

Après le petit déjeuner en commun, la flottille de

domestiques se séparait en quartiers, se livrant à des tâches compartimentées et jalousement protégées.

« McMillan a encore tapé dans ma réserve de bicarbonate, cette salope », gronda Annie la Rousse en entrant dans la salle de bains. Occupée à nettoyer les miroirs avec un mélange d'eau chaude et de vinaigre d'alcool qui lui montait à la tête, Maggie jeta un œil interrogateur à Kitty, accroupie dans la baignoire. On n'était plus qu'à trois jours du grand dîner, et c'était nettoyage de printemps dans les chambres d'amis. Il s'agissait de traquer le moindre cheveu entortillé dans les bondes, de racler les plus infimes traces de tartre avec une brosse à dents. La réputation de Sheperd House était remise en jeu après ces années de guerre, et tout le monde semblait au bout de sa vie.

« Du bicarbonate, il y en a là, dit Kitty, montrant du doigt une boîte sur le sol.

— Elle le fait exprès, la pimbêche, elle laisse le pot bien ouvert et le chiffon à côté pour me faire savoir que mes plateaux à thé sont sales et qu'elle a dû repasser après moi.

— Mais non, Annie, tu es… Tu es… tenta Kitty, cherchant un mot visiblement compliqué.

— Paranoïaque ? suggéra Maggie.

— Absolument pas, rétorqua Annie en s'emparant de la boîte. C'est la guerre. (Puis, baissant la voix :) Depuis qu'elle a couché avec Monsieur, cette catin se prend pour la maîtresse de maison. »

Affolée, Kitty fit de grands gestes vers la porte de la salle de bains entrouverte. « Oh, c'est bon, il n'y a personne », bougonna Annie.

Maggie s'était interrompue dans sa tâche, curieusement choquée. Depuis sa discussion avec le Dr Heady, elle s'était surprise à guetter John Lyon-Thorpe, cet absent chronique, à l'observer par la fenêtre si d'aventure il entrait dans son champ de vision. L'homme passait son temps entre les écuries et on ne savait où – peut-être à Folkestone, dans des bureaux en acajou, sur le port à regarder décharger ses bateaux. Il semblait insaisissable – à tout le moins peu emporté par le tourbillon mondain dans l'œil duquel s'agitait son épouse.

Maggie avait appris à reconnaître sa démarche particulière dans la brume matinale – cette nonchalance propre aux hommes grands qui déplacent leur écrasante carcasse – et son ombre portée sur le perron à la lumière artificielle du soir. Le Dr Heady, l'Afrique et le fantasme de Rhett Butler avaient donné une nouvelle dimension à cette incarnation de la ploutocratie anglaise phallocrate et imbue de sa caste contre laquelle sa mère aurait dirigé toutes ses foudres.

Et Maggie ne se défendait même pas de le trouver sexuellement attirant, quand la nuit venue, elle contemplait le plafond dans la solitude de l'Aile des vierges.

« C'est des ragots, répliqua Kitty. Tout ça parce que McMillan est la plus classe des employées – à part toi, Maggie. C'est des jalousies.

— Pardon ? fit Maggie, entendant son nom avec un temps de retard.

— C'est des jalousies, je te dis.

— C'est ça, grogna Annie, occupée à ouvrir le couvercle récalcitrant de la boîte de bicarbonate. Et Serena, pourquoi tu crois qu'elle est partie ? Merde, c'est tout collé, ce truc.

— Qui est Serena ? demanda Maggie, perdue dans

le roman qui s'écrivait sur le carrelage de la salle de bains.

— La fille que tu as remplacée. (Annie leva un sourcil vers l'espace, ébahie par tant d'ignorance.) Jeune et jolie, elle aussi.

— Des ragots, répéta Kitty. À croire que vous vous ennuyez, le soir au sous-sol. Ou que la bière vous monte à la tête. Je vous ai vus faire, avec Colin, vous montez tout en… En…

— En épingle ? suggéra Maggie automatiquement.

— Oh, je t'en prie, Kitty, lâcha Annie de toute sa hauteur. Pendant la guerre, Colin et moi, on a eu le temps d'observer ses manèges, à M. Parfait. Il est resté tout seul à occuper l'étage pendant que nous autres on faisait tourner la maison, avec la grosse Bertha et les vieux. Rien que des vieux, sauf Serena, alors si tu crois que la mignonne passait toutes ses nuits dans l'Aile des vierges…

— Et McMillan ? se renseigna Maggie.

— McMillan était planquée en Afrique, avec Madame et Baptiste. Quand elle est rentrée, ça s'est gâté pour Serena. (Annie serra les dents, étudiant son couvercle de plus près.) Il faut les essuyer, ces boîtes, nom d'une pipe, sinon ça rouille ! »

Submergée d'informations auxquelles elle n'avait bizarrement pas envie de croire, Maggie réfléchissait. « C'est idiot, conclut-elle. Franchement, comment Lady Philippa pourrait garder McMillan à son service si Monsieur la trompait avec elle ? Elle serait la seule à ne pas le savoir ?

— Je te le dis, c'est des ragots », renchérit Kitty.

Coupée dans son élan, Annie la Rousse la contempla

un long moment, l'étonnement faisant place à la désolation.

« Ah, mes pauvres chéries. On voit bien que vous n'êtes pas du sérail. De vrais tendrons. (En grimaçant, elle finit par déboucher la boîte d'un coup sec.) N'oubliez pas la devise de la famille royale : ne jamais expliquer, ne jamais se plaindre. »

Maggie tirait sur sa Chesterfield avec délectation. Elle était assise dans l'arrière-cour, les reliefs de son sandwich de midi posés sur une serviette, à côté d'elle sur les marches. Du soupirail lui parvenait la sourde rumeur des cuisines – l'écho des casseroles et des culs-de-poule balancés sur la table, et les braillements directifs de Bertha Stanfield sur Mary la cuisinière, qui elle-même aboyait sur ses commis : aujourd'hui on testait un soufflé pour le dîner de gala. Maggie était passée en catimini rafler deux tranches de bœuf, une tomate et un bout de pain, et avait préféré assembler tout le bazar dehors avec ses doigts plutôt que de s'attabler dans cette ambiance pénible.

Assise sur un fût de bière qu'on venait de livrer, elle étira ses jambes dans le gravier et retira sa charlotte – il faudrait qu'elle refasse son chignon avant de reprendre son service. Seigneur, elle aurait tant voulu s'allonger dans l'herbe, de l'autre côté du château. Mais si Pippa-ma-chère l'apercevait de sa fenêtre, elle ferait une attaque.

D'ici l'on voyait seulement un coin du labyrinthe. Derrière la fumée de sa cigarette, Maggie distingua une ombre, puis une main caressant les ifs, puis une tête couronnée de cheveux blancs en désordre apparut tout entière dans son champ de vision. Allons bon, le garde-malade de Sir Albert avait dû prendre sa pause, lui aussi.

Amusée, elle écrasa son mégot sous son talon et traversa la petite cour.

« Bonjour », lança-t-elle, bien décidée à égayer sa journée. Le vieil homme arrêta sa lente progression, et se retourna par-dessus les arbustes. Il était aussi ridé qu'une vieille pomme, mais ses yeux étaient ceux d'un enfant écarquillés sur le monde qu'il découvrait. C'était une vision curieuse que cette tête hirsute posée sur les ifs, comme un épouvantail aux bras interminables.

« Clemencie, grinça-t-il comme un rouage rouillé. Clemencie, je suis perdu, ma vie. »

Clemencie ? Voilà autre chose, se dit Maggie. Elle doutait que l'escogriffe en uniforme blanc aperçu l'autre soir bénéficie d'un prénom aussi angélique – à moins que ce soit son nom de famille ? Oui mais quoi, ma vie ? Qu'est-ce que…

« Tes cheveux, ma Clemmie, tes cheveux sont des rayons de soleil. » Et le vieux sourit, heureux comme un pape. Désarçonnée, Maggie protesta gentiment : « Je ne suis pas Clemmie… Clemencie, Sir Albert. Je suis Maggie. Avez-vous besoin d'aide ?

— Je suis perdu, Clemmie.

— D'accord. »

Maggie hésita un instant, sa charlotte à la main, regarda derrière elle. « J'arrive », dit-elle. Elle longea les ifs sur quelques mètres, la vacuité de son entreprise se révélant à chaque pas : comment trouverait-elle son chemin jusqu'au vieil Albert dans ce foutu labyrinthe ? « D'accord », répéta-t-elle. Elle fourra sa charlotte dans la poche de son tablier, puis, s'assurant qu'on ne la voyait pas, souleva sa jupe, enjambant la rangée de buissons en s'appuyant sur une racine apparente. Bordel, si Madame la voyait massacrer ses précieux ifs, elle pouvait dire adieu à sa chambre dans l'Aile des vierges.

« Clemencie, voyons », rit le vieillard. Il n'était pas minuscule, il était juste très bossu, constata Maggie. Son corps chétif semblait littéralement plié en deux sous la redingote grenat, mais au moins il tenait debout. Appuyé des deux mains sur sa canne, il la regardait venir vers lui de ses grands yeux émerveillés. Sous le manteau, un pantalon de velours et un gilet à ramages – heureusement, il était intégralement habillé.

« Je ne suis pas Clemencie, l'informa-t-elle une fois de plus. Mais j'ai cinq minutes à tuer loin de cette fichue salle de bains, alors je veux bien faire un tour dans la nature avec vous. On y va, Davy Crockett ? »

Muet, le vieil homme prit son bras. Ils avancèrent un moment, attelage brinquebalant, et Maggie se demandait bien quelle vue ils offraient au deuxième étage du château. Aux dernières nouvelles, Pippa-ma-chère mettait son dressing à sac avec McMillan, et la plupart des domestiques en activité à l'heure du déjeuner ciraient les planchers, il y avait donc peu de risques qu'ils profitent du spectacle.

Et quand bien même, elle ne faisait rien de mal.

« Il faudra monter les plantes avant de partir, dit Sir Albert.

— Pas de problème. Quelles plantes ?

— Les orchidées, Clemmie. Elles sont fragiles. Sur la terrasse.

— D'accord. Faites attention où vous mettez les pieds. »

Surprise, elle le détourna de ce qui ressemblait à une crotte de chat. Une crotte de chat dans les ifs de Madame ? Elle rit doucement.

« Oh, Clemmie, ris encore, ma chérie, fit le vieux, enchanté.

— C'est pas les occasions qui manquent, croyez-moi. »

Ils déambulèrent ainsi un bon moment, jusqu'à ce qu'elle s'inquiète de l'heure. Kitty l'attendait là-haut. Maggie jeta un œil circulaire, cherchant cette foutue sortie. « Par là », suggéra une voix forte. Baptiste, l'impressionnant valet noir posté à un coin du labyrinthe, lui indiqua un raccourci. « Il était tout seul », s'excusa-t-elle presque. Le valet lui sourit gentiment. « Il ne faut pas s'inquiéter pour lui. Venez, Sir Albert, on rentre. »

Maggie les regarda s'éloigner, comme Don Quichotte et Sancho Pança, puis fit demi-tour, tête baissée, arrondissant ses bras pour refaire son chignon.

« Encore perdue ? »

Maggie s'arrêta net, levant les yeux. Sir John se tenait sur le perron, fumant une cigarette.

« Oui, Monsieur. Votre château est un traquenard. »

Elle avait bien le droit de plaisanter. Il l'observa pendant qu'elle époussetait sa jupe, un éclat rieur dans ses yeux verts. « À qui le dites-vous », répliqua-t-il.

Elle le regarda, toujours troublée par cet étrange sentiment de familiarité. Termina son chignon sans se presser, regrettant que sa mère ne lui ait pas enseigné l'art de la conversation plutôt que des slogans égalitaires.

Sir John fit rouler sa cigarette entre ses doigts en observant son manège – une mèche, une épingle, la charlotte par-dessus et hop, c'était impeccable. Se remémorant la malheureuse sortie d'Annie la Rousse, ce matin dans la salle de bains, Maggie se demanda s'il la jaugeait comme un matou bigle sur son dîner et réprima un geste d'agacement.

Elle voulait juste rentrer et se flanquer à quatre pattes sur le parquet pour terminer son travail.

« Sir Albert s'est-il bien comporté ? demanda-t-il. Il est, disons… Imprévisible.

— Oui, Monsieur. (Elle haussa les épaules.) Il m'a juste appelée Clemmie. Son épouse doit beaucoup lui manquer.

— Ah. D'après ce dont je me souviens de ma grand-mère, j'en doute. (Il tira une bouffée de sa cigarette.) D'autant qu'elle s'appelait Henriette.

— Henriette ?

— Henriette. Une Française. Sir Albert a dansé à son enterrement. Et à l'époque, il avait toute sa tête. »

Maggie éclata de rire puis se reprit, avec le sentiment nébuleux de pactiser avec l'ennemi. Elle épousseta son tablier des minuscules brins d'ifs qui y restaient et grimpa les quelques marches, contournant l'obstacle. « Monsieur, salua-t-elle, captant son parfum au passage – une sorte de vanille piquante.

— Si ce n'est pas Clemmie, qu'est-ce que c'est ?

— Mon nom, Monsieur ? (Dans son dos, elle leva les yeux au ciel.) Maggie Fuller, Monsieur. » Elle ne lui ferait pas le plaisir d'un unique prénom, déjà dénudé.

Sir John jeta son mégot dans les cailloux blancs. « Maggie », répéta-t-il.

8

Colin, le mari d'Annie la Rousse, ressemblait à un bouledogue, toujours à renifler les embrouilles, montrant les canines pour un oui, pour un non. Tous les deux ne manquaient jamais de rappeler à la piétaille environnante leur rôle crucial de gardiens du temple pendant la guerre, ce qui justifiait les trois chambres de bonne formant leur appartement à l'extrémité de l'Aile des vierges – comme une tour de contrôle sur un terrain d'aviation.

Maggie avait un avis réservé sur Annie, mais elle détestait carrément Colin. Le malheureux sosie d'Oliver Hardy louchait sur elle avec suspicion, se demandant dans son dos par quel fait du roi une veuve de guerre avait pu investir leurs pénates – alors que l'« État providence » mis en place par les travaillistes au pouvoir accordait des allocations en veux-tu en voilà, pas vrai ?

Évidemment, Kitty l'avait répété à Maggie, qui ne manquait pas d'arborer un mystérieux sourire sitôt qu'elle croisait les yeux porcins de Colin.

Le matin, Colin repassait au fer les journaux que le facteur avait apportés pour Monsieur, avec un soin jaloux. L'opération, destinée à sécher l'encre et à préserver les doigts princiers, était menée avec tant de componction que Maggie pouffait toute seule dans son thé – « Ne lui manque plus que l'*Adagio* d'Albinoni et une plume dans le cul », murmura-t-elle à Kitty.

« Ce monde ne prête vraiment pas à rire, déclara Colin alors qu'elles étaient pliées en deux sur leur chaise. Si vous lisiez le *Times*, Mrs Fuller, vous assisteriez jour après jour à l'agonie de l'Empire britannique pour lequel feu votre époux s'est battu. »

Maggie se calma un peu, alors que Kitty semblait rouler sous la table. Elle n'aima pas le regard boueux de Colin, ni la moue lippue avec laquelle il fit tomber le mot « époux » de sa bouche.

Tu veux te battre, gros con ? se dit-elle. *Je vais te donner de quoi t'énerver.*

« Je ne lis pas le *Times*, Colin, car c'est un journal conservateur. Ce que je ne suis pas. »

En bout de table, Bertha Stanfield suspendit la sucrière au-dessus de sa tasse, comme frappée par la foudre.

« Oh, eh bien… fit Colin, médusé. Vous êtes donc satisfaite de la manière dont votre Premier ministre gauchiste foule aux pieds notre histoire coloniale ? Encore des morts en Inde, mais peut-être n'êtes-vous pas au courant.

— Je le suis, Colin. Je sais que le Congrès national indien et la Ligue musulmane ne sont pas d'accord sur la façon dont l'Inde doit parvenir à son indépendance. C'est pour ça qu'ils se battent, et le Parti travailliste n'a pas grand-chose à voir là-dedans. Et Clement Attlee est votre Premier ministre à vous aussi.

— Certainement pas ! mugit Colin. Si j'avais voté,

j'aurais donné ma voix à Mr Churchill, le père de la nation !

— Alors pourquoi ne pas l'avoir fait ? »

Le silence s'était abattu autour de la table du petit déjeuner. Du majordome Bernard à la fille de cuisine, chacun semblait changé en statue de sel. La discrète Jane se leva et sortit comme une souris rasant le mur pour rejoindre Annie au salon, et Maggie eut la vue dégagée sur l'air épouvanté de Bertha Stanfield.

« Nous autres, trembla Colin, nous autres n'avons pas le temps de nous mêler d'élire un gouvernement. Le roi George veille sur des maisons comme la nôtre.

— Oh, sans doute, ironisa Maggie. Mais sans doute aussi seriez-vous heureux de bénéficier d'une assurance chômage si d'aventure vous brûliez ce journal comme vous êtes en train de le faire. Et vous remercieriez Mr Attlee de l'avoir mise en place. »

Colin poussa un juron, ôtant le fer du papier encré d'où montait une fumée grasse. Bertha Stanfield jeta son thé dessus, parachevant le travail.

« Merde ! » cria Colin en se précipitant dehors, le *Times* voguant au vent. Maggie s'essuya les mains sur sa serviette, impassible et satisfaite. Kitty cachait un fou rire coupable derrière ses mains, tandis que la grosse Bertha les fusillait du regard. La gouvernante n'avait jamais été aussi digne de son surnom – cet obusier, très grosse pièce d'artillerie, utilisé par les Allemands pendant la Première Guerre mondiale.

« Les femmes ne parlent pas de politique », lâcha-t-elle.

Bien, se dit Maggie, en repoussant son bol de porridge. *À toi.*

« Mrs Stanfield, dit-elle d'une voix dangereusement calme. Avez-vous entendu parler de Millicent Fawcett ?

— Pas du tout, répondit Bertha, méfiante.

— Eh bien, je vous explique : Millicent avait une sœur, Elizabeth, qui avait une amie, Emily. Toutes les trois ont décidé de faire carrière et de militer pour les droits des femmes à travers les sciences, l'éducation et la politique. C'était en 1860. (Elle sourit.) Des temps reculés où les femmes étaient considérées comme intellectuellement inférieures, n'est-ce pas ? Eh bien, Elizabeth Garrett Anderson est devenue la première femme médecin d'Angleterre, Emily Davies directrice du Girton College à Cambridge, et Millicent Fawcett fondatrice de l'Union sociale et politique des femmes. C'est grâce à elle que vous bénéficiez d'un droit de vote – que, je suis sûre, vous n'utilisez pas davantage que Colin.

— Je ne sais pas comment ça marche et, ici, nous n'en avons pas besoin, répliqua sèchement Bertha Stanfield.

— Bien sûr, sourit encore Maggie. Mais vous obéissez aux lois de l'Angleterre, n'est-ce pas – on peut considérer que Sheperd House est une colonie britannique, pas vrai ?

— Je ne comprends pas. »

Maggie se leva tranquillement. En face d'elle, aux abois, Kitty ventilait.

« C'est pourtant simple, Mrs Stanfield. Si vous devez obéir aux lois, vous devez participer à leur création. Sinon, cela s'appelle une dictature. Comme celles de ces MM. Hitler et Mussolini que Sir John

Lyon-Thorpe, votre employeur, a combattues pendant que vous gardiez sa maison. »

Elle tourna les talons, regrettant infiniment de ne pas savourer la mine défaite de la gouvernante. Mais il ne fallait pas pousser son avantage trop loin.

Kitty la poursuivit dans le couloir.

« Punaise, Maggie, ce que tu lui as mis, à la grosse ! Tu t'y connais en… Euh…

— Politique ? Militantisme ? Féminisme ?

— Oui. »

Maggie s'arrêta devant la fenêtre pour vérifier si son tablier n'était pas taché – les automatismes domestiques mettaient moins de temps à arriver que l'amour-propre à partir.

« Ma grand-mère militait avec Millicent Fawcett, dit-elle à la petite. Elle avait toute une collection de bibis à plumes et de gants en dentelle, mais elle défilait avec des pancartes *Femmes en lutte* et foutait le feu aux country clubs. Elle a fait de la prison et a éduqué ma mère dans l'idée que son corps lui appartenait. (Elle haussa les épaules, désenchantée.) Des trucs comme ça.

— Eh ben. (Kitty siffla.) J'aurais bien aimé la connaître, ta grand-mère.

— Oui, moi aussi. Elle est morte en 1919 de la grippe espagnole, avant que je naisse.

— Et ta mère ?

— Morte aussi. Pendant le Blitz, à Londres.

— Et aussi ton mari ? Oh, Maggie, je suis désolée… »

La gringalette s'entortillait les mains devant ce mélodrame tant historique que familial, ses grands yeux brillant dans son museau de mulot sous son énorme chignon doré qui lui faisait comme un de ces chapeaux de commedia dell'arte.

« Oh, pas autant que moi, Kitty, sourit-elle. Allez viens, on va faire le travail pour lequel on est payées.

— Maggie ?

— Mmh ?

— Je te jure que la prochaine fois, je voterai. Pour Mr euh…

— Attlee ? rigola Maggie. Oh petite, tu voteras bien pour qui tu veux. C'est ça, le truc. »

9

À l'avant-veille du grand dîner de printemps, Sir John hantait les couloirs. Il semblait surveiller les arrières de Pippa-ma-chère qui, même droguée au millepertuis, était aussi électrique que les ampoules du lustre monumental du grand salon qu'on testait trois fois par jour. Maggie se demandait d'ailleurs bien à quoi cela servait, puisqu'en général une ampoule qui claque ne prévient pas, mais bon : ces gens-là aimaient se donner l'illusion de l'omnipotence.

Depuis le matin, elle avait croisé Sir John dix fois, vingt fois, elle ne comptait plus les regards en biais qu'il posait sur elle et les bains de vapeur dans lesquels elle s'ébattait alors. Qu'est-ce que c'était que ça ? *De la convoitise*, se dit-elle. S'il la désirait, elle le convoitait. Un rapport de force égal, non ?

À moins que ce soit l'inverse.

La belle apparence de Sir Lyon-Thorpe faisait vaciller la femme orgueilleuse qui était en elle. L'homme était tout ce que Will n'était pas : vivant, mature, puissant – et surtout il n'avait pas besoin d'elle.

Cela posé, elle n'avait encore rien décidé : du sexe, elle ne connaissait pas grand-chose d'autre que la frustration mais, puisque Monsieur était un homme facile, elle pourrait bien tirer plaisir de son goût des amours ancillaires. Sans prendre un simple épisode charnel pour autre chose.

Dans ces débats inédits qui l'animaient la nuit, Maggie Fuller était rendue au premier stade de l'évolution humaine, qu'elle avait allègrement sauté, et composait avec un cerveau reptilien : tout comme boire et manger, coucher avec Sir John n'était pas loin de devenir une nécessité réflexe. Pour le moment, jouer avec cette idée suffisait à apaiser ses fantasmes.

Alors elle l'observait, développait une obsession pour ses mains – ses belles mains soignées d'aristocrate, cette façon qu'il avait de faire rouler sa cigarette entre ses doigts –, se surprenait à glisser les yeux sur les plis de son pantalon.

Pour être tout à fait honnête, elle se fichait complètement de Pippa-ma-chère. L'adultère semblait être un péché très relatif dans le cosmos des Lyon-Thorpe et consorts, la jalousie une bassesse terrestre et la notion même de couple impraticable.

Et puis la vie était affreusement courte.

« Il faut te dire qu'il est au paradis, et qu'il a de la chance d'être au paradis.

— Pardon ? »

Occupée à surveiller la porte derrière laquelle on entendait la voix chaude de Monsieur, Maggie avait perdu le fil de la conversation.

« Ton mari, fit Kitty. Il a la chance d'être au paradis. »

Maggie regarda la gringalette, ébahie. Elles étaient toutes les deux occupées à ranger le dressing dévasté de Lady Philippa, et voilà qu'entre deux cintres Kitty avait entamé une oraison.

« J'espère que non, répliqua-t-elle. Qui aurait envie de vivre dans un endroit où on est toujours heureux ?

— Ben moi, fit Kitty, éberluée.

— Et comment tu le saurais ? Comment tu apprécierais le bonheur si tu te vautrais tout le temps dedans ? Tu t'imagines, être là à planer bêtement dans le ciel ?

— Tu es bizarre. Alors tu ne crois pas en Dieu, au paradis, à l'enfer, tout ça ? Tu ne crois pas que ton mari et par exemple… Adolf Hitler ne sont pas allés au même endroit, après leur mort ?

— Je crois que Will est au cimetière marin de Folkestone, et que l'autre est en cendres dans les ruines de Berlin. Alors je ne m'inquiète pas, ça fait des kilomètres. »

Maggie referma d'un coup sec une housse sur la robe à sequins que Pippa-ma-chère venait de retoquer. Elle avait chaud, tout l'agaçait. Et la petite en face qui la regardait avec des yeux ronds. *Merde*, se dit-elle, *je viens de fiche en l'air toute une édification d'espérance chrétienne*. Elle voyait bien que Kitty lui vouait une admiration quasi filiale, il faudrait qu'elle réfléchisse à deux fois avant de…

« Katheriiiiine ! »

Dans la chambre à côté, Lady Philippa était au bord de la déflagration. Kitty eut une sorte de spasme terrifié et courut rejoindre Madame. Maggie se retrouva seule à trier le tas de vêtements jetés sur le sol, alors que lui parvenaient les voix mêlées des trois femmes – le timbre aigu de Pippa-ma-chère, celui plus feutré de McMillan, et les jappements empressés de Kitty. Elle soupira, fatiguée. Quand c'était comme ça, elle fermait les écoutilles et s'évadait dans son monde intérieur – vers le cimetière de bateaux ou les falaises de sable vert. Après le grand dîner, elle bénéficierait d'un jour de congé – elle irait sur la plage, pour simplement ne rien faire.

« Maggie, vous voulez apporter les chaussures rouges à boucles, s'il vous plaît ? »

Dans l'embrasure de la porte, Mary McMillan la considérait d'un air poli. Quoi qu'en dise Annie la Rousse, ce n'était pas une méchante femme, ou alors elle cachait bien son jeu. Maggie était juste atterrée d'imaginer les belles mains de Sir John sur la poitrine ambrée de la camériste.

De mauvaise grâce, elle attrapa les escarpins et suivit sa rivale imaginaire dans la chambre où Lady Philippa jouait les statues grecques, Kitty à ses genoux pour mesurer un ourlet. C'était une de ces robes de danseuse à grands jupons qui faisait la taille fine, rouge comme la passion – elle était splendide. Pippa-ma-chère semblait apaisée.

« Je ne sais pas si j'oserai cette couleur, minauda-t-elle, alors que ses yeux de tourmaline disaient le contraire.

— Madame, vous êtes magnifique », dit McMillan.

Hypocrite, pensa Maggie, posant les chaussures assorties à côté de l'idole du comté qui les enfila sans se baisser et gagna encore dix centimètres.

« Bien, dit-elle, ravie. Nous sommes toutes affamées, n'est-ce pas ? Katherine et Maggie, vous pouvez disposer, nous finirons cet après-midi. »

Ouf, se dit Maggie, prenant déjà la tangente – elle avait envie d'être seule. La porte s'ouvrit sur un coup de vent, et elle sentit un parfum poivré venir taquiner ses phéromones. Sir John la dépassa de toute sa hauteur, jetant un regard indifférent sur elle.

« Pippa, ma chère… » commença-t-il.

Égayée, Maggie s'enfuit en camouflant son fou rire sous une quinte de toux.

« Je ne suis pas Clemmie. Je suis Maggie. Dites donc, vous êtes dur de la feuille, vous. »

Elle avait intercepté Sir Albert à l'entrée de son labyrinthe, renvoyant d'un geste l'escogriffe tout en blanc et lunettes cerclées qui lui servait de garde-chiourme. « Pas la peine de chercher à le paumer dans les ifs, je vais m'en occuper », lui dit-elle. C'était un gars tout maigre, l'air pas bien malin. Il haussa une épaule : « Faut pas l'emmener vers l'aile principale.

— Je sais, Gandhi. Je te donne vingt minutes, après tu reviens le chercher.

— Gandhi ? C'est Osmond, mon nom. »

Maggie avait tourné les talons en râlant sur son déjeuner perdu, mais laisser le vieillard tourner en rond dans le labyrinthe lui faisait de la peine. Par certains côtés, et assez cruellement, il lui rappelait Will.

Elle l'avait installé sur un banc face au soleil, prenant place à ses côtés. Elle se dit qu'elle ne craignait pas grand-chose, aussi elle étendit ses jambes et retroussa légèrement sa jupe pour laisser les rayons tièdes caresser le nylon de ses bas.

« Oh, Clemencie… gloussa le vieux qui n'en perdait pas une miette.

— Arrêtez avec ça. Qui est Clemmie, Albert ?

— Clemmie. Ma vie. Tes cheveux sont comme des rayons de soleil. »

Maggie soupira, se laissant aller sur le dossier du banc en bois.

« Est-ce que Clemmie habite ici ? »

Sir Albert la regarda de ses grands yeux d'enfant, puis pointa un doigt noueux vers la mer.

« Elle est partie ? En bateau ?

— Oui.

— Ben merde, alors.

— Oui. »

Maggie ferma les yeux, laissant la douce chaleur l'amollir. C'était agréable.

« Clemmie, ma vie, répéta-t-elle. Heureuse femme.

— Elle est partie. Oui. À Delhi.

— En Inde ? En bateau ? Dites donc, ça fait une trotte.

— À Delhi.

— Il y a longtemps ?

— Hier.

— Ah d'accord. »

Elle entendait le vieux gratter le sol avec sa canne, prise dans une torpeur qui l'empêchait de poursuivre la conversation. Quand il lui caressa la main de ses doigts rêches, elle sursauta, croyant s'être endormie.

« Tes cheveux… dit-il.

— Sont des rayons de soleil, oui, je sais. Dites donc, Albert, il va vraiment falloir me raconter, parce que là je saute un repas à cause de vous. »

Le vieillard sembla s'absenter un moment, le regard dans le vague. Puis la lumière revint dans ses yeux et il se redressa sur le banc, très sérieux.

« “Les nuages, les arbres, les collines qui m'entourent, tout cela semble, malgré leur beauté, étrange et lointain, comme dans un rêve que j'ai fait il y a longtemps, et que je viens de recommencer."

— Pardon ? »

Silence. Le vieil homme s'était de nouveau changé en chérubin, posant sur elle un sourire émerveillé.

« Dites donc, vieux cochon. Si c'est pour me séduire… »

Le regard de Sir Albert se perdit par-dessus son épaule.

« C'était du John Keats », fit une voix grave derrière elle. Maggie se retourna, perdue. « *Les nuages, les arbres, les collines…* Cette grande tirade, c'était du Keats. Le poète », fit Sir John Lyon-Thorpe.

Il se tenait juste au-dessus, lui si grand, elle assise – si bien qu'elle avait l'impression d'être tout en bas de sa chaîne alimentaire. Ses iris verts avaient la transparence d'émeraudes aux facettes parfaitement taillées pour refléter la lumière. Deux sillons s'étaient creusés entre ses yeux sous l'effet du soleil, ses cheveux noirs brillaient. À lui tout seul, Sir John était fastueux.

« Merci, je sais qui est John Keats », répliqua vertement Maggie.

Elle se demandait depuis combien de temps il était là, à écouter sans rien dire. Cela ne se faisait pas. C'était de l'espionnage.

« Vous vous amusez beaucoup, ici, Maggie Fuller, dit-il, flegmatique.

— Beaucoup, il ne faut pas exagérer », rétorqua-t-elle, nerveuse.

Il sourit, et fouilla dans la poche de sa veste.

« Vous fumez ? »

Allons bon, un premier vice à partager. Elle haussa une épaule et accepta la cigarette qu'il lui tendait.

Sir John en coinça une autre entre ses dents blanches, et quand il alluma son briquet et qu'elle approcha son visage vers la flamme, voyant de près les jointures de ses doigts comme autant de mécanismes érotiques, elle sut qu'elle était sur une mauvaise pente.

Au loin, l'escogriffe en blouse blanche accourait. Sir John ne lui fit aucune remarque quand il releva le vieil Albert avec obséquiosité – ce qui parut l'affoler encore plus. Son sort était scellé, se dit Maggie en les regardant s'éloigner.

« Vous allez le virer ? se renseigna-t-elle.

— Pourquoi, vous voulez prendre sa place ? »

La vision de Will, décharné, cassé sur les draps blancs de l'hôpital, lui apparut brièvement.

« Non merci. »

Pourtant, s'occuper de Sir Albert aurait été une bonne alternative aux séances de courbettes et de dépoussiérage. Elle aurait su faire. Elle ne craignait ni les toilettes acrobatiques ni les périlleux repas à la cuillère. Elle avait juste peur qu'il finisse par la détester.

« Je dois retourner travailler, Monsieur, dit-elle. Merci pour la cigarette. »

Sir John s'inclina légèrement, et quand elle croisa son regard étrangement chaleureux au passage, Maggie se sentit comme une reine.

Et, frémissante, se dit que non, mille fois non, coucher avec cet individu serait bien trop dangereux.

10

Le jour J avait commencé par une crise d'hyperglycémie.

Le majordome Bernard et Bertha Stanfield avaient prié la domesticité d'être opérationnelle dès 5 heures, et c'est un bataillon de fantômes qui avait pris place à la table du petit déjeuner au cœur de la nuit. Déphasée, Kitty s'était empiffrée de scones tartinés de miel et de gelée de framboises.

À 6 heures du matin, elle s'écroulait sur le plateau de Madame, envoyant valdinguer bol de fruits et millepertuis sur le couvre-lit, non sans avoir poliment prévenu avant. « Aaah, je tombe…

— Mais mon Dieu, Katherine, qu'est-ce que… » avait glapi Pippa-ma-chère en bondissant hors de son traîneau magique. Sous les broderies anglaises de sa chemise, Maggie avait entrevu ses cuisses parfaites – pour une femme qui avait certainement dépassé l'âge canonique de trente-cinq ans – et ce petit pan d'intimité dévoilée l'avait terriblement gênée, lui renvoyant les belles mains de Sir John en pleine figure. Est-ce que Monsieur touchait encore Madame de cette façon ? Comment cela se passait-il, venait-il dans sa chambre ou allait-elle dans la sienne ?

Alertés, Annie la Rousse et son Oliver Hardy de mari furent priés de monter Kitty sous les combles, tandis qu'un conseil de guerre se tenait au sous-sol.

— Maggie, vous servirez l'apéritif à sa place avant le dîner.

— Mrs Stanfield, Katherine sera rétablie d'ici là.

— Peu importe. Il s'agit de porter des plateaux avec des verres très très très fragiles. Seigneur, je ne veux pas qu'elle fiche tout en l'air.

— Elle a l'habitude de faire des extras et, moi, je ne sais pas…

— Ne discutez pas. Vous irez à la buanderie demander un uniforme de service à Mildred. Jane doit faire la même taille que vous. »

Bon Dieu, Maggie n'avait aucune envie de pirouetter déguisée en femelle pingouin au milieu de toutes ces belles femmes pailletées et emperlousées. Dans le plan initial, elle était censée enfiler un tablier de cuisine et rester cachée au sous-sol pour passer les plats.

« Merci, hein », dit-elle, amère, lorsqu'elle monta dans l'Aile des vierges porter une tisane à Kitty.

Allongée, la gringalette était défaite. Elle attendait cette soirée comme si elle avait pu s'y pavaner en robe de soie, flûte de champagne à la main et rire cristallin aux lèvres. Peut-être était-ce pour elle l'occasion rêvée que Sir John la remarque et l'emmène dans son lit, comprit Maggie en voyant son désespoir.

« Tu t'occuperas du vestiaire et tu verras certainement le duc de Kent, la consola Maggie.

— C'était une blague, pleurnicha Kitty. Il a onze ans, le duc de Kent.

— Bravo. Très drôle. »

À midi, Sheperd House était propre comme un énorme tas de sous neufs. Les fenêtres grandes ouvertes laissaient entrer le soleil sans plus qu'aucune particule de poussière n'apparaisse en suspension dans ses rayons qui touchaient les meubles, les bibelots et tout le saint-frusquin comme des baguettes magiques. L'air parfumé des jardins circulait dans les chambres, débarrassant tentures et literie des dernières odeurs de savon d'Alep et de bicarbonate de soude dont Mildred, la lingère, se servait pour fabriquer sa lessive.

Étrangement satisfaite, Maggie alla piquer un bout de pain et deux tranches de jambon d'York aux cuisines, où les dessertes débordaient de tourtes dorées, de saumon fumé et de petits-fours. La brigade de secours que Lady Philippa avait engagée pour seconder Mary, la cuisinière filiforme, avait farci assez de volailles pour nourrir le comté pendant six mois, se dit-elle, fronçant le nez.

« On donne les restes au dispensaire », l'informa la fille de cuisine sans nom, qui en avait manifestement assez entendu sur ses opinions politiques.

Maggie sortit prendre l'air, et voir si Sir Albert tournait dans les ifs. Comme le vieux n'y était pas, elle s'aventura vers l'aile ouest, grignotant son pain, son jambon à la main. Un miaulement l'arrêta et un chaton maigre comme un clou se faufila entre ses jambes. « Oooh », se pâma-t-elle, tombant sur ses genoux. Le pelage du minet était d'un blanc crémeux, son museau et ses pattes gris perle, il était adorable. Mais trop maigre. Méfiant, il la considéra avec ses grands yeux jaunes, et elle se dit que c'était le premier être vivant de Sheperd House à qui elle ne voulait que du bien.

Elle déchira le jambon en petits morceaux qu'il vint manger dans sa main, ronronnant de satisfaction.

« Faut pas nourrir les chats, intervint l'ectoplasme géant du Mahatma Gandhi en blouse d'infirmier. Ils sont là pour les souris. Faut pas les nourrir, sinon ils chassent plus.

— Tu parles, Charles, dit-elle en attrapant le chaton. Qu'est-ce que tu as fait de Sir Albert ? Vous l'avez rangé en prévision de la sauterie de ce soir ?

— C'est Madame qui a demandé, se défendit l'escogriffe.

— Il est interdit de sortie ?

— On le surveille, c'est tout. »

Caressant le petit chat blotti dans ses bras, Maggie hocha la tête, imaginant le vieillard débouler en caleçon au milieu des invités. Oh mon Dieu, ce serait si drôle !

« Tu le sortiras demain, ordonna-t-elle, comme si c'était elle qui commandait.

— Ben oui, dit l'autre, les yeux vitreux.

— Et… ajouta-t-elle en pointant du menton une flasque qui dépassait de sa poche. Tu ne dis rien pour le chat, et je ne dis rien pour ça. »

Le garde-chiourme porta la main à sa tunique, effrayé. Satisfaite, Maggie tourna royalement les talons et regagna l'aile principale en rasant les murs, berçant le chaton dans la grande poche de sa blouse.

À 5 heures, Maggie troqua sa robe bleue de femme de chambre contre une jupe noire et un chemisier immaculé, et encore un tablier amidonné par-dessus. En ajustant la coiffe blanche dans le miroir, elle se dit qu'une touche de fard ne ferait pas de mal à une tenue aussi austère, et extirpa un pot de rouge, un autre de noir de son vieux sac. La dernière fois qu'elle s'était maquillée, c'était pour l'enterrement de son mari. Ce jour-là, elle portait la robe blanche à pois noirs de son mariage – en y repensant, cet imprimé demi-deuil innocemment choisi en disait beaucoup sur leurs noces.

Les fards étaient tout secs, aussi elle y versa une goutte d'eau avec une cuillère à thé, sous le regard fasciné du chaton. Il n'avait pas encore de nom, mais il était bien installé dans une niche confectionnée dans sa vieille robe de chambre, avec le mouchoir aux initiales de Sir John Lyon-Thorpe par-dessus (cela amusait beaucoup Maggie), un bol débordant de chutes de jambon devant lui. Elle allait le remplumer et le remettre dehors.

Maggie se maquilla du bout des doigts, rêvant de la coiffeuse de Pippa-ma-chère où trônait un pot de crème à la cire d'abeille de Guerlain, des parfums à pompons et toute une collection de rouges à lèvres Revlon expédiés d'Amérique.

« Tu ne bouges pas, toi », dit-elle en fermant la porte de sa chambre, ravie de parler à un chat – et surtout de transgresser le règlement. Elle avait découpé un carton et l'avait rempli de gravier en espérant qu'il ne pisse pas sur ses couvertures.

Après l'effervescence des jours derniers, Sheperd House s'était réfugiée dans un monde de silence. La vénérable maison s'arc-boutait comme un coureur en début de piste. Dans les couloirs, les échanges se feutraient, la politesse régnait – *Jane, voulez-vous, s'il vous plaît, déplacer ce bouquet ?* – comme si le majordome Bernard et la grosse Bertha redoutaient une rébellion de dernière minute. Le château, briqué des fondations aux solives, brillant de mille feux, semblait désert.

Dans la cuisine, on déplaçait verres et casseroles avec d'infinies précautions. Maggie vit toute une armée de bouteilles de champagne au garde-à-vous, escortées par des flûtes en cristal si parfaitement transparentes qu'on les devinait à peine. Il faudrait qu'elle fasse vraiment attention.

Les premiers invités arrivèrent à 6 heures, un défilé de Bentley et de Rolls Royce déversant des kilomètres de soie et de pampilles escortées de smokings noirs. On aurait dit ces images d'actualités qu'on diffuse au cinéma – « La magnifique Vivien Leigh et le séduisant Clark Gable ont assisté à l'avant-première d'*Autant en emporte le vent* devant un parterre de stars au Grauman's Chinese Theatre à Hollywood… » –, mais en version Technicolor.

Accoudée à la fenêtre du petit salon transformé en vestiaire, Maggie ne put empêcher la midinette bien cachée en elle de trouver le spectacle merveilleux. Elle rêvassa de robe de Cendrillon comme une aquarelle en mouvement, de bonnes fées virevoltantes et de pantoufle de vair, reluqua cinq minutes le prince charmant qui accueillait ses invités en haut des marches, et descendit rejoindre sa place, au sous-sol.

11

« Champagne ! »

Exceptionnellement joyeux, le majordome Bernard sabra la bouteille dans un geste solennel, répandant le nectar au-dessus des verres tendus.

« Vous l'avez bien mérité », fit Lady Philippa dans l'embrasure de la porte. La robe écarlate de la déesse du Kent rayonnait sur la cuisine, embrasant les murs sourds, tel un tison dans les cendres d'une cheminée.

« Venez trinquer, Madame, suggéra la grosse Bertha.

— Oh, merci, non, j'ai bien trop bu. C'est votre tour, mes amis.

— Merci, Madame, fit Bernard, la saluant élégamment de sa coupe.

— Merci à vous. Sir John et moi-même vous sommes infiniment reconnaissants. Grâce à votre travail, ce soir, Sheperd House a retrouvé sa splendeur d'avant-guerre. »

Et la vedette sortit sous les acclamations, semant quelques poussières d'étoile dans son sillage. *Quelle magnanimité*, se dit Maggie, vidant son verre d'un seul trait.

« N'empêche, maugréa Annie la Rousse dans son

dos. Elle va avoir le temps de soigner sa gueule de bois. C'est pas elle qui va se lever à 7 heures pour nettoyer les couloirs du troisième étage. Ils sont combien, dans les suites d'invités ?

— Quatre, intervint Jane la Muette, les joues rouges. Les Mayfair dans la première, les Tomlison…

— Oui, bref, la coupa Annie. Avec un peu de chance, ils auront autant picolé que Pippa-ma-chère. Kitty, tu devrais arrêter avec le champagne, y a du sucre là-dedans. Colin et moi, on a pas envie de te porter dans les combles, pas vrai, mon gros ? »

Hilare, Colin opina du chef, la couenne rose et brillante sous ses yeux de porcelet. Quand il sortit son violon de derrière son dos, braillant comme s'il faisait à l'assemblée la surprise du siècle, Maggie se précipita sur le champagne, s'en servant un plein godet et l'avalant cul sec. Le crincrin lui découpait les nerfs en lamelles, et elle était à peu près sûre de finir par égorger Colin avec le tesson qui traînait sur la table – aussi elle profita de ce que tout le monde se lançait dans une espèce de polka endiablée pour piquer une bouteille à peine ouverte et prendre la tangente.

Pour elle, la soirée n'avait été qu'une succession de petits cauchemars. Pour commencer, elle s'était vue avancer au milieu de tous ces gens brillants et fortunés, son plateau en équilibre, comme si elle était toute nue dans la nef de la cathédrale Saint-Paul. Elle avait l'impression que l'ensemble des yeux de la gentry convergeait vers elle, sa dégaine de soubrette reconnaissante et son maquillage à 2 pence.

Pippa-ma-chère l'avait discrètement gratifiée d'un « Soyez à ce que vous faites, Maggie », alors qu'elle échangeait la flûte vide de la duchesse du Surrey contre une autre flûte vide.

Lady Philippa était, comme c'était prévisible, divine – absolument divine. À la voir éclater d'un rire aussi scintillant qu'une cascade de diamants tombant dans une coupe, entretenir des conversations futiles au fil des groupes de hobereaux, on n'aurait jamais cru qu'elle avait passé le dernier mois à hésiter à se trancher la gorge.

Le dos de sa robe magique découvrait une nuque fine et deux omoplates parfaitement sculptées, et quand Sir John avait caressé de sa belle main l'échine de son épouse, Maggie avait réprimé un hoquet de contrariété.

Sir John en smoking, elle préférait ne pas s'en souvenir. Il était d'une élégance incandescente. Mais quand elle avait envoyé balader le comte d'Elle-ne-savait-plus-quoi, Monsieur avait à peine levé un sourcil.

« Oh, mais mon cher Lyon-Thorpe, en voilà une jolie nouveauté, avait lâché le notable en la balayant d'un œil égrillard.

— Un peu de champagne pour vous rafraîchir ? » avait rétorqué Maggie.

Et elle lui avait tendu une coupe brinquebalante avant de tourner les talons.

Pour finir, elle s'était écroulée sur une chaise de l'office, les pieds en compote, avec l'intention de manger un morceau de gâteau avant de monter retrouver son chat, quand Pippa-ma-chère avait débarqué en tanguant, sommant la domesticité épuisée de se finir au champagne en l'honneur des fastes retrouvés de Sheperd House.

Sa bouteille à la main, Maggie s'arrêta au milieu du couloir sombre pour enlever ses chaussures et avaler une longue goulée. Demain, elle irait au cimetière de bateaux pour engueuler Will, se dit-elle, légèrement ivre. C'était sa faute si elle était là. Elle aurait dû pratiquer des opérations chirurgicales de la plus haute importance, ôter des kilomètres d'appendices et de vésicules biliaires, sauver des vies au lieu de servir la soupe à des ploutocrates obsédés sexuels.

Elle but encore, hoqueta, s'engagea dans l'escalier de service qui menait à l'Aile des vierges.

Il était là.

Sir John, assis sur le palier du troisième étage – c'était écrit dans son esprit brumeux. Sa veste était posée sur une marche à côté de lui, sa chemise déboutonnée, son nœud papillon pendait comme s'il s'était battu avec et qu'il était ridiculement mort – aux confins de la nuit et du petit matin, Monsieur avait fini par vaincre les symboles de l'oppression aristocratique.

Maggie plissa les yeux, à peine surprise. Avec les grincements du violon de Colin et les rires des fêtards en fond sonore, c'était un film étrange qui avait quelque chose de fatidique.

« Qu'est-ce que vous faites là ? » lâcha-t-elle sans se donner le temps de la réflexion. Il rit doucement.

« Vous dites toujours ce qui vous passe par la tête, Maggie Fuller ?

— Ça sort directement », opina-t-elle.

Maintenant qu'elle était face à lui, elle avait l'impression de s'ébattre dans un champ de coton.

Il tendit la main vers la bouteille de champagne. Elle haussa mollement une épaule et la lui passa.

« Je l'ai prise à la cuisine, alors je suppose qu'elle est à vous. »

Elle n'imaginait pas qu'il puisse boire au goulot après elle, elle s'attendait à ce qu'il sorte un de ses mouchoirs brodés et un verre en cristal de Bohème de sa poche – puisqu'il était magique comme une apparition.

Mais il se contenta de poser la bouteille sur le sol et de l'oublier, ses belles mains croisées sur ses genoux, l'applique du couloir faisant danser une flammèche dans son œil gauche, le reste de son visage dans la pénombre.

Il observait Maggie, et Maggie perdait pied. Elle s'était plu à croire qu'ils se tournaient autour comme deux grands fauves, chacun mesurant la force de l'autre sans prendre le dessus, mais ses sens la rappelaient à sa nature profonde. C'était comme un bouillonnement sourd qui progressait le long de ses jambes, s'emparant de ses cuisses, poussant à l'intérieur, trouvant son point culminant au creux de son pubis. Cela faisait presque mal. Le crincrin du sous-sol ralentissait, les rires s'étouffaient, les battements de son pouls dans le creux de sa gorge la rendaient sourde.

« Maggie Fuller », répéta-t-il dans une sorte de murmure interrogatif – et ce fut comme s'il l'invitait à danser.

Oubliant de respirer, elle saisit la main qu'il lui tendait, ayant conscience de répondre à une proposition sulfureuse. Sir John se leva et elle le suivit dans un songe, renversant au passage la bouteille dont le contenu se répandit sur le tapis d'escalier dans un pétillement mousseux. Alors qu'ils traversaient le couloir sans un bruit, elle éprouva du pouce la main qui tenait la sienne – sa large paume, la saillie musculaire du mont de Vénus, l'organisation de ses phalanges, et le feu redoubla de violence dans le creux mystique de son ventre.

Ce n'était que du sexe, de la chair et du rêve, se dit-elle, retrouvant une étrange sérénité quand, après avoir refermé une porte dans le noir, le maître de maison l'allongea sur un lit sans rien dire et que sa bouche piquante fondit sur la sienne. Une autre Maggie avait soudain pris sa place, souveraine, cette femme qui savait comment répondre à ses baisers et dont elle ignorait jusque-là l'existence.

Elle sentait ses mains, ses belles mains partout sur elle – des pans d'intimité dévoilés l'un après l'autre dans la lumière diffuse de la nuit finissante. Bien au-delà des mots absents, le souffle de cet homme à son oreille était la musique la plus délicieusement charnelle qu'il lui ait été donné d'entendre. Maggie respirait la peau de Sir John, se concentrait sur les battements de son propre cœur pour ne pas céder à la rébellion devant cette virilité qui s'imposait à elle.

Lorsqu'il la pénétra, elle ferma les yeux si fort qu'elle vit passer des éclairs de lumière. « Oh, mon Dieu », exhala-t-elle en entourant ses hanches mouvantes de ses jambes. Jamais un homme ne l'avait envahie de cette façon-là, l'accaparant jusqu'à lui couper le souffle. C'était si différent, cet amant sans garde-fou – avec Will, c'était elle qui était dessus, qui guidait la danse, dans une organisation de mouvements clinique, en pleine lumière pour veiller à ne pas lui faire mal.

Au début, Will aimait ça, la regardait danser comme si elle avait été une princesse – puis quand cela ne lui fit plus rien, il avait fini par la traiter de pute.

Dans la pénombre onirique de cette chambre à Sheperd House, la jouissance domina Maggie Fuller sans qu'elle s'en défende et oh, Seigneur, c'était si bouleversant qu'elle en pleura sans bruit, cachée dans les pans de la chemise auxquels elle s'accrochait à pleines mains.

12

Maggie avait grimpé par la petite échelle rouillée et s'était assise à la proue du chalutier, à l'endroit exact où Will et elle construisaient leur monde idéal. Elle avait l'impression que le petit bateau s'était enfoncé dans le sol, que le pont était moins haut. Les grandes herbes lui caressaient les mollets.

Le front appuyé sur le bastingage, elle profita un moment du soleil sur sa nuque, les yeux mi-clos. À travers ses cheveux, qu'elle avait détachés dans un petit vent de liberté, elle observait ce qui restait de *La Merveilleuse*. La petite goélette s'était affaissée, et sa coque ouverte laissait apparaître sa membrure, comme une cage thoracique sur une table d'autopsie – elle pensa au Dr Heady, là-bas au dispensaire, à la jeune noyée qu'il avait reçue la dernière fois.

Le mât cassé en deux s'était abattu sur le ponton, creusant une large encoche. Un lapin en sortit, puis deux. En voilà qui avaient vraiment fait de *La Merveilleuse* leur foyer. Elle sourit, mélancolique, faisant machinalement tourner son alliance autour de son doigt.

« Will, cette fois c'est vraiment fini. »

Le son de sa propre voix la surprit. Elle était fatiguée, cotonneuse, pas vraiment là. L'odeur âcre du cimetière de bateaux, mélange poissonneux de bois vermoulu et de ferraille corrodée, lui était désagréable. Est-ce que ça avait toujours été comme ça, ou les parfums floraux de Sheperd House agissaient-ils comme les révélateurs des remugles passés ? Les bateaux morts, les cuves de fioul du port, la conserverie de poissons… Elle regarda ses mains blanches, ses ongles propres. Son alliance, simple anneau d'argent gravé au nom de Will, encore une fois. Tout cela semblait si loin.

« Will, je t'ai quitté cette nuit. »

Elle ôta ses chaussures du bout des orteils, les laissant glisser le long de la coque. Elle n'avait pas mis de bas, sa robe à fleurs un peu fanées effleurait doucement ses cuisses. Elle frissonna.

Cette nuit, Sir John ne lui avait rien dit pendant un long moment, la caressant dans la pénombre alors qu'elle reprenait son souffle, puis il s'était levé sur un baiser et avait murmuré : « Ne vous endormez pas ici, Maggie Fuller… » Puis il avait disparu.

En plein soleil, elle sentait encore sa main sur sa hanche, sa taille, son cou, et mon Dieu, c'était presque aussi voluptueux que ce qu'ils avaient fait auparavant.

« Will, j'aurais voulu que ce soit avec toi que ça arrive. J'étais ta femme, Will. » Mais alors qu'au petit matin elle remontait dans l'Aile des vierges, frémissant sous son chemisier reboutonné à la hâte, elle s'était sentie si différente qu'elle avait compris : ce n'était pas avec son mari qu'elle avait perdu sa virginité. L'hymen n'était qu'un détail anatomique.

Elle se souvenait de cette nuit de noces, deux mois

après leur mariage, où, glissant sur lui avec précaution, elle avait dû doser sa propre douleur, composer avec son anxiété et sa pudeur en pleine lumière. Et puis, toutes les fois d'après, surveiller Will en s'ignorant elle-même, pour qu'aucun enfant n'arrive jamais dans leur monde abîmé. Quel plaisir avait-elle jamais eu ?

Pute, entendit-elle encore, les yeux secs.

Maintenant qu'un autre l'avait initiée, elle se jura que plus aucun Will ne la rabaisserait jamais. À chaque fois, entre les draps, elle serait la princesse qu'elle avait été cette nuit.

Elle compta ses billets, et il y en eut assez pour entrer dans une boutique de Folkestone qu'elle avait l'habitude de longer en rentrant de la conserverie. Dans la vitrine, une robe rouge à pois blancs l'aguichait depuis des semaines.

« Elle vient de Paris », fit la vendeuse, méfiante devant le tissu à fleurs fanées qui jouait avec ses mollets nus. Maggie ôta sa vieille robe et essaya la nouvelle devant le grand miroir d'une cabine. Le plissé du crêpe Georgette arrondissait ses seins et affinait sa taille. S'approchant du miroir, elle passa le bout des doigts sur ses joues roses, ramenant ses longs cheveux sur une épaule. De légers cernes bleutés faisaient ressortir le vert de ses yeux. Elle crut voir ceux de Sir John, secoua la tête, troublée. Elle était jolie, quand même. Peut-être était-ce vraiment elle – et rien qu'elle – que Monsieur avait attendue, en haut de l'escalier de service ? Elle avait préféré en douter – si Kitty avait été la première à monter cette nuit, aurait-elle enfin eu sa chance ? Imaginer John Lyon-Thorpe en grand prédateur qui guettait sa proie, n'importe laquelle, lui permettait de garder vis-à-vis de l'événement le détachement qui convenait.

Maggie acheta la robe, et aussi un rouge à lèvres assorti à la parfumerie voisine. Elle n'avait plus assez d'argent pour des chaussures, ce serait un autre plaisir, une autre fois.

Elle rentra à Sheperd House à la tombée de la nuit, passant par les cuisines. L'air venu du large lui avait creusé l'estomac. Annie la Rousse, Colin et le majordome Bernard somnolaient au-dessus des reliefs d'un saumon en croûte.

« Tiens, dit Annie. Il y en a pour un régiment. Et encore du saumon fumé dans le réfrigérateur. J'en peux plus, du saumon. Mais si on ne le mange pas, il va se gâter. »

De mauvaise grâce, Maggie tira une chaise, s'installa devant une assiette. Colin la considérait avec l'animosité que méritait une employée rentrant d'une journée de goguette.

« Ça a été, ce matin ? se renseigna-t-elle pour la forme.

— Pourquoi avez-vous eu droit à un jour de congé, Mrs Fuller ? demanda Colin, onctueux.

— C'était prévu ainsi, intervint Bernard. Pour les employés ayant travaillé sept jours d'affilée. Mrs Fuller, mais aussi Mildred et Steven.

— Si on se met à respecter les règles syndicales des grands magasins, ironisa Colin, où va-t-on ? »

Maggie le regarda fixement, la bouche pleine, émiettant un morceau de croûte entre ses doigts en imaginant qu'il s'agissait de son minuscule pénis. Ce qui eut le don de lui rendre le sourire.

« Oh, arrête Colin, maugréa sa femme. On avait tout fait hier soir. Jane, la petiote et moi on a juste eu à dresser le buffet du brunch.

— Les invités sont partis ? demanda Maggie.

— Après le brunch, oui. Pippa-ma-chère se plaignait d'avoir le casque à pointe, elle a déjeuné à l'aspirine. (La Rousse eut un rire de gorge.) Quelqu'un chez les Tomlison a vomi sur le tapis de la chambre verte. Et il y en a deux qui se sont envoyés en l'air dans la chambre bleue. »

Maggie déglutit son morceau de saumon, refroidie.

« Ah bon ?

— Oui, au bout du couloir. Normalement, elle était inoccupée, mais le lit était en bazar. Et le tapis de l'escalier de service était plein de champagne. Colin et moi on pense que…

— Un conseil, coupa froidement Bernard. Arrêtez de penser. Ce qui se passe derrière les portes des invités ne vous regarde pas. »

Colin et Annie se regardèrent d'un air entendu, et ce fut terminé. Désarçonnée, Maggie attrapa un morceau de tarte aux prunes et s'enfuit sans demander son reste. Le témoignage inattendu de la gazette de Sheperd House éclairait son rêve nocturne d'une crudité dérangeante : elle était bien la petite bonniche troussée par le maître. Elle aurait voulu que les draps se referment sur ce voluptueux souvenir, mais ici c'était impossible.

Aussi, quand le géant Baptiste la retint par le bras alors qu'elle franchissait la porte de l'office et l'informa que Sir John souhaitait la voir – « Si vous voulez bien me suivre… » –, elle se dégagea tranquillement et répondit : « Dites à Monsieur que je ne suis pas disponible. »

Puis elle s'enferma dans sa chambre, partageant sa croûte de tarte avec le petit chat reconnaissant.

13

Maggie faisait son travail de fourmi, en silence, rapidement. Elle tirait les draps, secouait les plaids en fourrure par la fenêtre, tapotait les oreillers. Elle avait pris le coup. Pippa-ma-chère semblait apprécier, puisqu'elle avait envoyé Kitty à la cuisine pour la matinée.

« Katherine est un peu brouillon, ne trouvez-vous pas ? dit-elle en tirant sur son fume-cigarette.

— Non, Madame », répliqua Maggie.

Lady Philippa sembla surprise qu'elle ne saisisse pas l'occasion de dénigrer le travail d'une collègue. Méfiante, Maggie lui jeta un œil par-dessus son coussin. McMillan mettait une dernière touche à la tenue de Madame, arrangeant une aigrette sur son chapeau : Pippa-ma-chère partait pour Londres renouveler sa garde-robe et celle de ses enfants invisibles pour l'hiver prochain – déjà l'hiver en mai, ces gens couraient toujours après tout, tout le temps. Cela prendrait toute une semaine, et elle emmenait Kitty et Jane en plus de sa camériste et d'un précepteur.

Les Lyon-Thorpe disposaient d'un appartement sur Regent Street.

« Monsieur y va plus souvent qu'elle, mais au moins il n'emmène que Baptiste, avait râlé Annie la Rousse. Quand Madame se déplace, elle nous enlève la moitié du personnel. Et qui c'est qui fait tout le boulot ? »

Arrangeant un plaid sur la méridienne sous le regard méditatif de Lady Philippa, Maggie craignit soudain que son efficacité la propulse dans la capitale à la place de la gringalette. Elle n'avait absolument pas envie de jouer les chien-chien à la traîne de la star du Kent et de sa descendance. En plus, elle n'aimait pas les enfants – enfin, pas d'après ce qu'elle en connaissait, des ersatz de Will dont il faudrait s'occuper.

Elle poussa discrètement le guéridon du pied, et les lunettes de lecture de Madame tombèrent sur la moquette. « Merde ! » lâcha-t-elle en les ramassant. Puis « Pardon, Madame ». Pippa-ma-chère afficha un air déçu et enfila ses gants. Maggie serra le poing, satisfaite.

Punaise, des gants et un chapeau par un temps pareil, se dit-elle en regardant par la fenêtre la déesse descendre le perron. Elle fut surprise de voir ses trois enfants venant de l'aile est, alors qu'elle ne savait même pas qu'ils étaient là. Quel empire que ce château. Un étage pour Monsieur, un étage pour Madame, une aile pour Sir Albert, une aile pour les enfants. Il y avait peut-être toute une armée de domestiques, d'infirmières et de précepteurs qui évoluait dans des couloirs étrangers.

Maggie observa le garçon, sa démarche dégingandée, cherchant une ressemblance avec Sir John. Mais c'était la plus petite des filles qui évoquait le mieux son père. Un air indifférent, fermé au cirque qui s'organisait entre les deux voitures.

Bref, se dit Maggie, chassant toutes ses idées de Monsieur dans l'air tiède. Le ciel était si bleu, le soleil si vif qu'elle en aurait presque chanté. Elle aperçut le coin du labyrinthe et regarda sa montre. Il était l'heure d'aller vérifier si le garde-chiourme avait sorti Sir Albert de son placard. Elle avait confectionné avec un bout de ficelle une petite laisse pour son chat, se disant que s'il tenait sur ses pattes il pourrait amuser le vieux.

Une fois que les deux Bentley de la famille et de son escorte eurent disparu dans le virage, elle referma la fenêtre et grimpa dans sa chambre, harnacha le chaton et le glissa dans son tablier.

Maggie rasait les murs. Et pas seulement pour le chat. Après le grand dîner de printemps, Sir John avait renoué avec ses absences, mais elle redoutait de le croiser seul dans un couloir. Elle avait peur de l'image qu'il lui renverrait d'elle.

Sir Albert était bien là, souriant, escorté par l'escogriffe. « Clemmie !

— Regardez, Albert, ce que je vous amène, dit-elle en sortant le chat de sa poche. Toi, tu reviens le chercher dans une demi-heure.

— Merci, Madame », fit le bougre.

Madame. Maggie leva les yeux au ciel. Au moins régnait-elle sur ce carré de buis. Elle amena le vieillard derrière le labyrinthe, où leur banc faisait face à l'horizon des falaises.

« Dans la région des Sundarbans, le tigre du Bengale… commença le vieux, caressant le chat d'un air pénétré.

— N'exagérons rien, Albert, fit Maggie en étendant ses jambes. Il doit peser cinq cents grammes, mais j'y travaille. Et vous, vous avez mangé ?

— Des œufs du dragon, n'est-ce pas ?

— Magnifique. Parlez-moi de l'Inde, Albert. Delhi. Vous avez retrouvé Clemmie ? »

Le vieillard se lança dans un récit sans queue ni tête, hybride de l'*Odyssée* d'Homère et des poèmes de John Keats. Maggie ne l'avait encore jamais vu aussi exalté. Elle récupéra le chat, un peu inquiète, et le bruit des bottes dans le gravier termina de gâcher sa pause.

« Il tourne en boucle, dit-elle à John Lyon-Thorpe – parce qu'elle avait reconnu ses grands pas, et son parfum aussi.

— Il peut être fatigant. Il fait ces sortes de crises quand il est perturbé par quelque chose. Ou quelqu'un. »

Maggie n'osait pas se retourner. Elle ne savait pas quel effet cela lui ferait, de le regarder – avec lui le langage de son corps avait tendance à bégayer. Sur la fourrure du chaton, elle sentait ses mains devenir moites.

« Qu'est-ce que c'est que ça ? fit la voix de Monsieur par-dessus la logorrhée de Sir Albert.

— Un chat, selon toute vraisemblance. Je le garde, l'avertit-elle.

— Si cela vous amuse. »

Elle entendit un claquement de doigts loin au-dessus

de sa tête et vit l'infirmier faire demi-tour ventre à terre alors qu'il s'apprêtait à entrer dans la maison.

« C'est moi qui lui ai proposé… » démarra-t-elle en levant les yeux. Elle croisa le regard vert sous la barre des sourcils, les cheveux brillants, la fine moustache sensuelle, sentit le fourmillement au creux de ses cuisses. Et cela l'agaça prodigieusement. « Je lui ai dit que je m'occupais de Sir Albert.

— C'est gentil à vous. Osmond, ramenez-le à la maison.

— Il était bien, ici, protesta Maggie. Vous ne pouvez pas…

— Si, je peux. »

Il la regarda, impassible. Ils se retrouvaient seuls, tous les deux, et Maggie aurait voulu être n'importe où ailleurs – bon sang, de quoi pouvait-on bien parler normalement avec un inconnu qui vous avait offert votre premier orgasme ?

Elle opta pour le plus simple : « J'ai du travail, pardon, Monsieur », dit-elle en se levant. Il la rattrapa doucement par le bras au passage.

« Oh, il n'y a pas grand-chose à faire, le plus gros de la troupe a déserté le château. Je suis sûr que vous aurez cinq minutes à m'accorder. »

Maggie le dévisagea, comme frappée d'ivresse. Il fouilla tranquillement dans sa poche, extirpant son paquet de cigarettes. Quand il le tendit vers elle, les yeux de Maggie effleurèrent sa main – oh, mon Dieu – bloquant sur la chevalière qu'elle se rappela avoir sentie glisser sur elle.

« Non, merci. *Monsieur* », se reprit-elle, insistant sur le *Monsieur*.

Elle ne voulait pas être la complice de quoi que ce

soit avec lui, même d'un simple tabagisme, sa raison en fuite lui criait de se préserver. Il attendit deux secondes qu'elle change d'avis, puis sa main disparut.

« Je voulais juste m'assurer que tout allait bien, Maggie Fuller. »

Elle frissonna. Quand il disait son nom de cette façon-là – cette drôle de façon d'aligner son prénom et le nom de Will –, elle se sentait à la fois glorifiée dans son statut de veuve et réduite à une ligne en bas d'une liste. C'était déstabilisant. Comme tout ce qu'il faisait avec elle, d'ailleurs.

« Je vais bien, merci, Monsieur, répondit-elle, mielleuse.

— Formidable. Laissez-moi juste clarifier une chose, si vous le voulez bien. »

Maggie ne le voulait pas, mais bon. Elle le lui signifia en haussant une épaule.

« Un employeur n'a aucune prérogative à exercer sur les domestiques, autre que ce qu'on attend d'un personnel de maison, dit-il comme s'il lui récitait la *Common Law*. Ce qui veut dire que vous pouvez refuser tout ce qui n'entre pas dans vos attributions, sans que votre emploi soit menacé. (Il marqua un temps d'arrêt, tirant une bouffée de sa cigarette.) J'ai entendu parler de votre conscience sociale, Maggie Fuller, des idées égalitaires que vous répandez au sous-sol. Loin de moi l'idée de les fouler aux pieds. »

Maggie le regarda, ébahie.

« Attendez… Si j'ai bien compris, je n'étais pas obligée de coucher avec vous ? ironisa-t-elle. C'est ça, que vous voulez dire ? Doux Jésus, si j'avais su ! »

Flegmatique, Sir John Lyon-Thorpe tira une nouvelle bouffée de sa cigarette. Maggie sentit comme un léger changement de climat, un vent plaisant siffler à son oreille. Par-dessus des volutes blanches, les yeux de Monsieur brillaient d'un éclat nouveau. Sir John s'était départi de sa morgue naturelle et affichait un air franchement amusé. Comme si c'était le début d'un jeu. En fond sonore, le chaton miaulait, c'était plutôt drôle.

Mise en jambe, Maggie poursuivit :

« Je ne suis pas votre victime, Monsieur. Je ne suis pas innocente. Vous n'en avez peut-être pas l'habitude. Mais je n'accepte jamais rien sans en tirer mes propres bénéfices. C'était une expérience agréable. Monsieur. »

Avec quel aplomb mentait-elle. Jamais jusqu'ici elle n'avait tiré un quelconque bénéfice de sa féminité.

Sir John hocha la tête sans rien répondre, d'un air poli, lui signifiant « Pour vous servir ». Maggie ne savait que penser de sa mine mi-ironique, mi-admirative, elle ne le connaissait pas assez – même pas du tout – pour juger ce vers quoi il penchait le plus.

« En revanche, conclut-elle, si vous pouviez éviter de m'envoyer chercher par votre sbire…

— Ce n'était pas…

— C'est peut-être votre mode d'emploi avec les autres, le coupa-t-elle, mais moi je ne suis la Pompadour de personne. Monsieur. »

Il fronça les sourcils, un nuage de contrariété passant dans ses yeux vifs.

Maggie ne lui laissa pas le temps de répondre et s'enfuit vers la maison, contente d'elle, le chat dans son tablier.

14

Il régnait un calme inhabituel à Sheperd House. En l'absence de Madame, on avait l'impression de déambuler dans un pensionnat déserté pour les vacances.

Annie et Maggie avaient ouvert toutes les fenêtres du premier étage et les salons baignaient dans une ambiance surréaliste, figés dans leur jus. « Si je m'écoutais, je monterais le poste de la cuisine, et on valserait comme des folles », dit la Rousse. Maggie sourit, ailleurs. Elle aurait aussi pu piquer tous les chandeliers et les revendre en ville pour se payer une carte d'embarquement pour l'Amérique. C'était une autre idée.

Elle passa machinalement le plumeau sur les meubles déjà brillants de propreté, arrangea deux ou trois coussins pour la forme, puis quand elle fut désœuvrée descendit à l'office, dans l'idée d'y prendre les journaux de la veille et d'aller les lire quelque part dans l'herbe.

Elle dénicha le *Times* sous une panière, attrapa une pomme, levant ostensiblement les yeux au ciel quand Colin débarqua, aussi discret qu'un éléphant flatulent.

« Vous n'avez pas déjà pris votre pause, Mrs Fuller ? ronfla-t-il.

— Vous avez fait un faux pli sur le journal en le repassant, Colin. Mauvais travail, ça.

— Vous lisez un journal qui n'est pas gauchiste, Mrs Fuller ?

— C'est la grande différence avec vous, Colin. Je m'intéresse à ce que dit le camp adverse. (Elle lui passa sous le nez, croquant dans sa pomme.) Et je fais tellement bien mon travail que je peux prendre deux pauses. Demandez à Annie, elle en est à sa troisième. »

Elle trouva l'endroit parfait dans le jardin, à l'ouest, dans un angle mort. Le tapis d'herbe taillée au millimètre déroulait une caresse tiède sous ses pieds nus, dans sa nuque le vent léger jouait avec ses cheveux défaits. Elle regarda autour d'elle et ôta ses bas, s'allongeant dans l'herbe avec délices. Tout, aujourd'hui, appelait à la sensualité. Autour d'elle. En elle. Il était inutile de s'en défendre. Tout en bas de son ventre, une pointe brûlante l'agaçait sans relâche, depuis qu'elle s'était confrontée à Sir John ce midi.

À son sujet, il faudrait qu'elle prenne une décision. Devait-elle se draper dans une fierté désuète et se priver de tout un tas de bonnes choses dont – elle n'osait y penser – elle n'avait eu qu'un échantillon l'autre nuit ? Après tout, n'était-ce pas cela, être une femme libérée ? Ou, au contraire, faire très attention : elle était diablement consciente de son propre désir, mais elle ne savait pas trop ce qu'il y avait dessous.

Plus tard, se dit-elle. Elle verrait plus tard, à tête reposée. Pour le moment, elle était complètement déséquilibrée.

Pour résister à la bascule, elle se plongea dans la lecture austère du *Times*. La campagne de Birmanie touchait à sa fin, les Anglais avaient repris Rangoon à l'Empire du Japon, envahisseur de la colonie depuis 1942. Colin va être content, ricana-t-elle en croquant sa pomme. En revanche, le processus de décolonisation de l'Inde se poursuivait avec l'envoi de missions britanniques chargées de préparer une Constitution. Mauvais point, mon gros. Mais d'où ses compatriotes tiraient-ils cette propension à vouloir s'étaler partout ? Qu'est-ce qu'était un empire, sinon un complexe mal réglé ?

Quand elle habitait encore avec sa mère, elle devait lire *The Guardian* tous les jours. Pour son édification sociale et politique, Elizabeth entourait les articles intéressants avec un crayon de couturière, noir et gras – c'était bien la seule chose à laquelle il lui servait, sa mère savait à peine repriser une chaussette.

En 1936, Maggie avait ainsi pu saluer la victoire du Front populaire en France – le gouvernement du socialiste Léon Blum comportait des femmes, pour la première fois –, et les lois sociales comme la semaine des quarante heures et les congés payés, dont le Royaume-Uni s'inspirerait deux ans plus tard.

Et bien sûr, elle s'était inquiétée de la montée des totalitarismes en Europe – sa mère fustigeait la complaisance du Premier ministre d'alors, Neville Chamberlain, pour l'Allemagne hitlérienne. Quand Churchill l'avait remplacé en 1940 pour mener la guerre, Elizabeth avait affiché une satisfaction retenue – elle n'était évidemment pas conservatrice, mais c'était tout de même mieux comme ça.

Les articles qui avaient surtout intéressé Maggie,

en 1936, n'avaient pas été entourés par Elizabeth et déroulaient jour après jour un formidable feuilleton royal. La jeune fille de seize ans qu'elle était alors avait frémi au discours de démission du tout nouveau Edward VIII, qui renonçait à la couronne pour pouvoir épouser la femme qu'il aimait. Maggie s'intéressait beaucoup aux progrès sociaux, mais elle n'était pas contre un peu de romantisme. Et l'Américaine Wallis Simpson, divorcée, remariée, et de nouveau en instance de divorce, semblait pouvoir porter haut l'étendard de la Femme Moderne – même si ses chapeaux et ses bijoux trahissaient un amour immodéré pour le matérialisme.

Mais Elizabeth avait rapidement douché l'enthousiasme de la midinette qui trépignait en elle : la démission du roi chevaleresque, avant même son couronnement, avait moins à voir avec sa passion échevelée pour une roturière qu'avec ses sympathies fascistes. Selon elle, le populisme d'Edward était une menace pour la démocratie parlementaire, et une campagne avait été menée avec les pays du Commonwealth pour qu'il renonce au trône.

« Tu vois, avait dit Elizabeth, l'amour n'est toujours qu'un joli prétexte à la déconstruction. »

À l'heure qu'il était, allongée dans l'herbe tendre de Sheperd House, Maggie n'avait toujours pas compris ce que sa mère avait voulu dire.

Elle bâilla, gagnée par une douce torpeur, se fit violence pour terminer sa lecture d'un article sur le nouvel aéroport d'Heathrow, dans la ceinture verte de Londres. Le 16 avril, un premier vol international – un Constellation venant de Rio de Janeiro – s'y était posé. À la fin du mois de mai, l'aéroport serait opérationnel pour l'usage civil. Cette perspective faisait rêver Maggie : aurait-elle assez d'argent un jour pour prendre l'avion ? Voler, mon Dieu, quelle impression cela faisait-il ?

Évidemment, elle se souvint que John Lyon-Thorpe, lui, savait. Ses missions avec la RAF pendant la guerre, les livraisons d'armes à la Résistance française… Punaise, ne lui manquait plus que l'héroïsme pour qu'elle soit complètement cuite.

Elle soupira. Ses paupières se faisaient lourdes. Le soleil caressait ses jambes, la chaleur irradiait son ventre.

Et ces mains imaginaires qui ne la lâchaient pas.

15

Maggie prit exceptionnellement son dîner avec ce qui restait de la domesticité. Elle avait besoin de ne pas être seule.

Elle se disait qu'un solide repas, deux ou trois verres de vin et une bonne engueulade avec Colin occuperaient sa soirée et la tiendraient éloignée de ses funestes projets – qui consistaient à monter se raser les jambes, s'asperger d'eau de Cologne et aller toquer à la chambre de Sir John sa culotte à la main.

Avec un peu de discipline, elle retrouverait ses esprits avant qu'à la fin de la semaine Pippa-ma-chère pointe de nouveau son aigrette, escortée par la maîtresse en chef. Un jour après l'autre.

Annie la Rousse et Colin profitaient de ce congé officieux pour forcer sur le brandy, et le sosie d'Oliver Hardy avait le vin gai, ce qui n'arrangeait pas les affaires de Maggie Fuller, remontée comme une pendule, l'échine en plein séisme.

« Puisque nous sommes en vacances, pourquoi ne pas manger dehors ? proposa-t-elle.

— Nous ne sommes pas en vacances, Mrs Fuller », rétorqua Bertha Stanfield.

En bout de table, le majordome Bernard haussa les épaules, tentant manifestement de suivre les *Lettres d'Amérique* d'Alistair Cooke à la radio.

« En vacances ? rebondit Colin, comme prévu. N'avez-vous pas eu assez de votre après-midi à ne rien faire ?

— Oh, je t'en prie, Colin, dit Annie. Je n'ai rien fait non plus.

— D'ailleurs, fit Maggie en se servant un nouveau verre, où allez-vous passer votre semaine de congés payés ? Une idée ? »

Annie jeta un œil torve à son mari et soupira : « On ne les prend pas, ma belle. Où veux-tu qu'on aille ? S'ennuyer dans un endroit inconnu… »

Maggie la regarda, incrédule. Voilà donc seize ans que ce couple vertueux n'avait pas dormi ailleurs qu'à Sheperd House, ni enjambé les bois du sud du Kent. Pas étonnant que Colin fasse du lard. Bien sûr, elle-même n'était jamais sortie de la banlieue de Folkestone, mais elle avait eu une bonne excuse. N'empêche que l'idée de n'avoir comme horizon que les boiseries dorées et les tentures fleuries au milieu desquelles elle trimait lui flanquait la nausée.

« Les gens comme nous n'ont pas besoin de vacances », décréta Colin.

Celle-là, elle l'attendait.

« Mon cher, dit-elle en s'essuyant la bouche, vous avez un siècle de retard. Il y a un endroit en France, à Nice, qui s'appelle la Promenade des Anglais. Savez-vous pourquoi ?

— Franchement… commença Colin.

— Eh bien, le coupa-t-elle, parce que cette très jolie avenue qui borde la mer Méditerranée n'était à l'époque arpentée que par les ancêtres des Lyon-Thorpe et compagnie en villégiature. Les seuls à pouvoir se payer des vacances. C'est d'ailleurs pour eux que Mr Thomas Cook a créé la toute première agence de voyages.

— Seigneur, Maggie, tu es une vraie encyclopédie, siffla Annie.

— C'était dans les années 1840. Croisières sur le Nil, Baden-Baden, Paris… Magnifique, non ? (Elle avala une gorgée de vin.) Bon, c'est aussi l'agence de Mr Cook qui a vendu les billets pour le *Titanic*, on ne peut pas être bon tout le temps.

— Les domestiques voyageaient avec eux, ils en profitaient aussi, rétorqua Colin. À Paris, partout.

— Oui, formidable. Du coup, où voulez-vous que Lady Philippa vous emmène travailler, pour vos congés payés ? »

Annie mit une bourrade à son époux, d'un air de dire « Tu vois ? », et Maggie supposa que la discussion était venue souvent sur le tapis, expliquant en partie l'aigreur chronique de la Rousse. Colin la fixa de ses petits yeux pointus comme des boutons de bottines.

« Mrs Fuller, dites-moi. Vous qui avez des leçons à donner à tout le monde, que faites-vous ici, dans ce lieu que vous ne respectez pas, à occuper un emploi bien au-dessous de vos exigences ? »

Maggie le toisa. Cet idiot savait donc faire des phrases à peu près construites.

« Je ne compte pas y passer seize ans, Colin.

— Ne crachez pas dans la soupe. Il y a des gens à l'usine qui sont bien moins lotis que vous.

— Je le sais. J'ai travaillé six ans dans une conserverie de poissons.

— Et c'est là toute votre formation pour entrer à Sheperd House ?

— En faut-il vraiment une autre ? »

Maggie se mordit les lèvres. Elle poussait vraiment le bouchon. Mais elle ne connaissait que trop bien cette colère rentrée qui l'exhortait à accabler le premier péquin venu. La vérité, c'est que des soirs comme celui-ci, quand elle ne savait plus du tout où se situer, elle avait envie de hurler qu'elle avait souffert. De leur balancer à la figure, à ces gens satisfaits, qu'ils étaient incomplets, ignorants des sacrifices et des crève-cœur.

Ses agressions maladroites cachaient un désir éperdu de bienveillance – qu'on lui dise ce que personne ne lui avait jamais dit, surtout pas sa mère : « Ce que tu as fait était admirable. » Le Dr Heady avait bien essayé quelquefois, mais Maggie en était alors au stade où elle confondait la compassion et la pitié.

« Je ne voulais pas être agressive, dit-elle platement. J'ai bu trop de vin. »

Et elle quitta la table, maudissant son esprit indocile.

Le chaton ronronnait contre sa poitrine. Il ne tenait pas encore bien sur ses pattes mais avait pris quelques grammes. Peut-être arriverait-elle à sauver quelqu'un, une fois dans sa vie, se dit-elle en le caressant avec application.

Maggie n'avait pas fermé les volets, ces volets lourds qu'elle entendait claquer en écho tout du long de l'Aile des vierges sur le coup des 9 heures du soir, quand chacun avait terminé son service – *clap clap*

clap, fin de la représentation. Elle aimait laisser la nature décider des ombres du coucher, des lumières du réveil. Savoir quand la lune était pleine. Ne pas faire barrière au jour, jamais. Le jour, c'était l'espoir qui se levait.

Toutes les nuits pendant presque sept ans, elle avait dormi les lampes allumées. Will faisait des attaques de panique dans le noir, comme s'il tombait, encore et encore. Parfois, il s'arrêtait de respirer puis un râle épouvanté sortait de sa poitrine, comme un noyé qui remonte à la surface. Maggie l'entourait de ses bras, le calmait en chuchotant, fixant la fenêtre pour trouver un repère au milieu des heures qui se ressemblaient toutes.

Le chaton s'étira, plantant dans ses seins ses griffes fines comme des aiguilles. Venant de tout en bas, le crissement d'une voiture entrant dans l'allée l'avait dérangé, ses oreilles de bon chat tournant comme des radars. Maggie entendit une portière claquer, tendant l'oreille pour reconnaître les grands pas tranquilles qui traversaient jusqu'au perron. Son pouls s'accéléra. Que fuyait John Lyon-Thorpe, pour ne passer que les heures nécessaires à Sheperd House ?

Cette façon qu'il avait de ne jamais être là le rendait paradoxalement plus proche d'elle. Maggie connaissait cette réticence, ces chapitres qu'on garde pour soi.

Sous les étoiles le silence s'étala de nouveau, surnaturel. Sa propre respiration mêlée aux ronronnements du chaton, hypnotique comme un sort que le ciel lui jetait, l'amena jusqu'au vertige. Entre désir et bravade, elle se leva, déposa doucement le chat dans sa niche de fortune, jeta un œil dans le couloir.

Les lumières étaient éteintes, l'Aile des vierges ne

bruissait plus que par le bouillon diffus de la salle d'eau au bout du couloir. Redoutant de voir Annie la Rousse ou autres Mary, Mildred ou Bertha en sortir, Maggie pressa le pas, s'engagea pieds nus dans l'escalier de service, murmurant n'importe quoi pour se donner le courage de ne pas remonter.

Elle avait besoin de faire quelque chose que les autres ne feraient pas, de casser la routine assassine – de se sentir vivante.

Elle se cogna le genou en ouvrant la lourde porte du troisième étage, distingua le rai de lumière qui s'élargissait dans la pénombre, la porte qui s'ouvrait un peu plus loin. En bras de chemise, Sir John se figea, laissant les quelques mètres entre eux réduire jusqu'à peau de chagrin.

« Encore perdue ? » demanda-t-il quand elle fut tout près. Elle secoua la tête, audacieuse : « Non », dit-elle. Il l'observa un moment, un sourire dans les yeux.

Puis la porte se referma dans un bruit feutré et Maggie se livra à ses mains – ses belles mains d'homme qui enserraient sa taille, faisaient glisser la dentelle de la chemise de nuit sur ses épaules et éloignaient les fantômes.

Bien plus tard, quand tremblante elle reboutonnait son corsage, se pressant pour fuir la lumière du petit jour, Sir John bougea sur le lit derrière elle.

« Il n'y a personne d'autre, dit-il d'une voix ensommeillée. Pas ici.

— Pardon ?

— Ce que vous disiez, hier, Maggie Fuller. (Il s'éclaircit la voix.) Ça vous est peut-être égal, mais pour votre information c'est faux. Il n'y a personne d'autre ici. Jamais.

— C'est pas ce qui se dit en cuisine. »

Elle s'était figée. Il eut un petit rire désabusé, mais ne répondit rien.

« Mais vous avez raison, reprit-elle. Monsieur. Je m'en fiche. »

16

Lady Philippa ne donnait que peu de nouvelles, et cela satisfaisait la maisonnée qui tournait au ralenti.

« Plus que deux jours tranquilles, fit Annie la Rousse, occupée à nettoyer l'argenterie. Si elle pouvait prolonger son séjour, ça arrangerait tout le monde. Quand même, celle-là… Elle est pas gênée d'aller piétiner les ruines pour faire son shopping. »

Reposant une tasse en porcelaine avec précaution, Maggie pensa à sa mère sous les gravats de la clinique de l'East End. C'était il y a cinq ans, Elizabeth n'était qu'un corps parmi les 15 000 tués du Blitz. Son dernier compagnon l'avait fait enterrer sur place, au cimetière de Highgate où reposaient Karl Marx et George Eliot, la romancière au prénom d'homme. Maggie n'avait jamais pu aller sur sa tombe.

« Il paraît que Madame est remontée contre Kitty, poursuivit Annie, qui avait espionné la conversation téléphonique entre Bertha Stanfield et sa patronne. Va savoir ce qu'elle a encore fait, la petiote. Un jour, elle se fera manger toute crue. »

Maggie prit une autre tasse, bâilla sans retenue.

Annie aimait bien monologuer, cela ne la dérangeait pas qu'on se contente de l'écouter.

« Et lui, là, fit la Rousse, avisant du menton Sir John qui passait dans le couloir. Il n'est jamais autant au château que quand sa femme n'y est pas. (Elle eut un rire entendu.) Heureusement que tu as un caractère de cochon, Maggie. Sinon je suis sûre qu'avec ta belle allure, ça ferait longtemps qu'il t'aurait sauté dessus.

— Oui, heureusement. »

Maggie jeta un œil furtif sur la silhouette qui montait l'escalier d'un pas souple, surveillant la subtile accélération de son pouls, la chaleur légère qui montait à ses joues.

Depuis le début de la semaine, ses journées étaient baignées d'une agréable torpeur, mais ses nuits – mon Dieu –, ses nuits s'enfiévraient. Quand tous les volets avaient claqué dans l'Aile des vierges, Maggie descendait à tâtons jusqu'au troisième étage. Derrière la porte entrouverte, dans la pénombre de la chambre piquée de rayons de lune, Sir John l'attendait, silencieux.

Elle aimait son corps vivant, son odeur chaude, l'entrelacs de ses muscles. Le large aplat de sa poitrine sur lequel elle s'appuyait pour faire ce qu'elle faisait avec Will – sauf que Sir John, lui, ne la lâchait pas, attrapait ses hanches pour que ce soit plus fort encore. Elle aimait qu'il prenne le dessus, son poids sur elle.

Chaque nuit était une odyssée. Elle aimait sa géographie frémissante, son souffle qui coulait dans son cou, son sexe impérieux. Elle aimait le piquant de son menton au creux de la chair tendre de ses cuisses, ses belles mains qui bloquaient ses genoux, et là où il l'emmenait sans qu'elle puisse s'en défendre. Elle suivait ce que lui disait son instinct sans craindre de jugement une fois le jour levé – *pute*, disait la voix de Will, mais Sir John chassait son écho d'un murmure impudique à son oreille.

Elle aimait qu'il réagisse à sa bouche qui se refermait sur lui, aux caresses de sa langue – elle aimait sentir ses doigts glisser sur ses cheveux et voir ses poings se serrer quand elle lui donnait du plaisir.

Ces choses-là ne se faisaient peut-être que dans les bordels, elle ne savait rien des usages acceptables pour une honnête femme. Mais si c'était être immorale, alors l'immoralité était délicieuse.

Maggie quittait le lit impérial avant que le sommeil l'étreigne à son tour. Cet abandon-là aurait tout faussé de la quête qu'ils menaient – celle de l'hédonisme, de l'oubli des conventions qui les étouffaient manifestement tous les deux. Et rien d'autre.

Par un accord tacite, ils n'avaient pas de conversations, levaient à peine la tête si d'aventure ils se croisaient en plein jour.

En évitant de se connaître, on évite les sentiments.

Maggie aligna soigneusement les tasses sur l'étagère – depuis qu'elle était à Sheperd House, elle avait réussi à ne rien casser, c'était un miracle. Sa survie en milieu hostile était un miracle.

« Quand le souffle passait en sifflant au-dessus de ma tête, c'était le vent dans les grands arbres de la forêt, et non la pluie. Quand il rasait le sol, c'était le vent dans les buissons et les hautes herbes, mais ce n'était pas la pluie. Quand il bruissait et chuintait à hauteur d'homme c'était le vent dans les champs de maïs. »

Maggie avait apporté *La Ferme africaine* de Karen Blixen – sa lecture pourrait plaire à Sir Albert. En effet, le vieux l'écoutait bouche bée, caressant le chaton sur ses genoux. Le soleil était doux, l'air immobile. Du banc où ils étaient installés, on pouvait entendre le ressac et les cris des mouettes.

« Ça vous plaît, Albert ? Vous connaissez l'Afrique ?

— Oui, Clemmie.

— Votre fils habitait en Afrique, non ? Où est-il, d'ailleurs ?

— Oui, Clemmie.

— Et votre petit-fils ? Il y a vécu aussi, il paraît ? »

Petit-fils. Elle secoua la tête. Elle avait déjà du mal à imaginer que Sir John soit le fils de quelqu'un, alors le petit-fils… Mais quel âge avait Albert ?

« Ça change tout le temps », répondit-il, tracassé.

D'accord, elle n'en tirerait rien aujourd'hui, se dit Maggie. Pour tout ce qui concernait la généalogie des Lyon-Thorpe, il valait mieux s'adresser à Annie la Rousse. Ou à Baptiste ? se dit-elle, voyant le valet de pied passer au loin. Mais, comme McMillan, Baptiste vivait en marge de la domesticité, elle ne l'avait jamais vu descendre à la cuisine. Quel était son travail, au juste ? Choisir les boutons de manchette de Monsieur, ramasser ses vêtements, tapoter son lit ? Si c'était le cas, il ne devait être dupe de rien.

Lady Philippa rentrerait dans deux jours. En toute logique, la réapparition de la déesse du Kent mettrait un coup d'arrêt aux descentes nocturnes de Maggie. Puisque Monsieur avait juré ne jamais avoir entretenu de maîtresse à Sheperd House, aucune logistique n'était prévue à cet usage.

« Tu ne lis plus, Clemencie ?

— Oh, pardon, j'étais perdue dans mes pensées. (Elle réfléchit.) Dites-moi, Albert, est-ce que Clemmie était votre maîtresse ?

— Oui, Clemmie.

— Évidemment. Et, euh… Henriette. Où est Henriette, Albert ?

— Qui est Henriette ? »

Le vieux la regardait d'un air égaré. Prenant sa main, déconcertée par la légèreté des doigts noueux, Maggie sentit une bouffée d'émotion se diffuser dans sa poitrine. « Racontez-moi Clemmie, Albert. Essayez de vous souvenir. »

Seigneur, tant de vies bouillonnaient derrière ce masque sépulcral – un composite de marbre froid côtelé de veines bleues, creusé de sillons profonds. Et ces yeux comme des lacs qui mangeaient ses joues creuses. Sir Albert avait toujours cet air infiniment surpris d'être ici.

« Clemmie, ma vie, fit le vieux, hypnotisé.

— C'est votre amoureuse ? Elle est à Delhi ?

— Elle est partie, oui. Mais… (Il exulta :) Tes cheveux sont comme des soleils. Viens voir l'arbre à pièces, mon cœur.

— L'arbre à pièces ? Qu'est-ce que c'est, Albert ? »

Il s'était levé d'un coup, déployant comme il pouvait sa carcasse accidentée. Maggie l'attrapa par le bras, pressant gentiment son épaule. « Là, le calma-t-elle. Là. » Le vieillard s'éteignit de nouveau. Osmond arrivait sans se presser, ses longs bras dépassant de sa chemise d'infirmier d'opérette. Sir Albert retournait dans sa boîte.

Maggie monta déposer le chat dans sa chambre sans croiser âme qui vive dans la maison fantôme, puis redescendit vaquer à ses occupations en silence. Il faisait beau, l'air était doux, pourtant cela sentait la fin du monde. Mélancolique, elle alla couper quelques roses, quelques bruyères dans les massifs, chercher un broc à l'office. Pas la peine de sortir les grands vases, ce bouquet était juste pour elle.

Quand Sir John apparut à la porte de service, Maggie eut un mouvement de recul, serrant le broc et les fleurs comme de malheureux garde-corps. Monsieur tapa ses bottes contre le chambranle pour en faire tomber la terre séchée, puis leva sur elle un regard impassible.

« Vous avez oublié ça dehors. » Il lui tendit le roman de Karen Blixen. Comme elle ne lâchait pas son bouquet, il eut un air vaguement amusé et vint poser le livre sur la massive table en bois.

Agacée, Maggie s'entendait respirer le parfum familier qui flottait entre les roses, les pommes du compotier et la cire d'abeille. Seigneur, comme le silence pouvait être sonore, parfois.

Traîtresse, l'eau du broc coulait en un mince filet sur son tablier. Maggie n'avait pas du tout envie d'être là, dans sa robe de soubrette, face à cet homme en plein jour. Il fronça les sourcils. « Ça ne va pas ?

— C'est pas mon meilleur moment, maugréa-t-elle parce qu'elle se sentait rougir.

— Je vois ça. Un problème en particulier ?

— Aucun problème, Monsieur. Je suis juste de mauvaise humeur.

— Et pourquoi, Maggie Fuller ?

— Mais pour rien, mon Dieu, ça ne vous arrive jamais là-haut ?

— Je suis de mauvaise humeur depuis trente-huit ans. Un trait de caractère, paraît-il. »

Il lui sourit. Radoucie, elle finit par bouger, posa le broc sur la table et entreprit d'arranger tranquillement son bouquet comme si cet obscur objet du désir n'était pas là – et c'était difficile.

« Vous l'avez lu ? demanda-t-il avec un geste vers *La Ferme africaine*.

— Moi ? Non, quelle idée ! railla-t-elle. J'ai l'habitude de me promener avec des gros livres juste pour me donner un genre. (Elle lui jeta un œil en biais.) Et vous, entre deux cocktails et une partie de chasse ?

— Je ne chasse pas. »

Oui enfin, ça dépend quoi, faillit-elle dire, mais pour une fois elle se mordit la joue à temps. Elle refusa la cigarette qu'il lui proposait, espérant qu'ainsi la conversation tournerait court. Mais il s'adossa au mur, flegmatique. « Mon père connaissait la baronne Blixen, dit-il. Je me rappelle l'avoir aperçue chez nous, au Kenya. (Il tira une bouffée.) Une très jolie femme.

— Seigneur. Pourquoi ne suis-je pas étonnée ? rit-elle doucement, le nez dans ses roses.

— Qu'est-ce qui vous amuse ?

— Non, rien. (Elle marqua une pause puis reprit, en imitant son timbre de gentleman :) Je me rappelle avoir rencontré la baronne Blixen chez nous, au Kenya. Franchement. Vous vivez dans un autre monde. L'édition originale de ce livre est sans doute la chose la plus chère que je possède – à tous les points de vue… Et vous, vous avez vu l'auteure de suffisamment près pour décréter que c'est une très jolie femme. (Elle rit.) Je rêve.

— Pour votre information, je l'ai lu. Tout seul comme un grand. On fait ces choses aussi, dans l'autre monde.

— Mmh. »

Maggie retourna à son bouquet, bien décidée à ne pas relever les yeux sur lui – quitte à tripoter cette pauvre fougère dans son vase jusqu'à ce qu'elle n'ait plus une feuille sur elle. Elle avait tellement chaud qu'elle aurait juré que Sir John voyait la vapeur lui sortir des oreilles – et qu'il en était satisfait, l'animal.

Elle sentit qu'il l'observait puis, au moment de tourner les talons, voulait lui poser une question – qu'il ne posa pas. Elle lui lança un regard furtif, hochant simplement la tête.

Bien sûr qu'elle viendrait.

17

Cette nuit-là, Maggie resta un peu plus longtemps, veillant à ne pas laisser le sommeil l'emporter tout à fait. C'était son jour de congé. Il faudrait juste qu'elle remonte dans l'Aile des vierges avant que les volets ne s'ouvrent.

Sir John n'avait pas l'habitude de la tenir dans ses bras, après. Ce n'était pas ce qu'ils faisaient. Maggie ferma les yeux, bercée d'une douce somnolence, se repliant en chien de fusil dans un coin du grand lit. *Juste cinq minutes*, se dit-elle. En plus, c'était la dernière fois, non ? Alors juste cinq minutes.

Dans son dos, elle percevait la respiration régulière de Sir John, plus loin le petit vent qui jouait dans les arbres, et, encore plus loin, la mer qui s'allongeait au pied des falaises vertes… Le mélange de tous ces murmures agissait comme un sédatif.

Le bras autour de sa taille la fit doucement rouler de l'autre côté, et, égarée, Maggie se retrouva au creux de l'épaule de Monsieur. Les yeux grands ouverts dans le noir, elle se glaça quand il prit sa main pour la poser sur sa poitrine. Oh merde, il dormait et la prenait pour une autre.

« Votre mari, dit-il après s'être éclairci la voix. Qu'est-il arrivé ?

— Pardon ? » articula-t-elle, tétanisée.

Sir John fit tourner l'alliance de Will autour de son annulaire. « Où est-il mort ? Normandie ?

— Non, pas du tout, il est tombé d'un toit. »

Elle n'arrivait même pas à croire ce qu'elle venait de lui dire. « Il est tombé d'un toit en arrangeant des tuiles. Il pleuvait. C'était avant la guerre, en 39. Mais il est mort le mois dernier. Embolie pulmonaire. Il s'était brisé les jambes, le dos. Il était pratiquement handicapé. »

L'histoire sortait comme ça, sans filtre. Elle lui épargna la conserverie de poissons, par une drôle de coquetterie. Monsieur reprit son manège perturbant – tourner son alliance autour de son doigt, et Maggie se demanda sur quelle planète elle venait d'atterrir.

« Ces marques sur votre bras, dit-il. C'est lui ? »

Elle entendit la question, mais ne l'intégra pas immédiatement. Les mots tournoyaient dans sa tête sans former de phrases acceptables. « On les sent du bout des doigts. » Il effleura son avant-bras, juste ici, quelques centimètres avant la saignée du coude, ces légers désordres dans la chair satinée. Normalement, on les remarquait à peine. Les cicatrices avaient fini par blanchir.

Maggie ferma les yeux.

« Des coups de ciseaux, lâcha-t-elle. Parfois, quand il était énervé. Ce n'était pas profond. »

Elle était perdue entre deux mondes parallèles. Dans l'un, un époux qui s'égarait dans sa souffrance, se livrait sur elle à des gestes irrémédiables avec ce qui lui tombait sous la main, haïssant la femme debout qu'elle était ; dans l'autre, un inconnu qui par ses caresses célébrait sa féminité, suffisamment attentif pour discerner un changement diffus dans le grain de sa peau.

Elle n'aurait jamais cru ça de Sir John – qu'il puisse être vraiment là pour elle.

« Et ici ? demanda-t-il, en glissant sa main sur sa hanche.

— Une coupure », murmura-t-elle.

Pute, entendit-elle. L'odeur d'éther qui se dégageait du flacon que Will avait cassé sur la table de chevet. Elle ne lui avait plus jamais fait l'amour après ça.

« Et là ? demanda-t-il encore, remontant sur ses seins.

— Là, c'est moi. »

Tu veux que moi aussi, je souffre, Will ? C'est ce que tu veux ? Et les petits ciseaux de couturière qu'elle abattait sur sa poitrine, s'y reprenant à trois fois pour que le sang coule. Cette fois, le Dr Heady avait dû lui faire des points, abattu. *Tu es forte, Maggie, dis-moi que tu es suffisamment forte*...

Hypnotisée par ses souvenirs, elle se rendit à peine compte que c'était la première fois qu'elle se livrait – ici, dans ce lit de Sheperd House. C'était juste un moment hors du temps. Cela n'avait pas tant d'importance.

Elle pouvait bien se confier à cet homme, puisque leur relation n'existait pas.

« Après ça, dit-elle d'une voix absente, le Dr Heady est allé trouver Will. Mon mari n'a plus jamais levé la main sur moi. J'ai cru qu'il était redevenu gentil. Mais ce n'était pas ça. Il était juste résigné.

— Pourquoi êtes-vous restée ? »

Elle se reprit, ouvrit les yeux dans le noir.

« Parce qu'il n'avait que moi. Et que je le lui avais promis. Ça compte, une parole donnée, non ?

— Oui, ça compte.

— Et puis un homme ne se change pas en monstre d'un coup. On accepte ses petits changements, les uns après les autres. Ce n'est qu'au bout d'un moment qu'on fait le total. »

Maggie prit conscience de nager en plein paradoxe – ce lieu de libertinage se transformant en confessionnal… Ces fameuses confidences sur l'oreiller, était-ce thérapeutique ? Ou les regrettait-on comme des paroles d'ivrogne ?

Elle leva la tête vers le menton piquant de Sir John, et réclama sa contribution à la nuit, pour qu'ils soient quittes.

« Et vous, que faites-vous dans ce lit avec moi ? Monsieur. Si vous n'êtes pas le trousseur de soubrettes qu'on prétend.

— Je ne le suis pas, non. (Il rit et répéta :) Trousseur de soubrettes. Mon Dieu, vous devriez écrire dans une gazette.

— Je veux juste connaître le fonctionnement de la gentry en matière d'adultère. Ça m'intéresse. D'une manière purement anthropologique. »

Il rit de nouveau et Maggie sentit que cette fois, le fantôme était bien parti.

« D'accord, dit-il. Il y a peu à dire sur les usages de mes semblables, parce que vous y trouverez toujours les mêmes raisons : mariages arrangés, divorces interdits, accommodements pour sauver les apparences. Mon cas n'est pas différent des autres. Vous devriez plutôt me demander pourquoi c'est avec vous que je suis.

— Non. Ça, je ne veux pas le savoir. »

Il y eut un moment de silence. Maggie ferma les yeux sous la caresse qui s'allongeait.

« Comme vous voulez, dit-il. Pour le reste, puisque je vous dois des confidences, allons-y. Un mariage peut mourir de mille façons. (Il réfléchit.) La nôtre est géographique. Je souhaite retourner en Afrique, pas ma femme. Il semblerait qu'être une Lyon-Thorpe soit plus important pour Lady Philippa que pour moi, et elle le serait probablement moins au Kenya que dans le Kent. Vous parliez de parole donnée, n'est-ce pas ? Eh bien, moi, j'ai juré de rester ici jusqu'au moment où mon fils prendra le relais à Sheperd House. Dans deux ans. Ensuite, mes affaires me ramèneront en Afrique sans que l'équilibre en soit bouleversé. »

C'était donc ça, se dit Maggie, cette familiarité qu'elle avait ressentie. Les mêmes envies d'ailleurs, le besoin de se sentir vivant en attendant. Les différences sociales ne changeaient rien à la quête d'un idéal.

Et si les corps étaient interchangeables, les esprits ne l'étaient pas, et Maggie savait qu'en se livrant ainsi l'un à l'autre ils avaient dépassé les limites tacitement définies.

Peut-être Sir John y pensait-il aussi, car il resta silencieux un long moment, effleurant sa taille, sa hanche du bout des doigts, comme à regret, suivant la cicatrice qui courait sur son flanc.

« Il ne faudra plus vous faire de mal, finit-il par dire.

— C'est pour ça que cela se termine, vous et moi. Maintenant, je vais devoir faire tout mon possible pour vous détester.

— Mais je vous en prie, ma chère. »

Sur le lit, un rai de lumière s'élargissait, touchant le désordre des draps. Maggie prit conscience qu'elle n'avait jamais vu cette chambre en plein jour, qu'elle en ignorait tout jusqu'à la couleur des tentures. Dans le clair-obscur, elle distingua un petit bureau, deux fauteuils, une pile de livres sur une table basse. Et de longs masques africains qui la regardaient, sur le mur d'en face.

Elle eut soudain l'impression d'être entrée par effraction et récupéra à tâtons sa chemise sur le sol. Sir John s'était endormi. Maggie ne voulut pas le regarder, maintenant que la lumière mordait – elle ne voulait pas d'impossible, pas d'aliénation, plus jamais.

18

Pippa-ma-chère rentra en avance à Sheperd House et Maggie considéra cette mauvaise surprise comme un signe. Quand elle entendit le clan débarquer sur le perron dans un grand vent théâtral, elle referma mentalement la parenthèse de la semaine.

Dans les bagages de l'icône du Kent, une Kitty métamorphosée. À la place du fier chignon doré, une coupe au bol lui encadrait le visage comme un casque de l'armée allemande. La coiffure, plutôt en vogue lorsqu'elle était convenablement crantée, aurait convenu à n'importe qui sauf à une lilliputienne affublée d'une crinière de lionceau. Une coiffeuse honnête n'aurait jamais dû accepter de se prêter à ce massacre.

« C'est pas moi, confirma Kitty, les yeux tombant dans son bol. C'est Madame.

— Quoi ? fit Annie la Rousse, atterrée. Cette folle t'a coupé les cheveux ?

— Non. Mais elle en a trouvé un dans un sandwich au concombre. C'était le jour du thé avec la duchesse de Wessex. J'ai cru qu'elle allait me tuer. Elle a fait venir la coiffeuse pour elle, et elle lui a dit : pendant que vous y êtes coupez les cheveux de Katherine, moi j'ai dit non Madame s'il vous plaît, et elle m'a dit que sinon j'étais euh…

— Licenciée ? Renvoyée ? s'énerva Maggie.

— Oui. (Kitty repoussa son bol sur la table d'une main tremblante.) Au final, ça n'a rien changé, elle m'a donné congé parce que je suis encore tombée dans les pommes, après ça. Madame a dit que c'en était trop. Je pars lundi. »

Un silence de plomb s'abattit autour de la table. Bertha Stanfield s'éclipsa prudemment dans l'arrière-cuisine. Abattue, Jane émiettait un scone au-dessus de son assiette : « Madame a été odieuse », confirma-t-elle tristement. « Des histoires de bonnes femmes », soupira Colin, se levant sous le sourcil courroucé d'Annie la Rousse. « Avec ce qui te reste sur le caillou, ça risque pas de t'arriver », railla-t-elle. Maggie sentit une révolte familière grossir sous son propre crâne.

« Ça ne va pas se passer comme ça, décréta-t-elle.

— Oh, je t'en prie, Maggie, fais pas d'histoires, fit la gringalette.

— Ce ne sont pas des histoires, Kitty, tu as des droits.

— Maggie a raison, intervint Annie. Il faudrait regarder le règlement.

— Ce n'est pas une question de règlement. Sheperd House n'est pas une république bananière.

— Une quoi ? pleurnicha Kitty.

— Pippa-ma-chère ne fait pas ce qu'elle veut. Pour commencer, je vais t'emmener voir un ami médecin. Prépare-toi, on va à Folkestone. »

Les jours tranquilles n'étaient déjà plus que diffuse mélancolie.

En attendant Kitty, Maggie regarda passer l'attelage des malles cabines dans le couloir grondant – franchement, pourquoi ne pas rester à Londres une bonne fois pour toutes plutôt que de s'infliger un tel déménagement ? Les trois enfants maussades retournaient au pensionnat à peine arrivés, et Madame, virevoltante déesse aux mille voix, semblait faire sursauter les murs : « Mildred, le linge pour demain », « Jane, une tasse de thé au petit salon », « Mary, vérifiez les valises », et « Que faites-vous là à bâiller, Maggie ?

— Je ne travaille pas aujourd'hui, Madame.

— Vraiment ? Quelle chance vous avez, je suis épuisée. »

Souriant poliment, Maggie considéra sa patronne occupée à s'allumer nerveusement une cigarette. Elle lui trouvait un peu moins de charisme que la première fois où elle l'avait vue. Et beaucoup moins que le soir du dîner où, magnifiée par sa robe rouge passion, Pippa-ma-chère aurait pu prendre n'importe quel homme dans ses rets hollywoodiens – n'importe quel homme sauf le sien, qui lui avait préféré les appas terrestres de sa femme de chambre.

Maggie ne savait pas où était Sir John. Ne voulait pas le savoir. À son sujet, elle s'était mis l'esprit en vacance. Elle savait faire ces choses-là, être là sans y être, forcer son indifférence. Cela avait marché durant toutes ces années.

Entendant des pas descendre l'escalier, cette démarche familière, elle se mit en retrait dans le couloir de service, voyant sans être vue.

« John, chéri ! s'exclama Madame.

— Pippa, ma chère », fit Sir John, et Maggie étouffa un rire réflexe derrière sa main. Détaillant les gestes de Monsieur comme si chacun méritait d'être étudié, elle l'observa se pencher sur sa femme, poser une main sur son épaule et coller un baiser furtif sur sa joue, et en conçut un sentiment d'intimité qui lui serra le cœur. *Ne fais pas ça, Maggie*, se raisonna-t-elle, les yeux voyageant du poignet de Sir John jusqu'à l'épaule au creux de laquelle elle reposait il n'y a pas plus de trois heures. *Ne fais pas ça, Maggie*.

« On y va ? » La petite voix de Kitty la tira de sa contemplation. « On y va, oui. » La gringalette suivit son regard, soupira : « Les gens beaux sont faits pour être ensemble. » Elle avait enfoncé un chapeau cloche sur ses cheveux courts. Des mèches épaisses rebiquaient comme une motte d'étoupe.

Paradoxalement, Maggie se sentit très reconnaissante envers Lady Philippa Lyon-Thorpe : les malheurs de Kitty allaient la remettre dans le droit chemin, revendicatif, qu'elle n'aurait jamais dû quitter.

« C'est probablement du diabète, annonça le Dr Heady. Tu as de la chance, ça doit être le type le moins grave, sinon tu serais morte depuis longtemps. »

Minuscule dans sa chemise débraillée, Kitty porta la main à sa bouche, les yeux ronds. Elle qui n'avait pas cessé de répéter à Maggie « Je n'ai jamais, jamais vu de docteur » tout au long du chemin n'était pas déçue du voyage. La probabilité de sa propre mort, à laquelle elle avait déjà échappé sans le savoir, lui arracha un hoquet bruyant.

« Est-ce que tes parents étaient obèses, Kitty ?

— Ils étaient quoi ?

— Gros, intervint Maggie. Très gros.

— Ma mère pesait 100 kilos, ou même plus.

— Seigneur, fit Maggie. Comment as-tu fait pour être si maigre ?

— Ben. Je voulais pas être comme elle », répondit la petite comme une évidence.

Elle se mordit les lèvres quand le Dr Heady piqua le bout de son doigt pour en faire tomber une goutte de sang, et dut faire pipi dans un bocal.

« C'est une nouvelle méthode de diagnostic, lui expliqua le Dr Heady en laissant tomber un comprimé réactif dans le mélange des fluides. En fonction de la couleur, nous connaîtrons ton taux de glycémie. »

Fascinée, Kitty observa le cachet blanc prendre une jolie teinte lavande.

« Bon, ce n'est pas dramatique, jugea le médecin. Tu te consoleras en apprenant qu'en Inde, on appelle cela l'urine de miel. Mais il faut que tu fasses une croix sur la confiture. Et le pain.

— Oui, docteur.

— Et tu dois faire de l'exercice physique. Chaque jour. Je vais te l'écrire. (Le Dr Heady s'installa derrière son bureau.) Tu montreras cette ordonnance à ta gouvernante.

— Lady Lyon-Thorpe veut licencier Kitty, intervint Maggie.

— Et pourquoi, grands dieux ? »

Le médecin avait levé la tête, le regard prudent par-dessus ses lunettes – peut-être que cette gamine avait commis une faute plus grave que celle d'être en hyperglycémie.

« Parce que je suis tombée dans les pommes, docteur.

— Oui, eh bien, cela n'arrivera plus si tu fais ce

que je te dis. Je vais écrire un mot à Sir Lyon-Thorpe, tu iras lui montrer. C'est lui, ton employeur.

— Oh non ! s'exclama la gringalette, écarlate. J'oserai jamais.

— Tu préfères te retrouver à la rue ? » s'agaça Maggie, qui sentait le vent lui revenir dans la figure. Et ça ne rata pas :

« Maggie, dit le Dr Heady, toi qui as un talent héréditaire pour la contestation, tu n'auras qu'à aller défendre son cas. Là où elle est, Elizabeth sera fière de toi. »

Eh merde. Dans ce cas précis, Maggie n'avait aucune envie de faire plaisir au fantôme de sa mère en allant se jeter dans la gueule du loup.

« Merci, Maggie, fit Kitty.

— C'est ça », bougonna-t-elle.

Pour rentrer, elles prirent la promenade des Leas, surplombant les falaises blanches. Le funiculaire hydraulique qui menait aux hauteurs de Folkestone était en panne, le temps leur manquait pour grimper les escaliers et faire un tour dans les boutiques. Au lieu de cela, elles s'offrirent un luxe gratuit, celui de s'asseoir dans l'herbe aussi fine et douce que des fibres de soie, sur la frange émeraude de la vaste pelouse du *Grand Hotel* – bâtiment rococo de pierres rouges où se pressaient incognito les grands de ce monde en villégiature.

« Sais-tu que c'est dans une de ces suites qu'Agatha Christie a écrit *Le Crime de l'Orient-Express* ? demanda Maggie.

— Non… hésita Kitty.

— Tu ne connais pas Hercule Poirot ? C'est un détective. Dans les romans d'Agatha Christie. »

Non, Kitty ne savait pas cela. Kitty ne savait pas

grand-chose, d'ailleurs. Maggie tira une gourde d'eau de son sac, essuya machinalement le goulot en observant sa cadette. D'où venait-elle ? Elle ne lui avait jamais posé la question. Pas plus qu'elle n'avait demandé à Annie la Rousse pourquoi elle et son gros Colin avaient choisi cette vie-là et n'avaient pas d'enfants. Elle ne s'intéressait pas assez aux autres, prit-elle conscience, occupée qu'elle était à émerger de son propre tunnel.

« Prends un peu d'eau, dit-elle.

— J'ai toujours soif.

— Je sais, c'est un symptôme de ta maladie. C'est ce qu'a dit le Dr Heady.

— Il est gentil.

— Il est médecin. Il n'a pas à être gentil. C'est son métier de s'occuper de toi. »

Kitty réfléchit, se grattant la joue, coinçant comme elle pouvait les grosses mèches de cheveux sous son chapeau.

« J'aimerais bien avoir du temps pour lire des livres, dit-elle. Tu crois qu'Hercule Machin découvrirait qui est la noyée du dispensaire ? »

La gringalette avait frémi en apprenant que le bon Dr Heady découpait des morts dans les sous-sols de l'hospice, et que dans un tiroir réfrigéré reposait depuis deux semaines une noyée que personne ne réclamait.

« Tiens, *La Noyée du dispensaire*, ça ferait un chouette titre pour Agatha Christie. La prochaine fois, on ira acheter des romans, promit Maggie, ravie de voir la petite s'emballer. Dis-moi, Kitty, est-ce que tu es allée à l'école ?

— Pas très longtemps. Là où j'étais, pour une fille, ça ne servait à rien. Mon frère, lui, a fait des études.

Je crois qu'il est quelque chose comme euh… truc de notaire, dans le Cheshire.

— Clerc de notaire ? Tu ne vois plus ta famille ?

— Non. On m'a placée à douze ans comme bonne à tout faire chez les Harrington de Manchester. Et puis Sir Harrington est mort en 41, la jeune Madame est revenue dans sa famille dans le Kent, à Maidstone. Lady Lyon-Thorpe m'a engagée juste avant de partir en Afrique, pour que j'aide Mrs Stanfield et Annie à tenir la maison en son absence. Et je suis devenue femme de chambre. »

Kitty sourit, heureuse de son sort. Puis, alors que le vent léger collait une boucle sur ses lèvres, elle grimaça, s'apercevant que son beau parcours était potentiellement terminé.

« Maggie, gémit-elle. J'ai nulle part où aller.

— Ne t'inquiète pas, soupira Maggie. J'irai voir Sir John. »

Elle s'allongea dans l'herbe, goûtant la caresse du soleil sur son visage. Quand elle étendit les jambes, la mécanique grippée de ses hanches fit venir de dangereuses images. Voluptueuses. *Arrête, Maggie.*

« Tu n'as jamais connu d'homme, Kitty ? souffla-t-elle pour se débarrasser du problème.

— Oh, non.

— Quel âge as-tu ?

— Vingt-huit ans », fit Kitty.

Maggie se redressa, éberluée. Non ? Cette gamine avait deux ans de plus qu'elle ?

« Tu es sûre ? demanda-t-elle bêtement.

— Ben oui. Ça m'a jamais rendu service, d'avoir cette tête-là. Les hommes… Ils m'approchent pas. (Elle jeta un œil furtif à Maggie, baissant la voix.)

Et j'espère qu'Annie dit des mensonges au sujet de Sir John, sinon ça voudrait dire que je suis la seule jeune femme de chambre avec qui il n'a jamais voulu coucher. »

Exaspérée, Maggie se laissa retomber sur le gazon.

« Sir John ne couche pas avec les domestiques.

— Comment tu le sais ?

— Parce que ça ne se fait pas. On est en 1946, Kitty, plus chez les Tudors. »

Bien sûr, se dit-elle, étirant ses muscles endoloris.

« En tout cas, fit Kitty, d'un ton de conspiratrice, Monsieur a une maîtresse à Londres. Et ça, Annie ne le sait pas. »

Au comble de l'énervement, Maggie sentit ses cuisses se pétrifier.

« Ah bon. Qu'est-ce que c'est, une danseuse ?

— Non, une femme de la haute. Une cousine de la famille royale, quelque chose comme ça. C'est Jane qui a entendu Madame en parler à McMillan, et comme elle n'aime pas Annie, elle ne l'a dit qu'à moi. »

La voix de Kitty oscillait entre la fierté et la tristesse. Maggie se leva, époussetant sa jupe. Cette journée semblait ne pas vouloir finir.

« Regarde, dit-elle, changeant désespérément de sujet. Il fait beau, on voit la France, là-bas. »

La petite se dévissa le cou, plissant les yeux.

« Là-bas ?

— Oui, c'est Calais. (Elle soupira.) Kitty, il faudra penser à bouger un peu d'ici. Voir autre chose. En attendant, viens, on rentre chez les fous. »

19

« Ce qui me choque le plus, c'est l'histoire des cheveux, pas toi ? » fit Annie, occupée à plier un plaid en fourrure. La Rousse le déposa sur la méridienne de Madame, le regard interrogateur : Maggie semblait ruminer.

Effectivement, après une mauvaise nuit de sommeil, l'humiliation de Kitty lui apparaissait avec une violence exacerbée. Sans doute la révélation de la vie londonienne de Monsieur était pour quelque chose dans son humeur révolutionnaire – même si Maggie tenait cette idée sordide à distance.

« On devrait faire la grève, lâcha-t-elle, manquant de renverser un précieux flacon Guerlain sur la coiffeuse.

— La grève ? Comme tu y vas !

— Punaise, Annie, oui, la grève ! C'est atroce ce qu'on a fait à Kitty, ça rappelle ces femmes qu'on a tondues en France après la Libération.

— C'est pas vrai ! Pourquoi ?

— Parce qu'elles avaient couché avec des Allemands.

— Ah. Alors c'est bien fait pour leur gueule. »

Maggie haussa les épaules, passant frénétiquement le plumeau sur le précieux guéridon en lapis-lazuli de Pippa-ma-chère. Franchement, ça lui faisait mal de récurer les appartements d'une gorgone dont la conception des rapports sociaux était proche de la traite négrière.

Elle avisa le flacon Guerlain Art déco, en verre et métal – *Vol de Nuit*, lut-elle, en français, cette femme-là avait donc tout ce qu'il y avait de plus joli pour elle ? Elle le déboucha sous l'œil inquiet de la Rousse. « N'en mets pas, elle va le renifler tout de suite ! » Ça sentait le manteau de fourrure. Maggie tint l'objet en suspens au bout de ses doigts dix secondes, hésitant à le lâcher. Ce truc devait coûter un œil. Et parfois, chercher les ennuis était le seul moyen d'entamer le dialogue.

Elle se ravisa, revenant à son plan d'attaque.

« La grève, oui, Annie. C'est ce qu'on fait pour que les injustices cessent d'en être. Je regrette d'être là à donner des leçons mais à n'être pas fichue de passer à l'acte. Ma grand-mère aurait honte de moi.

— La suffragette ? Laisse tomber, c'est une autre époque.

— Et alors ? L'élan est retombé, on retourne en arrière ?

— Non, Maggie, c'est juste que là où tu travailles, on a jamais avancé. Tu trouveras personne pour te suivre. (Elle hésita.) À part moi. Peut-être. Ta grand-mère a fait la grève pour des grandes causes, pas pour une coupe de cheveux, on va te dire. Ce serait facile de s'arrêter de travailler pour tout et n'importe quoi.

— Ma grand-mère protestait contre une loi de l'époque, celle du « Chat et de la souris », qui consistait à ne plus donner aucun soin aux suffragettes qui faisaient la grève de la faim en prison. Jusqu'à ce qu'on doive les relâcher pour raisons de santé, tu vois ? Ensuite, on attendait qu'elles se remplument pour les arrêter de nouveau. De cette façon, le gouvernement n'était jamais responsable. Si tu réfléchis, c'est pareil ici : on vire Kitty et on s'en lave les mains. »

Annie la regarda, bouche bée. Cette construction mentale lui échappait.

« Seigneur, s'affamer pour quoi ? Un bulletin de vote ? Je préfère encore m'empiffrer de muffins et ne pas voter. Mon Dieu, Maggie, je voudrais bien faire quelque chose pour Kitty, parce que je la connais. Mais les grandes causes, c'est trop loin pour moi.

— Les petites causes font toujours avancer les grandes, Annie. »

Il fallait déjà que Kitty conserve son travail. Depuis ce matin, Maggie surveillait les jardins, espérant y apercevoir Baptiste. Elle souhaitait être officiellement annoncée à son employeur en tant qu'employée. Ce ne devait pas être si compliqué, tout de même.

À midi, alors qu'elle fumait sa cigarette dans l'arrière-cour, fulminant après ce plan social qui l'empêchait d'aller se régaler des délires récréatifs de Sir Albert, elle avisa le grand Noir qui revenait des écuries.

« Je dois voir Sir Lyon-Thorpe, attaqua-t-elle. C'est important.

— Oui ? fit le valet, désarçonné. Il est en ville. Dans ses bureaux.

— Eh bien, je sollicite une audience quand il rentrera.

— Vous sollicitez… une audience ? (Baptiste se

demandait visiblement dans quel vaudeville il était tombé.) Je le préviendrai. »

Elle hocha la tête sèchement, il lui sourit avec une bonhomie amusée. Ses cheveux drus et grisonnants, ses grands yeux doux, sa haute silhouette et ses bras immenses prêtaient au valet de pied une aura presque archangélique.

L'esprit pratique de Maggie avait déjà enregistré deux nouvelles données : un, Baptiste s'occupait des chevaux et deux, il semblait bienveillant. Maggie saurait s'en souvenir : quand elle aurait réglé le cas de Kitty, elle avait un projet particulier pour Sir Albert qui devrait faire appel à ces deux qualités de Baptiste.

Sir John disposait d'un bureau à Sheperd House, et peut-être même d'un petit salon, d'un salon bleu ou vert, d'un grand salon, d'une salle de sport, d'une bibliothèque – et allez savoir de quoi d'autre. En tout cas, c'était une découverte, Maggie n'étant pas censée mettre les pieds à cet étage. Le majordome Bernard et la grosse Bertha étaient très à cheval là-dessus : on n'empiétait pas sur le territoire des autres domestiques. Redressant le menton, Maggie en rit donc intérieurement.

Elle glissa un œil circulaire dans la pièce pour constater que les codes étaient les mêmes que dans la chambre. En opposition aux délires floraux des appartements de Madame, ceux de Monsieur respiraient une sobriété moderne – peintures claires, lignes nettes des boiseries – même si une autre collection de masques africains occupait un mur d'une manière presque agressive pour qui n'était pas prévenu de l'affection du maître pour cette partie du monde.

Heureusement, on ne trouvait ici aucun trophée de chasse, aucune tête de tigre figée dans un ultime rugissement. Les égarements taxidermiques des colonisateurs anglais étaient connus. Mais Maggie savait bien que Sir John Lyon-Thorpe n'aurait même pas tiré un lièvre dans sa propriété du Kent.

Penché à son écritoire, il avait à peine levé la tête quand elle était entrée, prenant le temps de terminer ce qu'il était en train de faire alors que Maggie patientait, les mains jointes sur son tablier et la tête à l'envers. Son sang dévalait ses veines à gros bouillons, précipité dans ses organes vitaux par un cocktail d'exaspération et d'embarras. Merci Kitty.

À bout de nerfs, elle toussa ostensiblement. Sir John posa son précieux stylo plume et se leva, lui indiquant le fauteuil d'en face.

« Merci, Monsieur, dit-elle en se posant toute droite sur le cuir confortable.

— Baptiste m'a parlé d'une… audience ? »

Elle hocha la tête, captivée par les codes d'élégance auxquels il venait de souscrire en quelques gestes : cette façon subtile de boutonner sa veste entre deux doigts en se levant, de la déboutonner de la même manière en se rasseyant, et puis ce léger hochement de tête pour lui signifier toute son attention comme si à ce moment précis elle était la seule personne sur terre.

« Allez-vous m'annoncer que vous nous quittez déjà ? » demanda-t-il, et Maggie nota le furtif froncement de sourcils au-dessus des beaux yeux verts. *Quel magnifique double sens*, se dit-elle.

« Pardon ? Moi ? fit-elle innocemment. Vous pensiez que j'allais démissionner ? »

Sir John ne répondit pas, sortit un coffret à tabac d'un tiroir – cette manière qu'il avait de ficher une cigarette entre ses dents avant de l'allumer n'appartenait qu'à lui. Maggie refusa celle qu'il lui proposait.

« Je démissionnerai un jour, l'avertit-elle.

— Je l'espère bien. Vous avez des projets ?

— Ça ne vous regarde pas. »

Il sourit brièvement, tira une bouffée de sa Chesterfield et retrouva son air détaché, presque ennuyé. « Dites-moi ce qui vous amène. Maggie. » Elle nota qu'il n'utilisait plus son nom, comme il le faisait avant. *Maggie Fuller.* Avant qu'elle lui parle de Will. Elle sentit un malaise la gagner, se précipita pour prendre le dessus.

« Lady Lyon-Thorpe a fait part de son renvoi à Katherine, Monsieur, pour un motif totalement, euh… arbitraire.

— Katherine ?

— Kitty. Femme de chambre de Madame. Toute petite avec des cheveux… (Elle se reprit.) Justement non, Kitty n'a plus de cheveux, Madame les lui a fait couper. »

Bon Dieu, quel foutoir verbal. Elle se serait tranché la gorge avec le splendide coupe-papier en onyx qui traînait sur le bureau. Jamais elle n'aurait dû s'asseoir, cela tassait son discours. Elle empoigna les accoudoirs du fauteuil, mais Sir John interrompit son élan d'un léger signe de la main.

« Prenez une cigarette, Maggie. Et reprenez depuis le début.

— Oh, je vous en prie, ne soyez pas condescendant

avec moi. (Elle fulminait.) Mais bonne idée, reprenons du début, Monsieur. Lors de son séjour à Londres, Madame a fait couper les cheveux de Katherine contre son gré. Ensuite, Madame a fait part à Katherine de son licenciement, au motif que Katherine avait perdu connaissance à plusieurs reprises.

— Perdu connaissance ? (Flegmatique, il faisait tourner la cigarette entre ses doigts.) À cause de sa coupe de cheveux ?

— Non, mais ça aurait pu, Monsieur. Katherine souffre du diabète. Nous sommes allées voir le Dr Heady. Licencier Katherine au motif qu'elle est malade serait contraire… au droit du travail. »

Maggie voyait des petits filaments rouges danser devant ses yeux – et à travers ce rideau, Monsieur se lever, boutonner sa veste d'un jeu de main, et venir appuyer sa haute silhouette sur le bureau, juste à côté d'elle. Elle se sentait misérable. Et furieuse de ce tour qu'il s'imaginait lui jouer, à venir agiter ses parfums sous son nez. N'avait-il donc pas compris à qui il avait affaire ? Maggie O'Neill, descendante de suffragettes, de…

Sir John croisa les bras, faisant tomber sur elle un regard souverain.

« Le droit du travail, Maggie. Vous lisez sans doute les journaux français, et vous êtes en avance sur votre temps, ma chère. Mais toutes les avancées sociales n'ont pas encore traversé la Manche et heureusement pour Sheperd House. Le gouvernement travailliste, que vous avez élu, j'en suis sûr, s'est mis en tête de taxer fortement le capital des plus fortunés – et il se trouve que ces gens-là, dont je suis, sont aussi de grands employeurs.

— Oh, misère, le railla-t-elle. Vous m'en voyez navrée pour l'avenir de votre maison. Mais qu'en sera-t-il de Kitty demain, c'est tout ce qui m'importe. »

Il eut un sourire patient qui fit passer dans l'esprit de Maggie une fugace – mais graphique – idée de meurtre.

« Je vais vous expliquer, dit-il. Là où vous imaginez un droit du travail, il n'y a en Angleterre que la *Common Law*. Ce qui veut dire que les litiges ne sont réglés qu'en fonction des principes généraux du droit commun.

— Dans ce cas, c'est de la discrimination. Je le répète, Monsieur.

— Discrimination ? Il n'y a rien à ce sujet dans la loi britannique. Même si… Katherine s'adressait à un tribunal. Ce serait long et coûteux.

— C'est injuste. Vraiment ignoble.

— Peut-être, mais cela permet à de pauvres aristocrates saignés par l'État de continuer à employer des gens de maison, sans craindre les ennuis s'ils ont à les licencier. S'ils n'ont plus assez d'argent pour les payer, par exemple. C'est le principe de la liberté de contrat en fonction des conditions du marché. »

Maggie le considéra du fond de son fauteuil, incrédule. Elle aurait vraiment préféré qu'il soit un séduisant imbécile – les capacités intellectuelles du plus joli spécimen d'homme qui lui avait été donné de voir étaient une injustice totale. En plus, elle avait sous-estimé son cynisme.

« Mon Dieu, mon Dieu, siffla-t-elle. Ne me faites pas croire que Madame vire Kitty en raison d'une mauvaise situation financière ! Je suis sûre que son shopping londonien correspond peu ou prou à cinq ans de gages d'une femme de chambre. (Elle fit mine d'avoir une illumination.) Ah mais j'y pense : la coiffeuse. La coupe de cheveux de Kitty n'était pas dans le budget. Et voilà que pour un cheveu sur le concombre s'abat la ruine sur Sheperd House. »

Maggie soutint le regard de Monsieur pendant un moment interminable, alors que le silence s'était abattu sur ses foutus masques africains. Elle vit danser la petite flamme, le sillon creusé entre ses sourcils, le plissement amusé au coin des yeux verts, oscillant maintenant entre la simple envie de le gifler et celle de lui arracher tous ses vêtements – les deux n'étant pas forcément incompatibles.

« Si Madame renvoie Katherine, le personnel se mettra en grève », lâcha-t-elle en désespoir de cause. Sir John éclata de rire : « Mr Bernard ? Mrs Stanfield ? En grève ?

— Peut-être pas eux. Mais il y a mille façons de gripper le beau fonctionnement de Sheperd House.

— Et il y a mille façons de renvoyer des employés récalcitrants.

— Vous êtes un véritable criminel. »

Elle se leva, rageuse, il la retint par le bras.

« Ne me touchez pas.

— Katherine ne sera pas renvoyée. Je m'y engage. »

Maggie se débarrassa de sa poigne d'un geste sec. « Et pourquoi ?

— Pourquoi ? (Il eut un petit rire, et alla reprendre sa place derrière son bureau.) Vous êtes formidable. La raison pour laquelle elle était licenciée ne vous convenait pas, il vous en faut maintenant une parce qu'elle ne l'est plus ? Maggie, vous êtes une emmerdeuse professionnelle. »

Elle le considéra deux secondes, méfiante.

« Il lui faudra une pause plus longue pour le déjeuner, dit-elle. Elle doit suivre un régime spécial.

— D'accord.

— Et elle devra finir plus tôt pour faire de l'exercice. J'ai la lettre du Dr Heady. »

Maggie fouilla dans sa poche d'une main moite. L'adrénaline la quittait. Sir John parcourut l'ordonnance et la plia soigneusement.

« Bien, dit-il. C'est réglé. J'informerai Lady Philippa qui transmettra les consignes à Mrs Stanfield.

— Eh bien, c'est parfait. (Elle hésita.) J'espère juste que ce n'est pas une faveur que vous me faites. Ce serait faire preuve d'un favoritisme nauséabond. »

Mon Dieu, Maggie, ne peux-tu pas te taire, pour une fois ?

« Nauséabond ? railla-t-il. Comme vous y allez, ma chère. Mais loin de moi cette idée. Je suis ravi de laisser ma conscience sociale s'exprimer enfin. Grâce à vous. »

Il s'enfonça dans son fauteuil, ses yeux rayonnant sur elle. Maggie tiqua, sentant un flux agréable sur ses nerfs tendus comme des cordes de piano. Le rire. Voilà ce qui la menaçait, le rire qui la lierait encore à cet individu, dans un grand éclat aveugle, inconséquent.

Elle le salua rapidement et prit ses jambes à son cou.

20

« Mais comment tu as fait ? »

Kitty était radieuse. Elle pouvait mourir du diabète tranquille, au moins elle gardait son travail. Bertha Stanfield lui avait annoncé la nouvelle avec componction – assortie toutefois d'une série d'avenants au contrat : Kitty devait respecter son régime, être déclarée apte par le Dr Heady chaque mois, ne plus jamais toucher au thé de Madame, ni faire le service lorsqu'on recevrait du monde.

Punition ou pas, les deux dernières tâches seraient dévolues à Maggie Fuller, qui devrait se coltiner les plateaux apéritifs, la robe noire à col blanc et la mine obséquieuse lors des sauteries des Lyon-Thorpe. Et ce, dès ce soir, avec l'arrivée en grande pompe de la famille de Madame.

Tu vas voir, vitupéra-t-elle, empilant rageusement des tranches de dinde et de tomates dans son sandwich de midi. Il ne se passerait pas plus d'un mois avant qu'elle aille exiger en haut lieu l'augmentation de ses gages.

« Il a été gentil ? demanda Kitty. Sir John ?

— Doux comme un agneau, maugréa Maggie, la bouche pleine.

— Et il ne t'a rien demandé en échange ? fit Annie, lançant sur elle un sourcil en biais.

— Oh, si. Une petite gâterie sous son bureau, mais j'ai fait ça avec plaisir. »

Les filles éclatèrent d'un rire outré – voilà, se dit Maggie, voilà ce qu'il faut faire. Renchérir, chiquer, surfaire. L'exagération aurait toujours raison du soupçon.

Tout de même, si elle n'était pas assez naïve pour douter du facteur libidinal dans la bienveillance sociale de Sir John, elle aurait bien voulu en connaître l'exacte proportion. Quel poids avait-elle, Maggie Fuller, sur la planète Lyon-Thorpe ? Sur quel barreau de l'échelle Sheperd House se situait-elle ?

Cette situation était franchement déstabilisante, au regard des valeurs véhiculées par le gynécée O'Neill. S'élever par des pratiques de bordel allait à l'encontre des victoires intellectuelles des Elizabeth du monde entier – qu'elles soient médecin ou inventrice du Monopoly.

Maggie ne voulait pas du statut de favorite, merci bien. Même si l'histoire regorgeait de femmes ayant imposé par leurs charmes de grandes révolutions culturelles aux puissants – des Montespan et Pompadour protectrices des arts et des lettres jusqu'à l'influence de Wallis Simpson sur les nœuds de cravate d'Edward VIII. Entre autres.

De toute façon, cette histoire était finie. Terminée. Absolument.

« Ça va terriblement me manquer, disait Kitty.

— Quoi ? réagit Maggie, ailleurs.

— Le sucre.

— Ah. Oui. Ça risque d'être vraiment difficile. »

Elle jeta la moitié de son sandwich. Où était son bel appétit ? Tout foutait le camp.

« Et le chat ? demanda Sir Albert, déçu.

— Le chat fait la sieste. Aujourd'hui, on va aller faire un tour.

— Voir l'arbre à pièces, Clemmie ? »

Le vieillard eut l'air si heureux qu'il sembla prendre dix centimètres. Appuyé des deux mains sur sa canne, il se dandina d'un pied sur l'autre, comme un gamin devant le *Queen Mary* quittant dans les flonflons le port de Folkestone.

« Qu'est-ce que c'est que cette histoire d'arbre à pièces, Albert ? C'est où, d'abord ? »

Sir Albert cala ses deux pieds dans le sol et, d'un bras parfaitement droit, désigna la forêt de chênes et de bruyères qui délimitait la partie ouest du domaine. Sur ce front s'étirant du vert tendre à l'émeraude profond, des rhododendrons explosaient en fleurs rose et parme. Ce n'était pas si loin.

« Vous êtes sûr, Albert ?

— Allons voir l'arbre à pièces, Clemmie. »

Intriguée, Maggie tira la montre à gousset du vieil homme. Elle avait une petite heure devant elle. Elle avisa les écuries, derrière le labyrinthe végétal. Une idée lui revenait. Il lui fallait juste trouver la bonne personne.

« Ne bougez pas d'ici, Albert, c'est compris ? On reste assis et on regarde la mer. Je reviens. »

Baptiste était là, une bénédiction que le ciel lui faisait. Le valet pansait un cheval encore plus grand que lui, ses doigts dans la crinière lisse et dorée, une éponge glissant silencieusement sur sa robe châtaigne frappée de soleil. Il fredonnait un air chaud et profond, l'œil du pur-sang sur lui – toute la croyance de l'animal en l'homme concentrée dans le velours noir d'une pupille, frangée de blond comme des cils de jeune fille.

« C'est une femelle ? demanda Maggie.

— Oui. Oshun. Déesse de la beauté. C'est la Vénus africaine. »

Baptiste n'avait même pas sursauté. Rien ne semblait pouvoir surprendre cet homme aux airs de grand sage. C'était pour cela que Sir John lui faisait confiance, sûrement.

« J'ai besoin de vous, dit Maggie. J'aimerais qu'on aille promener Sir Albert. »

Baptiste essora l'éponge dans un seau à ses pieds, essuya ses mains sur son tablier de palefrenier.

« À cheval ? Il ne tiendra jamais en selle.

— Et si je monte avec lui ?

— Vraiment ? (Il rit.) Où voulez-vous l'emmener ? »

Elle lui expliqua Clemmie, la forêt, l'arbre à pièces.

« L'arbre à pièces ? Il y en a quelques-uns, par ici, dit Baptiste.

— Ah bon ? Je ne sais pas ce que c'est.

— Peut-être parce que vous êtes une femme de la mer, Maggie. Pas de la terre. »

Elle sourit. « C'est vrai. » La nature, quand elle l'enfermait, lui faisait peur. L'idée d'être perdue en forêt, de n'avoir comme ciel que des frondaisons étouffantes, était un cauchemar récurrent depuis que sa mère lui avait lu les contes de Perrault. Maggie aimait la Manche, la respiration profonde de l'eau, les horizons dégagés.

Baptiste lui montra un grand poney aux jambes solides et à la crinière grisonnante. « Celui-ci est calme et confortable, dit-il. King Louis. C'est avec lui que la petite Victoria a appris à monter. Après ça, un vieil homme ne lui fera pas peur. »

Obéissant, Sir Albert n'avait pas bougé, ses yeux d'enfant écarquillés sur les lointaines vaguelettes qui sautillaient comme des moutons sur la mer. Baptiste l'aida à monter sur le banc, puis sur King Louis, et Maggie grimpa derrière, ses bras autour de sa taille. Le vieillard était aussi délicat qu'un biscuit de porcelaine, elle avait peine à imaginer que sous cette fragile ossature subsistait tout un organisme, une logique d'échanges vitaux et de circulation ingénieuse. Tout pouvait s'arrêter là, maintenant.

Sir Albert se tenait très droit, muet, concentré.

« Vous nous direz, Albert ? demanda Maggie. Vous nous direz où est l'arbre à pièces. »

Le vieux ne répondit pas. Au pire, cela ferait une belle promenade.

« Vous êtes ici depuis longtemps, Baptiste ? »

Le valet tenait la longe de King Louis d'une main ferme, marchant tranquillement contre son flanc. Il lui lança un regard espiègle, et Maggie eut conscience du comique de la situation : faire la conversation, avec cette voix pointue qu'elle se donnait quand elle était gênée, alors que sa jupe de soubrette lui remontait au milieu des cuisses et qu'elle tenait entre ses bras un cavalier d'au moins quatre-vingts ans aussi friable qu'un arbre mort…

— Depuis 1926, dit le grand Noir, sourire aux lèvres.

— Vous venez du Kenya ?

— Lamu, acquiesça-t-il. Une île dans l'océan Indien. C'est là que les Lyon-Thorpe avaient leurs affaires, dans l'industrie portuaire. Sir Charles Lyon-Thorpe m'a demandé d'accompagner le jeune Monsieur John, quand il a dû rentrer à Sheperd House.

— Et pourquoi a-t-il dû rentrer ? demanda Maggie, lui jetant un bref coup d'œil.

— Ah. Eh bien, parce qu'il avait vingt ans. Qu'il devait se marier, et prendre le relais de ce vieux bonhomme, au château et au port, répondit Baptiste en pointant Sir Albert, raide comme la justice.

— Cela a dû être dur… pour vous.

— Pour moi, oui, rit Baptiste. Les brumes anglaises… Enfin, c'est très différent, pas vrai ? Mais cela a été plus dur encore pour Sir John. Jusqu'ici il avait vécu libre, à Kipungani, un petit village au sud-ouest de l'île où les Lyon-Thorpe ont leur ranch. Le soleil, la nature, les courses de boutres…

— Les boutres ?

— Des barques à voiles. Sir John adorait ça. (Il secoua la tête.) Après, il lui a fallu apprendre à devenir un gentleman ici.

— Oh, pour ça, il s'en sort très bien », lâcha Maggie.

Elle se mordit les lèvres, et Baptiste lui fit l'aumône d'un silence. Le poney s'arrêta devant les rhododendrons, barrière naturelle dans sa bonne tête de canasson : ici passait la frontière de Sheperd House.

« Bon, alors, maintenant, Albert ? »

Le vieux leva précautionneusement le bras, pointant

un passage dans les bruyères. C'était un chemin de chasse depuis longtemps déserté, tourbeux, à la terre fine et noire comme du marc de café. Les gros sabots du poney s'enfonçaient inégalement dans l'humus, l'animal tanguant sur ses jambes. Maggie serrait plus fort la taille de Sir Albert, craignant à chaque pas d'entendre un craquement sinistre et de voir le vieux redevenir cendres entre ses mains.

« Là ! Là ! Clemmie ! »

Baptiste fit rempart de son grand corps, cueillant la carcasse glissante du vieillard et Maggie qu'il emportait avec lui.

« Là ! »

C'était à la fois une chose ordinaire et surnaturelle : un chêne solide qui se dressait, comme un ogre passant les pouces dans sa ceinture. L'écorce écailleuse ressemblait à une pomme de pin, et en s'approchant on voyait des pièces de monnaie méticuleusement enfoncées dans les rides, jusqu'à former une seconde carapace.

« Incroyable ! murmura Maggie.

— Il y en a quelques-uns dans ce coin de l'Angleterre, dit Baptiste. C'est une pratique qui vient d'Écosse. Pour soulager le mal. (Il sourit.) Ce sont vos grigris à vous. »

Maggie retenait Sir Albert par la manche de son gilet en velours, mais le vieux n'était plus là : « Oh, oh, soufflait-il, appuyant ses mains veinées sur l'écaille cuivrée. Oh ! » Elle finit par le lâcher, surprise de le voir tenir si bien sur ses jambes. Les doigts noueux de Sir Albert vagabondaient sur la croûte de l'arbre, caressant la dentelle des pence, comptant les sillons.

Quand le vieillard cassa l'écorce du chêne, à un

endroit précis, qu'elle vit les initiales gravées sur deux pièces, Maggie faillit tomber sur ses genoux : Clemmie était ici, il y a longtemps. Et Albert, fringant, vertical, amoureux. Seigneur, se dit-elle, combien ce monde était dédaigneux des vies passées, abaissant le patriarche au rang d'une amusante bestiole qu'on égarait dans un labyrinthe.

Des images fragmentées de ses propres nuits d'amour vinrent la heurter, dans toute leur humanité : Albert avait été comme Sir John, sexuel, complexe – avec Clemmie, ou dans les rêves qu'il avait d'elle.

« Venez, Albert, il faut rentrer. Mais je vous promets que vous reviendrez. »

Le vieillard quitta l'arbre comme il aurait quitté la jeune fille, reculant d'un pas révérencieux, le sourire aux lèvres, un chapeau imaginaire entre ses mains nouées.

Le début du chemin se fit en silence, Maggie enlaçant Sir Albert sur le poney chaloupant. Elle se sentait ignorante de tout. Dans quelles limbes s'était perdue l'histoire d'Albert Lyon-Thorpe et de Clemmie, qui s'en souviendrait jamais ?

« Ça ne me dit rien, lui répondit Baptiste. J'ai connu Lady Henriette, quand je suis arrivé. (Il rit doucement.) C'était une forte femme. Sir Albert, lui, n'était pas causant. Il prenait le train et le bateau pour aller voir son fils en Afrique. Mais il ne restait pas sur place. On aurait dit que seul le voyage lui importait.

— Les parents de Sir John… Ils sont toujours là-bas ?

— Non, ils sont morts ici, juste au début de la guerre… (Il la regarda, surpris.) Vous n'étiez pas à Folkestone ? Ils étaient revenus du Kenya pour Noël.

Un accident de voiture. C'était pendant l'hiver 1939, il y avait du brouillard, la voiture a dévalé la falaise… La mère de Monsieur est morte sur le coup. (Il secoua tristement la tête.) Et Sir Charles trois semaines après, des suites de ses blessures. »

Maggie secoua la tête. Comment avait-elle pu ignorer un tel événement ? Lui en avait-on parlé ? Durant l'hiver 1939, elle était au chevet de son mari mourant. Bien sûr, elle n'entendait rien d'autre que les avis médicaux, occupée à calculer les probabilités, à mesurer l'espoir. Elle avait à peine perçu le ronflement des avions de la Luftwaffe pendant le Blitz, alors la mort d'un couple d'aristocrates…

« C'est pour cela que Sir John n'aime pas beaucoup l'automobile, continua Baptiste. Pour les longs voyages, nous prenons le train. S'il pouvait, il irait à Londres à cheval. »

D'un geste du menton, il désigna la longue silhouette qui apparaissait au détour de l'écurie. Instinctivement, Maggie serra la frêle carcasse qui oscillait devant elle, comme si Albert avait dû la protéger d'un bandit au coin d'un bois.

Sir John les regarda avancer, masquant mal son incrédulité. Par-dessus l'épaule de son cavalier, Maggie discerna le pli familier au coin de la moustache, la badine tapotant ses bottes comme à l'unisson d'un rire intérieur.

« Baptiste ? interrogea-t-il simplement.

— Sir Albert va bien, on l'a juste emmené faire un tour.

— Je vois ça. Maggie, de l'aide pour descendre ?

— Non. »

Évidemment, il passa outre après que Baptiste eut

cueilli Albert comme un enfant. Maggie ramassa sa jupe sur ses cuisses, passant comme elle pouvait la jambe par-dessus la selle, et les belles mains de Sir John emboîtèrent sa taille. La descente contre lui fut interminable, grisante. Elle maugréa en se dégageant.

« Vous dites ? la taquina-t-il.

— Rien. Ma jupe est sale.

— King Louis est un rustre. La prochaine fois, il faudra essayer Oshun. C'est une belle pouliche très soignée.

— Et vous vous y connaissez. »

Il lui sourit poliment sans répondre. Son parfum poivré lui montant au cerveau, Maggie s'absorba dans l'époussetage de sa jupe. Mon Dieu, n'allait-il pas cesser de la regarder ?

« Je n'aime pas les chevaux, dit-elle. On ne sait jamais ce qu'ils ont derrière la tête. »

21

La famille de Lady Philippa semblait tout droit sortie d'un roman de Henry James – des femmes raffinées traînant leur vague à l'âme, opprimées par des messieurs altiers débitant des certitudes rances le petit doigt sur la couture du pantalon.

En inventoriant le père et l'époux de la sœur, Maggie se dit *in petto* que Pippa-ma-chère avait décidément tiré le gros lot. Philip Milford et son gendre étaient du genre à se répandre sur cette société en perdition que les travaillistes nivelaient par le bas. Ils étaient actionnaires du Big Four, ainsi qu'on appelait les quatre compagnies de chemin de fer britanniques, et voyaient arriver la menace d'une nationalisation avec une rancœur adipeuse.

Cela, Maggie ne mit que trois minutes à l'apprendre, le temps de servir le thé au grand salon. Mrs Milford mère – une chose grise, raide, et absolument muette – et sa fille, Theodora – jolie fille brune vieille avant l'âge – ouvraient à peine la bouche. En déposant le plateau en argent chargé de petits gâteaux roses et verts, Maggie croisa le regard de Sir John et comprit tout de suite en quelle estime il tenait sa belle-famille. D'ailleurs, il s'absentait pour quelques jours, entendit-elle, et cette nouvelle la déstabilisa au point qu'elle n'entendit pas Pippa-ma-chère réclamer quelque chose.

« Maggie ? Je vous ai demandé de l'eau.

— Vous en avez là, Madame », répliqua-t-elle sans y mettre les formes.

Lady Philippa la fixa de ses pupilles violettes. Du coin de l'œil, Maggie vit Sir John se frotter les sourcils.

« De l'eau fraîche, Maggie, répéta la voix désincarnée de la maîtresse de maison. Celle-ci est bouillante.

— Bien, Madame. »

Maggie battit en retraite sous le regard dangereusement calme de Pippa-ma-chère. Tant mieux, se dit-elle, excédée. Encore une erreur de comportement et elle serait déclarée inapte pour le service au salon. Seigneur, c'est là que sa condition lui apparaissait dans toute sa brutalité. Tapoter des coussins et tirer des draps dans le secret d'une chambre, passe encore, mais se plier en deux pour servir la maîtresse et ses semblables avait des relents féodaux.

Quand elle revint au salon avec un autre plateau – ces fichus plateaux, bon Dieu, combien y avait-il de plateaux dans cette maison ? –, Maggie s'imagina empoigner la carafe d'eau fraîche et l'envoyer se fracasser contre le grand miroir.

Plus tard, Maggie fut convoquée au dressing. La déesse du Kent avait résolu de faire du tri dans sa penderie pour donner quelques robes à sa jeune sœur – au cas où ces foutues privatisations travaillistes la dépouilleraient tout à fait.

« Maggie, vous apporterez une malle. Teddy chérie,

je te l'enverrai à Brighton par voiture, il est inutile que tu la traînes à Paris, n'est-ce pas ? »

À Paris ? se dit Maggie. Pour faire un peu de shopping, peut-être ? Tout n'était pas perdu, finalement.

La jeune Theodora était aussi fine et brune que son époux était épais et dégarni. Une version fadasse de Madame qui, à côté d'elle, gagnait encore en éclat.

« Il m'est arrivé une aventure avec Katherine ! » racontait cette aristocrate chevronnée à l'oie blanche qui l'écoutait avec passion. Alertée, Maggie tendit l'oreille en même temps qu'une pile de foulards dont la maîtresse de maison s'empara avec agacement.

« Maggie, la malle. (Elle plissa les yeux.) D'ailleurs, puisque nous en parlons, vent m'est venu que vous n'aviez guère apprécié la nouvelle coupe de cheveux de Katherine ? »

Pour la deuxième fois de la journée, Maggie eut la certitude qu'elle ne ferait pas de vieux os à Sheperd House. Arriverait forcément l'éclat de trop, la mauvaise réponse. Et ce serait violent. Pas une démission polie, non, pas de séparation à l'amiable qui lui permettrait de partir avec une jolie lettre de recommandation, non non. Un fracas, des choses cassées, voilà comment cela se terminerait.

Elle serra les dents pour endiguer le flot de récriminations qui lui montait du ventre, faisant pour une fois usage de la fraction de seconde qui transformait un reflux verbal en civilité.

« Comme toutes les femmes, Katherine tenait beaucoup à ses cheveux, Madame », dit-elle.

Pippa-ma-chère l'observait avec une acuité alarmante. Pourquoi voulait-elle la guerre maintenant, se demanda Maggie, gardant son calme. Pour offrir in situ une leçon d'éducation domestique à la jeune Theodora ?

Ou parce que ses revendications lui avaient été complaisamment transmises par son mari, un pervers qui prendrait plaisir à monter ses poules les unes contre les autres ?

« En l'occurrence, dit doucement Madame, Katherine a failli à ses devoirs qui sont, je vous le rappelle, de servir Sheperd House avec l'hygiène que cela requiert.

— Nous connaissons tous nos devoirs, Madame. Nous devons aussi connaître nos droits. »

Maggie sourit poliment, les mains croisées sur son tablier. Lady Philippa eut un léger mouvement de recul. Derrière elle, sa jeune sœur ouvrait des yeux ronds, sa tasse de thé en suspension.

« On m'a aussi rapporté les tribunes que vous teniez au petit déjeuner, jeta Madame. Sachez que la politique n'a rien à faire au sous-sol de Sheperd House, surtout celle que vous défendez. »

Bien. La taupe était donc en cuisine. Maggie maudit le gros Colin, puis imagina les comptes rendus souterrains de la grosse Bertha à sa maîtresse.

« Madame, tout ce qui se dit dans les quartiers des domestiques devrait y rester. Nous-mêmes avons un devoir de réserve en ce qui concerne nos employeurs. »

Elle déglutit péniblement. Mon Dieu, elle se trouvait sacrément gonflée de dire ça. Pippa-ma-chère fit dégringoler ses pupilles améthyste sur elle comme si elle était un insecte dangereux.

« Mais, poursuivit Maggie, je pourrais tenir chacun des propos de… mes tribunes du petit déjeuner de la même manière devant vous. C'est pourquoi je suis allée trouver Sir Lyon-Thorpe au sujet de la maladie de Katherine, et des droits qu'elle devrait lui donner.

— Tiens donc ? C'était vous ? Je croyais que c'était le Dr Heady. »

Merde, se dit Maggie.

« En effet, Madame, se rattrapa-t-elle. Je n'ai fait que transmettre la lettre et les conseils du Dr Heady. »

Elle se mordit les lèvres. Au moins, Sir John ne l'avait pas livrée à la louve.

Pippa-ma-chère se retourna vers Theodora pour une explication de textes.

« Le Dr Heady, Teddy. C'est lui qui a fait naître les enfants. J'ai beaucoup d'affection pour lui. (Elle jeta un œil peu amène sur Maggie.) Il m'a recommandé Mrs Fuller, qui est veuve de guerre. Parfois, il faut savoir être reconnaissante – à son médecin et à sa patrie. C'est pourquoi nous gardons Maggie à notre service, malgré ses petits égarements. »

Petits égarements, se répéta Maggie. C'était amusant. Pour la peine, elle eut un sourire sincère.

« Et je vous en remercie, Madame », dit-elle.

Heureusement, Annie la Rousse avait pris le relais pour servir le dîner. Postée dans le couloir de service, Maggie passait les plats de mauvaise grâce. Les journées étaient bien trop longues, du lever à 6 h 30 jusqu'à la fin du service du soir. Sous prétexte d'un environnement prestigieux, on faisait avaler à la domesticité des journées de 14 heures – comme une purge noyée dans du sirop de sucre. Oh, ce n'était pas qu'il faille toujours tourner à plein régime, comme durant les quatre heures à vider les poissons à la conserverie. C'était plus insidieux que cela : il fallait toujours être disponible.

Était-ce la raison pour laquelle aucun des domestiques n'avait d'enfant, de famille à lui – pas même Annie et Colin, malgré leur petit appartement ?

Elle l'avait demandé à la Rousse, pas plus tard que tout à l'heure, quand elles fumaient une cigarette dans la cour en attendant que la fille de cuisine ait fini la présentation du dessert sur les maudits plateaux.

« Nous, c'est plutôt le contraire, avait répondu Annie, le sourcil en l'air. C'est parce qu'on a pas eu d'enfant qu'on est resté ici, avec Colin.

— Vraiment ? »

Annie avait haussé les épaules, jetant son mégot.

« Tu veux savoir ? Au début, on s'est même pas posé la question de pourquoi ça venait pas. Et plus tard, on a compris qu'il aurait peut-être fallu mettre plus de cœur à l'ouvrage. Mais cette maison te bouffe. Tu t'empâtes, tu t'aigris, tu te fatigues. Trouve le courage de t'envoyer en l'air quand tu n'as que huit heures à toi, dont six pour dormir. Ça fait bien longtemps que je préfère utiliser mon temps du soir à prendre une douche et à écouter la radio pour voir si le monde existe encore. Et Colin, lui… (Elle pouffa tristement.) Il reste en bas à picoler et à râler sur les journaux. Quand il est de bonne humeur, il sort son violon, ça dure des heures. Et… (Elle hésita.) Enfin, tu l'as vu. Quand je l'ai connu, il était mince comme un fil, pourtant. »

Ce pathétique état des lieux avait plongé Maggie dans un spleen plus profond encore. Décidément, elle ne connaissait aucun couple heureux.

Plus tard, alors qu'elle préparait le millepertuis pour Madame, elle chercha dans sa mémoire une relique des sentiments qu'elle éprouvait avec Will devant *La Merveilleuse*. Elle ne trouva qu'un fond puéril d'enthousiasme et éprouva de la pitié pour l'innocente Maggie. Si elle avait pensé, à cette époque, que rien n'était possible à deux… Elle aurait écouté sa mère et n'aurait vécu que pour elle-même. Serait partie en Amérique, aurait étudié la médecine sans avoir personne à abandonner.

Elle ajouta une tasse sur le plateau de Pippa-ma-chère – cela ne ferait pas de mal à la jeune Theodora, qu'elle avait aperçue toute pâlotte à l'apéritif, à côté de son mari qui ressemblait à un gigantesque poupon rose. Comment s'appelait-il, celui-là ? Harvard, rien que ça. Alors qu'il semblait avoir l'esprit d'un teckel.

Puis Maggie sortit dans la cour sombre, un œil lointain sur le tableau des réjouissances, attendant qu'on la sonne en faisant clignoter une ampoule.

Elle entendit les pas familiers dans le gravier, leva les yeux au ciel par-dessus sa cigarette. Ce qui se passa ensuite fut un de ces moments vides de réflexion, où la fatigue a raison des résolutions les plus fortes.

Les belles mains glissèrent en une lente caresse sur ses bras, puis se nouèrent sur son ventre alors qu'elle voyait la braise de son mégot tomber à ses pieds. Maggie sentit la chaleur de Sir John envelopper son dos, laissa aller sa tête en arrière, dégageant son cou qu'il embrassa jusqu'au frisson.

Juste quelques secondes, se dit-elle, embrumée.

Juste quelques secondes contre lui, ce splendide fantasme, ce monstre de suffisance. À n'importe quel autre moment de la journée, elle aurait probablement réussi à le repousser, mais la nuit se prêtait à cet abandon parallèle.

Il posa sa bouche piquante sur le point palpitant de son cou, la chaleur de ses mains irradiant ses cuisses. Vaincue, elle se fit lourde contre lui, murmurant un lamento inaudible : elle n'était qu'une grisette du siècle dernier, à se laisser ainsi manipuler par un prince tout infatué de son aura. Elle était faible, voilà. Ne retenait aucune leçon de la vie. Quel triste tableau elle offrait aux guerrières de sa famille.

Les lèvres de Sir John effleuraient la ligne fine de sa mâchoire, et elle se tournait vers lui, cette idiote, se tordait le cou pour qu'il prenne sa bouche, serrant les belles mains contre ses seins.

« Vous me manquez, Maggie », chuchota-t-il.

Ces paroles pourtant aimables la sortirent d'un coup de sa torpeur. Elle vit dans un flash le couloir qui menait à la chambre du maître, son chemin de courtisane, et Lady Philippa en majesté de l'autre côté du mur.

« Lâchez-moi, dit-elle sèchement. Je ne monterai pas avec vous. »

Il s'éloigna d'un pas, inclina respectueusement la tête, puis resta à l'observer pendant qu'elle reprenait ses esprits. Dans la pénombre, elle le discernait qui s'appuyait tranquillement contre le mur, à l'abri du carré de lumière imprimé sur le gravier. Puis la flamme de son briquet, la cendre rougeoyante de sa cigarette – la cérémonie habituelle. Elle eut froid. Comment cela avait-il pu se passer – elle était dans ses bras puis d'un coup plus rien. Ne pouvait-elle donc jamais se taire ?

« Je pars à Londres demain, dit-il.

— J'ai entendu, répondit-elle en se frottant le bras. Quelle belle organisation. Chacun votre tour, comme c'est pratique.

— Venez avec moi.

— Pardon ? Vous plaisantez ?

— Que se passe-t-il, Maggie ?

— Je pensais que vous l'aviez compris. Il se passe que je ne suis plus la propriété de personne. Qu'on ne dispose plus de moi comme on l'entend.

— C'est l'impression que je vous donne ? De disposer de… vous ? (Il rit.) Mon Dieu. Il y a des conquêtes plus faciles que la vôtre, croyez-moi.

— Pour ça, oui, je veux bien vous croire. Si c'est un sport, mettez-vous à la chasse, plutôt. Je ne veux pas faire partie de vos objectifs à atteindre. »

Bagarreuse, elle chuchotait si fort que si le vent léger n'avait pas été contre elle, il aurait porté ses paroles jusqu'à l'Aile des vierges. Sir John expédia son mégot d'une chiquenaude. « Ce n'était qu'une invitation. » Maggie jeta un coup d'œil vers le tableau de la cuisine, au cas où l'ampoule magique la sauverait. Rien.

« C'est gentil, mais je ne serai pas la petite roturière qu'on loge, qu'on nourrit et qu'on habille pour l'emmener à l'opéra avant de… (Elle éluda d'un geste de la main.) Bref. Je ne me prêterai pas à cette comédie, ce… ce conte de fées de la pauvresse. Ça ne m'intéresse pas. Et pour votre gouverne, ça s'appelle de la prostitution. Dès lors qu'on paye quelqu'un pour ça.

— De la… D'accord. Voici ma proposition : venez, nous resterons au lit toute la semaine mais je ne vous commanderai pas votre petit déjeuner et vous vous débrouillerez pour dîner. Pas de taxi, pas d'opéra, je ne vous tiendrai pas la porte et vous devrez appeler l'ascenseur vous-même. Voilà qui devrait satisfaire à votre engagement féministe, Maggie.

— Vous n'êtes qu'un goujat.

— Il faudrait savoir.

— Et que feriez-vous de votre baronne ?

— Ma *quoi* ? »

Maggie s'insulta à voix basse. Elle n'avait pas à colporter des ragots comme une jalouse.

« J'ai entendu dire que vous aviez quelqu'un à Londres, maugréa-t-elle. Alors certes, ça ne me regarde pas, sauf si vous pensez que je suis assez idiote pour intégrer votre espèce de harem.

— Il n'y a pas de harem. Je ne peux pas empêcher les fantasmes du sous-sol, mais je vous l'ai déjà dit, vous êtes une première, ma chère. Je ne vais pas essayer de tourner cela en compliment, je sais que vous n'y êtes pas plus sensible qu'au cynisme dont je fais preuve en le disant. Pour le reste, votre immense sens du libéralisme me pardonnera la vie que j'ai menée en dehors de Sheperd House. (Il se rapprocha, baissant la voix.) Mais vous n'avez qu'un mot à dire, et vous serez la seule. Il n'y aura plus de baronne, ni de comtesse ni de danseuse. C'est vous qui décidez, Maggie. »

Alors qu'il faisait mine de s'éloigner, Maggie le rattrapa par le bras sans réfléchir, le cerveau pris dans une nasse où se mélangeaient les eaux usées de la colère et quelques étranges bulles d'euphorie.

« Je n'irai pas à Londres avec vous, siffla-t-elle, le cœur en désordre. Vous voulez reprendre l'avantage, parce que la vérité c'est que ça vous gêne que je décide comme vous, que je me comporte comme vous. Mais je vous haïrais de prendre le désir que j'ai eu pour vous pour d'autres sentiments. Monsieur. »

Dans le silence qui suivit, en voyant la lumière passer furtivement dans les beaux yeux verts, Maggie sut qu'il avait compris tout le contraire. Qu'il la connaissait déjà bien, et qu'elle ne ferait pas longtemps illusion, avec ses indignations bavardes. Sir John eut un mouvement du menton.

« Regardez derrière vous, la lampe clignote. Je crois que ma femme vous sonne. »

22

Maggie n'avait pas dormi de la nuit. Une nausée persistante la laissait en sueur et ses ovaires lui pesaient comme deux boules de billard, annonçant des règles particulièrement douloureuses. Elle avait dû se lever pour bourrer sa culotte de linges propres.

Encore une belle vacherie de la vie, ça.

« Ce n'est pas sale, tu dois même en être fière, entendait-elle sa mère lui répéter. Tu es une femme, ma chérie. » Chaque mois, elle se souvenait de cette initiation. À l'époque, elle avait douze ans, et aucune envie de se harnacher dans cette horrible ceinture sanitaire que lui avait présentée Elizabeth, tout à son rôle de sage-femme. « Tu mets le tissu entre les jambes, et tu l'attaches là et là, avec des épingles. » Maggie avait pleuré, la symbolique conquérante des menstruations lui échappant au profit de l'impression crasse d'entrer dans un cercle d'emmerdements occultes.

Elizabeth l'avait houspillée, elle qui se faisait fort de ne pas cacher ses lessives de linge blanc au voisinage, les étendant sur les mêmes fils que le reste, en plein soleil. « N'oublie jamais, ma chérie, ce sont les femmes qui repeuplent le monde. Elles qui décident. »

Le cours sur la contraception était venu plus tard, quand Maggie avait commencé à traîner avec Will au cimetière de bateaux. C'était horriblement gênant. Elizabeth l'avait convoquée au dispensaire, avait disserté cinq minutes sur le plaisir en tant que droit équitable, puis sur la faiblesse des hommes en ces circonstances, extirpant une longue capote anglaise de la poche de sa blouse.

Comme toujours avec Elizabeth, il avait fallu mesurer le progrès par un rappel historique – expédier la sexualité normative liée à la reproduction et accorder une rare distinction aux hommes suffisamment téméraires pour avoir utilisé la capote bien avant sa fabrication industrielle, par un dénommé MacIntosh spécialisé dans la confection d'imperméables. « C'était en 1870. Les employés de l'usine fabriquaient des ballons pour enfants l'été, et des capotes l'hiver. » Racontée par Elizabeth, l'histoire des serviettes hygiéniques et des préservatifs exerçait finalement la même fascination que celle de l'importation du chocolat en Europe ou des six femmes d'Henry VIII.

Et grâce aux suffragettes comme sa grand-mère, avait-elle conclu, l'Angleterre n'avait jamais succombé aux diktats de la politique nataliste, comme en France où on récompensait les familles nombreuses d'une médaille. Et cette chose, avait-elle dit en agitant le préservatif, cette chose était une forme nouvelle de liberté.

« S'il n'en porte pas, il faut surveiller l'homme pendant le rapport, Maggie. Quand tu sens que c'est le moment, il faut le repousser. On le voit dans leurs yeux. » C'est ce qu'elle avait toujours fait avec Will – c'était facile, elle était en charge. Sir John, lui, ne lui posait pas de problème. Avec toutes ses maîtresses, il se connaissait bien. Être débarrassée de cette responsabilité couronnait le délicieux abandon de Maggie.

Maggie s'était souvent dit que si elle avait su *in utero* tous ces détails de la vie intime d'une femme, elle n'aurait pas voulu en être. Il n'y avait rien de glorieux à saigner tous les mois et à expulser un homme de son vagin au plus inopportun des moments.

Pourquoi tout ce qui était bon était mauvais ? se demanda-t-elle, pliée en deux sur les toilettes. L'alcool, le sucre pour Kitty – on commençait même à dire qu'il y avait des choses toxiques dans la cigarette. Et l'amour physique. L'amour tout court. Rien que des prix à payer.

Et puis ces règles ne lui servaient à rien, ses cycles resteraient inutiles, elle ne voulait pas d'enfant. Elle en aurait eu avec le Will de *La Merveilleuse*. Mais le Will tombé du toit avait été le plus douloureux, le plus mal préparé des enfantements. Alors cela suffisait.

Quand Maggie avait traversé le couloir pour retourner dans sa chambre, aux petites heures, elle avait entendu la voiture partir – puis revenir un peu plus tard. Quelqu'un avait emmené Sir John et Baptiste à la gare de Folkestone. Recroquevillée en chien de fusil dans son lit, douloureuse, déprimée, Maggie s'était consciencieusement torturée à se figurer ce que ce monstre ferait à Londres, pendant une semaine entière. Au bout d'un moment, elle ne sut plus qui de ses ovaires ou de son imagination la faisait le plus souffrir.

Le chaton miaula, quitta le mouchoir de Sir John sur lequel il dormait, et pour la première fois sauta sur le lit, se roulant en boule contre son ventre. Bon sang, se dit-elle, il avait repris du poil de la bête. Bientôt, elle devrait le relâcher.

Elle se leva en retard, après avoir sombré dans le sommeil nocif du petit matin, n'eut pas le temps de manger un bout de pain avant de porter le petit déjeuner à la belle-famille alignée au salon. « Maggie, pressez-vous », fit Bertha Stanfield, plantée devant sa tasse. Et Annie qui houspillait Kitty dans le couloir, Colin qui repassait le journal que lui seul lirait ces jours-ci, la fille de cuisine sans nom qui laissait tomber un cul-de-poule rempli de crème montée dans un vacarme d'aluminium… Tout révulsait Maggie.

Le père Milford avait une haleine fétide de fin de nuit qui lui souleva le cœur. « Merci, ma belle », dit-il avec un air d'éleveur de vaches primées. Elle hésita à lui ébouillanter l'entrejambe. Le gros poupon rose qui servait d'époux à la craintive Theodora affichait la figure satisfaite de l'oisif qui vient fainéanter dans un nouveau cadre. Les pouces coincés dans son gilet, il reluqua Maggie sans vergogne, alors qu'elle se défaisait dans ses linges, tenant à peine sur ses jambes.

« Maggie, fit Pippa-ma-chère, d'une voix enchanteresse. Vous avez vraiment mauvaise mine. »

Maggie considéra son air fielleux, l'éclat criminel dans ses yeux violets, et se pencha vers elle, sur le ton de la confidence féminine :

« C'est parce que j'ai mes règles, Madame. »

Et remercia intérieurement Elizabeth de la limpidité de ses leçons de choses en sortant sans se retourner.

« Cette garce de McMillan a hérité d'un chemisier de Madame, cracha Annie. Le rose avec la lavallière. Je l'ai vue se pavaner avec quand elles ont raccompagné la famille Blaireau sur le perron.

— Ils sont partis ? fit Kitty qui descendait des chambres. Je n'aime pas Sir Harvard, il regarde bizarrement.

— Toi qui rêves de t'envoyer un prince charmant, c'est le moment, rigola Annie.

— Quelle horreur, Annie ! On dirait un…

— Cochon ? Ornithorynque. »

Maggie coula un œil vers Bertha Stanfield qui finissait son sandwich de midi en bout de table. « Surveillez ce que vous dites, les filles, dit-elle suffisamment fort pour que la gouvernante l'entende. Il y a des bonnes âmes ici qui rapportent toutes nos méchancetés en haut lieu. »

La grosse Bertha bougea sur sa chaise, plissant les yeux. « Vous écoutez aux portes, Mrs Fuller ?

— Moi, non, Mrs Stanfield.

— Eh bien, comment pouvez-vous prétendre des choses pareilles ? »

C'était une bonne question, se dit Maggie, grimaçant sous un spasme qui lui serrait le ventre. Comment pouvait-elle savoir ce qui se rapportait en hauts lieux si elle ne les fréquentait pas elle-même ?

Annie la Rousse lui jeta un sourcil vaguement soupçonneux.

« Tout finit par se savoir, éluda Maggie sans réfléchir.

— Nous verrons, Mrs Fuller », rétorqua Bertha Stanfield.

Puis elle quitta la pièce, laissant à la fille de cuisine le soin de débarrasser son assiette.

Maggie sentit une onde glacée dévaler sa colonne vertébrale. Qu'avait voulu dire la gouvernante ? En ce qui la concernait, il y avait le choix entre son pseudo-veuvage de guerre et ses abus bien réels avec le maître de maison. Bon sang, elle ne savait pas quelle révélation serait la plus accablante.

« Bref, conclut Annie, préoccupée par autre chose. Pippa-ma-chère donne ses habits à McMillan, et vous ne trouvez pas ça bizarre ?

— Elles font la même taille, fit Kitty, pratique.

— Andouille, rétorqua Annie, Baptiste fait la même taille que Monsieur, et je ne l'ai jamais vu avec un de ses paletots.

— Hier, Pippa-ma-chère vidait ses placards », les informa Maggie. Elle aurait participé à n'importe quelle conversation idiote pour chasser sa paranoïa, son mal de ventre – et l'image de Sir John en train de lutiner sa baronne à Londres.

« Ça ne date pas d'hier, souffla Annie, se donnant un air mystérieux. Et plus j'y pense, plus je suis sûre d'avoir vu McMillan avec d'autres trucs de Madame sur les fesses. La jupe sarong à ramages, tu te souviens, Kitty ?

— Ah… Non. Euh, si ! Celle en soie qui se froisse !

— Et alors ? demanda Maggie. Mieux vaut ça que de jeter.

— Et alors ? Et alors… (Annie écarta son assiette et se pencha par-dessus la table, baissant d'un ton.) Et alors, je crois que Pippa-ma-chère et cette grue de McMillan sont gouines !

— Quoi ? fit Kitty.

— Lesbiennes, traduisit Maggie, impassible.

— Nom d'un petit bonhomme, Annie ! glapit la

gringalette. Faudrait savoir ! Tu disais que McMillan couchait avec Monsieur.

— Ça n'empêche pas. Ces gens-là sont à voile et à vapeur. »

La main sur le ventre, Maggie oscillait entre le fou rire et le désabusement.

— Mon Dieu, mon Dieu, soupira-t-elle. Vous ne pouvez donc pas vous empêcher de fantasmer sur la vie privée des maîtres ?

— Ces gens ont tout ce qu'ils veulent, se défendit Annie. Alors forcément ils cherchent des perversités, pour changer.

— Et qu'est-ce que ça peut nous faire, à nous ? risqua Kitty, toujours du côté de Maggie.

— Ce que ça peut nous faire ? Je vais te dire : si tu n'es pas assez bien pour coucher, tu restes au sous-sol toute ta vie. Regarde McMillan, elle a la belle vie et les vêtements de Madame. Serena ? Elle est partie personne sait où, mais je suis prête à parier que Sir John lui a dégoté un chouette emploi de secrétaire à Londres.

— C'est des bêtises, protesta mollement Kitty.

— Et Baptiste ? intervint Maggie avec malice. Il monte à cheval toute la journée, part en goguette à la capitale…

— Baptiste ? se récria Annie. Baptiste, c'est pas pareil, il est noir. Personne de normalement constitué couche avec un Noir. (Elle chuchota :) Colin a entendu dire qu'il faisait des tours de marabout.

— De quoi ? demanda Kitty.

— De la magie africaine, dit Maggie. Annie, tu es raciste, c'est tout.

— Bien sûr que je le suis ! »

Sourcil en l'air, main sur le cœur, la Rousse revendiquait son étroitesse d'esprit comme si elle avait brandi l'Union Jack aux Jeux olympiques. Était-ce la peine d'argumenter ? se demanda Maggie, que la douleur rendait fainéante. Oui, il le fallait, pour Kitty. La gringalette semblait lui vouer une telle admiration que tout n'était pas encore perdu de son édification personnelle.

« Annie, dit-elle. Être lesbienne n'est pas une perversion, et tu es aussi différente pour un Noir qu'un Noir l'est pour toi. Tu veux savoir ? Quand elle est morte, ma grand-mère Augusta vivait avec une femme.

— Noire ? fit Kitty.

— Mais non.

— C'est vrai ? demanda la Rousse, piquée dans sa curiosité.

— Mais oui, c'est vrai. Et qu'est-ce que ça peut faire ? Pourquoi on accorderait plus d'importance à la sexualité des homosexuels ? Ça reste quelque chose qu'on fait derrière une porte. (Elle grimaça, en nage.) Toi et Colin avez peut-être plus de vices que ma grand-mère Augusta.

— Alors ça ! s'esclaffa Annie. Ça m'étonnerait. Jamais des couples normaux feraient les trucs que ces gens font.

— Oh, mais tu as beaucoup de choses à apprendre, ma vieille », ne put s'empêcher de rétorquer Maggie.

Annie et Kitty la regardèrent dans un bel ensemble, horrifiées.

Elle sortit prendre l'air, les laissant toutes les deux théoriser sur les vertus bafouées de la veuve de guerre. Le soleil brillait haut, mais Maggie avait toutes les peines du monde à se déplier. Courbée sur une lancinante douleur, elle faillit ne pas voir le Dr Heady qui sortait de l'aile ouest.

« Maggie, ma petite ! fit-il, inquiet. Tu as une mine de papier mâché.

— Mauvaise période, docteur.

— Va te faire préparer une infusion de sauge et allonge-toi avec une bouillotte sur le ventre.

— J'allais voir Sir Albert. C'est pour lui que vous êtes là ?

— Oui. Un petit coup de moins bien. Rien de très grave. Mais tu sais, ça ne durera plus très longtemps, son cœur fatigue. »

Maggie hocha la tête, noyée dans une mélancolie soudaine. Aujourd'hui, rien n'allait. Elle sentit une larme éclore au coin de son œil, capitulant devant le bon docteur qui lâcha sa mallette pour poser ses mains sur ses épaules : « Maggie, ma petite, répéta-t-il. Qu'est-ce qu'il t'arrive ? C'est la mort annoncée de ce pauvre vieil Albert qui te bouleverse à ce point ?

— Non, je suis fatiguée…

— Va t'allonger avec une bouillotte, je te dis. Veux-tu que j'aille prévenir Lady Philippa ? Elle comprendra.

— Oh, non, pitié. Venez plutôt voir Kitty, pour sa visite du mois. »

Elle le conduisit à la cuisine où ragotaient encore les deux femmes, attrapa une bouillotte au passage et monta dans sa chambre en traînant la patte. La journée était terminée pour elle, qu'on le veuille ou non.

23

Maggie avait fini par aimer sa chambre. Au fil de ses musardises, elle avait rapporté de Folkestone des petites choses qui bâtissent un chez-soi. Avec un peu d'argent dans la poche, une simple flânerie dans les rues bordées de boutiques se transformait en petit Noël.

Elle avait acheté un plaid en patchwork coloré qui faisait paraître son lit plus grand, une de ces lampes de bibliothèque trouvée chez un brocanteur penchait son chapeau vert sur une pile de livres d'occasion. Les poèmes de John Keats, qu'aimait tant Sir Albert, et toute une série d'Agatha Christie avaient rejoint *La Ferme africaine* sur sa table de chevet.

Sur le petit bureau, un pot de Golden Syrup en fer-blanc, récupéré à la cuisine, déployait un bouquet de crayons de couleur avec lesquels elle griffonnait sur un carnet de dessins comme quand elle était petite fille. Un croquis du labyrinthe d'ifs, une rapide esquisse de l'arbre à pièces sur laquelle elle voulait revenir, et puis des essais de portraits de Clemmie, telle qu'elle se l'imaginait. Un jour, c'était une jeune fille diaphane à la blondeur préraphaélite, un autre une métisse aux yeux verts.

Il y avait au fond de sa valise des photos de sa grand-mère Augusta et d'Elizabeth. Maggie hésitait à les accrocher, craignant le regard fâché que ses aïeules porteraient sur elle. Mais tout de même, il aurait bien fallu que sa mère reconnaisse deux formes d'indépendance que Sheperd House lui avait apportées : l'argent, qu'elle déposait à la banque chaque semaine, finirait un jour par lui payer un billet transatlantique jusqu'à New York, où elle retrouverait peut-être les fameux cousins d'Amérique. Et en ce qui concernait ses préceptes sur la sexualité, elle avait coché toutes les cases : plaisir, décision, liberté.

Elle vivait sa vie de femme sans attache. Non ?

Quand même, que cette semaine était longue. Une espèce de vide, de ventre mou. La vérité, se disait-elle, c'est qu'elle aimait l'idée de Sir John rôdant dans les couloirs. Juste l'idée. Cela donnait un peu de piquant à sa condition inférieure, un peu de pouvoir. Cette proposition qu'il lui avait faite…

« Un mot, et vous serez la seule. » Il ne doutait de rien, cet arrogant personnage, à s'offrir en cadeau comme s'il était le Saint-Graal. Maggie se faisait violence pour ne pas réfléchir à cette insolente proposition. Pour chasser la baronne de son esprit, aussi. Quelle furieuse victoire sociale ce serait, tout de même, que d'envoyer une bourgeoise au purgatoire.

Réflexion faite, elle pourrait accrocher au mur les photos d'Augusta et d'Elizabeth O'Neill. Deux mois après son arrivée à Sheperd House, elle ne s'en sortait pas si mal, non ?

« Qu'est-ce que tu en penses ? demanda-t-elle au

chat. Est-ce que tu trouves que je suis une femme combative ? Utile ? » Le matou répondit en déposant soigneusement une crotte puante dans sa caisse, preuve de la confiance qu'il lui accordait. Maggie grimaça, débarrassa la chose dans un sac en papier et ouvrit la fenêtre sur un ciel couvert. Son jour de congé s'annonçait déprimant. Elle aperçut Sir Albert faire quelques pas dans le jardin, soutenu par l'escogriffe en blouse blanche. Cela semblait aller un peu mieux. De toute façon, Baptiste n'était pas là pour les mener à cheval vers l'arbre à pièces.

Encore trois jours, se dit-elle.

Elle rassembla ses esprits en fuite vers Londres, enfila une robe de chambre et traversa l'Aile des vierges. « Kitty, dit-elle à la gringalette mal réveillée, toi aussi tu es en repos ? Viens, on va passer la journée en ville. Je voudrais acheter des cadres pour accrocher des photos. »

Elle avait besoin d'un regard sur elle. D'un rappel.

Quand elle observait Kitty, sa motte d'étoupe et ses grands yeux d'oiseau craintif, Maggie avait vaguement conscience de l'utiliser, comme elle utilisait le chaton reclus dans sa chambre : pour se donner un peu de brillance, se polir les contours, se statufier en icône des mal éduqués.

Avec Will, sa dévotion quotidienne était criante, à tel point que les jours pires que les autres elle s'en sentait sanctifiée. Dans un sens, elle avait sa place dans le monde. Mais la mort de son mari l'avait noyée dans la masse.

À Sheperd House, son passé sacrificiel ne lui valait aucune auréole, sinon celle d'un pieux mensonge – le mari qu'on imaginait mort pour sa patrie était la seule considération qu'on lui accordait. Le cruel paradoxe était que l'homme pour lequel elle s'était effacée des années durant recueillait les lauriers, elle-même n'étant admirable que par procuration.

Pour des raisons dont elle ne se sentait pas tout à fait digne, Kitty lui vouait une adoration enfantine. Sa grande gueule, sa belle mise, se disait-elle. Car oui, elle redevenait jolie. Depuis peu, elle se savait désirable, et le miroir de la chambre lui renvoyait l'image d'une femme sensuelle, des yeux clairs, une bouche gourmande, des cheveux et un teint dorés par le soleil des jardins.

Depuis son arrivée à Sheperd House, elle avait pris quelques kilos bien placés, des joues plus pleines. Elle qui, pendant des années, était restée confinée entre une maison à l'air vicié et le bâtiment aveugle de la conserverie, dévorait l'air extérieur sitôt qu'elle le pouvait.

Comme ici, sur la falaise des Leas, à la frange du tapis vert du *Grand Hotel*. Le soleil s'était levé sur la mer, Kitty avait le bout du nez tout rose. Dans son sac, les *Dix Petits Nègres* d'Agatha Christie, dont le titre lui avait arraché un petit rire offusqué. Elle avait mis tant de temps à lire la quatrième de couverture que Maggie s'était demandé si elle ne faisait pas semblant.

« J'ai du mal, finit par avouer Kitty, alors qu'elles profitaient du spectacle des vagues assises sur un banc. Là où j'ai grandi, les filles n'allaient pas trop à l'école. Je te l'ai déjà dit ?

— Oui, tu me l'as déjà dit. En revanche, tu ne m'as pas dit où tu avais grandi. »

La petite ferma les yeux, croisant ses doigts maigrichons sur son ventre. Ses bottines en cuir fin traçaient des ravines dans le sable que le vent avait apporté jusque-là. Elle portait une robe à l'imprimé tartan, un chapeau de paille enfoncé sur ses cheveux qu'elle avait réussi à mater en chignon roulé sur la nuque, à la manière victorienne.

« C'était une *workhouse*, fit Kitty. Là où je suis née. »

Mon Dieu, se dit Maggie. Tout le monde avait entendu parler de ces maisons de travail pour les indigents, chaque ville importante en avait une devant laquelle on changeait de trottoir, bénissant *in petto* la mission de salubrité de l'Assistance publique. On ne cherchait pas à en savoir plus. Sauf Elizabeth O'Neill et ses consœurs sages-femmes qui avaient eu l'occasion d'y entrer avant leur abolition, au début des années 1930.

Ces institutions étaient semblables à la prison. Cachots. Châtiments corporels. Privations. On y travaillait dix-huit heures par jour, les familles étaient dispersées, le taux de suicides anormalement élevé. Voilà ce qu'on avait découvert – Elizabeth et d'autres bonnes âmes qui avaient alerté le gouvernement, et aussi Charlie Chaplin, qui enfant avait vécu dans une *workhouse* avec sa mère.

« Oh, Kitty, dit Maggie, sincèrement désolée. Comme ça a dû être dur…

— Ça va, fit la petite, ouvrant un œil. Je ne suis pas restée si longtemps que ça. Quand ça a fermé, j'avais douze ans, et c'est là que j'ai été placée.

— Douze ans, c'est beaucoup, Kitty.

— Quand tu ne connais rien d'autre… (Elle haussa les épaules.) Les filles, on nous laissait un peu tranquilles. On travaillait à la… Euh…

— Usine ? Manufacture ?

— Oui, la manufacture d'à côté qui fabriquait des cordages et des filets de pêche. Pour les garçons… c'était plus dur. À l'époque où j'y étais, il a fallu agrandir la *workhouse*, mon frère posait des briques toute la journée. Et quand les garçons travaillaient pas assez vite, le… contremaître leur tapait dessus. Je me souviens de ce mot-là, le "contremaître", c'était comme le nom du diable. Mon frère est parti, il a voulu aller à l'école, on m'a dit qu'il travaillait chez un notaire. (Elle eut un petit rire.) Je ne sais même pas ce que c'est, comme travail. Peut-être que c'est très important.

— Sûrement. »

Maggie comprenait pourquoi Kitty tenait tellement à son emploi à Sheperd House – alors que dans l'effort d'après-guerre, elle aurait facilement pu retrouver un poste dans une usine, avec des conditions de travail bien moins dures qu'à la *workhouse*.

Être ici, au milieu de toutes ces belles choses, de ces jardins enchanteurs, avec des maîtres aussi jolis que des gravures de mode, une chambre individuelle et l'impression de faire partie d'une famille relevait pour elle du conte de fées.

« Tu sais Kitty, dit doucement Maggie, tu es une fille maligne, qui a vécu plus d'expériences que la plupart de ceux qui sont à Sheperd House. Ne crois pas que ton chemin s'arrête ici, tu peux encore apprendre beaucoup de choses.

— Tu es gentille, Maggie.

— Gentille ? (Maggie éclata de rire.) Ça non, ma poulette, je ne suis pas gentille. »

Elles restèrent ainsi à partager le silence, dans un de ces petits moments anodins que la caresse du vent, l'odeur du soleil et le bon tempo du cœur rendent mystérieusement parfaits. Et puis Maggie se demanda : depuis combien de temps Kitty travaillait-elle sans dépenser, elle qui, à vingt-huit ans, n'avait que cette vie-là, pas de projets, pas de rêves connus en dehors du prince charmant ?

« Kitty, que fais-tu de ton argent ? Tu pourrais partir, de temps en temps. Découvrir d'autres endroits. Si tu ne dépenses rien, tu dois en avoir assez pour ça.

— Eh ben… (Les joues de Kitty prirent la même couleur que son nez.) J'aime bien m'acheter de jolies choses.

— Qu'est-ce que tu achètes, petite cachottière ? »

Le regard de Maggie glissa sur la robe en tartan qui, à bien y regarder, semblait de bonne facture. Et le chapeau en paille d'Italie, et le cuir fin des bottines…

« Tu ne le répéteras pas à Annie, dis, Maggie ? Elle est toujours à faire sa bouche pincée…

— Je te le promets. Alors ?

— Eh ben… (Kitty rit de nouveau.) Deux fois par an, je vais à Brighton par le train. Il y a des chouettes boutiques, là-bas, rien que des gens riches… Et je m'achète des sous-vêtements.

— Non ! »

Ébahie, Maggie considéra la gringalette comme si elle était soudain apparue nue devant elle. Mais mon Dieu, comme les gens étaient pleins de surprises ! Ce petit corps rachitique, cette tête de piaf cachaient un goût du beau bien plus évolué qu'on aurait pu le penser.

« Si ! J'aime bien les dentelles, la soie, tout ça. Mais j'achète aussi des robes et des chaussures !

— Mais quand les portes-tu ? »

Kitty jeta un œil espiègle alentour en remontant suffisamment sa jupe sur le côté pour laisser apparaître le feston d'un splendide panty de soie bordeaux. Émouvante petite, qui tous les jours sous sa robe de lisette attendait son prince…

« Et les robes ? demanda Maggie.

— Je les laisse dans mon placard. Pour plus tard. (Elle prit un air mutin.) Un jour, peut-être, je serai vendeuse dans les grands magasins. Ça, ce serait mon rêve.

— Tu as raison, Kitty. Demain est un autre jour. (Elle soupira.) Comme disait Scarlett. »

24

Augusta contemplait Maggie, ses cheveux en rouleaux faisant comme un halo autour de son visage, ses yeux aiguisés, sa bouche fine. Elle portait une de ces chemises bouffantes du début de siècle qui dessinait une taille si menue qu'un homme aurait pu l'encercler de ses mains.

Elizabeth aussi contemplait Maggie, son corps mince esquissé par une robe lamée, les fines bretelles posées par enchantement sur ses épaules athlétiques. Une coupe à la garçonne encadrait un visage maquillé à la Louise Brooks – les yeux charbonnés de khôl, la bouche sombre.

Maggie ne se souvenait pas d'avoir jamais vu sa mère si féminine, avec autre chose sur elle que ses pantalons larges et sa blouse de sage-femme. Quelle était cette occasion ? se demanda-t-elle en arrangeant les deux cadres sur le mur. C'était une photo de studio, posée, alors que celle d'Augusta avait été prise sur le vif, à l'issue d'une manifestation, devant un café partagé avec ses consœurs suffragettes.

Bien, se dit-elle en reculant pour avoir une vue d'ensemble. *Nous voilà réunies toutes les trois.*

Quel bilan ferons-nous, au bout du compte, quand je partirai d'ici ?

Elle se donnait un an, pas plus. Au-delà de cette limite, elle se considérerait comme installée dans le système. Un échec familial qui ferait certainement tomber les cadres du mur.

Elle descendit faire la chambre de Madame, observant son manège avec McMillan d'un œil curieux. Devant la coiffeuse, les deux femmes débattaient de la pertinence du port d'une parure en diamants au dîner de charité de ce soir. *Vous n'aurez qu'à en faire don aux organisateurs*, pensa Maggie, *comme ça, le problème est réglé. Ces gens !* Elle leva les yeux au ciel.

Pippa-ma-chère et sa dame de compagnie semblaient très complices, mais elle doutait tout de même que les deux s'adonnent aux plaisirs saphiques. Pour cela, il fallait avoir l'ouverture d'esprit d'une Augusta O'Neill. Et aimer les autres femmes autant que soi-même, ce qui ne semblait pas être le cas de Lady Philippa, en recherche constante d'éclat supérieur. L'âge devait lui faire très peur, constata Maggie devant l'alignement de pots de crème destinés à éliminer la concurrence.

Un mot, et vous serez la seule.

Seigneur, pourquoi ressassait-elle cette offre vide de sens, alors qu'elle tirait la courtepointe sur le lit de la déesse du Kent ? Elle s'était surprise plusieurs fois à chercher des traces du passage de Monsieur dans le traîneau de Madame, et n'en était pas fière. Mais au matin les draps de Pippa-ma-chère étaient toujours impeccablement ouverts en biais, la déesse semblant avoir dormi aussi droite que la justice, sans rien froisser, tel Nosferatu dans son tombeau.

Sinon, qu'est-ce que « vous serez la seule » pouvait bien cacher comme indignité ? Que Sir John l'installerait en favorite dans ses quartiers, dotée d'une pension pour ses fanfreluches ? Elle secoua la tête et d'un coup de poing expédia un oreiller sur le lit.

Si ces questions lui encombraient l'esprit, c'est parce que Monsieur rentrait ce soir. Et qu'elle en frémissait comme une Mimi Pinson. Qu'il y avait quelque chose, là, au creux de son ventre, qui n'aurait jamais dû y être : du désir, d'accord, mais aussi une euphorie tout à fait ingérable.

Elle avait l'impression d'être pressée par tout. Que tout le monde n'avait que Monsieur à la bouche. « Colin, vous appellerez Baptiste à Londres, avait dit Lady Philippa. Nous aurons besoin de la voiture ce soir, Monsieur devra rentrer en taxi de la gare. » « À quelle heure rentre Sir John ? avait demandé Mary en cuisine. Aura-t-il dîné ? »

Monsieur arrivait à Folkestone par le train de 22 h 22, aussi sûr que 2 et 2 font 4.

Il pleuvait des cordes. Maggie aurait voulu passer un peu de temps avec Albert sur un banc, le vieillard avait le don de l'apaiser. Au lieu de cela, elle dut manger son sandwich en face d'un Colin aussi aimable qu'un bouledogue en chasse.

« J'ai entendu un chat miauler ce matin, dit-il. Est-ce que ça venait de votre chambre, Mrs Fuller ?

— Absolument.

— C'est interdit de ramener des animaux dans la maison.

— Vous me sortirez le règlement », fit Maggie en fourrant un pickle dans sa bouche.

Elle prit le temps de le mâcher puis servit un joli sourire à la gargouille d'en face.

« Vous vous croyez au-dessus de nous, laissa tomber Colin d'un air hautain.

— Au-dessus de vous tous, certainement pas, Colin.

— Lady Philippa ne vous aime pas. Vous ne ferez pas de vieux os ici.

— Oh, ce n'est pas mon intention, mon cher », dit-elle en se levant de table.

Pippa-ma-chère ne l'aimait pas, la belle affaire, ce n'était pas en soi une information stupéfiante. La vraie révélation aurait été de savoir précisément pourquoi. Parce qu'elle lui renvoyait une image de la liberté qu'on n'achetait pas avec tout l'argent du monde ? Ou une bonne âme l'avait-elle aperçue sortir la bouche en cœur de chez Monsieur et l'avait rapporté à sa patronne ? *Aussi bien*, se dit Maggie, *aussi bien tout le monde sait ce que j'ai fait depuis belle lurette et ragote dans mon dos*.

Non, ce n'était pas possible. Kitty lui en aurait voulu à mort d'exaucer ses fantasmes à sa place. Vis-à-vis de la petiote et de ses dessous chics pleins d'espérance, Maggie avait un peu honte d'elle-même.

Les heures caracolaient en direction du train du soir. 22 h 22. Les chiffres s'alignaient comme une provocation ésotérique – peu ou prou le 666 du diable.

Maggie passa par différentes phases.

À 16 heures, quand elle eut fini de briquer l'argenterie avec Annie, elle avait la ferme intention de monter dans sa chambre sitôt Madame partie et de n'en plus bouger jusqu'au lendemain. C'était réglé.

À 17 heures, quand elle referma le dressing que Pippa-ma-chère et McMillan avaient mis à sac, elle avait même résolu de tirer exceptionnellement ses volets pour ne pas entendre le taxi arriver, ne pas se pencher par la fenêtre, ne pas voir l'ombre portée de Sir John sur le perron.

À 21 heures, quand elle croisa dans le couloir Mildred la lingère chargée d'une pile des chemises de Monsieur, preuve formelle de son existence, elle changea brusquement d'avis – de tous les avis qu'elle avait eus jusqu'ici.

Lady Philippa venait de s'envoler dans un nuage de soie rose et de parfum français, laissant planer un regard condescendant sur la flottille de domestiques éperdus de béatitude.

Galvanisée, Maggie monta dans l'Aile des vierges le cœur battant, se lava les cheveux, fit glisser le rasoir sur ses jambes et les contours de son pubis, comme un sanctuaire, se conformant avec une sorte de défaitisme voluptueux à l'image de la femme objet de plaisir. Elle pensa aux sous-vêtements de Kitty, et comme elle n'en avait pas d'aussi jolis elle n'en mit pas.

Puis elle ouvrit son armoire, trouva la robe rouge à pois blancs à l'opposé de ses uniformes de soubrette, extirpa le rouge à lèvres assorti du fond d'un tiroir, s'habilla, se maquilla, dévala l'escalier de service alors que tout le monde se trouvait à la cuisine à deviser sur la beauté de la maîtresse de maison et sortit, courant entre les gouttes, l'air grisant lui caressant les fesses sous le tissu léger.

La gare de Folkestone était située en face de Radnor Park. En passant devant le lac, sous les lampadaires, Maggie discerna les larges ronds dans l'eau. Prise dans une temporalité parallèle, elle avait oublié qu'il pleuvait – de grosses gouttes d'été, éparses, tièdes, qui s'évaporaient aussitôt qu'elles touchaient le sol.

Maggie sentait dans sa nuque se former une petite rigole, sous ses cheveux qu'elle avait attachés en chignon. Une autre naquit entre ses seins, au creux de sa cicatrice, coulant jusqu'à la vasque du nombril. Alors que dans le premier temps de sa course elle avait été comme stupéfaite par sa propre audace, des sensations coupables éclataient en cascade à mesure qu'elle s'approchait du train de 22 h 22. Fièvre, angoisse. Dérive ?

Elle avait parcouru le trajet entre Sheperd House et Folkestone en deux fois moins de temps qu'il lui en fallait habituellement – incroyable comme un paysage semblait différent, selon que l'on y flâne ou que l'on se précipite dans les bras d'un homme. Le relief était moins accidenté, le raidillon plus souple. C'était un leurre. Si la nuit était tombée plus vite, elle aurait pu la jeter en contrebas de la falaise. *Attention, Maggie. Attention à ce que tu es en train de faire*.

Sur le chemin côtier tapissé d'herbes couchées, Maggie avait ôté ses chaussures pour marcher plus vite, se concentrant sur le bruit des vagues puis de la ville pour chasser les murmures réprobateurs d'Elizabeth et d'Augusta, là-bas sur leur mur.

Inutile de culpabiliser, elle avait bien compris, elle,

ce qui faisait le continuum de cette étrange relation : Sir John la désirait, la considérait. Sir John réparait Will. Sir John rectifiait sa position au sein d'une existence qui avait manqué de logique.

Il n'y avait rien de romantique dans cette histoire. Maggie n'était pas aveuglée au point d'ignorer qu'un sentiment de cette nature ne serait que l'avatar d'un engagement du corps. Si ?

Elle et lui, ça avait été une rencontre tellurique, parce qu'ils avaient la même colère des sens, la même conscience charnelle des possibilités humaines pour s'évader d'une prison sociale. Une heure, une nuit, retrouver son ego dans le fouillis des draps, le pouvoir du sexe.

Alors, en se précipitant vers lui, c'est vers elle qu'elle courait.

Une simple thérapie. N'est-ce pas ?

Mais lorsqu'elle arriva sur le quai, tournant en rond pour reprendre son souffle, elle n'était plus sûre de sa méthode. Et s'il se moquait d'elle, s'il la repoussait, repu de sa baronne comme un matou après un bon repas ? Maggie goûtait les joutes auxquelles ils se livraient, mais elle ne savait pas jusqu'où le cynisme de son adversaire pouvait aller. Et la dernière fois – la dernière fois, mon Dieu, elle s'était montrée si vindicative, et lui si cassant pour finir. « Ma femme vous sonne. » Il allait voir, ce mufle.

Oh, mais Baptiste serait là. C'était embêtant. Elle se sentit terriblement nue sous sa robe, au point que tout le monde pouvait la voir. *Maggie, tu fais n'importe quoi, ma fille.* Quand le train de 22 h 22 s'arrêta dans un crissement pénible, elle voulut prendre les jambes à son cou. Mais une inertie fantastique clouait ses pieds au sol, et le paysage autour d'elle se noya dans la vapeur.

Émergeant du flou nimbant la première voiture, elle vit les deux silhouettes si parfaitement assorties, deux revers d'un même monde. L'homme noir très droit sur lequel on se retournait. L'élégance nonchalante de Sir John. Elle ferma à demi les yeux comme une enfant croyant se cacher, plantée en plein milieu du quai dans sa robe rouge à pois blancs.

« Maggie ? » fit la voix grave.

Mon Dieu, elle l'inquiétait, à être là sans prévenir. Elle rouvrit les yeux en grand et il occupait tous ses points de vue, cet homme délicieux – ce détestable aristocrate.

« Tout va bien, dit-elle, goûtant au premier plaisir de sa belle main sur son bras. C'est juste… moi. » Il hocha la tête, ses pupilles sur elle semblant changer de couleur. Il la connaissait décidément beaucoup mieux qu'elle l'aurait voulu. « Baptiste, dit-il tranquillement, tu diras à la maison que je rentre par le train de demain soir. »

Du coin de l'œil, Maggie vit l'immense valet s'éloigner sans mot dire. Maggie n'avait pas osé croiser son regard – elle aurait aimé qu'il soit bienveillant, et elle n'en était pas sûre.

« Demain soir ? dit-elle du bout des lèvres. Je vous trouve bien présomptueux, Monsieur.

— Je crois que je suis en veine, Maggie.

— Je ne peux pas rester avec vous tout ce temps-là. J'ai un travail, figurez-vous. »

Elle reprenait le bon tempo. Il sourit, laissa glisser sa main sur son bras, se penchant à son oreille.

« Et quels étaient vos projets, exactement ?

chuchota-t-il. Juste un petit cinq à sept dans le bouge d'en face ?

— Vous n'êtes qu'un goujat, mais je suppose que c'est ce que j'avais imaginé, répondit-elle sans se démonter.

— Mon Dieu, Maggie, votre sentimentalisme est sans limite. Mais comme vous avez fait tout le chemin sous la pluie, je suggère de rendre les moments à venir dignes de ce bel effort. (Il regarda sa montre.) Jusqu'au prochain train venant de Londres demain soir, vers 22 h 30. Du coup, en ce qui me concerne, je suis un peu contraint par les horaires de la Southern Railway, voyez-vous. »

Maggie se mordit les joues, enjôlée. Tout cela, ces échanges, sa façon de lui parler, tout cela lui avait terriblement manqué.

« Je dois me lever à 5 h 30, protesta-t-elle mollement.

— Alors ça, ça m'étonnerait, ma chère. (Il pressa son épaule, presque paternaliste.) Vous devez bien avoir une vieille tante malade quelque part ? Et comme ça tombe bien, j'ai le numéro de téléphone de votre employeur sur moi.

— C'est un odieux mensonge, Monsieur.

— Ne faites pas semblant d'avoir des scrupules, Maggie, ça vous va très mal. Vous appellerez Mrs Stanfield du *Grand Hotel*. Un très bel endroit »

Elle le regarda en silence, surprise de deviner sous l'ironie de sa caste quelque chose qui ressemblait à un bonheur sincère. Son pouls déraillait au milieu des chuintements de vapeur, en échos profonds aux bruits métalliques. Elle ouvrit la bouche, entendant les mots tomber dans un songe.

« Je veux être la seule.

— Vous l'êtes. Venez. »

Le trajet en taxi jusqu'au *Grand Hotel* fut interminable, la réception les fit attendre, l'ascenseur progressa par des millimètres sans fin, chaque seconde passant en une douloureuse pulsation de désir.

Quand Sir John referma enfin la porte sur eux, quand ses mains se posèrent sur le fin tissu qui ne recouvrait qu'elle et rien d'autre, il murmura un blasphème et elle étouffa un rire dans son cou, soulagée de voir sa délivrance arriver – s'entendant prononcer des suppliques qu'elle n'aurait jamais imaginé adresser à un homme.

25

Cette nuit-là, comme apaisés par le temps qu'ils avaient devant eux, ils parlèrent par épisodes.

Dans ces singulières tranches d'obscurité où naissait un dialogue impromptu, Maggie observait une forme de dérision rassurante, par crainte de donner à Sir John une prise affective. Elle connaissait sa marge de manœuvre, au-delà de laquelle l'intimité des esprits se confondrait avec l'intimité des corps – et cet au-delà, c'était le domaine des sentiments impossibles.

Comme elle lui donnait du « Monsieur » bien appuyé, il râla.

« Maggie, je crois qu'au point où nous en sommes de nos relations, vous pouvez abréger les politesses.

— Jamais. Je ne dois pas perdre l'habitude. Ce serait mettre mon travail en péril, et c'est une chose que vous ne pouvez pas me demander. Monsieur. »

Elle sentait confusément que faire tomber cette barrière ridicule serait pour elle le plus dangereux des abandons, pire qu'un baiser en pleine lumière.

« Je n'aime pas trop ça dans votre bouche, maugréa-t-il. C'est plein de sarcasmes.

— Pensez-vous, Monsieur. »

Maggie dormait un peu, se réveillait à demi.

« Vous avez vu votre baronne, à Londres ? balbutia-t-elle à un moment.

— Quoi ? Non. (Il bâilla.) C'était une comtesse, soyons précis. Et non. Je ne l'ai pas vue.

— Oh, ne me mentez pas…

— Je ne vous mentirais pas, ma chère. Jamais. Vous êtes du genre sagace. Et coriace. Sagace et coriace. » Il le répéta plusieurs fois, content d'avoir trouvé la définition parfaite de la jeune femme nue contre lui, encline à lui démontrer la supériorité d'une soubrette libérée sur une aristocrate hygiénique.

Mais juste après il y eut cet instant.

Alors qu'ils étaient emportés par un nouveau vertige et qu'elle encerclait son dos de ses bras, étreignait ses hanches de ses jambes, que des spasmes profonds l'enserraient en elle, Sir John murmura à son oreille : « Maggie, dis mon nom. »

Maggie, dis mon nom. Un écho assourdissant qui remontait à travers sa jugulaire, la veine traître qui joint le cœur au cerveau, et lui brouillait l'esprit. *Dis mon nom, Maggie.*

« Non », gémit-elle.

Non, jamais.

« Dis mon nom, Maggie. Dis mon nom…

— Non… Mon Dieu… »

Et Sir John répétait, répétait encore, un mantra qui résonnait dans les abysses de son être, à en perdre l'entendement. « Dis mon nom… » Elle le serra plus fort entre ses cuisses, tremblant au bord de la bascule, résista encore quelques secondes d'éternité.

Dans le clair-obscur, elle vit briller ses yeux, y accrochant les siens alors qu'elle se sentait dériver.

« Maggie, regarde-moi. Dis mon nom…

— Mon Dieu… John… John… »

C'était un saut dans le vide.

Maggie s'était réveillée en pleine lumière, complètement perdue. Jamais elle n'avait vécu de matin avec lui et elle en avait une trouille bleue.

Cette fois, il n'y aurait pas cette sécurisante dichotomie qui, entre la nuit et le jour, fabriquait deux personnes différentes à partir de Sir John, dont l'une était infréquentable. Elle avait besoin de cette construction mentale.

Comme s'il comprenait ses difficultés, Sir John la laissa un moment seule dans la chambre – une féerie baroque de voilages blancs et de damas dorés sur laquelle elle osa à peine poser les yeux.

Quand elle se fut rafraîchie, habillée, marmonnant devant le miroir de la salle de bains olympienne une suite de choses sans logique où il était question de sous-vêtements absents, du chat à nourrir et d'une épistrophe hallucinée de « Dis mon nom, Maggie », elle sortit le rejoindre sur la terrasse ensoleillée, se disant qu'elle n'y arriverait pas. À quoi faire, elle ne savait pas, mais ce qu'il y avait de sûr c'est qu'elle n'y arriverait pas.

La vue était idyllique. En bas, les Leas étaient sans doute l'une des plus belles promenades marines au monde. Maggie n'avait jamais eu droit à un tel panorama sur les falaises blanches, la pelouse verte, le sable blond et la mer gris-bleu qui formaient un patchwork de textures presque palpable. Le vent en rapportait les odeurs mêlées de sel et de terre mouillée.

Elle se trouvait au dernier étage d'un hôtel historique, qui avait abrité les plaisirs d'Edward VII et d'Alice Keppel, puis ceux d'Edward VIII et de Wallis Simpson. Peut-être même cette nuit avait-elle fait l'amour dans le lit des rois et de leurs maîtresses respectives – ce qui voulait tout dire d'où elle en était de son ascension sociale.

Mais ce matin, elle ne se sentait ni la légèreté de la belle Alice, ni la classe de Wallis. Elle était juste une bonniche sans culotte qui avait renoncé à tous ses principes.

Sir John avait commandé un brunch et, devant le chariot de victuailles qui n'était visiblement pas monté tout seul, Maggie dit la première chose idiote qui lui passait par la tête. « Vous n'auriez pas dû, la serveuse aurait pu vous reconnaître. » Elle posa ses fesses sur le coussin nuageux d'un fauteuil de croisière edwardien, s'occupant la bouche avec un toast au saumon. Elle n'osait pas le regarder.

« Il y a peu de risques, l'entendit-elle répondre. J'ai rarement l'occasion de passer la nuit dans un hôtel juste à côté de chez moi.

— Ah. Oui. D'ailleurs il faut que je rentre.

— Il est midi, ma chère.

— J'ai dit à Mrs Stanfield que je rentrais à midi.

— C'est faux. J'étais à côté, vous vous souvenez ? »

Il lui servit une coupe de champagne qu'elle contempla avec toute l'incrédulité du monde. Du champagne. Au réveil. Franchement.

« Tout va bien, Maggie. »

Elle sentit sa main sur son bras, planta aveuglément

les yeux sur la ligne brûlante de l'horizon, là où la mer fait miroir au soleil.

« Je ne sais pas, murmura-t-elle. (Elle le regarda furtivement.) C'est une drôle d'histoire.

— Certes. (Il marqua un silence.) Dites-moi ce que vous voulez. Vous et moi. Que voulez-vous, Maggie ? »

Elle tenta de le dévisager, deux ronds de lumière imprimés sur les rétines. Quoi ? Qu'est-ce que c'était que ce maquignonnage ?

« Vraiment, comme ça ? démarra-t-elle. Je sais pas, quelles sont vos options ? Me loger en secret dans l'aile ouest avec Sir Albert ? Financer mes services ? Sinon, j'ai une suggestion : divorcez de Pippa-ma-chère et épousez-moi en grandes pompes à la cathédrale Saint-Paul.

— Pippa-ma-chère ? Qu'est-ce que… (Il éclata de rire.)

— C'est vous qui l'appelez comme ça, bougonna-t-elle. Parfois vous êtes tellement snob. »

Elle avala d'un trait son verre de champagne, agacée par les deux ronds de lumière qui persistaient à voyager devant elle.

« D'accord, dit-il.

— De quoi ?

— Donnez-moi deux ans, et je vous épouse. (Ébahie, elle le vit se pencher vers elle, par-dessus la table.) Mais j'espère que vous n'êtes pas à cheval sur la religion, parce que la cathédrale… c'est impossible pour un divorcé. »

Elle hoqueta. Le champagne passait mal. Et les papillons devant ses yeux avaient disparu, si bien qu'elle voyait le visage de Sir John, et qu'il avait l'air parfaitement sérieux. Seigneur.

« Je ne… Je ne veux pas vous épouser. »

Il soutint son regard un moment et se recula dans son fauteuil en rotin. Abasourdie, grisée par le champagne qui passait dans ses veines, Maggie le regarda ficher une cigarette entre ses dents, l'allumer tranquillement. Tellement lui.

« Moi, oui, dit-il à travers un nuage de fumée.

— Vous êtes fou, éluda Maggie.

— D'accord. N'en parlons plus.

— Vous êtes fou. »

Elle resta un moment ainsi à murmurer et à secouer la tête, sa coupe vide à la main. Le soleil lui tapait sur le système.

« Ce que je veux… finit-elle par dire. Ce que je veux, c'est que jamais personne ne sache. Je ne veux pas être la chute d'une blague salace dans les sous-sols. (Elle réfléchit.) Je veux être Clemmie.

— Clemmie ?

— La Clemencie de Sir Albert. Celle qu'il n'a pas épousée, justement. Celle que personne n'a jugée. Celle que la vie n'a pas abîmée, et le dernier souvenir qu'il vous restera peut-être, quand vous serez vieux et gentil.

— C'est très joli, mais personne n'est certain que la maladie de mon grand-père soit héréditaire », ironisa-t-il. Il tira une bouffée de sa cigarette. « Et je ne voudrais pas vous décevoir, mais Clemmie est peut-être un chien.

— Idiot. (Elle laissa échapper un petit rire.) Sir Albert dit que je lui ressemble.

— Alors c'est un magnifique cheval. Trêve de

plaisanterie, si mon grand-père a aimé une Clemmie, il a épousé une Henriette, et je ne suis pas sûr qu'il ait fait l'affaire de sa vie. »

Maggie ne répondit pas, se laissant aller au fond de son fauteuil. S'il n'était pas heureux en ménage, elle ne voulait pas être son échappatoire, aurait-elle dû rétorquer. Mais elle savait qu'elle était autre chose pour lui. Au fond, elle le savait depuis longtemps – peut-être même depuis le jour où il lui avait tendu les mains, assis dans l'escalier de service.

Que pouvait-il se passer dans la tête d'un homme marié à la déesse du Kent, ayant épuisé tout un cheptel de maîtresses du même acabit, quand il voyait débarquer une femme suffisamment insolente pour se prétendre son égale ?

Et qu'avait-il pu se passer dans la tête de cette femme, suffisamment aliénée pour jouir à murmurer son seul prénom, le serrant comme une veuve noire entre ses pattes ?

Elle ne voulait pas penser à ça. C'était une aberration de sa propre nature. Elle chassa la nuit, changeant de débat.

« Pippa-ma-chère, dit-elle. Elle a des amants ?

— Mon Dieu. Je suppose qu'elle a l'embarras du choix. Elle a beaucoup d'admirateurs.

— Quel détachement, bravo. (Elle le regarda, curieuse.) Comment un homme comme vous peut rester marié à une femme qu'il n'aime pas ?

— Qu'il n'aime plus, rectifia-t-il. Ça n'a pas non plus été un calvaire, n'exagérons rien. (Il écrasa son mégot dans un cendrier en cristal.) Comment une femme comme vous a-t-elle pu rester avec un homme qui la maltraitait ? »

Elle eut comme un coup à l'estomac, le fusilla du regard.

« On a déjà parlé de ça, dit-elle. Je crois me souvenir qu'il était question de parole donnée. De mon côté comme du vôtre, d'ailleurs. Monsieur. »

Elle eut l'impression qu'il voulait répliquer, mais qu'au dernier moment il se retenait de retourner le couteau dans la plaie. Maggie fixa de nouveau l'horizon brûlant.

« Et vos enfants ? lâcha-t-elle, décidée à le bousculer. Comment vivent-ils ce parfait équilibre familial ? On ne les voit pas beaucoup.

— Mes enfants. (Il soupira.) Les deux plus grands sont déjà perdus pour moi. Mon fils se rêve en maître de Sheperd House, et je lui ferai ce plaisir dans deux ans. Je suppose qu'il rouvrira le pavillon de chasse... (Il secoua la tête.) L'aînée est le portrait de sa mère, à tous les points de vue. Il n'y a que la petite que je puisse encore sauver de tout ça. C'est une emmerdeuse, comme vous. »

Elle l'observa du coin de l'œil. Il avait souri. Mon Dieu, elle avait du mal à l'imaginer en père de famille. C'était la dernière chose qu'elle ignorait de lui.

Le silence se fit. Tête baissée, Maggie se servit une tasse de thé pour diluer son champagne.

« Je dois y aller, dit-elle.

— Pas comme ça, Maggie, dit-il doucement. Pas cette fois. »

Pas comme ça, pas cette fois. Cela signifiait pas de fuite, pas de regrets, pas de mauvaise humeur. Et quelques heures de plus à ne pas réfléchir.

Maggie trouva le courage de regarder en plein jour

cet homme qui n'était plus le même que celui vers qui elle avait couru hier – un aristo facile, sexuel, joueur.

Parce qu'à un moment de la nuit, il avait été John, et seulement John pour elle, et que cela lui faisait vraiment très peur.

26

Elle s'était trompée sur la brièveté de leur histoire. Cet homme était interminable.

Peut-être faudrait-il qu'elle apprenne à laisser se développer un sentiment sans nécessairement vouloir agir dessus.

Voilà ce qu'elle avait marmonné toute seule en remontant le chemin côtier, ses chaussures à la main. Elle avait vingt-six ans, et sa vie n'avait été qu'une logorrhée d'informations contraires. *Sois indépendante, Maggie, tu feras de grandes choses*, disait sa mère. *Je dépends de toi, Maggie*, disait Will, *ne t'éloigne pas de moi*.

À l'heure qu'il était, ils l'emmerdaient, tous les deux, avec leurs nomenclatures de la femme diamétralement opposées.

Elizabeth avait poussé la suggestion jusqu'à lui donner le prénom de Martha Washington, première épouse d'un président des États-Unis, anglaise d'origine, femme d'affaires jalouse de sa liberté au point de refuser des enfants à son puissant époux. Martha Washington avait eu la primeur féminine de figurer sur un billet de banque, et la très socialiste Elizabeth trouvait la symbolique appropriée.

Ainsi avaient incubé les rêves d'Amérique et de destin d'influence chez la petite Martha surnommée Maggie, qui s'était longtemps imaginée en éminente chercheuse dans une université du Maryland ou de New York, avant de circonscrire ses prétentions à une plaque de médecin sur le front de mer de Folkestone quand elle avait rencontré Will.

Et puis elle s'était dit qu'elle irait en Amérique à bord de *La Merveilleuse* – avec Will. Que si elle ne terminait pas ses études, elle deviendrait infirmière en Floride.

Et puis elle avait fini par changer les pansements de Will, lui donner la becquée, nettoyer ses cuvettes – une garde-malade sans diplôme dans un appartement décrépit.

Et puis une souffre-douleur, et puis une videuse de poissons.

Rien, dans ce qu'elle avait fait de sa vie jusqu'ici, rien qui n'ait été influencé, ni décidé par la personne dont elle partageait alors la vie.

Et voilà qu'un homme, que par atavisme elle aurait dû ériger en symbole de la décadence phallocrate et bourgeoise, lui posait pour la première fois la bonne question : « Que voulez-vous, Maggie ? »

Et que, par éducation et par dépit, au nom de la femme sur le billet de banque et de toutes les cuvettes qu'elle avait nettoyées, elle l'avait envoyé balader. Avant de s'abandonner de nouveau à lui.

Parce qu'elle ne savait pas quoi faire de toutes les réponses qu'elle avait le choix de lui donner.

Jamais le monde n'avait été aussi grand, jamais

elle ne s'était senti l'âme aussi petite – à peine un souffle sur le Kent.

Le chaton avait disparu.

Maggie regarda sous le lit, dans le petit placard. Il n'y avait pas trente-six endroits où se cacher dans cette chambre, même pour une bestiole aussi grosse qu'un mouton de poussière sous un meuble. Alors il n'était vraiment plus là.

Quelqu'un était entré. Quelqu'un avait ouvert sa porte et pris le chaton. Ce qui voulait dire que quelqu'un avait violé son territoire – regardé la photo de Will sur sa table de nuit, celles d'Augusta et d'Elizabeth au mur, son carnet sur le bureau, ses vêtements dans l'armoire.

L'accès de colère fut si brutal qu'elle en trembla, comme une porte qui claque sous l'effet d'un courant d'air. À cet instant, elle aurait pu tuer.

Il était 20 h 30, ils devaient tous être à dîner au sous-sol. Maggie enfila une culotte sous sa robe froissée et dévala l'escalier de service pieds nus, tapant du poing sur le mur pour se donner de l'élan à chaque virage.

« Nom de Dieu, mugit-elle, qui est entré dans ma chambre ? » À bout de souffle, elle lança un œil panoramique autour de la table et des couverts en suspension au-dessus des assiettes. Kitty ouvrait des yeux ronds, les sourcils d'Annie la Rousse s'envolaient, la chaise de la grosse Bertha avait reculé dans un raclement criard. Tous les autres, de Jane la soubrette à Bernard le majordome, semblaient figés dans la lave, comme sur une représentation scolaire de Pompéi.

Le regard de Maggie s'arrêta sur Colin, sa serviette pétrifiée entre ses doigts dodus, son air veule et luisant.

« Vous, dit-elle.

— Mrs Fuller ?

— Vous seul saviez, espèce de chien galeux.

— Maggie ! » protesta mollement Annie au milieu d'un concert de voyelles.

À côté d'elle, Kitty la regardait avec une telle stupeur que Maggie crut qu'elle allait tomber raide par terre. La gringalette semblait assister au suicide social de sa figure maternelle, aux prémices d'un nouvel abandon. Maggie baissa d'un ton.

« Quelqu'un a pénétré dans ma chambre et a enlevé le chaton qui s'y trouvait, siffla-t-elle.

— Vous l'aviez laissé, Mrs Fuller. Il miaulait, dit Colin, enfonçant un bout de pain dans sa vilaine face de délateur.

— Un chaton d'un kilo fait autant de bruit qu'une souris. Il avait à manger et à boire. Je ne…

— C'est interdit », intervint Bertha Stanfield, se réunissant sur sa chaise. Puis, le menton volontaire : « C'est moi qui suis entrée.

— Vous n'avez pas le droit.

— J'ai un laissez-passer, Mrs Fuller. Ce n'est pas pour rien.

— Pour des raisons de sécurité, Mrs Stanfield.

— Allez en parler avec Lady Philippa, si vous avez une récrimination de plus à faire. »

D'accord. Personne n'imaginait qu'elle irait. Elle tourna les talons, sentant tous les regards glisser sur sa robe qui célébrait l'été, rouge, explosant de pois blancs – à l'évidence un modèle qu'on ne portait pas pour veiller une vieille tante à l'agonie.

Pippa-ma-chère lapait son millepertuis, répandue dans un flot de soie verte sur une méridienne pendant que McMillan lui faisait la lecture des journaux, toute raide sur son fauteuil. « Mrs… Fuller », laissa-t-elle tomber dans sa soucoupe, ses yeux violets jaugeant la tenue chatoyante, le chignon décoiffé et les joues en colère.

« Madame, dit Maggie. J'ai une plainte à déposer.

— Une plainte ? Mon Dieu, Maggie, j'ai fini ma journée. Voyez avec Mrs Stanfield.

— C'est elle dont il s'agit.

— Vraiment ? Eh bien, cela attendra demain. »

Agacée, Lady Philippa se redressa sur ses coussins, laissant sa dame de compagnie la débarrasser de sa tasse. Maggie eut l'impression de voir une femme banalement torturée par ses ovaires, puis elle se souvint que la déesse du Kent avait fait la fête hier soir – il y a comme ça des indispositions qu'on choisit.

Le regard cerné de bistre, le teint pâlot, Pippa-ma-chère avait des allures romanesques de Dame aux camélias, sous ses cheveux noirs encore bouclés de la veille. Maggie se sentit terriblement ordinaire. Elle resta plantée là à se demander par quelle anomalie de la nature elle pouvait concurrencer cette femme.

McMillan lui fit un discret signe de la main – allez, sortez d'ici.

« Pardon, Madame, dit Maggie, reprenant ses esprits. Mais c'est urgent. Il s'agit d'une atteinte à mes droits que vous ne sauriez cautionner. Ou alors il faudra m'expliquer. »

Lady Philippa retomba d'un coup sur ses coussins, essayant visiblement d'attraper des mots au passage dans ce charabia syndicaliste. Atteinte. Droits.

Cautionner. Des concepts déjà nébuleux en temps normal, mais inabordables un lendemain de cuite.

« Franchement, Mrs Fuller, cracha-t-elle. Vous dépassez les limites. Je ne suis pas d'humeur à gérer vos nerfs, ni à m'intéresser à votre grande cause personnelle.

— Mrs Stanfield est entrée dans ma chambre en mon absence, Madame.

— Vous êtes à Sheperd House, ma chère, pas chez vous.

— Alors cessez de retenir sur mes gages le prix de la location de ma chambre. »

Pippa-ma-chère ouvrit la bouche, puis la referma, son beau visage semblant se minéraliser. Il y avait une telle violence imprimée dans l'ensemble de ses traits, des muscles de son cou tendus jusqu'à la surface dure de son front que Maggie se dit que sa dernière heure ici était arrivée.

Affolée, McMillan regarda vers la porte, espérant voir quelqu'un jaillir en sauveur et évacuer cette hystérique en robe rouge. Maggie attendit, impassible.

Philippa Lyon-Thorpe n'était pas une femme ordinaire. Elle le savait, on l'avait éduquée dans cette idée. Alors elle prit le temps qu'il lui fallait – cinq ou six petites secondes –, mobilisa toutes les leçons de maintien et d'excellence qu'on lui avait prodiguées et se recomposa un visage royal, à peine méprisant.

« Mrs Fuller. Vous avez la chance d'avoir un emploi gratifiant dans un endroit prestigieux.

— Moins bien payé qu'un emploi de secrétaire, Madame, parce qu'on en retient le gîte et le couvert, ce qui est bien normal. Si les chambres des domestiques sont des lieux loués, alors ce sont des lieux privés. »

Pippa-ma-chère soupira joliment, jetant un œil à McMillan pour la prendre à témoin de la difficulté de sa tâche. La dame de compagnie se contenta de hausser les sourcils.

« Bien, Maggie, dit-elle. Mais Mrs Stanfield devait avoir une bonne raison.

— Un chat. À ce sujet…

— Un chat ? Vous êtes folle ? Ces bestioles véhiculent des maladies.

— C'est un chaton que j'ai recueilli, Madame. Sir Albert l'aime beaucoup. »

Lady Philippa eut un nouveau coup d'œil vers McMillan – nouveau haussement de sourcils. Puis elle retourna à Maggie un regard las, faisant mine d'ôter un fil de son magnifique déshabillé en soie.

« Sir Albert, oui. On m'a dit que vous le divertissiez. (Elle se cala sur son dossier et la regarda bien en face.) Écoutez, Mrs Fuller, je vais être franche : vous ne me plaisez pas. Mais il semblerait que vous fassiez correctement votre travail. Mrs Stanfield a demandé votre renvoi, mais Mr Bernard a plaidé votre cause. Et il faut avouer qu'il est difficile de nos jours de trouver des domestiques… »

Quoi ? se dit Maggie, stupéfaite. *Bernard ? Ce vieux type muet, coulé dans l'amidon et des années de traditions féodales ?* Elle revit le majordome collé à sa radio, tentant d'écouter les *Lettres d'Amérique* d'Alistair Cook à la BBC. Dans son monde, l'air de rien, mais il la défendait. Elle avait vraiment un pouvoir fascinant sur les vieillards. Comment devait-elle le prendre ?

Sur sa méridienne, Pippa-ma-chère jouait les Saint Louis sous son chêne.

« Alors je vais vous dire, Mrs Fuller : retrouvez votre chat, je ne veux pas le savoir. Continuez à faire ce pour quoi on vous paye. (Elle plissa ses beaux yeux fatigués.) Il faut que vous compreniez une chose, Maggie : tout le monde a un rôle à tenir, dans ce milieu. Tenez le vôtre. Et ne mettez pas cet équilibre en péril. J'ai entendu dire que vous n'aviez pas l'intention de rester longtemps à Sheperd House ?

— Non, Madame. Quelques mois.

— Parfait. Cela ne vaut donc pas la peine de mener une révolution. Maintenant, sortez. »

Maggie inclina la tête – pas tant en signe de respect que pour imprimer l'image de la déesse du Kent : une femme pétrie d'inquiétudes à l'idée de voir son monde vaciller, soignant sa gueule de bois sous le regard dévot d'une employée qui lui sacrifiait sa vie. Une pietà de salon.

Maggie fouilla dans les ifs du labyrinthe alors que la nuit tombait, regrettant de ne pas avoir donné de nom à ce fichu chaton. Les chats obéissaient-ils à leur nom, elle n'en était même pas sûre.

Elle siffla, se pencha, siffla encore, consciente de son comportement irrationnel. Elle était affreusement crispée depuis son retour au château, se repérait mal dans le temps – quand avait-elle enfilé cette robe rouge ? Hier ? Ce matin ? Et le chaton devenait une sorte de balise obsessionnelle.

« Madame, fit une voix sortie de nulle part. Madame ? »

Elle releva la tête. Le grand escogriffe en blouse blanche se tenait au-dessus des ifs, comme une émanation spectrale.

« C'est le chat que vous cherchez ? Il est avec Sir Albert. On l'a trouvé pendant sa promenade. »

Maggie en aurait pleuré. Elle se redressa tout à fait, ses muscles tendus se relâchant les uns après les autres. Mon Dieu, combien de douleurs disposées sur son corps comme les ampoules clignotant sur le tableau de l'office – sa tête, ses genoux, ses chevilles, tout lui faisait étrangement mal.

« Vous voulez le récupérer ? demanda l'escogriffe.

— J'aimerais voir Sir Albert.

— Oh, non, Madame. Sa chambre n'est pas un endroit pour une visite. »

Je sais ce que c'est, eut-elle envie de lui dire. Et puis non, elle n'irait pas. Will l'avait tellement détestée de le voir ainsi. Il fallait laisser à Sir Albert la fierté de se tenir debout devant elle – devant Clemmie.

« Le chat dort sur son lit, dit l'autre.

— Alors laissez-le. »

Maggie retourna à la maison, grimpant les escaliers de service en se tenant à la rampe, ses dernières forces la lâchant en chemin. Elle s'arrêta sur le palier du troisième étage pour reprendre son souffle. Elle n'avait pas encore entendu la voiture arriver, qui ramenait Sir John de son train fantôme.

De toute façon, elle avait absolument besoin de dormir pour se remettre le cerveau à l'endroit.

27

« Que ferez-vous en Afrique ?

— Eh bien… La même chose que mon père, je suppose. L'île de Lamu est un grand port de commerce. C'est là que j'ai vécu.

— Comment c'est ?

— Lamu ? Une cité swahilie. On n'y accède que par dhows, des petits bateaux à voile. Ce qui fait qu'il n'y a pas de voitures, juste des ânes pour vous transporter. Vous verrez, c'est tranquille.

— Je n'irai pas en Afrique avec vous. Monsieur.

— Nous verrons bien, Maggie. »

Ces conversations nocturnes dans le silence de Sheperd House leur donnaient l'impression d'être seuls au monde.

Maggie ne passait pas toutes ses nuits avec Sir John. Rien ne devrait être abandonné à la routine. Au fond, elle avait une idée très romanesque de la chose : chaque instant mériterait d'être désiré, goûté, rangé dans un coin de sa mémoire.

Elle pensait à la passion de Sir Albert pour Clemmie. Ou à celle de Karen Blixen et Denys Finch

Hatton. Par éducation et par fatalisme, sa vie jusqu'ici avait terriblement manqué de ça – de romanesque.

Et elle était certaine que cela ne durerait pas. Cette histoire était si improbable.

Alors elle mettait une sorte de mystique dans sa lente descente de l'escalier de service, quand sur le coup des 11 heures l'Aile des vierges s'était endormie. Elle imprimait l'image de Sir John au moment où elle entrait – fumant élégamment à la fenêtre ou penché sur ses papiers – inscrivait dans son esprit le regard qu'il posait sur elle. Surpris, satisfait, gouailleur.

Elle goûtait ses gestes, se demandant parfois si un autre homme, un jour, aurait les mêmes.

Et cela la plongeait déjà dans une incompréhensible mélancolie.

Lui respectait les règles qu'elle avait tacitement imposées. Comme elle ne l'avait plus jamais appelé par son prénom, il gardait pour lui ses mots doux, suivait le tempo poli qu'elle imposait à leurs conversations, allongés dans la lueur de la bougie qu'elle avait fini par accepter – un progrès considérable.

« Avez-vous déjà vu un éléphant, Maggie ?

— En vrai ? Non. Je crois que l'animal le plus exotique que j'aie vu… c'était un lama. J'étais avec ma mère à Londres, c'était Noël, et il y avait ces gens déguisés dans la rue… Pourquoi un éléphant ?

— Parce qu'il a une particularité qu'on ne soupçonne pas. Quand on touche la peau d'un éléphant, on la trouve sèche, épaisse. D'ailleurs, le terme « pachyderme » vient du grec *pakhus*, qui veut dire « gros, épais », et *derma*, la « peau ».

— À la peau épaisse.

— Oui. Une armure, penserait-on. Sauf que cette

peau est extraordinairement sensible au soleil. C'est pour cette raison que les petits sont constamment protégés par leur mère. Et qu'une fois adultes ils se vautrent dans la boue et se couvrent de poussière.

— Vraiment ?

— Vraiment. Avec tous ces emmerdements, c'est à se demander ce que les éléphants font en Afrique. Et pourtant ils y sont. Je suis sûr que si Dieu leur avait demandé leur avis, ils auraient répondu : "Oh, je n'irai pas en Afrique avec vous, Monsieur." »

Maggie releva la tête, collant son menton sur sa poitrine. Elle vit la flamme dansante de la bougie dans les yeux clairs et s'esclaffa : « Déjà, vous n'êtes pas Dieu.

— Pas sur le papier, mais je dispose d'une immense fortune et de beaucoup d'arrogance.

— Mais d'aucun pouvoir sur moi.

— Je crois en avoir un peu. Par intermittence.

— Je n'irai pas en Afrique avec vous, Votre Altesse. »

Maggie se cala de nouveau au creux de son épaule. Sir John resta un petit moment sans rien dire et, dans ces moments-là, elle se demandait à quoi il pensait. Était-il détaché ou triste ?

« Et vous, que ferez-vous en Amérique ? » finit-il par demander d'un ton neutre. Ni l'un ni l'autre ne savait si c'était un jeu entre eux. Alors qu'elle avait lu et relu *La Ferme africaine*, Maggie s'entêtait d'Amérique. Elle s'interdisait d'avoir le même rêve que lui. Le deuil de *La Merveilleuse* avait été si cruel.

« Je retrouverai mes cousins. J'irai travailler à la Croix-Rouge. Fondée par une femme, au cas où vous l'ignoriez. Clara Barton.

— Encore une ? rigola-t-il. Décidément vous êtes partout. Que nous reste-t-il, à nous, les hommes, à part le polo et la guerre ?

— Rien. Et écoutez bien : quand Clara avait onze ans, son frère David est tombé du toit d'une étable.

— Quelle coïncidence.

— C'est vrai. Clara est restée deux ans à son chevet, à lui donner des soins. (Maggie s'éclaircit la voix.) Mais David, lui, s'est rétabli. Et Clara a ressenti un grand vide à l'idée de n'être plus utile à personne…

— Il fallait qu'elle adopte un chat. Ou un vieillard.

— Imbécile. Elle a commencé par s'occuper d'enfants nécessiteux, en leur faisant la lecture. Elle collectait des fonds, se battait avec les bureaucrates… (Maggie s'emballait dans son histoire, passionnée.) Plus tard, pendant la guerre civile, Abraham Lincoln l'a chargée d'identifier les soldats de l'Union morts au combat, pour mettre un nom sur leur tombe. Après, elle s'est battue pour les droits civiques des Noirs. Et pour le suffrage des femmes, comme ma grand-mère. Donc, c'est là-bas que j'irai. »

Sir John se dégagea un peu, attrapa un verre d'eau sur la table de nuit, avala une longue goulée. Le menton dressé, Maggie vit une sorte de vide dans ses yeux.

« Hmm, fit-il en se rallongeant. Eh bien, c'est parfait. Chacun sa bataille. Pendant que vous lutterez pour les humains opprimés, je combattrai les trafiquants d'ivoire et les braconniers. À nous deux, nous devrions couvrir tous les drames de ce monde. »

Puis il souffla la bougie et se tut. Maggie attendit un moment, supposa qu'il dormait – ou qu'il faisait semblant. Mal à l'aise, elle ramassa ses affaires dans le noir et sortit. En remontant les escaliers, elle se demanda si elle lui faisait du mal. Si lui avait vraiment un rêve pour deux.

De toute façon, elle doutait encore des capacités d'un homme de son rang à tout quitter. Sir John Lyon-Thorpe avait sur lui le poids des traditions, de Sheperd House, d'une famille. Une entreprise. Une place dans la société.

Alors que pour Maggie Fuller, partir serait facile. Elle n'avait rien.

Kitty avait bien meilleure mine depuis qu'elle mangeait mieux et travaillait moins. Tous les soirs, Bertha Stanfield la libérait avant les autres pour qu'elle puisse faire de l'exercice – en l'occurrence, une marche rapide autour du manoir. En juillet, il faisait jour tard, donc ça allait, se dit Maggie. Mais pour cet hiver il faudrait qu'elle négocie d'autres horaires pour la gringalette.

Ces temps-ci, la table du petit déjeuner était incroyablement calme. L'air frais du petit matin transportait les effluves des rosiers à travers les soupiraux, et même si entre les murs épais la lumière était allumée en permanence, on avait une impression de clarté naturelle, comme sous une tonnelle.

La radio chuchotait, on entendait le tintouin assourdi de la cuisine adjacente – le grésillement du beurre dans les poêles, les bulles de l'eau dans la bouilloire, les tintements d'aluminium.

Maggie en venait à apprécier ce retour tranquille

au réel. La fille de cuisine préparait une salade de fruits exprès pour Kitty, alors que tous les autres tartinaient leurs muffins de confiture, et cela remplissait d'aise la petiote, qui d'une manière assez prosaïque voyait combler ses rêves de gloire. Annie la Rousse et Colin se disputaient à voix basse, le majordome Bernard se concentrait sur la radio, Jane et Mildred mangeaient en silence. Et Bertha Stanfield lui fichait une paix royale, Pippa-ma-chère ayant manifestement donné ses instructions – n'excitez pas la bête, pas de scandale à Sheperd House, quelque chose comme ça.

Ce matin-là, alors que Maggie rêvait d'Afrique au-dessus de son Earl Grey, le garçon des Postes qui apportait le journal entra sans toquer.

« La noyée du dispensaire, dit-il tout essoufflé, la noyée, c'est Serena !

— Quoi ? fit l'assemblée estomaquée.

— C'est dans le journal ! » renchérit le gars en tapotant sur la feuille locale.

Serena ? Qui est... ? se demanda brièvement Maggie pendant qu'un groupe se formait autour de la vedette du jour. Serena. La femme de chambre qu'elle avait remplacée, la jolie fille, celle qui…

« Voilà ce que ça fait d'être amoureuse du maître de maison, maugréa Annie. Prends-en de la graine, Kitty. Il l'a lâchée comme une vieille chaussette, et la pauvre fille s'est suicidée.

— C'est pas vrai.

— Bien sûr que si, c'est écrit là. (Annie arracha le journal des mains de Colin et se mit à lire comme une écolière.) La jeune Serena Holland avait quitté son emploi de domestique chez un notable du Kent… Ses parents ont reçu en Irlande une lettre d'adieu de leur fille qui leur faisait part de ses intentions suicidaires… Ils se sont mis en relation avec la police du comté qui a pu faire le rapprochement avec la jeune noyée… »

Maggie était clouée sur sa chaise, seule au bout de la table. Qu'est-ce que c'était que cette histoire ? Les informations allaient trop vite pour elle. Et puis elle avait une vague envie de vomir, une grosse boule de muffin qui remontait dans sa gorge.

« C'est des ragots, disait Kitty invariablement.

— On ne parle pas de ces choses-là, soufflait la grosse Bertha.

— Vous ne savez pas ce que vous dites, intervenait le majordome Bernard.

— C'est des ragots. »

Et puis, au cœur d'un bref instant de silence, on entendit la voix de Jane la Muette.

« C'est pas des ragots. Je l'ai vue sortir de la chambre de Monsieur au petit matin, Serena. »

Maggie vit les murs en pierre de taille se rapprocher, comme si elle était prisonnière d'un couloir sans porte, et à travers les parois asphyxiantes elle entendait des bribes de phrases – *Je te l'avais bien dit… Pendant toute la guerre… Qu'est-ce que tu crois… Pas se mélanger avec ces gens-là… À sa disposition…*

La poitrine comprimée dans un étau, Maggie se leva en faisant tomber sa chaise dans un grand fracas. Que l'histoire soit vraie ou qu'elle ne soit qu'un ragot de plus, elle ne voulait pas être un rouage de cette petite mécanique sociétale. Depuis sa course folle jusqu'à la gare, Maggie se sentait prise de schizophrénie. Et la fille O'Neill qui sommeillait en elle n'attendait sans doute que ça, cette scorie dans une romance insensée, pour agiter ses drapeaux.

Derrière elle, les conversations s'arrêtèrent une fraction de seconde puis reprirent, chuchotis révoltés, exclamations étouffées, accents de colère auxquels le majordome Bernard tentait d'apporter un peu de tempérance.

Maggie s'enfuit dans le couloir, trébuchant dans l'escalier de service. *Je ne vous mentirais jamais*. Sûrement l'avait-il fait. Elle le connaissait si peu. Peut-être Sir John Lyon-Thorpe s'amusait-il des jeunes femmes. Leur faisait miroiter une autre image d'elles-mêmes puis les renvoyait à leur triste condition une fois qu'il en avait assez. Et une autre prenait la place, qu'il finissait par bouder – comme ce matin.

Comme elle avait peur que ce soit possible, elle préférait que ce soit vrai. Parce que Maggie Fuller savait faire face à l'adversité. Il faudrait juste que cette fois, la chute soit moins longue.

28

Sir Albert mourut cet après-midi-là.

Plantée dans la cour, une cigarette en allumant une autre, Maggie le sut avant tout le monde. Elle vit le Dr Heady sortir de l'aile ouest, rejoignant d'un pas pressé l'entrée principale. Sur le chemin il s'arrêta à quelques mètres d'elle, secouant simplement la tête. Puis, parce qu'il n'y avait rien à dire sur la mort d'un vieil homme, il poursuivit son chemin.

L'escogriffe la rejoignit timidement. Maggie ne pleurait pas. Maggie n'éprouvait que gratitude : elle avait traversé la vie de l'être le plus pur qui lui serait donné de connaître – un vieil enfant que la maladie avait dépourvu de calculs et de malice. Il avait ouvert pour elle le plus beau des romans. Et elle lui avait fait du bien. C'était l'essence même de son passage ici. Le destin n'avait pas eu d'autre raison.

Et voilà qu'il s'effaçait, comme de bien entendu. *Merci Albert*, se dit-elle, *merci d'avoir l'élégance de ne pas me laisser vous abandonner*. Maggie partait. Maggie quittait Sheperd House. À elle qui avait été en permanence au bord de la fuite, comme si elle n'attendait qu'une colère pour le faire, le destin offrait le même jour un mensonge et un chagrin. Les deux se mêlaient en un violent sentiment de non-appartenance. Elle demanderait de l'aide au Dr Heady, une fois de plus, quitte à aller vider des cuvettes au dispensaire.

« Vous voudrez bien continuer à nourrir le chat avant de pouvoir le relâcher ? murmura-t-elle à l'escogriffe désœuvré. Je m'en vais aussi. Comme Sir Albert…

— J'ai fini mon travail, ici. Je débauche après les obsèques.

— Ah. Eh bien, je trouverai quelqu'un. »

Kitty, se dit-elle. *Kitty s'en occupera.* Elle ne pouvait avoir qu'une seule pensée à la fois. Sir Albert. Le chat. Faire sa valise serait la prochaine.

« Dites-moi qu'il n'a pas souffert, lança-elle en écrasant sa cigarette sous son talon.

— Non, mon Dieu, il dormait. Avec le chat sur lui. Et son cœur s'est arrêté. »

Comme c'était simple, se dit Maggie.

Le reste de la journée passa dans le ralenti fantastique d'un double deuil, dont on ne savait pas lequel était le plus facile à assimiler. Serena la jeune suicidée. Albert le vieil excentrique. Il était aisé pour Maggie de faire passer sa propre misère au milieu de ces silhouettes obliques qui rasaient les couloirs.

Lorsqu'elle passa devant la porte entrouverte du bureau, mue par elle ne savait quelle dernière nécessité, Sir John était penché au-dessus de sa table où s'amoncelaient déjà des piles d'enveloppes aux armoiries des Lyon-Thorpe. Maggie resta un instant dans l'ombre à l'étudier comme un sujet de malheur, vit les yeux verts sous les sourcils sombres, les cheveux noirs lustrés et se dit quel joli piège que celui-là, quelle femme aurait pu l'éviter ? Ce devait être pour lui un outil, ce don de la nature. Quand on est débarrassé du problème de la séduction, on peut s'employer pleinement à l'art de l'amour, en virtuose. Même la fine moustache ourlant les lèvres fermes semblait minutieusement taillée pour donner du plaisir aux dames.

Et dire qu'elle avait failli l'aimer. Elle était tout au bord. Elle avait basculé par instants, mais avait su maîtriser l'*hubris*, ce grand appel du féminin vilipendé par sa mère, ce sentiment violent où le sacré et le charnel se confondent.

Pippa-ma-chère la dépassa dans une volée de parfum français, sans un regard. « John, chéri, je pense que nous devrions envoyer un faire-part à Buckingham. Je vais le faire, je sais que vous détestez cela.

— Il s'agit de l'enterrement de mon grand-père, ma chère. Pas d'une putain de garden-party.

— Inutile d'être grossier, mon Dieu. »

À cet instant passa dans le champ de la porte qui se refermait la vision furtive de vingt ans de vie commune, de lit partagé, de baisers échangés, de trois enfants. Toute affectée qu'elle soit, cette familiarité entre Sir John et Lady Philippa, à travers le soupir résigné de Pippa-ma-chère, chavira Maggie.

Je te le laisse, ma belle. Il te va mieux qu'à moi.

Retournée au monde invisible du sous-sol, elle trouva le majordome Bernard dans son bureau.

Maggie n'avait jamais mis les pieds dans cette pièce aveugle, précisément carrée, où une table chargée de papiers servait de trône à un lourd sabot d'un noir opaque – une machine à écrire Smith Corona dont les touches nacrées semblaient plonger dans le vide.

Le vieil homme était affairé par le deuil, comme tous à Sheperd House. Occupé à ceindre d'un ruban noir les menus du lendemain, il leva ses lunettes rondes sur Maggie qui regardait sans rien dire les ciseaux tremblants. On aurait dit qu'il mettait dans chaque coupure le reste de sa vie.

« Oui ? demanda-t-il d'une voix fluette. Oh, Mrs Fuller. »

Il attendait, l'œil bleu ciel sous un sourcil neigeux. Maggie prit conscience qu'elle ne l'avait jamais vraiment regardé – alors que l'arrangement horizontal de ses rides sur son front, comme des strates, aurait dû au moins susciter son respect, la curiosité d'une histoire. Comme avec Sir Albert. Un majordome aussi avait un passé.

« Je démissionne, lui annonça-t-elle, les deux mains croisées poliment dans le pli de sa jupe de bonne. Tout de suite. Je pars demain matin.

— Vous ne pouvez pas, Mrs Fuller. Il vous faut prévenir un mois avant. C'est dans votre contrat.

— Je sais. Mais à Sheperd House les contrats sont faits pour ne pas être respectés, n'est-ce pas Mr Bernard ? Je n'ai aucun scrupule, vous savez. »

Le majordome posa son stylo, émit un sourire oblique. « Bien sûr que vous en avez, Mrs Fuller. Vous êtes peut-être la seule dans ce sous-sol à avoir de la considération pour les règles, alors que vous vous persuadez du contraire. »

Il désigna une chaise maigre à Maggie, eut une vague agacée de la main quand elle refusa de s'asseoir.

« Je suppose que les… révélations sur cette pauvre Serena sont l'objet de votre départ précipité ? »

Maggie fut soufflée. Elle n'avait pas vraiment réfléchi au motif officiel de son départ, la mort de Sir Albert en semblait un suffisant – son inaptitude crasse à servir une si grande maison sans la bienveillance récréative du patriarche, par exemple. C'était presque complètement vrai.

Le majordome Bernard la prit de court. Décroisant ses mains frissonnantes, elle lui demanda : « Serena ? Pourquoi, je ne la connaissais pas. »

Il y eut un silence lourd de sous-entendus. Maggie savait que le majordome l'avait percée à jour. Un homme d'expérience comme lui, dont les deux fonctions principales étaient de hanter les couloirs et de garder sa langue dans sa poche devait détenir des secrets à en revendre. Bernard déplia ses longs bras autour de l'ombre de la machine à écrire.

« Si vous partez… dit-il. Je tiens juste à m'assurer que vous ne partez pas pour une mauvaise raison.

— Oh, ne vous inquiétez pas, railla-t-elle, je ne ferai pas de mauvaise publicité à Sheperd House.

— Vous savez, on raconte beaucoup de choses dans les sous-sols. Et la plupart de ces choses sont fausses. (Il plissa les yeux sur elle, marquant un temps d'arrêt.) L'immense majorité, Mrs Fuller. Parfois même, on ignore les choses vraies à trop vouloir en inventer d'autres. »

Maggie ne répondit pas. *Quel drôle de bonhomme*, se dit-elle, *d'apparence inoffensive, mais*… « Et ce qu'on raconte sur Serena est faux, coupa-t-il.

— Ça m'est égal.

— Non, Mrs Fuller, ça ne vous est pas égal. Et ça

ne l'est pas à moi non plus, pour des raisons différentes. Nous vivons le déclin d'une société. Les grandes maisons, les domestiques… (Il soupira.) Vous savez, il y a une certaine grandeur dans tout ce que les progressistes comme vous fustigent. C'est une idée de l'Angleterre qui vacille. Et il est important pour moi, qui ai passé toute ma vie ici, à veiller à ce qu'on retiendra de Sheperd House soit digne et honnête. Depuis quarante ans, je n'ignore rien des Lyon-Thorpe. (Il plissa de nouveau les yeux.) Rien, Mrs Fuller. Et malgré tout ce que vous pensez, ce sont des gens bien. Leur vie privée les regarde, mais ils n'ont jamais fait de mal à quiconque.

— Jusqu'à aujourd'hui », rétorqua Maggie.

Il y eut un vide dans la conversation que chacun combla avec le prénom de son choix – Serena ou Maggie –, et le majordome reprit dans un élan qui, visiblement, lui coûtait.

« Sir John n'a jamais, jamais frayé avec une domestique.

— Pour autant que vous le sachiez.

— Je le sais, et comme vous le disiez, Mrs Fuller : jusqu'à aujourd'hui. (Il eut un sourire froid.) Alors faites-moi l'honneur de votre confiance. »

Gênée, Maggie passa d'un pied sur l'autre. « Mais Jane a dit qu'elle…

— Oui, Jane a raison, l'interrompit Bernard. Elle a vu ce qu'elle a vu : Serena sortir d'une chambre où elle ne devait pas être. Elle aurait pu aussi, un autre matin, la voir sortir de la chambre de Lady Philippa. Et de son petit salon. (Il marqua un temps d'arrêt.) Serena était une jolie fille, et une petite voleuse. Un bibelot par-ci, une boîte à cigares en or par-là. Sur deux ou trois années, cela finit par faire beaucoup de petites choses égarées. Et cela finit par se voir. »

Maggie sentait des fourmis descendre par grappes le long de ses bras. Le mensonge s'éloignait. Quel drapeau la fille O'Neill au fond d'elle pourrait-elle encore agiter ?

« Sir John, qui a pour défaut de ne pas avoir beaucoup de considération pour ses pairs, lui a ordonné d'aller exercer ses talents ailleurs, poursuivait le majordome. Pour être clair, devant le désespoir de la petite voleuse démasquée, il lui a donné sa parole de ne pas ébruiter ses forfaits afin qu'elle puisse retrouver une place dans une autre maison. (Il eut une moue discrètement réprobatrice.) À condition qu'elle déguerpisse sur-le-champ. Et vous savez, la parole donnée a un sens pour lui.

— Je sais », murmura Maggie.

Le majordome se leva, soupirant. « Comme je ne suis pas un gentleman, je n'ai pas à respecter cet engagement. Puisqu'il ne vous le dira pas, alors je vous le dis. Comme j'en ai soufflé mot à des amis à moi, pour protéger leur maison. (Il toussa discrètement derrière son poing fermé.) Serena n'a pas trouvé de place. Et si elle s'est suicidée, c'est certainement ma faute. »

Maggie regarda le vieil homme, si droit, si fier. Mais à cet instant, il lui sembla qu'il vacillait. « Mais je ne regrette rien, affirma-t-il un peu fort. Chacun a la maîtrise de sa propre vie, n'est-ce pas ?

— Je ne sais pas », souffla Maggie.

Partir. Rester. Elle déciderait demain.

29

Maggie !

Elle s'était endormie comme on perd connaissance, sans même se déshabiller.

Maggie !

Sa tête était prise entre des pulsations assourdissantes. Elle se débattait dans un rêve, en plein milieu d'une rue, les mains sur les oreilles, coincée au milieu du chaos automobile. Où était-ce, à Londres ?

Maggie !

Elle ne sentait plus ses extrémités, son corps était lourd, ankylosé par un sommeil pathologique. Quand elle ouvrit les yeux elle se crut revenue dans la petite maison de Folkestone, avec Will qui l'appelait alors qu'elle venait juste de sombrer, pour vérifier qu'elle était toujours là.

Monsieur, entendit-elle – et le mot se fraya un chemin jusqu'à son cerveau comme un fluide glacial, la réveillant tout à fait.

Maggie !... Monsieur... Maggie... Monsieur !

Mon Dieu, se dit Maggie, le cœur battant à lui faire mal. Mon Dieu. Elle était dans sa chambre de l'Aile des vierges, on tambourinait à sa porte en pleine nuit, et sans vouloir le croire elle savait qui c'était. Ce n'était pas possible. Il ne pouvait pas faire ça.

Elle se leva dans le noir, se cognant à la table de nuit. La douleur aveugle lui donna la nausée, elle déverrouilla la porte avec des larmes plein les yeux.

« Maggie ! »

Sir John était ivre, elle le vit à ses yeux brouillés, sentit l'odeur douceâtre du whisky et de la cigarette.

Derrière lui, sous la loupiote du couloir, Maggie distinguait Bertha Stanfield tenant son peignoir à deux mains près de son cou, s'asphyxiant devant la scène.

Et puis Annie la Rousse et Colin, accourus, et Kitty, effarée. Et d'autres, peut-être.

« Monsieur, s'étranglait la grosse Bertha.

— Maggie, l'ignora-t-il. Ne t'en va pas, Maggie. »

Seigneur, le majordome avait parlé. Voilà pourquoi Sir John était là, dans cet état, pour elle.

« Monsieur, souffla-t-elle à son tour. Ne faites pas ça…

— Tu ne peux pas me quitter, Maggie, dit-il en frappant le mur.

— Que quelqu'un aille chercher Baptiste, intervint Annie. Colin, va chercher Baptiste…

— Maggie… » Sir John s'appuyait au chambranle, tentant de mettre des flammes convaincantes dans ses beaux yeux flous, une mèche de cheveux noirs retombant sur son front. Maggie était dévastée. Exposée.

Mais les autres ne comptaient pas. Elle ne voyait que lui. *Monsieur*, entendait-elle encore. *Monsieur*.

« John ! »

À travers cette seule syllabe, Maggie ne reconnut pas sa propre voix. « John, arrête ! »

L'Aile des vierges fut envahie par un silence irréel,

Monsieur semblant se réveiller d'un coup sous les semonces de sa femme de chambre. *John*.

« Laissez, Mrs Stanfield, murmura Maggie. Je m'en occupe. Que tout le monde retourne se coucher. S'il vous plaît. »

Et devant les yeux effarés d'une galerie de domestiques en plein séisme, la petite emmerdeuse gauchiste attira à elle l'honorable Sir John Lyon-Thorpe, le claquement de la porte résonnant en une déflagration sociale.

Dans la pénombre, elle le repoussa, à bout de nerfs, de souffle, de tout. Elle devinait sa haute silhouette s'appuyant contre le mur, pas très loin des portraits d'Augusta et d'Elizabeth. « Ce n'est pas possible, gronda-t-elle entre ses dents. Pas possible, merde. »

Maggie tira furieusement sur le col de la robe de soubrette qu'elle n'avait pas quittée, cherchant de l'air, entendant le bruit léger d'un bouton qui rebondissait sur le sol.

Elle sentait venir à elle le parfum si particulier qu'elle avait respiré à même sa peau : vanille, poivre. Une odeur ronde puis piquante. Un guet-apens.

« Je suis désolé », murmura-t-il.

Ce n'était rien, ce qu'il disait, ni un mot d'amour ni une promesse, mais ce fut à ce rare instant de faiblesse que l'*hubris* qu'elle redoutait tant emporta Maggie. « Oh, John », murmura-t-elle, consciente qu'une partie d'elle-même était en train de mourir.

Elle sentit ses bras se refermer sur elle, sa grande main saisir sa nuque, faisant de son cou une brindille avec d'infinies précautions, et étouffa un cri de rage contre son torse, les larmes lui montant aux yeux. « Je suis désolé, répéta-t-il dans son oreille. Je t'aime,

Maggie. Écoute-moi. Je t'aime. » Mon Dieu. Ces simples mots qui faisaient écho à ceux qu'elle tenait claquemurés dans sa propre tête – depuis combien de temps ? La nuit au *Grand Hotel* ? Elle eut un hoquet, noya son visage dans sa chemise.

Trois mois suffisaient donc à bouleverser la vie de Maggie Fuller, alors que les six années précédentes l'avaient entraînée à combattre toute forme d'aliénation. Et par là même toute forme d'amour. Mais celui-ci était plus intransigeant que ses principes.

« Viens, dit-elle d'une voix éraillée. Il faut descendre. »

Personne n'avait écouté à la porte, le couloir était désert, pourtant il lui sembla que le chemin jusqu'à la chambre du troisième étage était tapissé de murmures. Maggie réduisait son mode de pensée au minimum utile : la bougie à tenir devant elle, les marches à descendre, lui à son côté.

Dans une succession de gestes automatiques, elle referma la porte sur eux, se déshabilla à demi et se glissa les yeux mi-clos sous les draps du grand lit, entendant le lointain coulis de l'eau dans la salle de bains. Elle resterait, peu importait qu'un curieux aille toquer à sa porte là-haut, dans l'Aile des vierges. Maggie ne pouvait penser à rien d'autre qu'à ce qui était en train de se dénouer là, dans sa poitrine.

Quelle heure pouvait-il être, elle ne le savait même pas, indifférente au petit matin qui viendrait – l'escalier à remonter en plein jour, le regard des autres au petit déjeuner, la catastrophe que serait sa vie dans quelques heures.

Dans un demi-sommeil, elle perçut la fraîcheur

humide du grand corps contre elle, le parfum de la menthe.

« Mon amour, qu'as-tu fait… » sombra-t-elle.

« Mon amour, qu'as-tu… » Elle s'entendit parler et ouvrit les yeux, atterrée. Il faisait jour. Combien de temps avait duré cette fraction de seconde où elle avait profondément dormi ?

John était là, éveillé, rasé de près. Allongé, mais tout habillé, constata-t-elle du coin de l'œil.

« Qu'est-ce que tu fais ? » demanda-t-elle, sur la réserve. Il n'y avait plus de filtre entre eux, plus de *Monsieur* ni rien d'habituel. « Je dois aller m'occuper de l'enterrement de mon grand-père. » Il caressa sa hanche et, par réflexe, elle remonta le drap. John ôta sa main, se frotta les sourcils. « Personne n'a jamais veillé sur toi, n'est-ce pas, Maggie ? dit-il. Personne n'a jamais été gentil avec toi. »

Elle bougea un peu, encore engourdie de sommeil. « Je n'ai pas besoin qu'on veille sur moi. » C'était étrange de le voir ainsi, si proche et si tranquille, comme si la nuit passée n'avait existé que pour les autres.

« Maggie. Je suis absolument, terriblement, irraisonnablement amoureux de toi. Je suis amoureux de tes blessures, amoureux de tes révoltes… De tout ce que tu es. Même si ce n'est pas toujours une partie de plaisir. »

Il ne faisait plus mine de la toucher, comme s'il lui semblait essentiel de tracer une frontière entre leur ferveur charnelle et sa déclaration, mais elle frissonna sous la caresse des mots.

« C'est une menace ? murmura-t-elle.

— Non, un préambule. »

Maggie réfléchit. Il avait l'air si peu inquiet. Si satisfait. Elle vit l'esclandre de la nuit avec une clarté nouvelle.

« Tu l'as fait exprès, soupçonna-t-elle. De t'enivrer. Pour pouvoir me… montrer à tout le monde. Et me dire tout ça.

— Je l'ai fait inconsciemment exprès. Admettons.

— Quel salopard. »

Il rit, planta un baiser rapide sur son épaule et se leva. « Je commençais à m'inquiéter : voilà les véritables mots d'amour que j'attendais de toi, Maggie O'Neill. (Il lui lança un œil prudent.) Même si je vénère ceux que tu as prononcés à ton réveil. J'espère qu'ils m'étaient adressés. »

Maggie sentit la flamme caresser ses joues. *Mon amour*. Jamais elle n'avait dit ces mots à Will. Du moins, pas de cette façon-là, si profonde.

« Bref, cela valait bien une gueule de bois, grimaça John, alors qu'elle ne répondait pas. À cause de toi, j'ai une division de Panzer qui me remonte dans la nuque. Et le Philharmonique de Londres sous le crâne. »

Butée, Maggie observa le ballet de ses mains qui massaient ses tempes, versaient le contenu d'un sachet dans un verre d'eau. Son alliance et sa chevalière – les deux raisons qui auraient dû l'éloigner d'elle. « Bravo, maugréa-t-elle. Qu'est-ce que je vais faire, moi, maintenant ? »

Il avala son verre d'eau, sembla hésiter.

« Un emploi de secrétaire intéressant et très bien payé t'attend à la compagnie, lâcha-t-il. Si tu veux. Loin de mon bureau, le bâtiment est grand. Et ne monte pas sur tes grands chevaux, le Dr Heady avait lui aussi donné un coup de pouce à ton embauche.

— Je ne couchais pas avec le Dr Heady, espèce de despote. »

Elle s'assit dans le lit, remontant sur ses épaules les bretelles du fond de robe qu'elle avait gardé pour dormir. Nom de Dieu, il ne régirait pas tout de sa vie, quand même. Pour commencer, pas son travail : « Je ne partirai pas d'ici. Je me fiche du regard des autres. (Elle lui jeta un œil narquois.) De toute façon, comme me l'expliquait gentiment le majordome Bernard, tout le monde préfère ragoter sur du vent plutôt qu'affronter des vérités qui dérangeraient le bel équilibre de Sheperd House. »

Maggie en était certaine : pour Lady Philippa, les domestiques feraient de ce scandale nocturne un tabou.

Quant à elle, elle ne craignait personne. Sauf cet homme qui se penchait sur elle.

« Écoute-moi, Maggie, dit-il en relevant son menton têtu. Il ne s'agit pas seulement de toi et moi, et de… (Il réfléchit.) Cette chose qu'il y a entre nous. Il s'agit d'un projet de vie. J'aurai bientôt rempli ma partie du contrat. Tenu ma parole. (Voyant qu'elle baissait sa garde, il déposa un baiser sur ses lèvres.) Attends-moi, Maggie. Ne laisse pas le formidable hasard qui nous a réunis ne déboucher sur rien… Par respect pour tous ceux qui ne trouvent jamais l'âme sœur… (Il eut un sourire léger.) Voilà qui devrait interroger ta conscience sociale. »

Et d'un coup Maggie se fichait de tout, s'accrochant

à son cou, à ses rêves qui étaient aussi les siens, aussi improbable que ce fût.

« Tu m'épouseras, Maggie O'Neill ?

— Non…

— L'Afrique ?

— Peut-être…

— Tu sais ce que disait saint Augustin, chère érudite ?

— Je m'en fous… »

Maggie fondait. Elle n'était plus qu'elle-même, et oh que c'était libérateur.

« *Aime et fais ce que tu veux* », dit-il.

John ouvrit les draps, faisant glisser sa main chaude jusqu'au creux palpitant de son corps tendu, murmura quelque chose à son oreille qui lui arracha un gémissement.

Elle l'aimait avec fureur.

Plus tard, quand elle quitta la chambre, harassée par des sentiments contradictoires, elle lui dit : « Ne sois pas gentil avec moi. Ne t'oblige jamais à l'être. Mais fais quelque chose de bien pour ton grand-père… »

30

Pippa-ma-chère avait piqué une crise en voyant les fossoyeurs débarquer leurs pelles de la carriole pour aller creuser un trou dans la forêt.

« Mais qu'est-ce que c'est que cette histoire ! Enfin, John, chéri, vous avez perdu la tête ! Le caveau de famille est au cimetière de Folkestone, comment voulez-vous que les gens…

— Les gens, comme vous dites, ne sont pas venus le voir quand il était vivant. Inutile qu'ils se donnent bonne conscience maintenant qu'il est mort.

— C'est une histoire de fou !

— Je ne vous le fais pas dire, ma chère. C'est bien ainsi que nous l'avons traité. La discussion est close. »

Sir John avait planté une cigarette entre ses dents, et Lady Philippa était partie noyer l'outrage dans le millepertuis. Annie la Rousse, qui avait assisté à la scène, l'avait racontée au sous-sol en préparant la tisane de Madame, sans paraître préoccupée par la présence de Maggie, qui à deux pas terminait son sandwich de midi assise dans un carré de soleil, sur les marches qui montaient vers la cour.

C'était comme si rien ne s'était passé, cette nuit.

Depuis ce matin où elle avait sacrifié à l'usage en prenant sa place derrière la table du petit déjeuner, il semblait que la domesticité soit atteinte d'amnésie collective. Tout juste y avait-il eu un blanc dans les conversations quand elle s'était assise, un peu en retard, puis le lamento matinal avait ordinairement repris.

En descendant de l'Aile des vierges qu'elle n'avait regagnée qu'à l'aube, Maggie était certaine que personne ne l'attendait – ce qui avait ajouté à sa motivation. On imaginait peut-être qu'elle se terrerait dans sa chambre, disparaîtrait comme Serena et ses légendes ? Chipotant son assiette, elle avait fait profil bas. Annie avait été la première à lui adresser la parole, sourcil dressé. « Il va faire chaud, hein ? C'est pas un temps pour s'enfermer, je te jure. »

Colin coulait vers elle un regard poltron, le majordome Bernard était naturellement collé à sa radio, Bertha Stanfield remuait de l'air sur sa chaise, remplissant sans arrêt sa tasse de thé.

Seule Kitty semblait mortellement touchée. Les yeux rouges, elle n'ouvrit pas la bouche. Ensuite, la petiote l'évita, rasant les couloirs, ne levant pas la tête à son passage. Maggie en fut bouleversée. Mais elle n'aurait su quoi lui dire qui n'aurait ajouté à son désarroi. Parler de passion d'amour à la gringalette aux dessous en soie lui apparaissait comme le comble de la condescendance.

Les deux journées suivantes furent extraordinairement ordinaires. Maggie avait fini par comprendre une chose : aux yeux des autres, elle n'était pas coupable. C'est Monsieur qui lui courait après, pas l'inverse. En tapant à sa porte, il ne l'avait finalement pas autant impliquée qu'il s'était impliqué lui-même. Que pouvait une servante face à ce séducteur pathologique ? En lui faisant face avec autant d'autorité, Maggie avait contre toute attente gagné un peu d'estime de ses collègues.

Et si on se doutait qu'elle était derrière l'idée de Sir John d'enterrer son grand-père au pied d'un arbre à pièces, personne ne trouvait à y redire. Avec sa folle innocence, Sir Albert était une sorte de transgression à la gentry, et le petit peuple du sous-sol prenait un plaisir coupable au chahut annoncé de ses obsèques. Et puis Maggie continuait à briquer les manteaux de cheminée, changer les draps, tapoter les coussins sans broncher.

Ce faisant, elle se disait que personne ne saurait jamais qui était Clemmie. John avait passé de longues heures dans le bureau du vieillard, attenant à la chambre médicalisée de l'aile ouest. Il avait réuni le contenu de ses tiroirs pour les transférer aux archives familiales, ouvert tous les livres de sa bibliothèque dans l'espoir d'en voir tomber une photographie, cachée entre les pages.

« Rien », lui avait-il soufflé au détour d'un couloir. Et de le voir mener cette recherche Maggie l'en avait encore plus aimé.

En dehors d'une quantité d'actes notariés à s'arracher les cheveux, d'une petite fortune en livres du bailliage de Guernesey découverte dans un coffre, le seul héritage de Sir Albert Lyon-Thorpe fut le chaton que l'escogriffe en blouse blanche remit cérémonieusement à Maggie à l'entrée du labyrinthe. La bête avait bien profité.

On disait que l'église de l'ancien prieuré bénédictin de Folkestone abritait les reliques de sainte Eanswythe, une féministe avant l'heure puisqu'au VIIe siècle elle refusa d'épouser un prince – au motif qu'il était païen.

Tout religieux qu'il fût, ce symbole de rébellion aurait dû toucher Maggie, mais elle n'avait plus aucune relation avec Dieu. Elle ne croyait plus que Dieu soit amour depuis que, certains soirs, regardant son propre sang couler sur la pierre de l'évier, elle L'avait prié d'envoyer Will en enfer. Et qu'Il l'avait fait.

Du fond de la nef où elle se trouvait avec les autres domestiques, Maggie contemplait la perfection graphique de la famille Lyon-Thorpe alignée devant l'autel. Un lavis de noirs de différentes intensités – costumes, cravates, voilettes, tout, jusqu'aux cheveux de jais, était en harmonie avec l'événement.

Voilà ce qui distinguait ces gens des autres, cette magie en toute circonstance, se dit-elle, sarcastique. Elle se remémora l'enterrement de Will au cimetière marin, au pied du petit monticule de terre grasse, deux anciens collègues mécaniciens calot à la main, et le Dr Heady arrivé en retard – et la veuve qui sentait encore probablement le poisson.

La vision des trois enfants aux côtés de leurs parents lui pinça le cœur. La chair et le sang de Monsieur et Madame, mêlés.

Mal à l'aise, Maggie s'absorba dans la lecture des psaumes, son épaule touchant celle d'Annie la Rousse, luttant pour ne pas lever les yeux sur John.

Kitty avait changé de place pour ne pas être près d'elle.

À la sortie de l'église bondée, Maggie l'avisa qui accélérait le pas et la rejoignit en courant, alors que les groupes se délitaient – il avait bien été précisé que la mise au tombeau se ferait dans l'intimité familiale, et chacun semblait soulagé par cette fantaisie moderne.

« Kitty, il faut…

— Je ne veux pas t'entendre ! »

La gringalette avait sursauté comme si le diable lui apparaissait et collé ses mains sur ses oreilles. Dans sa nuque, ses cheveux trop courts se rebellaient sous un joli chapeau cloche moiré. Maggie attrapa son poignet fin, tirant doucement dessus. « S'il te plaît, Kitty, viens, on va se parler. »

La petiote hésita, sa poitrine se soulevant sous le châle de coton. Puis, aveuglée par le soleil, elle se laissa guider. Elles prirent le chemin habituel qui les conduisait vers Sheperd House, Kitty refusant de s'asseoir sur la pelouse du *Grand Hotel*.

« Alors ? dit-elle, s'échappant sur la promenade des Leas. Je t'ai bien fait rire avec toutes mes… mes fantaisies ?

— Fantasmes, corrigea automatiquement Maggie. Et non, tu ne m'as pas fait rire. Kitty, je ne sais même pas comment cette histoire est arrivée. »

La gringalette s'arrêta. « Et alors, c'est vrai ? demanda-t-elle, la main en visière. Les autres disent que tu es plus forte que Serena.

— Kitty. Serena ou moi, ce n'est pas ce que tu crois savoir.

— Oh mon Dieu. Qu'est-ce que tu fais, avec lui. »

Ce n'était pas une question, juste un constat

mélancolique. « Un jour, Kitty, je t'expliquerai, dit Maggie. À toi seule. Parce que je sais que tu peux comprendre. Tu n'es pas comme les autres, en bas. Mets-toi ça dans la tête, et s'il te plaît, ne me déteste pas. »

La petite la jaugea, serrant son châle si fort que ses phalanges avaient des reflets d'ivoire. Elle haussa une épaule. « Tu as de la chance, maugréa-t-elle.

— Oui. Tu as raison. Ce n'est peut-être que ça. De la chance. »

La gringalette leva un œil chagrin. « Il t'aime ? demanda-t-elle. Sir John.

— Oh. Oui. Je crois.

— Et toi ? Tu l'aimes ?

— Mon Dieu… »

D'un revers de main, Maggie chassa un voile qui passait devant ses yeux. « C'est un sentiment nouveau pour moi, Kitty. Jamais je n'ai aimé comme dans tes rêves. Tu m'aideras à comprendre les rêves ? »

Kitty hocha la tête, lui serra le bras de ses doigts menus, puis elles reprirent leur chemin vers Sheperd House, longeant la falaise côte à côte.

Le soir venu, elles allèrent toutes les deux se recueillir sur la tombe fraîchement comblée de Sir Albert, et Maggie raconta le mystère de Clemmie à Kitty. Palpitante, la gringalette buvait ses paroles. « C'est beau, quand même », finit-elle par dire en lui jetant un œil de travers. À cet instant, Maggie eut terriblement envie de se réconcilier avec Dieu pour qu'Il envoie le prince charmant à Kitty. La petite partit faire sa marche autour de Sheperd House, de nouveaux rêves plein la tête.

Quand Maggie rentra, elle évita le troisième étage dont s'échappaient des volutes de cigarette jusque dans le couloir de service. C'était un temps familial, pas le sien. Grâce à elle, Sir Albert était enterré au pied de l'arbre à pièces, c'est tout ce qui comptait à la fin de cette journée.

Elle resta longtemps sous la douche, goûtant la douce tiédeur de l'eau sur son corps perclus de points douloureux – ses chevilles, ses genoux, ses épaules lui faisaient mal. Ses seins, aussi.

Elle resta un moment devant le placard grand ouvert, sa chemise de nuit entre les mains sans pouvoir l'enfiler. Cette pile de linges propres, blanchis, soigneusement pliés dans un coin… Depuis combien de temps n'avaient-ils pas servi ? S'était-elle oubliée à ce point ?

Plantée là, les doigts crispés sur le col de batiste, elle compta, recommença, le cerveau bloqué. Non, il suffisait de ne pas y penser. Elle eut la sensation précise du regard de sa mère sur elle, là-haut dans son cadre. *Ce sont les femmes qui décident, Maggie. Tu dois savoir ces choses-là.*

Seigneur. Les oreilles bourdonnantes, elle se souvint de cette nuit, au *Grand Hotel. Maggie, dis mon nom…* Et ses bras, ses jambes le retenant en elle, perdue qu'elle était dans sa lutte intime. *John.*

Cette course abracadabrante vers la gare, le vent qui caressait ses fesses nues, elle la comprenait mieux.

Une vacherie de ses hormones. Sa biologie l'avait trahie, instillant dans son cycle le désir primal de fécondation – puisque l'homme, c'était lui.

Elle se regarda dans le miroir, observant la lente rotation entre la femme éperdument amoureuse aux yeux brûlants, au ventre plein, aux seins gonflés, et à la fille O'Neill à la tête froide, à la colère souterraine.

C'était presque mécanique.

31

« Qu'as-tu fait, Maggie ? »

Le Dr Heady posa son stéthoscope, décontenancé. Will Fuller était mort et enterré depuis cinq mois, voilà quel était l'objet de sa confusion. Cinq mois. C'était à la fois impossiblement long et scandaleusement court.

« Maggie ?

— Il faut me trouver quelqu'un », dit-elle, boutonnant minutieusement sa blouse, comme désincarnée.

Le bon docteur l'observa un moment sans rien dire, puis alla reprendre ses esprits en se passant longuement les mains sous l'eau froide. Maggie était épuisée, palpitante. Les yeux fiévreux, il ne lui semblait pas avoir cillé depuis la veille au soir.

« Il faut me trouver quelqu'un », répéta-t-elle, atone. Elle restait là, sagement assise sur la table d'examen, les mains jointes sur ses genoux. Le Dr Heady tira une chaise face à elle, s'asseyant sans bruit, comme pour ne pas effrayer une toute petite fille.

« Maggie. Comment est-ce possible ? Dis-le-moi avec tes mots à toi. Je t'écoute.

— Comment est-ce... (Elle sembla se réveiller, maintenant qu'elle avait intégré la confirmation médicale de son état.) Eh bien, comme pour tout le monde, je suppose. Ce n'est pas le problème. J'ai besoin de…

— Bon sang ! la coupa-t-il. Maggie, je te demande si quelqu'un t'a fait du mal.

— Non.

— Non ? »

À sa tête, Maggie se dit qu'il aurait peut-être préféré. Que cela aurait eu du sens. Il passa la main dans ses cheveux blancs, remonta ses lunettes sur son nez.

« Tu as fait la connaissance de quelqu'un en ville ? Déjà ? Écoute, si cela date de l'époque où Will était encore en vie, je ne te blâmerai pas.

— Je n'aurais pas fait ça, s'agaça-t-elle. Et où aurais-je trouvé le temps ?

— Tu n'en as pas plus maintenant, à vivre à Sheperd House. »

Elle ne répondit pas, glissant de la table pour aller se passer de l'eau sur le décolleté. Elle avait la nausée. L'odeur de savon qui montait de la pierre à évier, mélangée à des relents de pharmacie, lui souleva le cœur. Elle vomit un long filet de bile, comme si tous les maux d'un début de grossesse se libéraient d'un coup – alors qu'avant de savoir aucun signe ne l'avait alertée. Juste cette pile de linges.

Et voilà qu'en quelques heures ses seins ne supportaient plus le frottement du soutien-gorge, que son ventre tirait, que son estomac se retournait. Le bon docteur lui appliqua une serviette humide sur la nuque, pendant qu'elle reprenait son souffle au-dessus du bassin. « Là, dit-il, là. Je ne comprends pas, petite. Parmi les domestiques je n'ai jamais vu que des femmes et des vieux messieurs. Est-ce qu'ils auraient engagé…

— Non. Ils n'ont pas engagé de jeune valet séduisant et célibataire. »

La tête lourde, courbée sur ses bras tendus, elle entendit le silence leur tomber proprement dessus, l'impensable conclusion se frayer un chemin dans l'esprit aguerri du vieux médecin – sentit la serviette lentement glisser de son cou. « Mon Dieu, Maggie…

— Ce n'est pas ce que vous croyez.

— Mon Dieu. Et qu'est-ce que je crois, à ton avis ?

— Je ne sais pas. Mais ce n'est pas ça. Une perversité bourgeoise, ou je ne sais pas ce que vous vous imaginez.

— Mon Dieu, Maggie, il n'y a rien de… glorieux à être la maîtresse d'un homme marié ! Mais qu'est-ce que vous avez toutes, les femmes de cette famille, à vouloir faire comme bon vous semble ! Et il a fallu que tu choisisses celui-là… » Furieux, il roula la serviette en boule et la jeta sur son bureau. Mains sur les hanches, le bon Dr Heady semblait chercher des réponses sur le plafond dont la peinture blanche s'écaillait, traçant des éclairs dans le plâtre.

« Je n'ai rien choisi du tout, gronda Maggie, une boule dans la gorge. Rien qui puisse finir par être dangereux et sentimental.

— Sentimental ? Oh, petite, je te croyais plus solide que cela.

— Ça m'est tombé dessus comme ça. Il faut croire que moi aussi j'ai mes faiblesses. »

Elle se redressa, laissa tomber la serviette, attrapant son sac pour y chercher elle ne savait trop quoi – des cigarettes, par habitude, alors que sa gorge se révoltait. Égarée, elle éclata en sanglots sourds, se laissa tomber sur une chaise en attrapant la serviette sur le bureau. « Il faut me trouver quelqu'un, dit-elle encore d'une voix étouffée.

— Ma petite. Sir John… (Le Dr Heady secoua la tête, ne croyant pas à ce qu'il disait.) Il ne sait rien, j'en suis sûr.

— Je ne veux pas d'enfant. Je ne veux plus m'occuper de personne. Je ne veux plus jamais que quelqu'un dépende de moi.

— C'est au-delà de ce que tu veux, Maggie, c'est une question morale. Il a le droit de savoir, c'est son enfant aussi. Il fera ce qu'il faut pour toi, c'est un homme responsable. Enfin, je pensais qu'il l'était… »

Maggie ne répondit pas, s'essuyant longuement le visage. Empreint de hachures rouges et noires – ce qui restait de ses fards –, le tissu blanc traçait un tableau féminin assez évocateur de sa propre vie : pureté virginale, sang, deuil. Mais elle ne perdrait pas John. Pas comme elle avait perdu le Will de *La Merveilleuse* – dans l'aigreur et la violence des regrets. Car c'était cela, qu'elle craignait par-dessus tout : que John lui sacrifie sa parole donnée dans un grand élan de folie comme il avait eu l'autre soir. Pour cet enfant, pour elle, il quitterait tout, elle le savait.

Et il finirait par la haïr, parce que c'est ainsi que les hommes font quand ils se perdent.

« S'il vous plaît, George, dit-elle en tremblant. Faites ce que faisait ma mère pour ces femmes. Sinon je vous jure que je me jetterai de cette falaise, comme Serena. »

C'était une chambre dans une petite maison comme les autres, coincée dans les ruelles du vieux Folkestone. Il n'y avait pas de passage secret à travers une boutique borgne, pas d'arrière-cour sombre, pas de fenêtres condamnées par des planches gangrenées.

Les rideaux avaient été tirés – des rideaux de chintz à fleurs, lointains cousins des tentures de Sheperd House, la lumière blanche tombant du plafond éclairait une pièce coquette meublée de rotin et de bois roux, dont l'usage habituel semblait destiné à une lectrice assidue et une couturière zélée – des livres, il y en avait partout, rangés dans la bibliothèque, empilés au pied du lit, ouverts sur le guéridon. Ici, on lisait Jane Austen et les sœurs Brontë, et cela en disait beaucoup sur les tourments romantiques des femmes qu'on prétendait guérir derrière ces rideaux.

Sur la table de nuit, une boîte à couture débordait de bobines, de ciseaux. D'aiguilles à tricoter. Maggie eut un nouveau haut-le-cœur.

La femme, une mignonne petite chose aux yeux de porcelaine et aux cheveux blonds soigneusement bouclés, aurait eu sa place dans le plus classique des tableaux de famille, dans le rôle de Tatie-Gâteau. Dans la plupart des circonstances, elle devait être très gaie – restait l'impression d'un sourire sur son visage rond.

Elle n'avait pas de nom. Pas pour Maggie et les femmes comme elle. Le Dr Heady avait déchiré un bout de papier, un seul numéro de rue écrit dessus. « Tu le jetteras », avait-il dit en le lui tendant sans la regarder. Il avait l'air harassé.

Tatie-Gâteau avait étalé un drap blanc sur le lit, et en s'y allongeant, Maggie avait parlé au bon docteur, dans sa tête. Pardon. Merci. Elle ne voulait surtout pas penser à John.

« C'est récent, dit la femme, en tâtant son ventre.

— Le Dr Heady a dit cinq semaines. »

Tatie-Gâteau rabattit le drap, eut son sourire flottant. Elle était rassurante, se dit Maggie, se raccrochant à n'importe quoi – un surnom idiot, la vue d'un anneau au bout d'une chaîne à son cou, les fleurs du rideau. « Ça va faire mal ? »

La femme la regarda longuement, ses yeux de porcelaine enchâssés au creux de petites rides en soleil. « J'étais une amie de ta mère, dit-elle. Pour cette raison je ne te ferai rien payer, mais c'est la seule chose que je puisse faire de mieux que pour les autres. J'aimerais pouvoir te dire que ça ne sera pas douloureux, mais ce serait dangereux pour toi. Il ne faudra pas que tu sois surprise. Il ne faudra pas que tu bouges. »

Maggie ferma les yeux, une terreur poisseuse se répandant sur son corps, comme si on l'enterrait vivante. Elle sentit la main ronde de Tatie-Gâteau sur la sienne. « Il y a d'autres méthodes, mais aucune n'est garantie, et beaucoup sont dangereuses, lui dit-elle doucement. Tu peux avaler de l'ergot de seigle. De l'absinthe. Ça te rendra folle, et l'enfant aussi. Tu peux faire des lavements à l'eau de Javel. Insérer du persil trempé dans l'alcool dans ton vagin pour provoquer des contractions, ou une sonde pour déclencher des saignements. Mais quand tu arriveras à l'hôpital, ils se douteront de ce que tu as fait, et pour te punir on te fera un curetage sans anesthésie. (Maggie laissa échapper une plainte, la femme serra sa main.) Ils ne sont pas équipés pour ça, au dispensaire, le docteur Heady ne pourra rien pour toi. »

Comment l'amour pouvait-il déboucher sur une si misérable pénitence ? Pourquoi la réprobation de Dieu, de la nature ou des hommes ne s'abattait-elle que sur les femmes ? Maggie regarda danser au plafond des volutes noires – elle avait tellement serré les paupières que la tête lui tournait. Tatie-Gâteau lâcha sa main, se leva pour enfiler un tablier blanc. Tétanisée, Maggie devina ce geste calculé comme une ultime occasion pour la patiente de revenir sur sa décision. « On a toujours su comment faire passer une grossesse, dit la femme en nouant les pans dans son dos. Tu peux aussi sauter d'une échelle, plusieurs fois par jour, jusqu'à ce que ça tombe.

— Non. Non. Je vous fais confiance », bredouilla Maggie.

Tatie-Gâteau hocha la tête. « Ça ne prendra que trois minutes. » Puis elle sortit, laissant Maggie se déshabiller, l'adrénaline battant aux tempes, entamant son office de bouclier contre la terreur.

À aucun moment il n'avait été question du père. Du comportement coupable qui avait conduit à cette situation. D'un avenir peut-être possible. Tant mieux, trembla Maggie. Parce qu'elle aurait peut-être renoncé.

La femme revint avec une planche, une bassine et un récipient où des ustensiles s'entrechoquaient dans un bruit de métal en suspension. Cela sentait l'alcool. Par réflexe d'autodéfense, l'esprit de Maggie entra dans une phase d'observation, comme si elle se trouvait derrière la vitre d'un aquarium où nageaient des spécimens répugnants, fascinants.

Tatie-Gâteau fit passer la planche sous son bassin,

et Maggie s'appliqua à mettre ses pieds là où on lui disait, ses fesses bien au bord, à écarter les cuisses comme on lui disait – *encore, encore, voilà* –, à se détendre pour laisser entrer le spéculum glacé – *ne bouge pas, ce ne sera pas long* –, puis elle vit la boîte à couture à côté de sa tête, les aiguilles à tricoter – *maintenant, ne bouge pas* – et une douleur foudroyante vint transpercer son ventre – *ne bouge pas, c'est bien*. Et le va-et-vient de l'instrument qui fourrageait son utérus, le coulis du sang dans la bassine.

Tout ce temps-là, elle n'avait fait qu'appeler sa mère.

Maggie rentra à Sheperd House ployée au-dessus du souvenir de la douleur, si prégnant qu'il était impossible que son corps n'en garde pas l'impression toute sa vie. Dans les faits, il n'en restait que quelques fulgurances. Elle avait pris un taxi jusqu'au portail mais tenait debout. « Tu vas saigner quelques jours, c'est normal, avait dit Tatie-Gâteau. Tu boiras des infusions de sauge pour que cela aille plus vite. »

Emmaillotée dans des linges, en nage sous sa robe sombre, elle franchit la porte de service avec le sentiment de sortir d'une temporalité étrangère, inhumaine. Hier, à la même heure, on enterrait Sir Albert. Maggie ne savait même pas qu'elle était enceinte. Cette parenthèse dans sa vie de femme n'avait duré qu'une vingtaine d'heures. Rien, au fond. Rien qui puisse laisser des traces, finalement, se persuadait-elle en traversant les couloirs, souriant poliment au majordome Bernard, répondant au salut fuyant de Bertha Stanfield.

« Tu viens dîner ? » demanda Annie la Rousse, et non elle ne venait pas, elle avait avalé un sandwich en ville, elle avait fait des courses, elle avait rencontré une amie, elle était fatiguée… Elle racontait n'importe quoi.

Elle pria pour ne pas croiser John, mais il était là, entre deux portes, l'air pressé.

Si racé, si masculin, occupé à attacher un bouton de manchette, et son parfum charnel qui flottait…

Maggie se sentit souillon, une contraction comme un coup de poignard ensanglanta ses linges. « Un dîner, fit-il, ses beaux yeux verts brillant du bonheur d'elle. Tu m'attendras ? Je ne t'ai pas vue depuis trois jours.

— Les obsèques. Ce n'était pas le moment. »

Il se pencha sur elle et son baiser fut si douloureux qu'elle sentit les larmes monter. Elle aurait voulu que rien de tout cela n'arrive, qu'elle n'ait pas à lui mentir, qu'il la prenne dans ses bras et qu'ils fassent ce qu'ils faisaient d'habitude. Son innocence la bouleversait.

« Non, dit-elle, la tête cachée au creux de son épaule. Je ne me sens pas bien. Ce n'est pas ma bonne période. »

Cet odieux mensonge qui croyait enterrer l'autre.

« Maggie, franchement… Crois-tu vraiment que nous en sommes encore là ? Viens dormir avec moi, tout contre moi, ma chérie… chuchota-t-il à son oreille.

— Non, je ne peux pas… Vraiment pas bien… Je vais me coucher maintenant. John ?

— Ce n'est pas grave. Oui, dis-moi ?

— Je t'aime. »

Elle se dégagea, priant pour qu'il ne voie pas son visage, embrassa sa main avant de s'enfuir sur la promesse du lendemain.

32

« Maggie ! Pourquoi tu as éteint la lumière ? Pourquoi tu fais ça ?

— Je n'ai pas éteint…

— Tu sais bien ce que ça me fait, d'être dans le noir. Pourquoi tu éteins ? Maggie, pourquoi tu me fais du mal ?

— Je ne veux pas te faire de mal.

— Tu aimes quand j'ai peur, hein, Maggie ? Tu te venges, hein, mauvaise…

— Je n'ai pas éteint la lumière, Will. »

Après ça, il avait probablement bourré son ventre de coups de poing, abattu sa canne sur ses reins, parce qu'elle se retrouvait par terre, dans le noir. Avait-elle vraiment éteint la lumière ? Il avait raison, alors, elle était mauvaise.

Maggie voulut chercher un repère, mais elle avait tellement mal qu'elle ne distinguait plus ses membres. Son corps n'était qu'une douleur globale, pâteuse, qui la clouait au sol. « Will ? » murmura-t-elle. Et s'il lui était arrivé quelque chose ? Ce serait sa faute.

Elle bouillait. Ses vêtements collaient, détrempés. Elle rampa vers le rai de lumière, glissant sur le plancher visqueux. « Will… » Elle ne se souvenait pas que la poignée de la porte fût si haute, elle dut s'y reprendre à plusieurs fois.

Puis elle s'écroula dans le couloir, à bout de forces, sentant la vie l'abandonner.

« Maggie ? Oh mon Dieu ! Colin, va chercher Monsieur ! Ne discute pas, merde, va vite chercher Monsieur ! »

Et ce fut de nouveau le noir.

Maggie flottait dans une clarté aveuglante qui l'obligeait à serrer très fort les paupières pour ne pas qu'une aiguille lumineuse lui transperce le crâne.

« Bon sang, quelqu'un peut-il éteindre cette foutue lampe ? » entendait-elle. John.

Puis la pénombre, bienfaisante. Elle n'avait plus mal. Par moments, elle partait très loin, sans souvenirs au retour. À d'autres, elle rêvait éveillée, enfouissait son visage dans le parfum familier, la caresse d'une main chaude sur sa nuque. « Tout va bien, Maggie, je suis là, ma chérie… »

Will, lui, était parti. Définitivement.

Elle sortit du coton petit à petit, vit le jour, la nuit, le jour de nouveau, et toujours cette présence près d'elle, cette odeur familière, ces douces étreintes. Quand la présence s'éloignait, ne subsistaient plus que des remugles d'hôpital, âcres, invivables.

« John. »

Elle effleura la joue rêche, goûtant au plaisir indicible de la bouche piquante dans sa paume. « Qu'as-tu fait, Maggie ? » soupira-t-il.

Elle cilla, luttant pour garder les yeux ouverts.

Dans cette pièce, tout était blanc, sauf lui, comme une habile mise en scène de son esprit pour lui montrer l'évidence.

« Je t'aime, murmura-t-elle. Je t'aime tant…

— Qu'as-tu fait, Maggie ? » répéta-t-il, ses yeux verts noyés de brume.

Elle ne s'en souvenait pas.

Et la douleur revint, en pleine nuit, dans un réveil chargé d'angoisse. La descente était vertigineuse, la mémoire assassine. La pile de linges, le rideau à fleurs, le panier à aiguilles. Elle s'assit dans le lit en gémissant, se tenant sur ses bras engourdis.

Un pinceau de lune soulignait les contours d'un masque africain, un air pur jouait dans les rideaux.

« Tout va bien, Maggie, viens là. Allez, viens. Je suis épuisé. Il faut dormir. »

Elle ne pouvait rien contre ce bras puissant qui la ramenait contre lui, son grand corps emboîtant le sien – sa chemise de nuit froissée et ce tas de linges qui l'emmaillotaient comme un nouveau-né. Elle n'avait plus de repère. Où étaient passés ces jours, ces nuits ?

« L'hôpital ? demanda-t-elle.

— On t'a ramenée hier soir. Tout va bien.

— Combien de temps ?

— À l'hôpital ? (Il soupira.) Cinq jours. »

Elle réfléchit, ramenant vers sa poitrine la main qui tenait son ventre. Que lui avait-on raconté, là-bas ? Qu'as-tu fait, Maggie ? Son cœur se serra : bien sûr qu'il savait.

Il y eut un silence vertigineux. Quelque part s'égrenait le tic-tac d'une horloge qui sortit graduellement

Maggie des dernières torpeurs, comme une hypnose à l'envers. *Tic tac. Tic tac.*

« Je suis désolée », dit-elle, quand elle fut complètement remontée à la surface. Elle sentit la respiration de John s'accélérer dans son cou.

« Ah oui ? dit-il en s'éclaircissant la voix. Désolée de quoi ? (Il hésita une seconde.) Désolée d'avoir failli mourir ? Désolée de t'être fait charcuter par une sorcière ? Désolée d'avoir attendu un enfant de moi ? Désolée de ne pas m'en avoir parlé ? Tu vois, tu as le choix. »

Dévastée, elle ferma les yeux sur les larmes qui affleuraient. Malgré toutes ses trahisons, il avait veillé sur elle, jusqu'à la ramener ici, dans son lit, dans ses bras.

« Comment peux-tu m'aimer encore, murmura-t-elle.

— Je ne sais pas, c'est comme ça. Je suis quelqu'un de tenace, vois-tu. Comme toi. Mais jamais je ne te ferai de mal. C'est la seule différence entre nous, ma chère.

— Et qu'aurais-tu fait ? dit-elle à voix si basse qu'il n'aurait pas dû l'entendre.

— Ce que j'aurais fait, si j'avais su ? Ce n'est vraiment pas le problème, Maggie. »

Ils étaient tout à fait réveillés, maintenant. Quelle nuit invraisemblable.

« Si, ça l'est, renchérit-elle en se retournant péniblement. Aurais-je élevé un enfant seule dans une maison dont tu paierais la rente en cachette ?

— Pas si tu ne l'avais pas voulu.

— Tu vois, c'est bien là, le problème. Ça me laissait, à moi, la responsabilité de t'ôter à ta famille, de ne pas respecter ta parole. Car c'est bien de ça qu'il s'agit, n'est-ce pas, John Lyon-Thorpe ?

— Je l'aurais fait sans regret, Maggie O'Neill.

— Personne n'est jamais certain d'avoir des regrets. J'ai bien vu ce que la frustration et la colère faisaient à un homme. »

Elle essuya d'un revers de main les larmes qui grossissaient.

« Je ne suis pas Will Fuller, Maggie, dit John.

— Tout le monde peut devenir Will Fuller. Il était amoureux, gentil, plein de projets.

— Je me fous de Will Fuller. Arrête de faire de cette ordure l'alpha et l'oméga de ta vie.

— Will n'était pas une…

— Bien sûr que c'était une ordure ! (John soupira longuement, baissant la voix.) Bon Dieu, j'ai vu mon propre père agoniser dans d'atroces souffrances sans qu'il s'en prenne à qui que ce soit.

— C'est dans vos gènes. La classe en toute circonstance. Il faut croire que la roture meurt salement. »

Maggie serrait les dents. Comment avait-elle pu passer du coma à l'agitation aussi vite ?

« Chérie, dit John. Je ne sais pas ce que tu vivais, mais Will Fuller lui, le savait, et il ne pensait qu'à sa pauvre personne. (Il éleva un peu la voix.) Mais il ne s'agit plus de lui, tu sais ? Il s'agit de moi, Maggie. Durant ces cinq jours, il s'est agi de moi, et de la vie qu'on voulait mener ensemble. De la confiance, de l'honnêteté. De ta foutue liberté que tu brandis à chaque moment, pour le meilleur que je connaissais, mais aussi pour le pire, là, ces cinq jours. Ta liberté qui a fait fi de la mienne. C'était à nous, Maggie, pas qu'à toi. »

Il la lâcha et déploya son grand corps dans le lit. Maggie l'entendit soupirer entre ses mains et elle fut prise d'une bouffée d'amour telle qu'un instant elle ne fut plus de ce monde – celui des calculs, des accommodements personnels, des angoisses remâchées.

« Écoute-moi, murmura-t-elle en le serrant si fort que son ventre hurla. Écoute-moi... Je t'attendrai, John. J'irai en Afrique avec toi. Et là-bas, si tu veux, je t'épouserai et je te ferai des enfants. Je te le promets...

— En Afrique avec moi. Je te le rappellerai à chaque instant, pendant les deux ans qui viennent, Maggie O'Neill.

— Ce ne sera pas la peine. (Elle se recroquevilla sur une nouvelle crampe et posa sa tête dans le creux de son ventre.) Que disait saint Augustin, déjà ?

— *Aime et fais ce que tu veux...*

— Voilà, murmura Maggie. Voilà ce qu'on fera. »

Elle remonta dans l'Aile des vierges au petit matin, galvanisée de sentir son corps se réactiver. John partait deux jours à Londres pour régler la succession de Sir Albert, et quand il reviendrait la vie à Sheperd House aurait repris son cours. Aussi simple que cela.

« Maggie ? Comment ça va ? »

Au bout du couloir, Annie chassa Colin qui descendit prendre son service avec un empressement inédit. Après un moment d'hésitation, Maggie ouvrit la porte de sa chambre et lui fit signe d'entrer. Elle avait appris ces jours-ci que la Rousse était digne de confiance. Sans doute allait-elle accepter la proposition de travail de John, dans ses bureaux, pour ne pas mettre ses collègues de Sheperd House dans l'embarras, mais en attendant, ceux qui avaient été mêlés sans le vouloir à ce scandale souterrain méritaient une meilleure considération de sa part.

Maggie s'assit sur son lit, et Annie tira la chaise vers elle. Le sourcil oblique sous son impeccable coiffure crantée, la Rousse semblait exceptionnellement timide.

« On a parlé d'une appendicite, hésita-t-elle. Tu n'as rien à craindre. La grosse Bertha est murée dans le silence. Si Colin ouvre la bouche, je lui claque le beignet aussi sec. Kitty et moi, on a surtout eu très peur que tu… Bref. La petite en a oublié son régime et a fait deux malaises. Heureusement, Pippa-ma-chère est partie trois jours en villégiature à Brighton. »

Et la voilà qui s'emballait.

« Ça lui arrive souvent, à Madame. Rien à voir avec toi. Et d'après Jane, elle n'est pas seule, à Brighton ou à Londres. Les langues se délient, la… situation a eu au moins ça de bien. Bernard nous a dit des choses, sur Serena. Tu savais ?

— Je savais.

— Et pour McMillan ? Elle est divorcée d'un Français, McMillan ! Divorcée ! Et je ne sais pas ce qui s'est passé, mais elle a une petite fille qui est restée en France ! Je te jure, Sheperd House est comme une grosse marmite avec un couvercle en fonte dessus… »

On toqua à la porte, ce qui stoppa net le flot des révélations. Quand elle vit le Dr Heady, Maggie fut prise entre deux troubles – le besoin vif de sa figure paternelle et un terrible sentiment de culpabilité. Une fois qu'Annie fut sortie, la porte refermée, il posa sa mallette sur le bureau et resta ainsi à la regarder, une lassitude immense derrière ses lunettes cerclées d'argent.

« J'avais confiance, finit-il par dire d'une voix sourde. Cette femme, ta mère la connaissait…

— Je sais.

— Elle est sérieuse. Je n'ai jamais entendu parler d'incident. »

Maggie haussa les épaules.

« Je m'en suis sortie.

— Tu as eu une septicémie, Maggie. Si personne ne t'avait trouvée, tu serais morte. »

Maggie frissonna. Depuis qu'elle avait enterré Will, elle pensait que la mort n'était pas chose si facile à attraper. Il avait fallu six ans d'agonie à son mari. Il avait survécu à tant d'opérations, d'infections, d'appels à Dieu. Et elle, elle serait morte comme ça, du jour au lendemain ?

Le bon docteur s'était assis.

« J'ai parlé au chirurgien, Maggie. Il a dû pratiquer ce qu'on appelle une hystérectomie subtotale, ce qui signifie qu'on a enlevé le corps de l'utérus, mais laissé le col. Est-ce que tu me comprends ?

— Non », fit Maggie. Elle secoua la tête.

Le corps, le col, quelle différence ? Sa mère lui avait bien assez tôt expliqué le mécanisme d'une femme pour qu'elle sache que les ovaires étaient la cause de tous les maux – les règles, les crampes, les grossesses non désirées. De ce côté-là, elle était intacte, non ?

« Oui, répondit le Dr Heady en essuyant ses lunettes. Tu ne souffriras pas de ménopause précoce. Mais, Maggie… (Il remit ses lunettes sur son nez, la regardant bien en face.) Écoute-moi, ma chérie. Maggie, ma petite, tu ne pourras plus avoir d'enfant. »

Pourquoi prenait-il toutes ces précautions oratoires, ce n'était pas si brutal à entendre. Ce n'étaient que des mots. Maggie savait bien que les mots n'étaient pas toujours la vérité – une vérité unique, entière et irrévocable. Il n'y avait que ce qu'on décidait qui faisait sens. *Et là-bas, si tu veux, je t'épouserai et je te ferai des enfants. Je te le promets...*

Pour avoir dit cela, Maggie aurait dû mourir. La vie était un monstre impitoyable qui dévorait les promesses, qui, des paroles données, faisait des déjections.

« Je dois t'avouer que cette histoire me dépasse, disait le bon docteur. Mais cet homme a passé jour et nuit à ton chevet. J'espère que tu y trouveras une consolation. »

Maggie entendait à peine, ouvrait la bouche pour répliquer, démontrer, contester cette histoire d'utérus perdu et de jamais plus. Mais au regard du Dr Heady, elle sut que cette fois, il n'y aurait pas de révolution qu'elle puisse mener.

33

Il n'y aurait plus de thé, plus de petits-fours, plus de perfidies. Plus de robes à accrocher, de faux sourires à décocher. Plus de draps à lisser, de coussins à tapoter, d'ironie à peine retenue.

Maggie avait décidé tout cela bien avant que Lady Philippa Lyon-Thorpe demande à la voir, dans le secret damassé de son petit salon.

Il y avait entre elles une ombre si présente que la pièce fleurie semblait pleine d'un public invisible, chuchotant comme au lever de rideau d'un spectacle.

Pippa-ma-chère était un affront à la logique des mariages éteints, à l'idée même de l'adultère. Elle était si désirable – peut-être encore plus que le soir de la robe rouge, au dîner de printemps – que Maggie devina qu'elle avait pensé chaque détail de son apparence avant de faire son entrée. Une robe en soie parme, dont les pinces sublimaient les seins jusqu'à la pointe, la taille soulignée par une ceinture fine, les genoux dévoilés quand elle s'assit. La bouche arrondie sur un long fume-cigarette, elle posa ses yeux violets sur Maggie. Aucun homme n'y aurait résisté.

« Comment va votre ventre, Mrs Fuller ? »

Ainsi en allait-il des codes syntaxiques d'une femme du monde, dont le regard éclairé lui rendait une sorte d'hommage. Maggie comprit que si elle la détestait, elle ne la méprisait pas. Pippa-ma-chère n'insulterait pas l'intelligence de sa rivale en lui épargnant les coups.

« Je vais partir, Madame. Demain matin.

— Je ne vous chasse pas, Mrs Fuller. Je suis suffisamment au fait de vos revendications salariales pour savoir qu'il me faudrait un motif argumenté pour cela. Or, officiellement, je n'en ai aucun. (Elle tira une bouffée de sa cigarette, sourit.) C'est vous-même qui m'avez appris qu'on ne pouvait licencier un employé parce qu'il a été souffrant. Ce n'est pas votre faute, n'est-ce pas ? »

Maggie ne répondit pas. Qu'aurait-elle pu dire ? Elle avait juste envie de vomir. De se débarrasser de tout ça d'un coup. Son amour, ses erreurs, ses promesses qu'elle ne tiendrait pas, le mal qu'elle allait faire.

Pippa-ma-chère la considéra avec un air presque compatissant.

« Mrs Fuller, mon mari est un éternel absent. Même quand il est là. Personne n'y a vraiment accès. Tout avec lui est affaire de… (Elle eut un regard vague, cherchant le mot juste.) Composition. Il compose avec les gens, les dîners, la famille. Il le fait très bien, si on ne le connaît pas on le croit du même monde. Quand on le connaît, on le surveille, on craint que sa nature… dissidente reprenne le dessus.

— C'est un homme libre, Madame », osa Maggie.

Lady Philippa continua comme si elle n'avait rien dit : « Il n'y a jamais eu d'esclandre. Ça n'est jamais arrivé, car mon mari a une parole, et sait se tenir. Il mesure la place de Sheperd House… (Elle écrasa sa cigarette, jeta à Maggie un rapide coup d'œil par-dessus la fumée.) Mon mari a eu des maîtresses qui ont su flatter son besoin d'indépendance. Pour la plupart, je sais qui elles sont. Lorsqu'on est de ce monde, Mrs Fuller, croyez-moi, on a un espace de batifolage assez restreint, sinon cela devient rapidement un vice aux yeux des autres. »

Assise sur le bout des fesses au bord d'un fauteuil edwardien, Maggie se savait en équilibre, guettant la parole qui tournerait l'écrou, l'aiderait à quitter John. Pour le moment, elle n'était encore que révolte et fierté. Un *vice*. Voilà ce qu'elle était aux yeux de cette déesse autoproclamée. Autant rester muette.

« Sincèrement, Mrs Fuller, soupira Madame. Croyez-vous que j'ignore les plaisirs de la chair et les égarements auxquels ils peuvent mener ? C'est mon mari. (*Combien de fois va-t-elle le répéter*, se dit Maggie.) Croyez-vous vraiment qu'il ne m'ait jamais fait à moi ce qu'il vous a fait à vous ? Croyez-vous être une découverte pour lui ? Allons, Mrs Fuller. »

Justement, songea Maggie. S'il ne s'était pas agi que de cela, les caresses impudiques, les mots lestes murmurés à l'oreille, et d'orgasme, cette joie fugace qui veut l'éternité. C'est qu'il s'était agi de bien plus. D'éternité, justement.

Mais aujourd'hui, quelle victoire avait-elle à emporter ?

« Il m'a même fait trois enfants, Mrs Fuller. Bien vivants. »

Maggie sentit le tour d'écrou dans sa tête. C'est maintenant que tout devait s'arrêter.

Pippa-ma-chère recula dans son fauteuil, attrapant entre deux doigts manucurés son paquet de Chesterfield sur la console. Elle ne prit pas le temps d'insérer la tige dans le fume-cigarette, l'allumant nerveusement à même la bouche, rejetant la tête en arrière quand le tabac fondit dans sa gorge.

« Bien, toussota-t-elle, les yeux brillants. Jamais nous n'étions arrivés à cette… catastrophe. Je dois admettre que vous sortez du champ habituel. À quelle vie parallèle dois-je m'attendre ? Vous savez, moi aussi, je sais composer.

— À aucune, Madame. »

Maggie entendit le son de sa propre voix avec surprise. Éraillée, timide. Pas d'elle. Lady Philippa la jaugea, puis semblant avoir fait un diagnostic de son air buté et de ses mains tremblantes, se leva, cigarette au bec, pour aller ouvrir un tiroir de la bibliothèque.

Elle jeta une enveloppe sur la petite table en lapis-lazuli entre elles, se rassit lourdement sans chercher cette fois à prendre la pose.

« Vous aviez des envies d'Amérique, dit-on au sous-sol. Voici de quoi les satisfaire. Il y a suffisamment pour prendre le bateau et vivre quelques mois. Évidemment, vous pouvez refuser. (Elle eut un rire fatigué.) Je ne me battrai pas contre vous. Si vous restez à Folkestone, je sais que vous saurez être discrète.

— Je ne resterai pas à Folkestone.

— Bien. Et qu'avez-vous compris qui vous fait fuir ? Que mon mari n'est pas un homme pour vous ?

— Non. Madame. Que je ne suis pas une femme pour lui. »

Maggie se leva comme un automate, rafla l'enveloppe sur la table.

« Dites-lui que j'ai pris l'argent. Madame. Ce sera plus facile pour lui. »

Je suis ta Clemmie.

Tu pourras choisir parmi tes souvenirs de moi ceux que tu préfères. Ma réalité te décevra toujours.

Maggie glissa le mot sous l'oreiller, fermant les yeux en sortant, pour ne rien emporter qui torturerait sa mémoire. Elle était entrée en résistance, édifiant des remparts, mobilisant les forces obscures qui l'avaient aidée à survivre au Will de *La Merveilleuse*, aux coups, à la puanteur de la conserverie de poissons.

Indifférence, résilience.

Au majordome Bernard, qui réglait les dernières formalités de son départ – pleine d'ironie, Pippa-machère avait même pris le temps de lui rédiger une lettre de recommandation –, elle demanda une faveur, celle de donner sa chambre à Kitty.

Au moins, la petite aurait une fenêtre.

Elle y avait laissé le chaton endormi et une grosse enveloppe – la moitié des billets que Madame lui avait donnés.

Trouve tes rêves, Kitty.

Au tout petit matin, elle ne croisa personne d'autre. Ôta les photos des cadres, hésita à prendre celle de Will. Puis elle les glissa tous les trois – Augusta, Elizabeth et Will – entre les pages de *La Ferme africaine*, dont la lecture serait à jamais différente.

Elle s'accorderait peut-être des rêves de John, plus tard – beaucoup plus tard, quand la beauté des souvenirs aurait éteint la douleur de l'avoir perdu. Elle n'emportait rien de lui.

Mais dans sa valise, il y avait cette robe rouge à pois blancs qui s'était envolée vers la gare, un soir de pluie brûlante.

En ce jour d'août 1946, Maggie Fuller prit le train pour Southampton.

Et de là-bas, le bateau pour New York.

II

Brooklyn, New York, 1950

34

Elle revenait de son travail au Centre médical les bras chargés, comme souvent. Cette façon qu'avaient les gens d'ici d'accueillir, de remercier – ou même d'accompagner un deuil – avec de la nourriture. Brooklyn était le plus cosmopolite des arrondissements de New York, alors un jour c'était des *arepas*, ces petits chaussons vénézuéliens garnis de poulet, un autre des *hush puppies*, des boulettes frites de maïs venues d'une cuisine afro-américaine du quartier, la fois d'après des *biscotte* aux amandes italiennes. Rien que du généreux et du très consistant pour la fluette assistante sociale qui résolvait les problèmes des petites gens.

Aujourd'hui c'était une de ces *pizze bianche* dont elle raffolait – rien qu'une épaisse pâte à pain, à la fois moelleuse et croustillante, parsemée de romarin et arrosée d'huile d'olive. Felicia – c'était le nom de la jeune ouvrière à qui elle avait trouvé une nourrice pour son nouveau-né – en avait soigneusement enveloppé de grosses parts dans un torchon dont les carreaux rouges s'imbibaient peu à peu du nectar vert venu de Toscane par cargo.

Elle posa son sac sur la première marche, rouspétant sur la gentillesse des gens qui lui faisait les doigts gras et l'empêchait de trouver ses clés. Du bout des ongles, elle finit par accrocher l'anneau cuivré tandis qu'un filet d'huile gouttait d'un coin du torchon au creux de sa paume.

En plus, la porte était ouverte. Bravo. Encore le gosse du troisième étage. Un courant d'air, celui-là. Huit ans, pas plus. Ses parents, des Irlandais qui tenaient un pub minuscule plus bas sur Hancock Street, l'envoyaient sans arrêt chercher des choses oubliées à la maison : des torchons propres, du papier journal, des œufs durs – surtout des œufs durs, incroyable le nombre d'œufs durs qu'on pouvait avaler avec une bière, c'était un vrai mystère, il faudrait qu'elle aille voir ça un jour.

Brinquebalante, elle grimpa les marches en bois, son sac en cuir crocheté au petit doigt, le torchon pyramidal en équilibre sur l'autre main. En arrivant sur le palier du deuxième étage – son étage – elle dut absoudre le gamin irlandais du troisième : la porte ouverte en bas, ce n'était pas lui – comment s'appelait-il, déjà, il était mignon, rouquin, ah oui Colm, quelque chose comme ça, Colm.

Sa porte à elle n'était pas fermée non plus, et par l'entrebâillement glissaient les notes convulsives d'une sorte de jazz expérimental qui lui sciait les nerfs. Là était le coupable.

Soupirant, elle poussa le battant du bout du pied, sentit l'odeur de l'herbe, discrète, masquée sous l'autre, habituelle, de citron, de linge frais et de vieux bois – l'odeur de chez elle. Elle posa ses paquets dans la cuisine, prit le temps de se laver longuement les mains, laissant couler l'eau fraîche sur ses avant-bras. Ce début d'avril était exceptionnellement chaud, si chaud que les enfants dehors avaient déjà ouvert les bouches à incendie – on les entendait hurler de joie dans le geyser, derrière la cour.

Elle ôta ses chaussures, goûtant la froidure du carrelage. Entrant dans le salon, elle grimaça sous les assauts discordants du saxophone, alla soulever le bras de l'électrophone grésillant et le disque tourna encore un moment sur son élan, muet.

« Richard. Je t'ai dit de ne pas venir chez moi quand je n'y suis pas », grogna-t-elle en faisant claquer le couvercle du tourne-disque. Elle n'avait pas besoin de cet appareil encombrant. Elle n'écoutait jamais de musique.

Richard s'étira longuement sur le sofa de velours vert, son joint au bout des doigts. Un de ces jours, il allait mettre le feu, par-dessus le marché.

« Alors pourquoi m'as-tu donné la clé ? » s'étonna-t-il pour la dixième fois depuis des mois peut-être.

C'était un garçon long, mince, aux cheveux châtains bouclés, aux joues mal rasées. Cette désinvolture le faisait paraître plus jeune que son âge – trente ans, un peu moins, elle ne savait pas. Richard était une approximation. Il était musicien, mais ne lisait pas la musique. Il avait un logement dans l'East Village, à Manhattan, mais dormait de l'autre côté du pont, à Brooklyn, chez des copains. Ou chez elle. Elle était la seule femme avec laquelle il couchait – le reste du temps, il préférait les garçons. Richard était très beau, comme le portrait romantique d'un roi de Bavière ou la photo d'un jeune poète français. Mais on ne pouvait pas s'attacher à lui. C'était parfait.

Elle le regarda se masser les tempes lentement, l'œil allègre, comme il l'était toujours. Son mégot lui pendait du bec.

« Tu vas finir par mettre le feu, maugréa-t-elle. Écrase ça. Il y a de la pizza dans la cuisine. »

Richard obtempéra puis écarta les bras, heureux.

« Martha, chantonna-t-il, Martha, tu es la femme de ma vie ! »

En arrivant à New York, Maggie Fuller était redevenue Martha O'Neill.

Elle n'avait jamais retrouvé ses cousins d'Amérique.

Tous ici étaient les cousins d'Amérique de quelqu'un, mais pas les siens.

Elle n'avait pu compter que sur elle-même.

C'était très bien comme ça.

Elle ne voulait pas d'une vie sans hâte et sans effort.

L'alignement des escaliers de grès rouge des *brownstones* du quartier Bedford-Stuyvesant, au cœur de Brooklyn, avait la symétrie rassurante d'un film de Frank Capra, ou d'une illustration d'un livre pour enfants : ces maisons à deux étages à l'abri des arbres offraient une image chaleureuse, à la fois vive et ombragée l'été, ouatée et lumineuse l'hiver.

Celle du 14, Hancock Street reflétait l'ascension sociale de Martha O'Neill. Du sous-sol sombre encaissé derrière une porte ventrue en fer forgé, elle avait grimpé au premier étage – le petit deux-pièces de derrière qui donnait sur une courette et un jardin délaissé –, puis au deuxième. Il ne fallait pas monter plus haut : le troisième, sous les combles, devait être invivable sous les habituelles canicules estivales – et les œufs cuire tout seuls dans leur casserole d'eau, ceci expliquait cela.

Vraiment, le deuxième étage était parfait. Deux bow-windows donnaient sur la rue, la petite fenêtre de la cuisine s'ouvrait sur le jardin que les nouveaux locataires du premier avaient défriché et planté de tulipes hollandaises et de buissons fleuris. Le mari travaillait au chantier naval, la femme était serveuse quelque part – elle partait travailler avec un tablier et un petit col blanc qui dépassait de son manteau. Blonde, taillée dans une allumette, toujours pressée. Maggie la saluait, mais elle ne la fréquentait pas davantage que ses autres voisins.

Il y avait l'étudiant, au sous-sol, maigre, nourri aux soupes Campbell dont les boîtes débordaient de la poubelle commune. Étudiant en quoi, Maggie ne savait pas, mais en revanche elle connaissait sa prédilection pour la crème de champignons.

Et puis les Irlandais du troisième. Bonjour, bonsoir, c'était tout. Maggie n'avait pas le temps de sympathiser, et aucune envie de s'installer sur les marches pour discuter au soleil couchant avec une tasse de thé entre les mains, comme tout le monde le faisait ici. Elle préférait les gens de passage.

Avec Richard, c'était différent. Sur lui, tout glissait. Il était égocentré, hédoniste, et d'une distraction phénoménale. Maggie n'était même pas sûre qu'il se souvienne qu'elle était anglaise. Mais il n'était ni stupide ni inconsistant – ça, elle ne l'aurait pas supporté aussi longtemps. Tout frétillant de lui-même, il prenait la vie comme un cadeau qu'on n'avait fait qu'à sa personne, et ne cessait d'en rendre compte aux autres.

Une sorte de Messie du bonheur quotidien.

« J'ai joué à Prospect Park tout l'après-midi, si tu avais vu ça, la musique faisait voler les feuilles, et le soleil… » Il figura cette scène onirique par une lente vague de la main accompagnée d'un sifflement d'étourneau-sansonnet. Puis, ébloui, se renfonça dans le canapé en avalant le dernier coin de sa pizza : « Pourquoi on irait pas à Coney Island, demain ? Faire un tour de manège et se baigner ?

— Parce que je travaille, Richard. Voilà pourquoi je ne peux pas faire de manège ni me baigner. Tu débarrasseras tes saletés, je ne suis pas ta bonne. »

Maggie porta son assiette à la cuisine et au-dessus de l'évier frictionna une fois encore ses bras à l'eau fraîche. Il fallait mettre la climatisation en marche, se résigna-t-elle en se mouillant la nuque. C'était un équipement moderne dont toutes les maisons ne bénéficiaient pas encore, mais elle avait horreur de ça, le gros bloc sous la fenêtre ronflait comme une turbine de cargo et l'empêchait de dormir. Et elle était épuisée. Demain, il faudrait qu'elle ait bonne figure, l'avait gentiment prévenue la secrétaire. Une visite importante. Maggie avait oublié de qui.

Quand elle retourna au salon, la longue silhouette de Richard avait colonisé la totalité du canapé. Artistiquement débraillé – petit gilet gris, chemise blanche ouverte sur un duvet de caneton –, il n'avait manifestement aucune intention de partir. Les mains derrière la nuque, il frottait ses pieds nus l'un contre l'autre, voluptueusement, exprimant une sorte de félicité rassasiée. Maggie leva les yeux au ciel sous son sourire candide : les effets conjugués d'une pizza et d'une cigarette probablement illicite sur un organisme désoccupé étaient prodigieux. Peut-être était-ce cela qu'il faudrait prescrire au Centre de santé. « Martha, dit-il alors qu'elle se penchait sur la climatisation. Depuis quand tu n'as pas pris un jour de congé ?

— Depuis trois ans. Et j'ai une visite importante demain. Ne t'installe pas, tu ne dors pas là.

— Sur le canapé. Allez. Et pourquoi tu fais ça ? »

Agacée, Maggie fit mugir l'appareil, et l'air frais se dégagea des rainures. « Parce que je dois me préparer tôt et que je ne veux pas te voir débarquer dans mon lit à l'aube pour soulager tes tensions matinales.

— Je te parle pas de ça, je te demande pourquoi tu travailles tous les jours. Depuis trois ans ? (Il siffla.) Profiter de la vie, ça te dit rien ? »

Maggie resta là un moment sans répondre, penchée au-dessus du bloc, à laisser l'air se faufiler autour de ses bras, lui enlacer le cou. « Je profite de la vie en travaillant, lâcha-t-elle. Je sais bien que ça n'évoque pas grand-chose pour toi, mais je t'assure que se sentir utile aux autres peut être gratifiant.

— Oh ! là, là, bisqua-t-il en attrapant son bras, et le soleil, et un bon fou rire sur la Wonder Wheel, et un cocktail sur le sable, ça ne te serait pas utile, à toi ?

— Pas de câlin, l'avertit-elle alors qu'elle glissait sur le canapé.

— Je sais, je sais », broncha-t-il en levant les mains comme un innocent.

Richard savait tout ce qu'il était nécessaire de savoir – Martha n'aimait pas la tendresse, les discussions au lit, les fleurs coupées. Elle n'aimait pas l'océan, ni les expositions d'art. En fait, Martha n'aimait rien tant que d'être claquemurée dans son bureau blanc du Centre de santé – et l'alignement rassurant des escaliers en grès rouge des petites maisons de Hancock Street.

« Je joue au Blue Moon, vendredi soir, dit-il, alors qu'ils étaient immobiles côte à côte.

— Je viendrai.

— Tu détestes le saxophone.

— Oui mais, toi, je ne te déteste pas tant que ça. Alors je viendrai. Mais tu ne dors pas ici.

— Sur le canapé ? »

Maggie soupira. Évidemment qu'il resterait. Richard était confortable. Il était avec elle sans l'être.

Il y avait eu d'autres hommes, mais jamais plus de deux nuits. En dehors de rendre la politesse, la seconde nuit permettait de ne pas passer tout à fait pour une gourgandine, estimait-elle.

Une chose facile que les hommes, quand on était encore jeune, jolie, et que la nature ne se préoccupait plus de vous.

Il y avait eu un médecin, un autre, un étudiant beaucoup trop jeune, un marin en permission. Il s'agissait pour eux d'être séduisants, pas bavards, appliqués. Il s'agissait pour elle de mettre le maximum de chair, de peau, de parfums, entre ici et ailleurs – entre maintenant et avant. C'était souvent jouissif, jamais vraiment sordide. Il y avait parfois la surprise d'une alchimie – il suffisait d'abandonner l'idée de la magie.

« Pourquoi tu ne décores pas ce foutu appartement ? » demanda Richard, les yeux plantés sur le mur de briques nues. Il n'y avait rien d'autre ici qu'un sofa plutôt confortable, en velours vert bouteille, une table basse et un buffet chargés de livres austères

– médecine, psychologie, politique. Poussé dans un coin, l'électrophone n'était même pas à elle.

« C'est une obsession du beau, chez toi, répondit-elle. Je n'aime pas m'encombrer, je t'ai déjà dit. (Elle se leva, lui montra du doigt ses restes de pizza sur une assiette, à côté d'un cendrier plein.) Alors débarrasse-moi ça, sinon je te flanque dehors. Espèce de parasite.

— Moi aussi, je t'adore. »

Elle lui sourit et alla s'enfermer dans sa chambre. Demain serait une grosse journée. Encore une, comme elle les aimait.

35

C'était un travail difficile. Pas seulement par ce qu'elle voyait et ce qu'elle entendait – le Dr Lemming adressait toute la misère du monde à son bureau – mais aussi par la difficulté qu'elle avait à se faire comprendre, par péché de modernité et de féminisme avancé. Il lui en fallait, de la patience, pour faire passer ses principes sociaux à travers les fourches de l'éducation, de la résignation, et de tout un tas de reliefs de ce que sa mère, Elizabeth O'Neill, aurait fustigés comme une société capitaliste et patriarcale.

Mais c'est précisément cet anachronisme qui avait valu à Maggie un poste spécialement créé pour elle par le Dr Lemming, une grande femme sèche avec laquelle on ne sympathisait pas. C'était seulement un an après qu'elle avait intégré le Centre de Santé de Bedford-Sheyvesant.

Le dispensaire était financé en partie par la ville, mais majoritairement par le père du Dr Lemming, un magnat de l'immobilier qui possédait la moitié des immeubles du quartier. L'endroit était novateur, et le lieu de passage de toutes les affections des classes ouvrière et moyenne qui formaient la population de

Brooklyn. On y trouvait réunies diverses spécialités médicales, de la petite chirurgie à l'ophtalmologie ou l'obstétrique.

Jusqu'à un matin de septembre 1947, Maggie y nettoyait les compresses, jetait le contenu des bassins, pliait les draps à la lingerie. Voilà l'emploi que son statut de petite-fille d'infirmière, de fille de sage-femme lui avait procuré dans l'urgence.

Alors qu'elle finissait son service de nuit, on avait accueilli une jeune femme blonde, pâle, qui allait prendre son quart à l'usine de biscuits NaBisCo, à Manhattan. Il lui fallait une heure de métro pour se rendre à Chelsea, avait-elle balbutié, et elle était déjà en retard, est-ce qu'on pouvait lui donner quelque chose pour son bras, parce qu'elle était tombée dans l'escalier et que c'était douloureux, elle ne savait pas comment elle avait fait son compte et…

« Et encore combien de fois, Mrs Lindstrom ? l'avait interrompue le Dr Lemming. La prochaine fois, il vous tuera, Ingrid. »

Maggie revoyait le visage d'Ingrid, sa peau si fine qu'on avait l'impression qu'elle battait comme un pouls, ses yeux clairs que des cils transparents faisaient paraître plus grands encore. Et sa bouche rose, sèche, frémissante. « Il est plus fort que moi », avait-elle lâché – et il y avait une sorte de dernier orgueil dans le léger mouvement de tête qu'elle avait eu à ce moment-là.

Alors Maggie avait jeté une dernière compresse imbibée de pommade mentholée dans la poubelle, et ôtant ses gants elle avait dit :

« La violence conjugale, ce n'est pas une question de force. C'est une question de pouvoir. »

Le Dr Lemming avait suspendu son geste – emballer le bras bleu d'Ingrid dans une bande de contention blanche – et s'était retournée sur elle, cachant mal sa surprise. Cette Martha, toujours en retrait, avait toujours eu l'air trop âgée, trop instruite pour ces tâches ingrates. Plusieurs fois, le médecin l'avait entendue parler aux patients – et il n'était pas seulement question de leur douleur, mais aussi de leur moral, un concept dont on ne se préoccupait pas vraiment dans les hôpitaux.

« Vous avez raison, avait-elle répondu en regardant cette silhouette droite, posée, les mains jointes sur son tablier blanc. Expliquez cela à Ingrid, vous voulez bien, Mrs…

— O'Neill, docteur.

— Mrs O'Neill. Expliquez cela à Ingrid. Moi, elle ne m'écoute plus. »

Alors Maggie avait raconté l'histoire de cette femme maltraitée par son mari presque paralysé. Elle aurait pu avoir le dessus, elle aurait pu partir, avait-elle dit à Ingrid, mais elle ne l'avait même jamais envisagé. Parce qu'elle était liée à cet homme, vous voyez ? Il la tenait. Même faible, alité, il la tenait. Alors ce n'est pas seulement une question de force physique, vous comprenez Ingrid ? Il faut réfléchir à ce qui vous lie. À ce que vous pouvez délier, avant qu'il ne soit trop tard.

Le Dr Lemming l'avait longuement observée. Oh, c'était juste une histoire qui était arrivée à une voisine, lui avait dit Maggie, plus tard devant une tasse de café. Une femme, là-bas, en Angleterre.

Ingrid Lindstrom était revenue deux fois – une épaule démise, un poignet cassé. Puis plus du tout.

Peut-être était-elle enterrée là-haut, au cimetière de Green-Wood, sous une maigre couronne de fleurs fanées dédiée « À ma chère épouse » ? « Si j'avais eu plus de temps… » avait regretté Maggie.

Quelques semaines plus tard, le Dr Lemming lui avait tapoté l'épaule, un papier griffonné dans la main : « Ingrid Lindstrom est chez sa sœur. Loin. En Californie. (Elle avait eu un bref hochement de tête.) Martha, vous aurez plus de temps. »

Plus de temps, et un petit bureau dans une pièce fermée où s'exposaient discrètement les problèmes sociaux de toutes sortes, repérés par le Dr Lemming, puis par ses confrères masculins – dubitatifs à l'origine sur l'utilité de cette sorte d'assistante multitâche.

« Bref, vous expliquerez tout cela à Mr Alexander, lui avait dit le Dr Lemming hier. Vous savez comment sont les hommes politiques, Martha. »

Non, elle ne savait pas vraiment à quoi rimerait la visite importante du jour.

C'était un homme grand, carré – les épaules carrées, la mâchoire carrée, les mains carrées. Les cheveux blond cendré parfaitement gominés, les yeux bleu clair sous des sourcils droits, une arcade bien tracée. Des fossettes, charmantes.

David Alexander était l'archétype de l'Américain nourri au grain, un grand verre de lait à portée de main. *Il serait parfait sur une affiche*, se dit Maggie quand elle eut terminé de le jauger. Lisse, brillant comme du papier glacé. Au centre précis d'un aréopage d'individus taillés dans le même costume que lui, il jacassait avec le petit groupe de médecins masculins venus l'accueillir, ignorant le Dr Lemming, toute raide, presque revêche dans sa blouse amidonnée. Sous prétexte qu'elle était une femme, ne s'imaginaient-ils pas, tous ces pingouins, l'importance qu'elle avait entre ces murs ?

Adossée à sa porte, Maggie commençait à trouver le spectacle un peu long. Pendant ce temps, qui s'occupait de tous ces patients, dans la salle d'attente ?

« Je n'en ai pas pour longtemps, Mrs Serano, dit-elle à une vieille dame aux mains crispées sur son sac. Avez-vous apporté les papiers que je vous ai demandés ? » *Encore une pension de veuvage qui ne serait pas versée avant des semaines*, se dit-elle. Il fallait s'occuper de tout, se mêler de paperasse et de psychologie. Maggie servait même d'écrivain public.

Et pendant ce temps, le prétendant au conseil municipal d'on ne savait où se pavanait déjà comme un sénateur. Maggie rentra dans son bureau, refusant de faire davantage partie des spectateurs.

On toqua dix minutes plus tard, alors que penchée sur le dossier incomplet de la veuve Serano elle avait entendu l'essaim bourdonnant se rapprocher petit à petit de sa porte ostensiblement close.

« Je ne veux pas de photo », réagit-elle en préambule, lorsqu'elle vit un type en chapeau mou caché derrière l'ampoule-flash d'un gros appareil. C'était un accueil un peu aigre, mais qui voudrait poser dans l'antichambre dépouillée d'un dispensaire comme s'il était en couverture de *LIFE* ?

« D'accord, dit David Alexander en écartant son photographe. Je vous rencontrerai seul, le bureau est petit… Si vous permettez, Mrs O'Neill ? »

Tandis qu'il articulait son propre nom comme un slogan électoral – DA-VID ALEX-ANDER… –, Maggie accepta la main tendue avec un certain dédain. Une main aride, une poignée sans poigne, aux doigts raides, comme si l'homme n'allait pas vraiment au contact – *ennuyeux, pour un politicien*, se dit-elle. Elle remarqua qu'il se rongeait les ongles et en conçut une gêne, comme un regret de l'avoir touché.

« Alors, qu'est-ce que vous faites, ici ? » demanda David Alexander en s'asseyant en face d'elle.

Quelle désinvolture. Maggie eut un sourire sec. Sans doute était-il perdu sans ses conseillers pour lui souffler ses questions à l'oreille. Elle referma le dossier Serano dans un bruissement de papiers, prenant le temps de travailler sa réponse.

« Je vais sans doute vous apprendre quelque chose, Mr Alexander, dit-elle. Plus on est pauvre, moins on considère mériter quoi que ce soit : un emploi décent, une pension. Et plus on est maltraité, plus on considère mériter de l'être. (Elle le regarda bien en face.) J'essaye de lutter contre ce principe. Voilà ce que je fais ici. »

C'était pompeux, elle en était bien consciente, mais ce David Alexander avait tout d'un héritier de l'empire Kellogg's – beau garçon, sain, désœuvré, pourquoi pas la politique ? N'est-ce pas. Bonimenteur.

Il se produisit pourtant un changement subtil dans l'attitude du bonhomme. Maggie vit quelque chose glisser sur son visage, le sourire commercial rétrécir imperceptiblement, les iris bleus prendre un éclat nouveau.

Il se pencha légèrement vers elle, les mains croisées sur le bureau.

« Mrs O'Neill. Je suis né à Brownsville, dans le Queens. Connaissez-vous Brownsville ? »

Son haleine sentait la cannelle et l'anis d'une eau gingivale dont elle avait oublié le nom. Sans doute fumait-il comme un pompier. Ce n'était pas un parfum désagréable, mais Maggie recula légèrement sur son siège pour ne pas qu'il empiète sur son espace personnel. Brownsville ? Pourquoi connaissait-elle… Ah, oui.

« On y bâtit des tours, répondit-elle prudemment.

— Oui, le NYCHA y battit des tours. L'organisme HLM de New York considère qu'il est temps de proposer un toit à toute cette population afro-américaine qui vient du sud du pays, en quête d'un emploi ou de conditions de vie meilleures.

— Je sais, je reçois ces gens, répliqua-t-elle.

— Qui vont être empilés comme dans des boîtes, parce qu'on ne peut pas faire autrement. (Il décroisa ses mains, se penchant encore.) Moi, j'ai eu la chance de grandir dans une maison. À Brownsville. Mon père était maçon, cela nous a aidés. Il nous a élevés seul, ma sœur et moi. Il aurait pu faire partie des gens que vous recevez ici. »

Maggie ouvrit la bouche, la referma. Cette défiance qu'elle avait en elle, toujours.

David Alexander recula sur sa chaise, lui sourit.

« Alors, Mrs O'Neill, dit-il, j'aimerais vraiment que nous reprenions notre conversation, si vous le voulez bien. Parce que ce que vous faites m'intéresse. »

36

La mère de David Alexander était morte lorsqu'il avait quatre ans. Une septicémie, après un accouchement difficile, à domicile. Septicémie. Maggie chassa ce mot en serrant les poings sous son bureau.

« Elle aurait survécu si elle avait eu les bons soins. Si ma famille avait été plus riche, plus protégée. Je veux lutter contre ces inégalités, et leurs conséquences. Par exemple, ma petite sœur a eu beaucoup de difficultés, ensuite, en tout. Elle se sent toujours coupable. Et tout cela est l'effet d'une mauvaise protection sociale. »

Il racontait son histoire sans pathos, comme un constat. Maggie se rendait compte qu'elle s'était bien trompée, à toujours vouloir juger les gens en deux coups de cuillère à pot : l'engagement du politicien n'était pas seulement le fruit d'un fantasme de pouvoir – pas seulement, insistait-elle *in petto* –, il trouvait aussi son fondement dans la pire des injustices de l'enfance, sans doute causée par un système délirant.

Elle lui parla d'Augusta et d'Elizabeth, ses murs porteurs à elle. David Alexander semblait se passionner pour les batailles des suffragettes, alors qu'on toquait à la porte pour la troisième fois. « Je me disais bien que vous aviez un accent charmant, badina-t-il. Anglaise ? (Elle opina, il sembla hésiter et dit, montrant la porte :) Ils veulent vraiment me sortir d'ici… J'ai encore une visite, en ophtalmologie. Un luxe dont peu de gens peuvent bénéficier, sauf ici… Si nous continuions cette discussion plus tard, devant une tasse de thé ? »

Maggie l'avait vu, ce regard furtif sur sa main gauche. Elle connaissait bien. Elle ne portait pas d'alliance, ni de bague d'aucune sorte. Alors David Alexander avait envie de coucher avec elle et cela n'avait peut-être même pas encore atteint sa conscience de mâle – son subconscient l'envisageait comme une chose possible, à mettre de côté, pour plus tard. À trente ans, Maggie n'était plus dupe de ces classements systématiques, rapides et bien ordonnés.

Elle fit mine de regarder son agenda, faussement concentrée sur les entrelacs d'encre noire dans lesquels elle était la seule à se repérer. « Je voulais dire tout à l'heure, après ma visite et votre travail », précisa-t-il avec un sérieux censé désamorcer toute crainte de prendre son enquête sociale pour autre chose.

Prise de court, Maggie le considéra brièvement : elle n'avait aucune envie de se prêter au moindre jeu avec lui, mais il serait facile à éconduire. Un homme qui se ronge les ongles a forcément des failles exploitables. Elle jeta un œil sur ses mains croisées, larges, sèches. Lui non plus ne portait pas d'alliance, même si cela n'avait jamais empêché personne de…

Elle hocha rapidement la tête : « Bien sûr. Dans une heure ? Je n'aurai pas beaucoup de temps, jusqu'en début d'après-midi. »

David Alexander eut l'air content.

Pendant tout le temps où Maggie s'occupa de Mrs Serano, de ses papiers, de son moral, de qui pourrait veiller sur elle maintenant que son mari était mort d'une pneumonie, la veille au dispensaire, elle dut chasser la petite voix qui lui soufflait que David Alexander était un homme intéressant.

Mais il ne la séduisait pas, constata-t-elle plus tard, quand ils eurent terminé de partager un déjeuner sur le pouce, sur la minuscule terrasse du *delicatessen* voisin. C'était un beau garçon, intelligent, a priori très gentil, mais il ne la séduisait pas.

Ce qui, en temps habituel, ne dérangeait pas vraiment Maggie – elle avait appris à ne pas être trop exigeante quand il ne s'agissait que de deux nuits purement physiques – lui posait là un vrai problème.

Parce que, après une captivante conversation, pour la première fois depuis son arrivée ici elle ressentait l'embryon d'une envie de faire un bout de chemin avec quelqu'un – autre que Richard, jamais sur terre, ou que le Dr Lemming avec qui elle n'échangeait pas grand-chose d'autre que des patients et un café matinal.

Alors, puisqu'il se trouvait qu'il était un homme, elle aurait préféré être séduite par David Alexander, cela aurait été plus simple, plutôt que d'avoir fatalement à le repousser à un moment ou à un autre et mettre un terme à une relation prometteuse pour une simple histoire de sexe.

« Ainsi j'ai pu payer mes études à la NYU, mais

vous n'imaginez pas à quel point j'étais épuisé, lui racontait-il en tournant sa cuillère dans son café.

— Non, des nuits à découper de la viande dans une boucherie, et des journées à étudier le droit, je n'imagine pas, répondit-elle. Quelle santé. Lorsque je travaillais de nuit, je dormais toute la journée.

— Vraiment ? Vous avez tenu un service de nuit ?

— Oh non, je ne tenais pas de service, à l'époque, je ne faisais pas ce que je fais. J'étais fille de salle, en arrivant au Centre.

— Dites-moi, un travail de nuit, ils ne vous ont pas très bien accueillie.

— Oh, ça allait. C'est moi qui l'avais demandé », lâcha-t-elle, trop vite.

Cet orgueil bavard à se défendre d'être la victime de quelque système que ce soit…

« Pourquoi ? demanda-t-il, évidemment.

— Comme ça », éluda-t-elle, faisant mine de regarder sa montre.

Comme ça.

Parce que lorsqu'elle était arrivée à Brooklyn, la petite chambre qu'elle avait trouvée au foyer de l'Association chrétienne des jeunes femmes avait une seule fenêtre, en face de son lit étroit, et qu'elle se trouvait au milieu d'un couloir passé au blanc, aux murs hauts, qui lui en rappelait un autre.

Et qu'ainsi, en pleine nuit, Maggie Fuller se réveillait dans l'Aile des vierges.

Les yeux grands ouverts, à bout de souffle, elle cherchait la porte. Les escaliers qui descendaient au troisième étage.

Alors, en travaillant de nuit, au moins, elle dormait le jour, le rideau ouvert.

Comme ça.

« C'était il y a trois ans, dit-elle comme seule explication.

— Eh bien, quelle progression, poursuivit-il, admiratif. Et que faisiez-vous, en Angleterre ?

— Je travaillais dans une conserverie de poissons. »

Maggie regarda de nouveau sa montre, l'air pressé. Elle n'avait pas envie de continuer, mais David Alexander s'était engagé dans une première percée de curiosité – ou d'intérêt sincère – comme dans un tunnel tout droit, rapide, aveugle aux manifestations de vie extérieure.

« Une conserverie ? C'est dur… Vous n'avez jamais été mariée ?

— Et vous ? » rétorqua-t-elle, brutale. Elle le regretta aussitôt, car il se décomposa, passant rapidement sa main sous son nez pour se donner une contenance. Il avait l'air si gentil.

« Je suis désolé si j'ai été trop…

— Ce n'est pas grave…

— J'ai failli me marier, l'année dernière. (Il eut un petit rire triste.) Mais ma fiancée a renoncé. Je ne lui consacrais pas assez de temps, entre mon travail d'avocat et ma carrière politique qui…

— Je suis veuve. »

Elle lui sourit gentiment, posant la main sur son bras. Elle avait de la peine pour lui. Pour sa silhouette trompeuse d'Américain costaud qui, un moment, avait ployé sous le poids de la gêne envers elle et de ses remords personnels.

« Je suis désolé, Martha », murmura-t-il. Ses yeux bleus trahissaient une émotion sincère. Était-ce son veuvage ou le fait d'employer son prénom qui faisait ainsi briller ses iris ?

Maggie se souvint que David Alexander portait un deuil qui pesait fort sur son parcours – et parce qu'il lui avait tout raconté de sa mère, de sa sœur, de son enfance, elle lui pardonna la question inévitable qu'il posa ensuite :

« Que s'est-il passé ? La guerre ?

— Oui. (Elle le regarda, impassible.) Il traversait la Manche en avion pour livrer des armes aux maquisards, en Normandie. »

Il n'y a menteur que si quelqu'un est là pour le croire, n'est-ce pas ?

Mais personne ici ne connaissait rien de sa vie. Elle aurait pu en avoir une autre. Quand on est seule, où s'inscrivent les jours, le passé ? Nulle part.

Alors ce n'était pas vraiment un mensonge, ce que Maggie avait choisi de dire au foyer de la YWCA, une fois descendue du métro à Atlantic Avenue, après six jours de traversée transatlantique. Au Dr Lemming, aussi. Et à Richard, mais il ne retenait jamais rien.

C'était la seule échappatoire qu'elle avait trouvée, pour de deux deuils ne faire qu'un. Et plutôt que d'un mort porter celui d'un vivant.

Lorsqu'elle rentra chez elle, ce soir-là, après des heures de paperasses, d'entretiens, d'anesthésie procédurière, elle trouva Richard sur son canapé, comme s'il ne l'avait pas quitté depuis le matin.

« Viens, lui dit-elle, brumeuse. Viens te coucher avec moi. S'il te plaît. »

37

« Je ne m'occupe pas de médical. »

Combien de fois Maggie avait-elle eu à répéter gentiment ce regret, elle ne les comptait pas.

Bien sûr, elle passait la plupart de ses soirées à lire et à relire les manuels de médecine qu'elle empruntait à la petite bibliothèque commune du Centre – c'était un éternel recommencement car elle devait les rapporter dès le lendemain matin, si bien que lorsqu'elle déposait un ouvrage thématique elle n'était jamais certaine de le retrouver le soir. Alors elle passait de la pathologie cardiaque et vasculaire aux mycoses unguéales avec un sens du tempo qui n'avait rien à envier au jazz expérimental.

Bien sûr, elle s'esquintait les yeux sur les planches d'une vieille édition du *Gray's Anatomy* que Richard avait récupérée pour elle auprès d'un de ses amants, étudiant en médecine – ravi pour une fois d'avoir identifié un de ses centres d'intérêt. Ce grand couillon s'était esclaffé devant la coupe transversale d'un pénis tandis qu'elle maugréait d'envie de se pencher sur les circonvolutions d'un cerveau humain. Masculin ou pas.

Bien sûr, aucune plaie, aucune escarre ne l'impressionnait plus depuis très longtemps. Elle aurait pu recoudre une coupure profonde à petits points réguliers, s'il l'avait fallu.

Mais, bien sûr, elle n'aurait jamais le temps de valider ses acquis à l'université, de faire son externat au Centre médical à moins de s'arrêter de travailler au Centre médical. Le serpent se mordait la queue, et Maggie venait d'avoir trente ans.

« Je ne fais pas de médical. »

La plupart du temps, c'était une femme, en face d'elle. Les hommes avaient toujours trop d'orgueil pour se confier – même quand les yeux torturés de ce jeune homme tremblant, en nage, venu pour une aide financière quelconque, réclamaient en silence une désintoxication. Celui-là, elle avait demandé à le voir au Centre tous les soirs à sa sortie du travail aux chantiers navals, sous prétexte d'un papier ou d'un autre – à l'heure où ses collègues mécanos plus solides que lui finissaient leur journée au pub à brasser du mauvais alcool. Lui, c'était un fragile, un bleu, un pas comme les autres. Cela avait pris quatre jours pour qu'il s'arrête de suer, de trembler. Le cinquième, pas dupe, il avait offert à Maggie un exemplaire broché de *Moby Dick* : sa tempête était terminée, voulait-il lui dire. Il avait juste besoin de changer de travail. Et Maggie lui en avait trouvé un autre, trois jours par semaine derrière le comptoir d'un tailleur pour hommes, où il avait fort bonne mine. Le reste du temps, il jouait du saxophone au Blue Moon et exposait à qui voulait l'entendre sa conception de la vie : liberté, beauté – et accessoirement canapé, chez Maggie. Richard.

Mais la plupart du temps, c'était une femme, en face d'elle. Une Mrs Serano très âgée, qui entre deux formulaires pour sa pension de veuvage s'était inquiétée d'une boule dans la poitrine – une Mrs Serano ne parlait jamais de *seins*, individuellement chargés de trop d'impudeur, mais de *poitrine*, une masse fonctionnelle. Alors, entre les mots, il fallait comprendre Mrs Serano et ces femmes qui n'avaient jamais vraiment réalisé en avoir été que de manière inorganique. Il fallait comprendre où était la boule, et alerter le Dr Lemming.

C'était aussi une femme qui se taisait, une Betty à la trentaine déjà fanée, qui venait du centre de Manhattan jusqu'à ce coin de rue de Brooklyn pour chercher une aide au logement. Pourquoi si loin ? Il y avait les ongles vernis, les cheveux décolorés déjà clairsemés, le reste de fard noir qu'elle avait essayé d'effacer, les vêtements vifs cachés sous un manteau en plein été, le parfum bon marché. Et les stigmates d'une de ces maladies honteuses sur le visage émacié. Alors, si loin, c'était pour échapper au proxénète de Times Square, voilà pourquoi. Maggie s'occupait du logement, le Dr Lemming du reste.

Et il y avait les Ingrid, Alice, Dayzee, Millicent, Catherine, d'origines et d'âges divers, qui de temps en temps apportaient leurs hématomes déjà soignés, leurs fractures déjà réduites dans son bureau. De celles-ci, Maggie s'occupait jusqu'au bout – jusqu'à la fuite, au divorce – ou au retour au bercail. C'était sa partie, si délicate à jouer. Parfois, en rentrant chez elle, elle se demandait quel mot elle avait pu prononcer qui avait compté, au final. En quoi elle devrait encore innover.

Et puis, de temps en temps, il y avait cette jeune fille. Elle, ou une autre.

« Je ne fais pas de médical, Mary. Je vais m'occuper de vous trouver une place au foyer de la YWCA, vous y serez bien en attendant mieux, pour la naissance.

— Vous ne comprenez pas. Je ne voulais pas. »

Maggie posa son stylo. Seigneur, qu'elle n'aimait pas ça. Mary était blonde, ronde, jolie comme un cœur dans sa robe bleue marine à fleurs blanches, de bonne facture. Son port de tête, ses jambes élégamment croisées laissaient deviner une bonne éducation. À vingt ans, Mary était secrétaire dans une entreprise de transports mais vivait toujours chez ses parents. Pas pour longtemps. La classe moyenne n'avait que peu de tolérance pour les jeunes mères célibataires.

Maggie considéra un instant le visage fermé, les yeux qui brillaient d'un éclat sombre. Mary remit nerveusement une mèche dorée en place derrière son oreille. Elle ne venait pas pour une chambre dans un foyer ou des bons dans une pharmacie – bien sûr que non.

« Qui est-ce, Mary ?

— Un collègue de travail.

— Et comment cela s'est-il passé ?

— Pendant un rallye dansant, organisé par notre directeur à Long Island. (Mary marqua une pause, regardant brièvement le plafond.) Nous nous amusions, il m'a entraînée dans une chambre. (Elle la fixa de nouveau, les yeux humides.) Je ne voulais pas. »

Maggie lui tendit un mouchoir, que la jeune fille prit sèchement, sans la remercier. La solitude intérieure dans laquelle elle se trouvait ne s'embarrassait pas de formalités, Maggie le savait bien.

« Il faut aller voir la police.

— La police ? (Mary ouvrit des yeux ronds.) Je n'ai pas besoin de la police.

— C'est un abus, Mary. Un viol. C'est puni par la loi. Il sera condamné et devra vous verser une pension, pour l'enfant. »

Maggie ne se faisait aucune illusion. Rares étaient les victimes à déposer une plainte. Rares étaient les victimes à accepter d'en être. La réponse était, culturellement, courue d'avance :

« La honte retombera sur mes parents. Et comment me regardera-t-on au travail ? Ce n'est pas possible.

— Vous préférez laisser croire à vos parents, à votre entourage que vous êtes une fille facile qu'on a abandonnée. (Maggie hocha la tête.) Bien sûr, il est plus commode de prendre la faute à sa charge…

— Je préfère ne pas avoir cet… enfant. Vous n'avez pas compris ? »

Maggie regarda longuement la jeune fille bien droite dont la colère semblait trembler sous la peau, comme des plaques tectoniques prêtes à se fissurer, puis se détacher.

« Je vous le répète, Mary. Je ne fais pas de conseil médical. Je ne le peux pas. Je peux vous indiquer un foyer, des agences d'adoption… »

L'histoire de Mary n'aurait pas de fin qu'elle connaisse. À chaque Mary – et elle en avait déjà rencontré quelques-unes –, Maggie avait honte d'elle-même et de son discours limité. Elle avait beau y mettre le ton, l'écoute, elle avait l'impression de dispenser autant de bienveillance qu'une arrière-grand-tante confite en religion persuadée de l'existence du Malin.

Cette fois, elle alla trouver le Dr Lemming dans son cabinet.

« Ne m'envoyez plus ce genre de cas si je ne peux rien y faire, lui dit-elle fermement.

— De quoi parlez-vous, Martha ?

— Je vous parle de ces jeunes femmes enceintes et seules, qui viennent soi-disant pour chercher une aide au logement. »

Adossée à sa table d'examen qui en avait tant vu, depuis plus de trente ans qu'elle exerçait la médecine dans un quartier populaire, le Dr Lemming ne lui fit pas l'offense de jouer l'incompréhension bourgeoise.

« Le problème, Martha, c'est que je ne peux pas le deviner. Je suis médecin et…

— Je sais. »

Le Dr Lemming lui jeta un coup d'œil rapide, hésitant manifestement sur le discours à tenir à cette jeune soldate toujours à l'avant-garde, intelligente et audacieuse – et sortie d'on ne savait où, au fond. Elle alla ouvrir un tiroir, en extirpant un paquet de Camel à moitié défoncé qui ne devait pas souvent en sortir. *Peut-être après l'annonce d'un diagnostic particulièrement oppressant*, se dit Maggie, ébahie de voir cette femme austère au chignon sec et gris arrondir sa bouche autour de la cigarette. La fumée nimba la multitude de petites rides d'un voile voluptueux, comme une dentelle ancienne.

Maggie avait refusé d'un geste. Elle ne fumait plus depuis longtemps, avec personne, pas même avec

Richard qui roulait ces petits cônes d'herbe avec un ravissement contagieux.

« Je suis médecin, Martha. Toute la journée, et parfois la nuit, je travaille sur des corps, des organes. Je ne peux pas faire ce que vous faites – parler aux gens, les écouter. Et c'est pourquoi vous le faites.

— Avec tout le respect que je vous dois, Dr Lemming, peut-être vous servez-vous de moi comme d'un paravent à ce que vous ne voulez pas voir.

— À ce que je ne vois pas, Martha. Et que je verrais peut-être si j'avais plus de temps. (Elle exhala sa fumée dans un soupir.) En attendant, vous et moi, nous nous complétons.

— Mais je ne peux pas aider ces jeunes femmes. »

Le Dr Lemming termina sa cigarette, écrasa le mégot dans une tasse où surnageait un fond de café.

« Le feriez-vous ? demanda-t-elle en examinant attentivement le précipité de marc et de tabac.

— Je… Je ne ferais rien d'illégal.

— Ce n'est pas ce que je vous demande. (Le Dr Lemming releva la tête.) Le feriez-vous, si vous le pouviez ? Aider ces jeunes femmes ? Quelle est votre position ? »

Maggie se sentit rougir violemment sous le feu précis des yeux plissés du médecin. Que devait-elle répondre ? Et surtout, qu'est-ce qui lui appartenait, dans cette question, quelle était sa part à elle, quelles scories devait-elle exposer, quels débris d'elle-même remonteraient à la surface ? Ces certitudes, mon Dieu, ces certitudes qu'elle croyait avoir et qui au fond n'étaient que des élans pour les autres, la galerie. Dans le bouillon de culture qu'était son cerveau à ce moment précis, elle vit Tatie-Gâteau, le panier d'aiguilles à tricoter et son instinct de survie lui commanda de fermer la porte à tout le reste – ce qui avait précédé et ce qui avait suivi.

« Oui, dit-elle fiévreusement, oui. Je les aiderais. »

Le Dr Lemming la considéra d'un air curieux, croisa les mains sur sa blouse.

« Bien, dit-elle. Je n'en doutais pas, mais il fallait que je vous le demande. Ces femmes. Vous me les enverrez. Ne vous inquiétez plus de cela. Cette conversation n'a évidemment jamais eu lieu. (Elle laissa passer une seconde, une rupture de rythme.) Et un jour, il faudra que nous parlions de votre avenir, Martha. Et de votre passé. Si vous le voulez bien. »

Maggie hocha la tête, esquissant un sourire poli.

Non, elle ne le voulait pas.

38

David Alexander voulait la revoir – et assurément ce n'était pas pour un débat de société, s'était dit Maggie quand elle avait reçu la carte au cœur d'un énorme bouquet de roses anglaises. Bon Dieu, elle détestait les fleurs, toutes les fleurs qui ne soient pas à l'état naturel dans un champ, loin d'ici. Elle avait porté les roses aux secrétaires de l'accueil et avait étudié la carte en vélin épais, crème, frappée du nom et du titre de l'expéditeur en caractères élégants mais un peu tape-à-l'œil.

David L. ALEXANDER
Avocat associé chez Baldwin-Linus-Alexander
Conseil municipal de la ville de New York

Maggie ne s'intéressait pas à la politique, trop désabusée pour y voir un lien avec le social. Pour elle, ce n'était que messieurs braillards et infatués, là-haut, dans des immeubles blancs de Manhattan. Donc, David Alexander était déjà conseiller municipal ? Que voulait-il être de plus, au juste ?

« Maire, bien sûr ! » s'exclama-t-il le vendredi

soir, alors qu'ils terminaient leur martini à l'une des petites tables du Blue Moon. Maggie avait trouvé que le passage sur scène de Richard était un excellent prétexte pour mener la danse, entraînant David Alexander dans un club bondé et bon enfant avant qu'il ne l'invite dans un de ces restaurants chics et feutrés où il était coutume que les couples se regardent dans les yeux.

Et puis cette cacophonie atroce se supporterait mieux au moyen d'une conversation, fût-elle hurlée, grimaça Maggie quand les musiciens vinrent accorder leurs instruments.

Elle utilisa ce dernier répit pour se faire expliquer le fonctionnement de la ville : au maire l'exécutif, au conseil le législatif. « Il y a cinq arrondissements à New York : Manhattan, Brooklyn, Queens, Bronx, Staten Island. 35 districts, donc 35 membres au conseil, détailla-t-il avec une patience professorale. 12 pour Brooklyn, dont je suis. Le conseil est un contrepoids aux pouvoirs du maire.

— Eh bien, vous avez beau vous prétendre du Nouveau Monde, c'est le même fonctionnement que la monarchie britannique.

— Notre maire est moins décoratif que votre famille royale, rit-il. Malheureusement, oserais-je dire. (Il se pencha vers elle, conspirateur :) William O'Dwyer est un démocrate, comme moi, mais il file un mauvais coton.

— Quel genre de coton ?

— Vous verrez. Les choses risquent de bouger à l'Hôtel de Ville, bien avant l'élection de 1953.

— Et c'est pourquoi vous faites la tournée des

hôpitaux et des centres sociaux. Pour vous préparer. Je suis une étape dans votre ascension politique. »

Il lui sourit dans le halo de la grosse bougie rouge qui fondait entre eux sur la petite table ronde où leurs coudes se touchaient presque.

« Pas ce soir », dit-il un peu gauchement. Elle lui rendit son sourire et détourna les yeux, maudissant ses joues rosies par le martini.

L'ambiance du club était chaleureuse, bavarde, enfumée. Chose rare dans les rassemblements festifs, l'assemblée était ici aussi noire que blanche. Si New York ne pratiquait évidemment pas la ségrégation des États du Sud, elle s'organisait malheureusement d'elle-même. Au nord de Manhattan, le quartier de Harlem s'était replié sur lui-même après la crise économique, glissant en un ghetto insalubre où le chômage, l'échec scolaire et le taux de mortalité infantile étaient bien plus élevés que n'importe où. Maggie recevait régulièrement des mères de famille qui avaient traversé la ville, espérant trouver dans le multiculturalisme de Brooklyn une échappatoire à la violence endémique du ghetto. C'est pourquoi l'office HLM, le NYCHA, construisait des tours à Brownsville, dans le Queens, lui avait répété David Alexander. Pour empiler les gens, les familles, parce que le territoire n'était pas élastique. Après, on verrait bien ce que cela donnerait. Un autre ghetto.

Les clubs comme le Blue Moon étaient encore des parenthèses sociales où l'on s'amusait, en robe colorée ou pantalon à pinces et chapeau mou porté crânement sur l'oreille. La musique, les cocktails pas chers, c'était la sortie de la semaine – ou du mois. Demain était un autre jour.

« Vous voyez ! cria Maggie alors que la session commençait. Les gens ensemble ! C'est ce qu'il faut que vous réussissiez à faire ! Éviter les ghettos ! »

Devant une batterie architecturale qu'un Afro-Américain aux bras solides caressait d'un pinceau métallique, Richard était apparu, archangélique, ses cheveux bouclés brillant dans un nimbe doré où flottaient des particules en suspension. Le Blue Moon, au sous-sol d'une blanchisserie, logeait dans l'un de ces *speakeasy* hérités de la Prohibition – alors un bar clandestin dont la porte était cachée derrière un placard, un faux mur de briques ou une bibliothèque pivotante. Même si l'entrée, pointée par une enseigne clignotante au bas d'un petit escalier, donnait maintenant sur la rue, il restait un lieu irréel, à demi fictif puisqu'il n'existait pas le jour.

Pas de fenêtre, du bois sombre, des poussières jamais complètement évacuées qui gravitaient comme une constellation autour de la silhouette tendue de Richard. La puissance de son propre souffle dans le saxophone, l'envol de la musique le faisaient se dresser sur la pointe des pieds.

« C'est votre ami ? » cria David à l'oreille de Maggie. Ravie, elle hocha la tête. Que croyait-il ? se demanda-t-elle. Fallait-il qu'elle lui hurle « Ne vous inquiétez pas, il est homosexuel ! » par-dessus son verre ?

« Oui, c'est Richard », répondit-elle simplement. La partition était sauvage, mais pas aussi discordante que ce qu'elle avait redouté. Elle vit du coin de l'œil David Alexander taper la mesure sur le coin de la table – au moins, cela lui occupait les mains, elle n'avait pas encore envie qu'il la touche.

« Ça vous a plu ? » lui demanda-t-elle alors qu'ils cheminaient tranquillement vers la maison de Hancock Street.

Ce soir, il devrait se contenter de la raccompagner. Elle ne ferait pas avec lui comme elle avait fait avec d'autres.

David gardait poliment ses distances, se composant une attitude désinvolte – le pas lent et souple, le chapeau feutre bas sur la nuque, le nez dans les étoiles et les mains dans le dos.

« Oui, beaucoup, répondit-il. Votre… ami Richard est un excellent saxophoniste.

— J'ai horreur du jazz. Enfin, celui-ci était audible, concéda-t-elle.

— Eh bien, rit-il, cela ne doit pas être facile pour un musicien d'avoir une amie qui n'est pas mélomane. »

Maggie avait bien entendu la question souterraine. Elle réunit les pans de son cardigan sur ses épaules, faisant encore quelques pas avant de se révéler. Ce serait un virage, elle le savait. Mais comme elle marchait au rythme de David Alexander depuis un petit moment, elle dit : « Oh, ce n'est pas un problème pour Richard, nous ne sommes pas ensemble, vous savez.

— Non, je ne savais pas. »

Il s'était arrêté, comme figé dans un bonheur subit, puis, se rendant compte qu'il était planté là sur le trottoir, entre un orme bourgeonnant et un lampadaire piqué de moucherons, et que c'était assez ridicule, il reprit son chemin, sa veste crème flottant derrière lui.

Maggie avait fait des efforts de toilette, elle qui

tous les jours enfilait indifféremment une jupe noire ou grise et un chemisier blanc à lavallière. Le petit cardigan beige s'ouvrait sur une robe corolle à la taille cintrée, d'un vert moiré qui rappelait ses yeux. Ce n'était pas innocent, inutile de tourner autour du pot.

« Je suis célibataire », déclara-t-elle enfin.

David Alexander s'arrêta de nouveau. Maggie perçut le tintouin d'une sirène de pompiers au loin et la trouva assez adéquate. Amusée, elle se pinça les lèvres quand il se retourna vers elle, comme illuminé de l'intérieur. « J'en suis très heureux », dit-il, et il lui proposa son bras. Elle cala ses doigts fins à la saignée de son coude, et ils cheminèrent sans rien dire de plus, évitant de conserve les pavés disjoints par les racines d'ormes qui éventraient le trottoir à intervalles réguliers, dans une chorégraphie hollywoodienne.

Quand ils furent arrivés devant l'escalier de pierre rouge, il posa sa main sur la sienne, et Maggie en trouva le contact étrangement nouveau.

« Je me disais… dit-il, la regardant dans les yeux.

— Oui ? »

Non. Il ne monterait pas. Pas ce soir.

« Je me disais que nous pourrions aller au Jardin botanique, samedi. C'est le *Sakura Matsuri*.

— Le ?

— Euh, le *Sakura Matsuri*. La fête japonaise des cerisiers en fleur. C'est très beau, vous verrez. »

Étonnée, Maggie lui sourit. David Alexander venait de remporter une petite victoire – il le sut lorsque, avant de partir, Martha O'Neill le laissa déposer un chaste baiser sur ses lèvres.

39

« Il est beau garçon, ton politicien.

— Oh, je t'en prie, Richard. Tu ne veux tout de même pas qu'on le partage ?

— Pas mon genre. Je préfère les élégants gominés aux cow-boys en costard. Trop large, le costard, d'ailleurs. Pas assez cintré. Il tombe mal.

— Je lui dirai de passer chez ton tailleur, tu prendras ses mesures.

— Je les prendrai toutes, ma chérie. Et je les noterai dans ton *Gray's Anatomy.* »

Maggie s'esclaffa. Il pleuvait des cordes, elle rentrait du bureau trempée, mais elle était de bonne humeur. Assez contente, même, que Richard envahisse son appartement. C'était un dérivatif appréciable à tous les calculs qu'elle ne cessait de faire au sujet de David Alexander – que porterait-elle à la fête des cerisiers qui ne soit ni trop fade, ni trop aguicheur, accepterait-elle ensuite de passer la soirée avec lui, et cette deuxième soirée serait-elle suffisante pour franchir l'étape suivante ou faudrait-il attendre la troisième ? Elle n'était pas pressée. Elle se demandait, c'est tout. David Alexander ne faisait pas naître de pulsions irrépressibles en elle – elle était juste curieuse.

« Demain soir, tu ne dors pas là, dit-elle.

— Mon Dieu, s'exclama Richard. On y est. Une nuit de folie.

— Oh non, ce n'est pas le genre.

— Avec toi, personne n'est le genre, Martha. »

Il lui sourit de toutes ses dents, étirant son long corps sur son canapé fétiche. Maggie haussa les épaules. « Il y a des *arancini* dans mon sac.

— Qu'est-ce que c'est que ça ?

— Des boulettes de riz farcies. Si tu veux bien les sortir et les mettre à réchauffer pendant que je vais me sécher. À moins qu'elles n'aient pris l'eau. »

Elle traversa sa chambre spartiate en semant ses vêtements sur le sol, tandis qu'à côté Richard poussait toutes sortes d'exclamations sur fond de papier froissé. « C'est fichu ! » finit-il par crier. « Débrouille-toi ! » répondit-elle sur le même ton.

En culotte et soutien-gorge, elle s'assit sur le lit, face au miroir en pied qui n'avait d'autre objectif que d'agrandir artificiellement la pièce minuscule. Elle n'aimait pas se regarder, se trouvait trop maigre, fatiguée, terne. Ce n'était pas l'avis du Dr Di Benedetto, manifestement. L'ophtalmologue qui officiait au troisième étage du Centre la poursuivait de ses assiduités depuis leur brève aventure, quelques mois auparavant. Quand elle le voyait rappliquer à son bureau, en fin de journée, Maggie regrettait de lui avoir accordé une deuxième nuit, pas vraiment nécessaire : coureur de jupons notoire, il aurait eu beau jeu de la prendre pour une fille facile.

Le Dr Di Benedetto – quel était son prénom,

déjà ? – était en plein divorce, et envisageait très sérieusement de renoncer à ses écarts et de se ranger. Avec Maggie, donc. Il était fou ? Viril, intelligent, séduisant avec ses tempes grisonnant sur des cheveux sombres et bien rangés, mais complètement tordu d'imaginer une seule seconde que partager quelques *arancini* froids confectionnés par sa bonne à tout faire et une bouteille de chianti tiède serait un prélude à des fiançailles. Pourquoi pas une nappe à carreaux et un bouquet de pâquerettes, s'était dit Maggie quand l'ophtalmologue avait refermé la porte derrière lui, la queue entre les jambes.

Elle avait offert le chianti au secrétariat – Richard n'avait pas droit à l'alcool – et emporté les *arancini*.

Elle se frictionna les mollets, jetant un œil par la fenêtre. Mon Dieu, cette ville. C'était pire que dans le Kent. Le ciel vous dégringolait dessus sans prévenir. On ne savait jamais quel temps il ferait dans deux heures. Elle pensa aux cerisiers du Japon au Jardin botanique, se dit que s'il pleuvait toujours demain elle irait travailler à la place. Elle avait réussi à joindre la jeune Mary – pas chez ses parents, mais à l'entreprise de transports où elle travaillait. Et l'avait adressée au Dr Lemming.

« Allez vite la voir, Mary.

— Pourquoi ?

— Allez vite la voir, je vous dis. Demain. C'est pour vous. Faites-moi confiance. »

Maggie espérait seulement que Mary n'avait eu le temps de révéler sa grossesse à personne.

Elle prit une douche chaude – la tuyauterie hurlante faisait trembler toute la maison, mais personne n'avait jamais rien trouvé à y redire, il semblait que cela fasse partie des charmes new-yorkais, comme la vapeur qui sortait des bouches d'égout ou les geysers des bornes à incendie. Elle s'était habituée à tout cela. À certains moments, à force de volonté, elle arrivait à croire qu'elle n'avait jamais vécu ailleurs.

« Mais qu'est-ce que c'est que ça ?

— Tes boulettes de riz. Elles étaient tout écrasées, alors j'en ai fait une sorte de risotto.

— Au four ?

— Bah oui. »

Maggie éclata de rire, plantant sa fourchette dans son assiette qui resta droite comme un piquet dans un terrain vague.

« Tu es de bonne humeur, apprécia Richard.

— Ça va.

— Tu es amoureuse ?

— Quoi ? Non ! »

Richard la regarda un moment en mastiquant alors qu'elle se servait un verre d'eau. « Tu sais, ce ne serait pas grave, dit-il. D'être amoureuse.

— Pas grave pour qui, Richard ? Pour toi ? Merci pour ta grandeur d'âme.

— Mais non. Pour toi, Martha. »

Elle cessa de sourire.

« Je ne suis pas amoureuse de David Alexander, Richard.

— Lui ou un autre, qu'importe, ce n'est pas une maladie, tu sais. »

Maggie posa sa fourchette. Il était là, à la regarder de ses grands yeux brillants, ce joli feu follet. Enfoncé dans son canapé – qu'elle coucherait un jour sur son testament à son intention – pieds nus, chemise ouverte, il était un pied de nez à la virilité gominée, rasée de près, chapeautée, qu'on croisait, affairée, sur les trottoirs de la ville.

Et pourtant, il se préoccupait de sentiments traditionnels d'une manière quasi patriarcale.

« Dis-moi, Richard, qu'est-ce que tu connais de l'amour ?

— Je ne sais pas. (Il haussa une épaule). Le cinéma.

— Seigneur, railla-t-elle. *Elle et Lui*.

— C'est mon film préféré, protesta-t-il. Ils le rejouent au Magic.

— Je sais. Comme tous les ans. (Elle écrasa le riz dans son assiette.) Sérieusement, Richard, comment un homme comme toi peut-il pleurer devant une histoire d'amour aussi conventionnelle et… hétérosexuelle.

— J'adore quand à la fin Irene Dunne dit à Charles Boyer : "Pas besoin de miracle, si vous pouvez peindre je peux bien remarcher."

— Et tu pleures.

— Oui, opina-t-il, ravi. Je ris et je pleure. À chaque fois.

— C'est bien. (Elle secoua la tête.) Richard, je n'ai aucune envie de retrouver David Alexander au sommet de l'Empire State Building, même si c'est "l'endroit le plus proche du paradis". Navrée de te décevoir. »

Il haussa les épaules puis la suivit à la cuisine, le plat d'*arancini* écrasés entre les mains. Puis, les bras croisés, il la regarda gratter le riz au-dessus de la poubelle, tracassé. Il attendit qu'elle fasse couler l'eau pour poser sa question, espérant manifestement que le clapotis la rendrait moins audible, moins indiscrète.

« Martha ? Ton mari, l'aviateur. Tu l'aimais ? »

Maggie ferma brièvement les yeux, convoquant

Will Fuller de toutes ses forces. « Évidemment », dit-elle sèchement en s'essuyant les mains. L'eau avait fini de couler, le silence s'était installé. On entendit quelqu'un dévaler l'escalier.

« Les œufs durs, fit Maggie.

— Quoi ?

— Le gamin du troisième. Il apporte des œufs durs au pub de ses parents. Les Irlandais. Il fait ça dix fois par jour. »

Richard dansa d'un pied nu sur l'autre, puis, la regardant un peu par en dessous, il posa une main sur son épaule.

« Martha, ma grande sœur a aussi perdu son mari. Bon, dodelina-t-il, ce n'était pas à la guerre, il buvait tellement qu'il lui vidait ses bouteilles d'eau de Cologne. Une cirrhose… (Il grimaça.) Mais elle s'est remariée, et elle est très heureuse.

— Ah oui ? grinça Maggie.

— C'est comme moi, vois-tu. Je suis la preuve vivante qu'on peut être très heureux après avoir été très malheureux.

— Grâce à qui ?

— Grâce à toi, ma chérie. »

Maggie essuya l'évier puis se planta devant lui, les mains sur les hanches :

« Tout juste, mon grand. Ce qui prouve que je peux m'occuper de mes affaires toute seule. »

Elle jeta le torchon et tourna les talons.

« Tu es le seul que j'aime, Richard. Mais demain tu ne dors pas là. »

40

Le vent de la guerre ayant porté outre-Atlantique les relents nauséabonds de la théorie nazie sur l'inégalité des races, les États-Unis avaient dû revoir leur politique d'immigration. Totalement discrédité, le régime des quotas favorisait jusque-là des populations jugées plus assimilables – celles venues d'Europe de l'Ouest et du Nord. Et interdisait l'immigration asiatique.

Cette discrimination n'avait heureusement plus cours, au vu des kimonos et des ombrelles de papier qui sillonnaient les allées du Jardin botanique. David Alexander avait expliqué à Maggie que *Sakura Matsuri* n'était pour le moment qu'une célébration informelle, mais qu'il veillerait à l'officialiser quand il serait élu maire.

En cheminant à son bras sous les frondaisons d'un camaïeu de rose féerique, les grappes de fleurs se rejoignant au-dessus des allées jusqu'à former des tonnelles, elle avait l'impression d'avancer vers l'autel, et se demandait quelle part du discours de son soupirant n'était destinée qu'à la séduire – et quelle autre était sincère.

C'est qu'il en avait, des projets attractifs, le conseiller

municipal du 4e district de Brooklyn. « Il faudrait créer des garderies pour les enfants de mamans qui travaillent. Les femmes doivent avoir le choix d'exercer une activité professionnelle.

— Et d'avoir des postes aussi importants que les hommes ? Dites-moi, David, combien de femmes au conseil municipal ?

— Euh… Aucune. »

Ils s'étaient installés dans l'herbe fine du jardin japonais, au bord de la mare dont l'eau lisse reflétait la pagode, bâtie ici par des charpentiers irlandais ou suédois qui n'avaient jamais vu l'Asie, adossée à une colline fleurie de chrysanthèmes et de lotus. À l'orée du petit pont en bois, on était emporté ailleurs. Les pluies de la veille avaient lavé le ciel dont l'étendard bleu frémissait au vent léger, le soleil de midi filtrait à travers les ombelles roses des cerisiers.

David avait cru bon d'ajouter du champagne frais à la perfection printanière. Une bouteille de Dom Pérignon cachée dans un panier en osier, deux flûtes, du saumon fumé et des fraises, c'était parfait. Maggie eut une pensée pour l'atroce gratin d'*arancini* de Richard et un bref moment de honte : elle aurait au moins pu acheter des bagels et du pastrami au *déli* de Hancock Street, mais elle n'avait aucune idée des us et coutumes des Américains en matière de jour de congé – a fortiori en extérieur et à deux.

Elle n'aimait pas le champagne. Elle n'en avait pas bu depuis si longtemps. Elle en avala une gorgée amère, lissant machinalement sa jupe à fleurs sur ses genoux. Elle sentait le parfum de la mer et d'une terrasse lointaine apercevait la promenade des Leas et…

« Mais il y a une femme au cabinet, disait David Alexander.

— Pardon ? fit-elle, sortant d'une torpeur alarmante.

— Elle n'est pas encore associée, mais c'est une brillante avocate.

— Oh, je suis sûre qu'elle est commise d'office sur de passionnants vols à l'étalage, réagit-elle, retrouvant son mordant.

— Pas seulement, je vous assure, Courtney faisait partie de l'équipe qui a défendu…

— Je plaisantais, David. »

Il la regarda, la bouche ronde, puis hocha la tête. Mon Dieu, il était charmant, il avait un vrai potentiel, mais il devrait travailler son répondant. S'il voulait réussir, se dit-elle, il lui faudrait un entraînement de boxeur – feintes puis direct du gauche, puisqu'il se proclamait démocrate. Elle se souvenait que Richard l'avait emmenée un soir voir un match dans une petite salle derrière un cabaret où il se produisait. Cela sentait la sueur, le fer, et le pansement fraîchement déroulé – la même odeur que dans la salle d'attente du Centre médical la nuit, en somme. Maggie avait été fascinée par la résolution, l'opiniâtreté des deux hommes sur le ring, comme s'ils étaient en train de construire quelque chose alors que le but était de démolir l'adversaire.

Ce devait être la même chose en politique. Les coups bas étaient interdits mais partaient quand même, cela aussi il faudrait que David Alexander l'apprenne.

« Le vrai problème, dit-elle, c'est qu'on ne donne pas aux jeunes filles les moyens de faire les mêmes études que les garçons. Elles ne sont qu'une variable d'ajustement.

— Ce n'est pas faux, dit-il. Ma sœur aurait voulu être détective. (Il rit.) Quand elle était petite, elle dévorait les livres de Stuart Palmer que notre père lui achetait au marché aux puces de Fort Greene. Vous connaissez Hildegarde Withers ?

— Non.

— Son héroïne ! Il s'agit d'une institutrice excentrique qui se retrouve à résoudre des énigmes criminelles. Il faudrait lire *Un meurtre dans l'aquarium* ou *Le persan bleu a vu la mort*, je vous jure. Susan, ma sœur, rêvait d'être une institutrice détective, en fait.

— Et finalement ?

— Finalement… (Il soupira.) Finalement, vous avez raison. Susan est devenue la championne de la tarte aux pêches de la fête des écoles. Il faut croire que mon propre parcours était suffisant pour la famille. »

Maggie hocha la tête, tentant une nouvelle gorgée de champagne, qui passa mieux.

« Bien sûr, votre sœur n'aurait pas pu travailler dans une boucherie la nuit pour financer ses études, comme vous. C'est une sélection naturelle.

— Il faudrait créer des bourses pour les jeunes filles méritantes. Jusqu'ici seules les associations religieuses l'ont fait. Et quelques mécènes, mais rien n'est gravé dans le marbre. »

Encore une bonne idée, se dit Maggie.

« Il n'empêche, dit-il en sirotant son champagne, il n'empêche que ce sont les femmes qui font les enfants.

— Et alors ?

— Eh bien… (Il lui jeta un œil vaguement inquiet.) Il faut leur montrer qu'elles peuvent aspirer à autre chose qu'à un travail alimentaire. Puisqu'elles ne travaillent que quand la situation financière du foyer les y oblige.

— Vous l'avez échappé belle, dit-elle. J'ai bien cru que vous alliez vous enfoncer dans une théorie des genres complètement machiste.

— Vous m'auriez jeté votre verre au visage ? rit-il.

— Non, j'aurais bombardé de fraises votre beau costume. »

Souriante, elle accepta une autre coupe. Finalement, c'était très agréable. « Vous, par exemple, reprit-il. Vous faites un travail passionnant.

— Je n'ai pas d'enfant », lui rappela-t-elle comme un simple constat. L'alcool léger faisait son office, poussant les vieux chagrins un peu plus loin. Il eut la délicatesse de ne pas lui demander si c'était le choix d'une femme libre, la guerre et le deuil étant de toute façon des raisons bien suffisantes.

« Je ne sais pas si je définirais mon travail comme passionnant, poursuivit-elle. Mais il est utile.

— Vous avez été courageuse, Martha. Tenace. Débarquer dans un pays inconnu… (Il eut une moue admirative.) Et vos études, en Angleterre ?

— Je n'ai pas vraiment fait d'études, mais ma mère était sage-femme, comme je vous l'ai dit, et j'ai passé beaucoup de temps dans les couloirs du dispensaire où elle travaillait. (L'image fugace du Dr Heady fut chassée par les bulles de champagne.) Ce n'est pas un milieu qui m'était inconnu. Ce qui est novateur, c'est d'y faire du social.

— Vous êtes venue de si loin, c'est admirable. Et votre travail à la conserverie…

— C'était la guerre », coupa-t-elle.

Il y avait un couple, plus loin sur le pont, aussi joli

qu'une carte postale. Lui portait un costume sombre, elle un kimono rose. Des baguettes étaient fichées dans la masse brillante de son chignon de jais, une ombrelle verte tournoyait sur son épaule. Ils étaient de dos, accoudés à la rampe, et on n'aurait su leur donner un âge. Peut-être étaient-ils tout juste fiancés. Peut-être étaient-ils mariés depuis vingt ans. Pourquoi les gens vont-ils ensemble ? se demanda Maggie, rattrapée par la mélancolie. L'effet du champagne s'inversait.

« Martha, il faudra que nous réfléchissions ensemble à tout ce qu'on peut faire, dit David Alexander. Votre expérience… J'en ai besoin. Travaillons. Êtes-vous d'accord pour m'aider ?

— Je suis d'accord pour aider les gens, David. »

Il prit sa main, elle hocha la tête. Il avait cette formidable qualité qui lui manquait : l'enthousiasme. Maggie lui sourit sincèrement ; David Alexander serait un précieux compagnon.

De quelle manière, elle ne le savait pas encore.

Elle le sut bien assez tôt, lorsqu'au petit matin, il cala un coude sur l'oreiller et y appuya un visage content. Le soleil tapait dans son œil bleu, et ses charmantes fossettes se piquaient d'un poil blond qui, ajouté à ses cheveux décoiffés, bousculaient son image d'Américain idéal.

« Tu ne travailles pas le dimanche, n'est-ce pas ? demanda-t-il.

— Parfois, répondit-elle, ensommeillée.

— Parfois quoi ? Parfois tu travailles, ou parfois tu ne travailles pas ?

— Les deux.

— Eh bien. (Il rit doucement, lui caressant le dos.) Et qu'est-ce que tu fais, quand tu ne travailles pas ? »

Maggie se dégagea tranquillement, s'assit au bord du lit et attrapa son peignoir sur une chaise. Elle l'enfila, serrant la ceinture, jetant un œil vers le lit. David la regardait, déconcerté.

« Qu'est-ce que tu fais ? J'ai dit quelque chose ?

— Non, fit-elle en faisant un double nœud. C'est juste que je n'aime pas discuter au lit. (Elle lui sourit, maladroite.) Si tu veux qu'on parle, David, allons plutôt boire un café à la cuisine. »

Rassuré, il se redressa aussitôt, prenant soin de tirer les draps sur lui en s'asseyant. Cet homme qui voulait se montrer devant tout New York était pudique, s'amusa-t-elle.

C'était un amant doux, attentif. Son appréhension disparaîtrait avec le temps, se disait Maggie – puis elle avait eu un vertige : c'était une vraie relation au long cours qui commençait, à laquelle elle n'avait pas défini de point final.

La veille, la pluie s'était abattue sans prévenir alors qu'il la raccompagnait chez elle, en sortant du Jardin botanique. Ils avaient couru dans les flaques, Maggie ôtant ses chaussures, David improvisant un abri de fortune avec sa gabardine. Il en avait perdu son chapeau. Maggie l'avait laissé entrer chez elle, souhaitant presque que Richard n'ait pas obéi et se fût trouvé là, étalé dans son canapé, car il était bien trop tôt, il faisait encore jour et mon Dieu qu'allait-elle faire de David Alexander chez elle avant que la magie de la nuit opère ?

Ils s'étaient séchés, elle avait fait du thé, la pluie avait cessé. Alors elle l'avait emmené au pub du coin de la rue, celui des voisins – Maggie avait besoin d'une bière, et il n'y avait jamais d'alcool chez elle, pour Richard.

Retranchés sur une banquette rousse, dans une alcôve sombre, ils avaient bu des pintes, mangé du *welsh rarebit* pour les éponger – et une demi-douzaine d'œufs durs. Le petit Colm était là qui les disposait sur un tourbillon d'aluminium. *Bon Dieu, va-t-il seulement à l'école la journée, ce gamin ?* s'était dit Maggie, et puis David avait pris sa main sous la table et elle n'avait plus pensé à rien d'autre qu'à bien faire les choses, être gentille, rassurante, parce qu'il avait l'air si nerveux.

Maggie avait salué sa voisine du troisième un peu surprise de la voir ici, et ils avaient quitté le brouhaha des buveurs et des joueurs de fléchettes pour un retour au clair de lune qui s'était terminé sur un baiser, en entraînant un autre, la porte se refermant sur eux. Au lit, Maggie avait essayé de ne pas être trop entreprenante.

Et voilà qu'au matin, tordant sa large carrure au-dessus de son café, David Alexander lui demandait : « Martha, veux-tu m'épouser ? »

41

Il n'y avait pas de mariage unique. Les demandes, les sentiments, les promesses, tout dans ce concept qui exigeait qu'un homme et une femme s'unissent devant Dieu ou leurs semblables, tout était tellement différent.

« Martha, veux-tu m'épouser ? »

Si Maggie s'était longuement noyée dans l'observation de son fond de tasse de café, les volutes tièdes qui traçaient des nuages crémeux dans un ciel de nuit, ce n'était pas pour trouver une réponse, mais simplement pour éviter de fermer les yeux. D'être renvoyée ailleurs.

Relever la tête. David. Son regard en fuite, la lutte qu'il menait pour caler ses yeux sur elle.

Bizarrement, à elle, la demande ne parut pas invraisemblable. Il n'y avait pas cette notion de gravité de l'instant, de sentiment de tomber à genoux. Son esprit pratique agissait comme garde-fou.

« David. Je ne sais pas. »

Il parut redescendre d'un coup d'une planète où l'on ne respirait pas – au moins elle n'avait pas dit non.

Plein d'espoir, il enserra ses mains dans les siennes, un peu tremblantes.

« Tu dois penser que je suis fou, mais je t'assure que je ne le suis pas.

— Non. Je ne pense pas que tu es complètement fou, même si après une seule semaine tu dois l'être un peu. Je crois que je prends ça comme une proposition de contrat. Alors c'est moi qui dois être tordue. »

Il rit, d'un rire qui masquait mal son flottement. Elle s'en aperçut et pressa gentiment ses doigts au-dessus de la table. « David. Je te prends très au sérieux. Mais il faut que je t'explique… comment je comprends ce que tu me demandes. Et que tu me confirmes que c'est bien ça.

— Un partenariat ? » émit-il, précautionneux.

C'était un homme intelligent. Il ne pouvait décemment pas envisager qu'avec une femme aussi compliquée, aussi libre qu'elle, il s'agisse de romantisme échevelé, d'un coup de foudre partagé au matin d'une première nuit agréable, mais sans passion.

« Laisse-moi te… (Elle réfléchit, serrant encore ses mains.) David. Je t'aime beaucoup. Je t'estime. Mais ce ne serait pas un mariage d'amour.

— Pour moi, je crois que si. Même si ce n'est pas que cela, tu as raison. (Il lui sourit, de ses gentils yeux clairs.) Et peut-être que pour toi, avec le temps…

— Non, David, dit-elle doucement.

— Tu ne sais pas.

— Si, je sais. »

En proie au trouble, elle lâcha ses mains et se leva, lui tournant le dos pour remettre la cafetière italienne sur la gazinière. *Seigneur, je vais lui dire oui, pour que tout cela finisse. Je vais lui dire oui.*

« Oui, dit-elle assez fort. Oui, je voudrais bien t'épouser, David. Mais toi, tu ne le voudras plus.

— Que viens-tu de dire ? »

Maggie se retourna, et il était là, à broyer sa tasse entre ses mains, les jointures de ses doigts d'un blanc d'ivoire. Elle le retint d'un geste alors qu'il allait se lever, se précipiter vers elle, la prendre dans ses bras.

« Mais toi, répéta-t-elle, toi, tu ne le voudras pas quand je t'aurai dit tout ce que je dois te dire.

— Tu ne m'aimes pas d'amour. J'ai compris Martha.

— Et ça n'a rien à voir avec toi, David. Je n'aimerai aucun autre homme non plus. Je n'en suis plus capable.

— Eh bien, me voilà rassuré. Pardon, Martha, mais ton mari… (Il chercha précautionneusement le mot le plus adéquat, n'en trouva qu'un :) Il est mort, et c'est effroyable. Mais tu es vivante.

— J'ai déjà tout donné, David.

— Alors je pense que ton estime me suffira. »

Il voulut de nouveau se lever, elle eut un nouveau geste de recul.

« Attends, je n'ai pas fini. (Elle prit son souffle avant de l'achever.) Je ne peux pas avoir d'enfant. Je suis stérile, David. »

Il parut sonné, restant un instant en équilibre sur son bras, comme un coureur attendant l'élan. *Quelle triste besogne*, se dit Maggie, s'appuyant sur le mur à la recherche d'un contact froid, dur.

« Pas d'amour, pas d'enfant, murmura-t-elle. David. Que reste-t-il ?

— Nous en adopterons. »

Il avait ouvert les mains, les yeux, les sourcils haussés devant une évidence.

« Quoi ? souffla Maggie.

— Nous en adopterons. (Il se laissa retomber sur sa chaise, comme déchargé d'un poids.) Ainsi nous ferons des heureux. Et ne nous voilons pas la face, ce sera aussi un bel exemple qui nous vaudra la sympathie de nos concitoyens.

— Du cynisme, David Alexander ? demanda-t-elle, surprise.

— Non, mais comme j'ai bien compris tout ce que notre mariage ne pourra être, j'essaye de mettre en place ce partenariat de la façon la plus intelligente possible. »

Il lui sourit franchement, sûr d'avoir remporté une manche décisive. Déstabilisée, elle saisit la cafetière sifflante et revint s'asseoir face à lui. *Décidément, un homme prometteur, rapide d'esprit*, se dit-elle en lui jetant un bref coup d'œil. Calculateur ? Cela ne la gênait pas. Elle le poussa, pour voir :

« Je veux garder mon appartement. J'aurai besoin d'être seule, parfois.

— Hum. Je ne sais pas si l'infidélité est une clause du contrat…

— Être seule, David. Je ne ferai rien qui puisse te nuire, jamais. Tu as ma parole. Mais je ne veux pas être surveillée. Jamais.

— D'accord. Cela fait beaucoup de compromis de mon côté… Mais négocions : quels seront tes engagements, en échange ?

— Je veux que tu gagnes la mairie, David. Je m'engagerai pour cela, à tes côtés. Je serai ta conseillère sociale. Ta conseillère occulte.

— Conseillère occulte ? Au contraire, je te veux en pleine lumière, Martha. Et pas seulement comme la jolie femme que tu es. Toi et moi, on formera une équipe inédite. Alors, je suppose qu'il est inutile que je me mette à genoux, mais je te le demande formellement : veux-tu m'épouser ? »

Maggie considéra un instant cet homme pas si facile à cerner – pas si innocent, pas si maladroitement amoureux. Et décida que oui.

« Laisse-moi deux jours pour réfléchir, dit-elle, pour la forme. Tu auras aussi le temps de changer d'avis, crois-moi.

— Magnifique. Martha Alexander, vous aurez votre visage sur un billet de banque. »

Elle secoua la tête, songeant à Martha Washington, à qui elle devait son prénom.

« Mais commençons tout de suite les conseils, dit David, se levant enfin. Comme un entretien d'embauche : dis-moi, que manque-t-il à cet homme devant toi pour devenir maire de New York ? Martha, tu vas me sauver, n'est-ce pas ? »

Elle le jaugea rapidement avant qu'il la prenne dans ses bras.

« Tes costumes, dit-elle dans son cou. Ils tombent mal. Et il faut que tu prennes soin de tes mains. Les mains, c'est important. »

Elle ferma les yeux sur le souvenir d'un parfum de vanille poivrée. Au fond, c'est David qui la sauverait.

Les négociations se poursuivirent les deux jours suivants, chacun trouvant des lignes à ajouter au contrat pour consolider sa propre base, ou celle de l'autre

– d'une manière générale, un couple était d'un fragile équilibre, le leur en particulier tenait sur un fil.

« Si tu dois arrêter de travailler pendant la campagne… commençait-il.

— Il n'en est pas question, tranchait-elle.

— Tu pourras ensuite reprendre des études de médecine, c'est ce que tu voudrais, non ?

— Je ne veux pas dépendre de ton argent, David.

— Le nôtre, Martha. Une équipe. Si tu m'épouses, nous partagerons aussi cela, ne t'en déplaise.

— Je ne quitterai pas le Centre médical. Au contraire, ce sera un argument électoral. Nous devons être différents, David. Modernes. »

Il s'inclinait, glanait dans son futur emploi du temps des meetings, des encarts pour la presse, et les inévitables soirées de levées de fonds où elle devrait parader en robe de bal. À ce moment-là, dans une sorte de brume électrique, Maggie vit passer la silhouette de Pippa-ma-chère – cela ne dura qu'un éclair, une fraction de seconde, à peine le temps de s'en souvenir.

David proposa d'acheter une nouvelle maison sur Brooklyn Heights, face à Manhattan sur l'East River – il trouvait l'endroit symbolique, et de toute façon son appartement à Park Slope était celui d'un célibataire. Maggie n'y avait encore pas mis les pieds, pas prête à sortir de sa zone de confort. Elle haussa les épaules : tant qu'elle gardait son deuxième étage à Hancock Street, cela lui allait.

Dans un moment d'obscurité personnelle, parce qu'elle avait appris à ne pas répondre d'elle-même, elle accorda à son futur époux de discrètes aventures extraconjugales – alors qu'il n'avait rien demandé. Maggie cherchait ses mots. Elle n'avait pas le droit de s'aliéner un homme auquel elle ne pouvait garantir tout son amour. Ce n'était pas juste. C'est tout ce qu'elle voulait lui dire.

Et puis, elle savait très bien comment cela se passait – mais cela, elle le garda pour elle.

David la considéra un moment, un vide insondable dans les yeux qu'elle ne sut interpréter : tristesse, désapprobation, assentiment ?

« Martha, finit-il par lâcher, affichant une indifférence calculée. Tu feras ce que tu veux. Je sais que tu sauras éviter le scandale.

— Je n'ai pas dit que je…

— On n'en parle plus. S'il te plaît. »

Richard assistait de loin à ces tractations nuptiales, interdit.

« Je n'y comprends rien, dit-il alors qu'ils partageaient un sandwich au pastrami. Tu es enceinte ?

— Non.

— Alors pourquoi faut-il que cela soit si rapide ? Qu'est-ce qu'il a, cet homme ? De l'argent ?

— Oh, Richard, je t'en prie. »

Elle le fusilla du regard tandis qu'il jetait son emballage dans une poubelle avec le geste ample d'un basketteur. Ils étaient installés sur un banc à distance du Centre médical – Richard refusait de s'en approcher, comme si son passé menaçait de lui sauter au visage. Il était midi, avril s'était refroidi. Ce matin, Maggie avait annoncé son mariage au Dr Lemming – et non, ça ne changerait rien à son travail, elle devrait seulement de temps en temps s'accorder un week-end.

Le médecin l'avait regardée sans rien laisser paraître de son étonnement, ses yeux lumineux lui renvoyant l'illusion qu'elle se faisait de la vie avec un homme politique : un week-end de temps en temps. Bien sûr.

Mais Maggie tiendrait bon. Serrant les pans de son cardigan beige contre sa poitrine, elle le dit à Richard. « Ni David, ni moi ne renoncerons à notre carrière. C'est un travail commun, tu comprends ?

— Un travail commun. Bon Dieu, quelle vision romantique du mariage, ma chérie.

— Ne me crois pas si tu veux, mais je suis heureuse de le faire. Il n'y a pas de sacrifice dans cette histoire, Richard. On peut se marier pour différentes raisons…

— Par amour, par exemple, suggéra-t-il.

— Pour simplement construire quelque chose. (Elle prit son bras, le secoua gentiment :) C'est exaltant, Richard. Vraiment. »

Elle lui sourit : elle pensait vraiment ce qu'elle disait. Maggie ne voyait pas de désenchantement dans ce mariage de raison. Mais il ne pouvait pas le comprendre, ce romanesque feu follet, qui étirait là son long corps fait pour l'amour sous toutes ses formes, mains dans les poches comme un gracieux Brummell, son chapeau tombant sur l'œil.

Maggie posa la tête sur son épaule. Personne ne pourrait l'empêcher de faire cela, même fiancée, même en pleine rue – poser sa tête sur l'épaule de Richard.

« Remarque, tu as raison, dit-il après réflexion. Quand on y pense, cette histoire d'âme sœur, c'est tragique. Cela veut dire qu'il n'y a qu'une seule personne sur Terre faite pour toi. Et comme il y a peu de chances qu'elle soit dans le même pays… dans la même ville, et que tu la rencontres… (Il soupira :) Eh bien, cela signifie que tout le monde est avec la mauvaise personne. »

Il se tut un instant, comme ébloui par sa propre démonstration. Contre lui, Maggie s'était raidie, serrant plus fort son bras.

« Tu me fais mal, observa-t-il d'une voix neutre.

— Pardon. »

Elle se dégagea maladroitement, ne sachant pas où planter ses yeux. Elle vit les nuages, lourds et gris, et souhaita que la pluie tombe tout de suite.

42

C'était une maison de briques blanches qui étirait ses colonnades sur les hauteurs de Brooklyn, au bord de l'eau. À l'étage, la fenêtre de la chambre encadrait le piton de l'Empire State Building, émergeant de la skyline.

La ligne de Manhattan était une allégorie mouvante, grondante. Depuis les années 1920, la ville avait entrepris sa course vers le ciel, érigeant des buildings Art déco dans un éclectisme architectural décomplexé, s'inspirant à la fois des arts primitifs africains, de l'ancienne Égypte et des Aztèques. La proue du Nouveau Continent s'offrait les siècles d'histoire qu'elle n'avait pas vécus, comme une vitrine au monde.

Au loin, le Chrysler Building avait déjà vingt ans. En 1930, on y avait installé une couronne crénelée, et puis encore une aiguille étincelante, toujours plus haut. Le roi des gratte-ciel s'était fait ravir son titre par l'Empire State l'année suivante.

« En 1945, un B52 qui survolait Manhattan s'est retrouvé pris dans le brouillard, avait raconté David à Maggie. Il s'est encastré dans le 79ᵉ étage, tuant

14 personnes. Défier le ciel de cette façon est peut-être un blasphème…

— Tu ne crois pas à ces choses-là, avait-elle répondu. Sinon tu ne viserais pas si haut. »

Il serait maire, elle le savait. À vol d'oiseau, l'hôtel de ville était tout près, derrière la langue bleue de l'East River, au pied du pont de Brooklyn. Et on construisait l'immeuble des Nations unies depuis cinq ans, fatras de ferraille et de béton qui pulsait sur la droite du cadre. Il y avait tant à faire.

Maggie n'avait jamais vraiment pris la mesure de la skyline. De ce que cela signifiait, de vivre dans cette ville d'immigrés brandissant la torche de la liberté à la Terre entière. Elle s'était retrouvée là parce qu'il fallait aller quelque part – et que c'était là où tout le monde voulait être. Jusqu'à ce que David l'emmène au bord du détroit et, le bras tendu au-dessus des eaux, tourne pour elle les pages du livre de la jungle de pierre, de verre et d'acier. Maggie avait tressailli en voyant passer les ferries, se disant que la corne qu'elle entendrait de leur chambre lui en rappellerait une autre. Puis elle s'était laissée aller à la passion hypnotique du New-Yorkais qui n'aurait jamais pu vivre ailleurs.

« Il faudra beaucoup marcher dans Manhattan, pour comprendre, lui avait-il dit. Visiter les quartiers. Voir ce qu'il y a au sud de Park Avenue, puis au nord. Deux mondes opposés. »

Son nouveau monde à elle, Maggie l'avait découvert ce matin, à la mairie de Brooklyn. Tous ces juges, ces avocats, ces conseillers fourmillant, tressautant chapeau à la main comme dans un film de Chaplin.

Leurs femmes élégantes, laquées, la taille pincée entre deux doigts, vivants fusains du *New Yorker*.

Il y avait des tics de langage, des « Oh ma chère » et des « Comment allez-vous ? » d'une clinquante proximité à laquelle elle aurait du mal à souscrire.

Il y avait Susan, la sœur de David, lourde chose accrochée au bras de son mari, les yeux ailleurs. « Les enfants sont chez une voisine », avait-elle frémi en guise de bonjour. Susan portait une robe verte sur laquelle elle tirait sans arrêt, son mari avait de la couperose et un monosourcil – voilà comment Maggie les avait listés pour les repérer dans la foule.

Un verre d'eau à la main, Richard boudait, reculant d'un pas chaque fois qu'une huile croisait son chemin.

Les minutes avaient duré des heures, comme dans un rêve au plus profond de la nuit. Maggie avait souri, infiniment, serré tant de mains que ses doigts s'étaient recroquevillés au fond de ses gants comme une portée de lapins dans un terrier.

Quand David ouvrit la porte de la maison de Brooklyn Heights, ce soir-là, elle pria pour que ses doutes s'estompent, et que la skyline ne fût illuminée que pour elle, en heureux présage.

« Laisse-moi te porter pour franchir le seuil, dit-il par-dessus le cliquetis des clés qu'il rangeait dans la poche de son costume gris perle.

— Pourquoi pas, répondit-elle. C'est une jolie coutume. »

Sa robe de mariée, faite sur mesure, n'était pas tout à fait blanche – ivoire, lui avait certifié la couturière en cousant les petits boutons de nacre dans son cou. La jupe à godets s'arrêtait au-dessous du genou.

Le corsage épousait ses seins, le décolleté glissant sur la cicatrice que David n'avait jamais remarquée.

Maggie releva la voilette qui, toute la journée, avait fait office de filtre sur les événements – la marche vers l'autel, les témoins qu'elle ne connaissait pas, le père de David en fauteuil roulant, l'alliance passée à son doigt et tout le barnum, après.

Quand David la souleva, elle se raidit un peu – au fond, elle trouvait cela ridicule. Puis, les bras noués autour du cou de son époux, elle photographia mentalement le vestibule où elle entrait en suspension. Sa nouvelle vie. Le lustre en cristal, le tapis qu'elle avait choisi avec Richard au marché aux puces de Fort Greene, un kilim rouge et ocre, bohème et finalement trop petit. Les marches en bois blanc qui tourbillonnaient vers l'étage comme une promesse.

Et la soubrette en robe noire, col blanc, mains croisées sur son tablier. Son sourire poli sur son visage brun, la coiffe sur les cheveux crépus.

« Bonsoir et bienvenue, Madame. »

De ses doigts nerveux, Maggie serra la nuque de David si fort qu'il dut la déposer sur le sol.

« Qu'est-ce que c'est que cette histoire ? »

Tremblante, Maggie contrôlait sa voix. La porte de la chambre s'était refermée sur ses escarpins aux talons bien trop hauts, qu'elle avait jetés à travers la pièce.

« Quelle histoire ? »

Surpris, David desserrait sa cravate, les joues échauffées par le champagne.

« Cette jeune femme, David. Cette… domestique que je n'avais jamais vue.

— Ah, eh bien, comme tu le dis : c'est une domestique. »

Il s'approcha d'elle d'un pas oscillant, tranquille. Content de lui.

« C'est une surprise, ma chérie, sourit-il en attrapant sa taille. J'ai pensé que c'était une jolie façon de te souhaiter la bienvenue chez toi.

— Tu as mal pensé », cracha-t-elle en se dégageant.

Seigneur, se dit-elle, voyant son visage s'affaisser, ses bras déjà vides d'elle. Elle n'avait pas pu se tromper à ce point. David Alexander ne pouvait avoir cette tournure d'esprit qui suppose que certaines personnes doivent en servir d'autres – pas lui qui venait de Brownsville. Elle le lui dit. Il ne comprenait pas. Il tombait des nues.

« Martha, pourquoi… s'ébahit-il. Mais enfin, il n'est pas question d'exploitation, c'est un travail comme un autre.

— Je ne veux pas d'une femme de chambre, David.

— Mais ce n'est pas une femme de chambre ! Plutôt une gouvernante. Tu ne pourras pas t'occuper de la maison seule.

— Quoi ? Je n'ai pas pour ambition de m'occuper d'une maison ! Et quand bien même, il y a combien, six pièces ici, pas de quoi employer une domestique ! »

La maison comptait un étage, trois chambres, un salon spacieux en bas, une cuisine encaissée derrière, une buanderie au sous-sol. C'était ce genre de maison tout en hauteur, dont le porche est trompeur. Deux colonnes en stuc sous un balcon, une balancelle, voilà qui vous pose un palais de banlieue chic. Mais à l'intérieur les murs étaient resserrés, les couloirs étroits. Maggie n'aurait pas supporté plus grand.

« Nous avons les moyens d'employer quelqu'un, Martha… Enfin, s'énerva-t-il, ce n'est pas une tâche moins glorieuse que de travailler dans une boucherie la nuit… Ou une conserverie de poissons ! Je ne comprends pas ce qui te contrarie à ce point. »

Non, il ne pouvait pas comprendre, se dit Maggie, retranchée dans la salle de bains. C'est elle qui avait un problème avec ça.

Elle retira ses boucles d'oreilles en grimaçant, de petites pinces pavées de diamants que David lui avait offertes en guise de bague de fiançailles – elle n'aimait pas les bagues, elle les trouvait trop symboliques, aliénantes. Cette alliance, qu'elle avait choisie la plus fine possible, juste un délicat fil d'or.

Comment s'adresserait-elle à cette employée, cette… Lupita ? Oui, Lupita, c'était ça, qui n'avait qu'un prénom et lui avait donné trois ou quatre fois du « Madame Alexander », avec une déférence manquant de la faire hurler. Elle n'oserait jamais lui donner d'ordre, aucun. Impossible.

Il y avait dans la tête de Maggie des couloirs, des escaliers de service, de la soie rouge virevoltante et des parfums parisiens. Il fallait qu'elle le dise à David.

43

Maggie ne dit rien à David, et Lupita resta.

Au fil des semaines, elle finit par s'habituer à cette silhouette filante, qui remontait de la buanderie une pile de chemises amidonnées sur les bras et déposait des sacs de courses dans la cuisine avant de rentrer chez elle.

Lupita habitait l'est de Harlem. Il lui fallait traverser Manhattan en métro à la tombée de la nuit, faire le trajet dans l'autre sens à l'aube. Maggie culpabilisait, glissant progressivement vers un système où le pragmatisme le disputait au fatalisme : « Peut-être pourrions-nous vous libérer une chambre ? » proposa-t-elle un soir, alors qu'elle croisait Lupita sous le porche. Il pleuvait des trombes, la station de High Street était à cinq cents mètres.

« Non, merci, Madame. J'ai mes enfants à Harlem. » Ainsi Lupita faisait une double journée, comme toutes les mères qui travaillent, marmonna Maggie plus tard, lorsque après avoir pris le temps de se doucher, elle était penchée, seule, sur une assiette de poulet au maïs que la domestique avait mitonné pour eux. Elle se sentait honteusement privilégiée. Le virage qu'avait pris sa vie la plongeait souvent dans des abîmes de perplexité. Elle pensait à Kitty. À Annie la Rousse et au porcin Colin. Par une gymnastique mentale assidue, elle parvenait à ce que les souvenirs de sa vie passée plafonnent au sous-sol de Sheperd House. Au-dessus, ce n'étaient que fantasmes mortels.

Qu'était devenue Kitty ? se demandait-elle lorsqu'elle posait des yeux gênés sur Lupita. Avait-elle fait bon usage de l'argent qu'elle lui avait laissé ? Maggie avait mis trois ans à économiser sur son salaire, avant de renvoyer au Dr Heady l'intégralité de la somme que Pippa-ma-chère avait jetée sur la table en lapis-lazuli, le priant de la rembourser pour elle. Dans sa lettre, elle avait simplement écrit au bon docteur qu'elle allait bien, sans laisser d'adresse. Table rase.

Maggie avait changé son nom sur la porte du Centre médical et sur les cartes de visite qu'elle laissait aux patients : Martha Alexander. Le Dr Lemming lui avait proposé un bureau plus grand, elle avait refusé : quels problèmes du peuple se dissoudraient dans une masse d'air supplémentaire ? Il s'agissait toujours d'écoute, de discrétion et de bienveillance – rien qui ne puisse tenir dans quatre mètres carrés.

Interviewé par le *New York Times*, le jeune conseiller municipal de Brooklyn David Alexander n'avait pas tari d'éloges sur son épouse : « Une femme moderne qui sait ce que s'investir socialement signifie. » Il avait parlé d'elle comme étant sa boussole. C'était une introduction aux rencontres populaires qu'ils feraient ensemble – comme prévu au programme qu'ils établissaient rigoureusement en se disant que personne ne les attendait et qu'ils n'avaient rien à perdre.

Les horloges semblaient s'accélérer : il se murmurait

de plus en plus fort que le maire de New York, William O'Dwyer, était impliqué dans le scandale de corruption de la police qui secouait la ville. « Il ne tiendra pas jusqu'à la fin de l'année, avait prédit David. Vincent Impelliterri, le président du conseil, sera nommé à sa place, mais il faudra organiser une élection pour les trois ans qui restent du mandat de O'Dwyer. Et Impelliterri est membre du Tammamy Hall, de moins en moins populaire… » Le Tammamy Hall, une puissante organisation d'aide aux migrants, avait présidé à l'élection de la plupart des maires démocrates. Mais, sous couvert d'aider les familles à s'installer et à trouver un emploi, l'association qui se présentait comme une institution de patronage pratiquait le clientélisme. Et cela commençait à se savoir.

Par sa jeunesse séduisante et son sens de la communication innovant, David avait donc toutes ses chances, mais il faudrait faire vite. Chaque soir, quand il rentrait après sa journée au cabinet d'avocats, il s'installait avec Maggie autour d'une table, listant les gens influents à approcher, les déjeuners auxquels les convier selon des plans de table tracés avec minutie, les sujets qu'il fallait aborder.

Certains midis, Maggie se libérait pour seconder son mari : elle avait rencontré la Ligue des femmes, le Syndicat des ouvrières du chantier naval, des enseignantes de la NYU. Dans ces déjeuners, Maggie prenait la parole, défendait l'égalité des sexes en veillant à ne pas trop s'enflammer pour ne pas choquer les oreilles rétrogrades. Il n'aurait plus manqué qu'un journaliste qui passait par là fasse un titre sur cette Anglaise subversive qui se mêlait de politique municipale.

Dans d'autres circonstances, elle acceptait de servir de décoration devant des membres du conseil conservateurs, modeste, souriante, fulminante. Elle ne parlait que si David lui adressait la parole. Il fallait s'adapter – et c'était une chose qu'elle savait faire, s'adapter.

Un soir, sur la table de la cuisine, Maggie écrivit son premier discours, et le fit relire à Lupita qui enfilait son manteau. Surprise par ce geste d'une patronne qui habituellement osait à peine lui adresser la parole, la jeune femme ôta ses gants et, sourcils froncés, déchiffra l'écriture saccadée comme si elle lisait des notes sur une partition.

Il s'agissait d'un commentaire sur la *Déclaration de sentiments* d'Elizabeth Cady Stanton – acte fondateur datant de la Convention de Seneca Falls, en 1848. Stanton, féministe radicale, abolitionniste, qui s'était accordée avec son époux pour ne pas prononcer de vœu d'obéissance lors de leur mariage, affirmait le droit des femmes à accéder au statut plein et entier de citoyenne. 68 femmes et 32 hommes avaient signé le manifeste.

Dans son discours, qu'elle prononcerait devant la Ligue des femmes new-yorkaise acquise à sa cause, Maggie s'interrogeait sur les progrès d'une société du travail où épouses et mères ne semblaient toujours être qu'une variable d'ajustement.

Lupita releva la tête, passant d'un pied sur l'autre.

« Cette femme, dit-elle. Elizabeth Stanton. Elle a vraiment réécrit la Bible ?

— Elle ne l'a pas réécrite. Elle l'a étudiée et a interprété des passages misogynes.

— C'est écrit là : *The Woman's Bible*, déchiffra Lupita.

— Elle ne l'a pas fait seule, mais avec un comité où il y avait des hommes, aussi. Ils pensaient que l'Église avait utilisé les textes pour justifier la subordination des femmes. »

Lupita lui rendit son papier, secouant le menton.

« Vous ne devriez pas dire cela, Madame.

— Pourquoi, Lupita ?

— Je vais à la messe tous les dimanches. Notre religion nous a aidés à traverser bien des épreuves, nous autres. (Elle enfila ses gants, le nez sur ses mains.) Je viens du Sud, Madame. Je trouve qu'il y a bien des batailles à mener plutôt que d'abîmer nos textes.

— Je comprends. Mais une bataille n'en empêche pas une autre, ne pensez-vous pas ? »

Lupita haussa une épaule. « Peut-être », lâcha-t-elle en ajustant son chapeau. Puis elle la salua et rentra à Harlem.

Maggie en fut démoralisée, vaguement coupable. Son militantisme n'était-il pas un gadget de femme blanche privilégiée ?

Maggie lut son discours sans trembler, devant une assemblée attentive. David, assis au premier rang, était fier d'elle. « On dirait que tu as fait ça toute ta vie », murmura-t-il à son oreille alors qu'ils posaient ensemble pour les photographes.

Comme il l'avait prédit, William O'Dwyer démissionna

le 31 août, rattrapé par le scandale de corruption de la police.

Le 1er janvier 1951, après un Blitz électoral de trois mois, David Alexander devenait maire de New York, adoubé par un Parti travailliste américain que l'on croyait mort, avec seulement quelques milliers de voix d'avance sur le président du conseil, Vincent Impelliterri. Cette fois, le Tammamy Hall n'avait rien pu faire pour le tout-puissant candidat démocrate.

Une majorité de femmes avait voté pour le jeune conseiller de Brooklyn.

44

Maggie n'avait pas compté ses heures, ses mots, ses tenues pour convaincre les électrices de voter pour son mari. David était un homme brillant, bienveillant, disait-elle aux précieuses des thés dansants de l'Upper East Side de Manhattan ; un représentant du peuple, à l'écoute, argumentait-elle auprès des associations familiales de Brooklyn et du Queens.

À Harlem, elle avait assisté plusieurs fois à la messe dominicale, affichant une élégance discrète au fond de l'église baptiste ou méthodiste, mains gantées, foulard noué.

Elle avait pris la parole dans un micro grésillant, sur le plateau d'une camionnette à Union Square, avait dansé avec tout ce que le district financier comptait de mandarins, s'était tue modestement, mains jointes sur son sac, alors que David la présentait comme le symbole de la femme active, réfléchie, indispensable, sur le parvis du Madison Square Garden.

L'élection de David Alexander à la mairie était l'émulsion de deux temps parallèles – l'un filant si vite, l'autre freinant des quatre fers. Cette promesse faite un soir d'avril qui se transformait en une débauche d'événements, de discours, de toilettes… Ce pays si différent, où tout était possible, faisait un pied de nez à Maggie : ici, il ne fallait rien dire, rien tenter, sous peine de réussir.

C'était cette image de héros ordinaires qui valait au gamin de Brownsville et à son épouse immigrée cette popularité fulgurante.

Durant ces trois mois qui avaient mené David à l'hôtel de ville, entre le pont de Brooklyn et Broadway, Maggie n'avait presque pas respiré.

C'était une robe de ce style new-look venu de France, un festival de tulle et de satin vert dans un carton d'un crème brillant, enrubanné, de Christian Dior.

Maggie éparpilla le papier de soie comme si elle agitait sa main dans de l'eau très froide, dégageant les épaules de la robe, fines bretelles scintillant de cristaux.

« Elle te plaît ? »

Face au miroir en pied, David ajustait sa cravate, lui jetant de petits coups d'œil pressés. Sur le lit, Maggie était assise en tailleur dans son pantalon cigarette, silhouette fine et noire coiffée d'un foulard multicolore.

« Je ne sais pas », dit-elle.

Elle rentrait du travail. Elle avait à peine eu le temps de troquer son tailleur contre une tenue d'intérieur que déjà il lui fallait s'imaginer habillée autrement. Les bras arrondis au-dessus de la tête, elle tira sur le nœud de son foulard, comme pour préserver ses esprits. Alerté, David interrompit ses gestes, statue sombre encadrée de bois doré.

« Essaye-la, suggéra-t-il. J'ai pensé que pour le gala de printemps…

— Elle est très jolie, coupa-t-elle. De la haute couture française, cela vaut probablement une fortune.

— Tu seras magnifique, dedans, ma chérie. Les New-Yorkais seront bien représentés.

— Dans ce cas, la petite couturière de Hancock Street aurait fait l'affaire. »

Maggie referma le carton. En évoquant Hancock Street, elle se dit qu'elle aurait dû y rentrer ce soir. User d'une de ces nuits solitaires que l'informel contrat de mariage lui accordait et qu'elle ne s'était jamais autorisée – de toute façon, l'endroit était sans doute occupé, Richard veillait sur son canapé.

Cette robe était un très beau cadeau, mais lui posait un double problème que son mari n'aurait pas dû ignorer : Maggie n'aimait pas qu'on décide pour elle – et le spectre de l'inacceptable s'étendait des choix de ses plats au restaurant jusqu'à l'heure à laquelle elle devait rejoindre le lit conjugal, alors inutile de dire que la manière dont elle devait s'habiller… Mais le pire, se dit-elle, le pire dans ce carton était l'indifférence que David y avait enfermée – oh bien sûr, il avait dû imaginer comment cette merveille de haute couture tomberait sur ses seins, ses hanches, mais il se fichait totalement du prix et du travail que cela avait demandé. Lui, le gamin de Brownsville.

« Fatiguée ? » lui demanda-t-il, plein d'espoir que ce soit seulement cela.

Non, elle ne l'était pas. Elle avait juste envie qu'il parte à son conseil municipal, que la porte d'entrée claque sur Lupita qu'elle entendait s'affairer dans la cuisine, pour pouvoir avaler une soupe au poulet et se noyer dans un bain.

« Le travail ? » insista-t-il.

Oh, il n'aurait pas dû. Là était la crise existentielle qui frappait Maggie depuis quelques semaines.

« Non, le travail ne m'épuise pas, David, cingla-t-elle. Pas depuis que les gens qui viennent me voir n'ont plus de problèmes, ni de dossiers à remplir. Ils viennent voir la femme du maire en espérant un passe-droit pour une maison dans Greenwich Village, ou une invitation à la garden-party du 4 Juillet. La liste d'attente du secrétariat est longue comme la presqu'île, David, et pendant ce temps la population pour laquelle on avait promis de se battre est refoulée de la salle d'attente.

— Le secrétariat ne peut-il pas filtrer ?

— Toujours s'en remettre aux autres, maugréa-t-elle en se levant. L'évidence, c'est que je n'aurais jamais dû prendre ton nom. »

Comme ma mère, ajouta-t-elle *in petto*. Elle repoussa ses ballerines du bout de ses pieds nus, se hâtant vers la salle de bains. Elle n'avait aucune envie de discuter. Depuis trois mois que David était maire, ils ne discutaient que trop. De la maison à revendre pour s'installer à Manhattan, de la nécessité d'employer une cuisinière, d'organiser des dîners informels à Brooklyn Heights, d'une procédure d'adoption à lancer… Non, non, et non. Maggie avait déjà fort à faire avec un changement de statut qui la dépassait – elle se prenait même à s'interroger sur les certitudes séminales de son mariage : avait-elle réellement cru que David Alexander serait élu ? Cette mission qu'elle s'était donnée, n'était-ce pas seulement une façon de s'occuper l'esprit ?

Et il était là, son mari, à la regarder filer, vaguement inquiet. Le nœud de cravate en suspens, il clignait des yeux, cherchant quoi dire. Maggie fit ronfler la vieille robinetterie pour couper court, et un flot éclata dans la baignoire, assourdissant la suite de la conversation.

« Martha ? Pour le gala… » entendit-elle.

Les bras tendus sur le lavabo, elle soupira. David ne méritait pas ses humeurs. C'était un homme gentil avec elle. Elle avait juste l'impression qu'il perdait un peu le sens des réalités. Depuis son élection, il avait tiré quelques ficelles déjà bien usées par ses prédécesseurs, lui qui se présentait en pourfendeur des privilèges : sa sœur Susan était employée comme secrétaire de mairie, alors qu'elle ne quittait pas sa maison du Queens. Son beau-frère était passé contremaître dans l'usine de jouets en bois où il était jusque-là simple ouvrier. Son père avait obtenu une chambre dans une résidence médicalisée très prisée de Long Island. « La famille », éludait-il, quand Maggie lui reprochait de hiérarchiser ses priorités à l'inverse de ses promesses électorales.

« Ne t'inquiète pas pour le gala », marmonna-t-elle alors qu'elle voyait son visage soucieux s'encadrer dans le chambranle. Elle ôta son sweater, son pantalon, goûtant la température de l'eau du bout du pied. David passa derrière elle, effleurant ses épaules, déposant un baiser sur sa pommette. Elle le laissa faire, sans craindre ni espérer qu'il la bascule sur le lit pour une étreinte rapide, puissante, jouissive, alors que le chauffeur l'attendait devant la maison.

David n'était pas un amant empressé. Il semblait considérer le sexe comme un fantastique exercice qui méritait qu'on lui accorde du temps et du confort. Qu'on respecte certaines règles – une peau fraîchement savonnée, des draps entrouverts, un vocabulaire maîtrisé. Une fois – une seule fois –, Maggie s'était agenouillée devant lui, cherchant le frisson de l'inconvenance, la licence intime. Il l'avait attrapée par les bras, offusqué – *Martha, tu es ma femme... Ne fais pas ces choses-là*... De toute façon, elle n'en avait pas vraiment envie. Elle avait eu l'impression qu'il la regardait avec une sorte d'embarras, les jours suivants.

Pute, avait-elle entendu murmurer la voix lointaine de Will Fuller.

Le reste – l'*hubris* – elle l'avait chassé en hurlant dans la buanderie, un verre de vin à la main.

Elle avait des moments cachés, comme ça.

« Je pense que tu devrais arrêter de travailler au Centre », dit David dans son cou. Voilà la conclusion qu'il avait trouvée à la plainte de sa femme. Maggie tourna le robinet, le fracas de l'eau cessa. Curieusement, elle n'était pas choquée. Cela participait d'une logique que son esprit avait intégrée depuis quelques mois, sans qu'elle s'en rende compte. Il fallait qu'elle aille au bout de sa démarche – épouser David, l'aider à se faire élire, voilà qui était fait, et maintenant ?

Maintenant, il s'agissait de sourires pour la presse, de petits-fours, de rubans à couper, de bouquets de chrysanthèmes et de galas de bienfaisance. Une fondation à créer, une histoire à écrire, un partenariat. Le mariage selon sa mère, Elizabeth O'Neill.

Le Dr Lemming devait s'y attendre, elle qui lui avait adjoint une jeune assistante.

Maggie serait utile à long terme. *C'est ainsi que les femmes le sont*, se dit-elle, hochant la tête dans le miroir.

45

« Cela me rappelle l'époque où je buvais, au chantier naval. J'allais au bar du coin avec les autres, après le travail, pour montrer que j'étais comme eux. Alors que j'étais différent. Enfin, tu sais. »

Richard étira ses longues jambes sur le canapé, baigné d'une lumière d'avril qui filtrait par les persiennes.

« J'essayais de me perdre, Martha. Si tu veux mon avis, c'est ce que tu es en train de faire. »

Maggie avait usé de sa première nuit à Hancock Street depuis son mariage. Elle avait été surprise par la petitesse de sa chambre, la fermeté de son matelas, la rugosité des draps de coton épais. L'appartement était bien rangé, une affiche annonçant Billie Holiday à l'Apollo Theater occupait la moitié du mur de briques. Richard s'était installé. Et, étalé sur des coussins fleuris que Maggie n'avait jamais vus, il s'essayait à la psychanalyse.

« Tous ces déjeuners avec des snobs, ces toilettes… Et même tes cheveux, dit-il en pointant du doigt sa blondeur nouvelle, c'est une comédie que tu te fais, comme une grande ivresse.

— Tu es jaloux, protesta-t-elle mollement en replaçant une mèche derrière son oreille. Je ne t'abandonne pas, Richard.

— Oh, moi non. C'est toi que tu abandonnes. »

Maggie haussa une épaule, plongeant dans sa tasse de thé. Richard avait tort et raison. Tout ne l'amusait pas dans sa vie sociale, mais elle était certaine d'œuvrer à quelque chose. Au gala de printemps de l'hôtel de ville, David annoncerait la création d'une fondation pour les mères travailleuses dont elle serait présidente. L'ironie était que les aides à la garde d'enfants seraient financées par de riches oisives qui confiaient leur progéniture à des gouvernantes pour pépier tranquillement dans les cocktails.

« Pourquoi ce retour à Hancock Street ? s'enquit Richard en bâillant. Tu t'es disputée avec David ?

— Non. On se voit à peine. J'ai eu envie, c'est tout. »

La veille, penchée sur le menu du traiteur, elle avait été saisie d'un vertige. Cela lui arrivait parfois, cette fulgurance, la réalité apparaissant soudain sous un prisme tressautant, accéléré comme un film ancien. Quel étrange parcours que le sien. Elle ne savait même pas combien de personnes viendraient au gala. Cinq cents, peut-être. Elle n'avait jamais su s'occuper que d'une personne, et voilà qu'on la chargeait de cinq cents.

Alors elle avait dit à David :

« Les canapés au saumon et les médaillons de homard, ce sera très bien avec le champagne… Pardon, mais j'ai besoin d'être seule. »

Comme il l'avait contemplée d'un œil soucieux, presque timide, elle l'avait rassuré :

« C'est pour le gala, David. Je veux être en forme.

Donne-moi juste quelques jours pour me préparer, m'occuper de moi. »

La vérité était que ce gala la terrifiait. Jamais elle n'avait été exposée, scrutée comme elle le serait.

« Promets-moi que tu viendras, Richard, dit-elle en sortant le nez de sa tasse de thé.

— Bien sûr, chérie. J'adorerai voir comment le nouveau costume de ton mari tombe sur ses petites fesses de nageur olympique. J'y ai beaucoup travaillé.

— Arrête, rit-elle. Je sais que tu ne l'aimes pas.

— C'est un opportuniste dépassé par sa propre gloire, mais il est charmant. C'est tout le problème, Martha. Il joue des charmes d'une enfance à la Dickens, mais il est comme un héros de Fitzgerald : enivré de lui-même.

— Tu exagères.

— Qu'a-t-il mis en œuvre de son fameux programme social ? Les tours de Brownsville vont se multiplier, loin des yeux de Manhattan. Encore un ghetto. (Richard s'assit au bord du canapé, passant une main dans ses cheveux décoiffés.) Tu sais quoi, Martha ? J'ai un ami trompettiste qui fait sensation à la nuit des amateurs tous les mercredis soir à l'Apollo. Il n'a qu'un seul costume, du satin bleu qui brille, c'est moi qui lui ai fait. Il faut le voir, je te jure. Eh bien, le reste de la semaine, il dort dans un immeuble désaffecté de Harlem, avec d'autres gars qui revendent des vieux journaux dans la rue. Et il dort sur un vieux sac. À l'intérieur, il y a le costume. »

Richard écarta les mains, comme frappé par la tournure tragique de son discours. Maggie recula sur sa chaise, renversée. Elle ne savait pas que Richard avait une conscience sociale – ni des amis dépassant aussi franchement de sa zone de confort bohème.

« Dis-lui de venir dormir ici, suggéra-t-elle, parce qu'elle ne savait pas quoi dire d'autre.

— Oh, chérie. Si je commence par lui, il y en aura d'autres. Et ce n'est pas à toi d'abriter tous les exclus de New York. »

Plus tard, alors qu'ils déjeunaient d'une bière et de quelques œufs durs au pub des Irlandais du troisième, retranchés dans l'ombre d'une alcôve, Maggie se dit que la vie n'était que l'apparence qu'on voulait lui donner. Là, débarrassée des promesses et des convenances, elle était juste une femme ordinaire qui souriait au badinage retrouvé d'un bel ami. Un vrai. Le seul qu'elle ait.

Elle exerça son droit à la solitude deux nuits, puis trois. David n'avait pas de souci à se faire, Richard ne quittait pas le canapé – et puis la journée, elle passait du temps à l'hôtel de ville, finalisant les commandes de fleurs pour le gala avec la secrétaire de son mari perpétuellement absent, à qui elle laissait des mots rassurants sur son bureau.

Je me repose.
Tout va bien.
Je porterai la robe Dior.

Lorsqu'elle l'enfila ce soir de mai, que les bretelles scintillantes glissèrent sur ses épaules, le corsage de soie épousant sa taille et la jupe de tulle vert caressant ses chevilles, elle vit de nouveau passer l'image flamboyante de Pippa-ma-chère, avala deux verres de champagne avant de prendre le bras de David.

Au-delà d'une angoisse bien normale, il y avait quelque chose qui la retenait, qui entravait ses pas, elle n'aurait su définir quoi.

Mais, convoquant l'esprit de sa mère lorsqu'elle entra dans le hall, elle sourit aux compliments des conseillers municipaux, aux baisemains des caciques du tribunal de New York, elle sourit à leurs épouses tournoyantes, aux serveurs qui faisaient danser les plateaux entre tous ces gens curieux de son image à la fois moderne et matriarcale.

Elle sourit aussi, modestement, quand David la livra aux élégants applaudissements de la foule. Elle l'avait laissé discourir sur sa fondation – « David, je ne me sens vraiment pas bien, fais-le à ma place ». Cette boule dans l'estomac, de plus en plus lourde, pourquoi ? Pourtant, le Dr Lemming, d'une discrète élégance dans sa robe de soie noire, venait de lui donner son absolution : « Bravo, Martha, je suis certaine que vous serez encore plus utile que vous ne l'étiez au Centre. Vous êtes un formidable exemple, je l'ai toujours su. »

Et puis Maggie sourit par-dessus son épaule à cette autre femme qui présidait une association dans le Bronx – qu'est-ce que c'était déjà, quelque chose pour les enfants, les écoles, elle allait se souvenir…

« Martha, ma chère, laissez-moi vous présenter un de vos compatriotes qui vient tout juste d'arriver d'Afrique en bateau pour livrer deux éléphants au zoo. Vous savez l'importance que la Wildlife Conservation Society porte à la préservation des espèces, n'est-ce pas ? »

Non, Maggie ne savait pas. Tout d'un coup, elle ne savait plus rien du Bronx, de New York, de la musique de Cole Porter que Richard lui avait conseillée et qui voguait sur les petits-fours, elle ne savait plus rien de cette femme en face d'elle, ni de David Alexander dont elle apercevait le dos, plus loin.

Maggie ne savait plus rien de sa vie.

« Martha, avait dit la femme. Voici un homme pour qui le *Waldorf-Astoria* change d'une cabane à Lamu. Sir John Lyon-Thorpe… »

Le reste se perdit dans l'infinie incrédulité d'un regard vert qui en croisait un autre.

46

Maggie touchait les murs, cherchant la rectitude, les angles. Elle avait jeté ses gants elle ne savait où en chemin vers la terrasse – il ne fallait pas aller aux toilettes où ces dames se poudraient en s'exclamant, il fallait aller dehors, vers les arbres. Et il y avait cet escalier qui donnait sur l'arrière-cour, dont les rampes formaient une ombre protectrice sous le ciel de lune.

Elle avait besoin d'un cadre froid pour contenir l'extravagance du moment. Une main sur la bouche, frappant la paroi, Martha Alexander étouffait, retenant tous les cris de sa vie.

« Je dois retrouver mon mari, excusez-moi », avait-elle balbutié à la femme de la Wildlife Conservation Society.

Les saluts des groupes jacassant qu'elle avait fendus, le claquement de ses talons qui remontait le long de sa colonne vertébrale, le regard acéré de Richard coincé entre Truman Capote et une cantatrice du Carnegie Hall, tout était d'une violence inouïe.

Elle glissa le long de la paroi qui lui écorchait le dos, le cœur au bord des lèvres.

« Ne fais pas ça, John », exhala-t-elle.

Parce qu'elle savait qu'il l'avait suivie à distance. Elle avait appris dans ses manuels de médecine que l'odorat passait par le système limbique, le cerveau émotionnel qui relie un parfum à la mémoire, au plaisir, à la peur. Elle respirait l'odeur de sa peau, la vanille poivrée, et elle tremblait de tout cela.

John était là, tout près. Maggie connaissait l'exacte distance entre ses pas, le staccato de sa démarche.

« Ne fais pas quoi ? » entendit-elle.

Cette voix. Mon Dieu. Maggie étouffa une plainte au creux de sa paume glacée.

« Ne fais pas quoi ? répéta-t-il. Ne sois pas là, ne sois pas vivant ? »

Elle savait qu'il allait allumer une cigarette, la ficher entre ses dents – et il le fit, improbable silhouette adossée au mur.

« Je suis aussi surpris que toi, ma chère, souffla-t-il dans une bouffée de Chesterfield. Je ne t'ai pas vraiment cherchée, si c'est la question que tu te poses. Je n'aurais pu imaginer que cette blonde épouse du maire… Enfin, je constate que tu poursuis ton ascension sociale avec une détermination tout à fait remarquable. »

Devant elle, Maggie voyait ses beaux souliers s'éloigner de son corps, griffant les gravillons, ses jambes glisser sous le tulle, son buste satiné s'avachir. Cendrillon se transformait en poupée de chiffon.

« Maggie », dit John.

Maggie ne voulait pas croire ce qu'elle venait d'entendre – le prénom qu'elle avait laissé à Folkestone, que personne n'avait jamais employé ici, depuis presque cinq ans.

Son prénom dans la bouche de cet homme, cet

amour, le vrai, dont un phénoménal barrage atlantique ne pouvait davantage contenir la déferlante.

Il était là.

Une seconde, deux, une éternité.

Puis elle entendit ses grands pas dans l'escalier.

Maggie voyait l'astre noir se déplacer sur un océan de lumières et de murmures, comme si elle était ivre. Les ailes corbeau de ses cheveux, sa fine moustache d'aristocrate, sa manière de saluer les dames, ces mains – oh, ces mains.

Et puis, comme un rêve, il s'était dissous.

Maggie avait mis en branle le mécanisme de défense qui élevait les parois amovibles de son esprit, comme dans le ventre d'un *Titanic* s'éraflant sur l'iceberg. Mais elle se savait couler, elle aussi, inexorablement, accompagnant David de groupe en groupe, un sourire plaqué sur son visage brûlant.

« Je rentre à Hancock Street avec Richard », finit-elle par chuchoter à son époux.

C'était l'heure du cognac siroté sur les fauteuils en cuir du premier étage, plus rien qui concerne les femmes.

David n'avait rien vu de son naufrage, satisfait de sa soirée, elle le sut à son regard reconnaissant sur elle alors qu'il ouvrait une boîte de cigares à l'intention de ses derniers convives.

Richard, lui, avait une sensibilité différente, animale. Il flairait.

« Qu'est-ce qui t'arrive ? demanda-t-il à peine assis sur la banquette arrière. Tu as été si automatiquement parfaite qu'on aurait dit l'un de ces jouets à friction qu'on achète chez FAO Schwarz. »

Collée à la vitre, les doigts serrés sur la moleskine du siège, Maggie sentait les tremblements gagner son corps, naissant aux extrémités. Elle saisit la main de Richard, lui transmettant ses spasmes comme sur une ligne électrique.

« Martha ? Chérie ? »

Il avait cessé de rouler cette cigarette à laquelle le chauffeur ne prêtait aucune attention, laissant l'herbe se répandre sur ses genoux.

« Martha, qu'est-ce que c'est que ces éraflures dans ton dos ? »

Maggie se souvint qu'à un moment ou un autre de la soirée, Richard avait jeté sur ses épaules son étole de soie qu'il était allé chercher au vestiaire. Blessée dans sa chair.

« Je constate que tu poursuis ton ascension sociale avec une détermination tout à fait remarquable. »

« Voici un homme pour qui le Waldorf-Astoria *change d'une cabane à Lamu... »*

Maggie dégagea sa main de celle de Richard, tapa sur la vitre qui les séparait du chauffeur.

« Il faut passer par le *Waldorf-Astoria*, dit-elle d'une voix rauque.

— Que diable veux-tu aller faire au *Waldorf* ? s'étonna Richard.

— Il faut… Je ne resterai que cinq minutes. Tu m'attendras dans la voiture. Cinq minutes, Richard. »

Elle suppliait, alors qu'elle savait qu'elle aurait pu lui demander n'importe quoi.

« Tu me fais peur, chérie. Je n'y comprends rien.

— Je te promets… Je te raconterai, Richard. »

Le building Art déco n'était qu'à quelques minutes, sur Park Avenue, à peine le temps de réfléchir.

Enroulée dans son étole, sourde aux mises en garde de Richard qui flairait un désastre, Maggie sortit de l'auto, priant pour que son visage ne soit pas si célèbre que cela – il ne l'était pas, ou alors la réceptionniste fit des merveilles de son devoir de réserve en ignorant poliment la robe de soirée, les mains tremblantes.

« Dites à Sir John Lyon-Thorpe que Maggie Fuller… »

Seigneur, ces deux noms avaient eu tellement de mal à sortir. Elle ne put continuer. Que dire, d'ailleurs ?

L'employée eut un sourire poli, appelant une chambre, lui indiquant le chemin sous la magnifique pendule du hall qui sonnait le premier quart d'après minuit.

Cachée derrière le groom dans l'ascenseur, pour ne pas voir son visage encadré par les dorures du miroir, Maggie pria de nouveau pour qu'une femme nue sous son peignoir ouvre la porte de la suite du huitième étage, et que cette douleur ultime efface toutes les autres.

Mais ce fut lui. En bras de chemise, le col défait, un verre rempli d'un liquide ambré semblant tirer son bras sous son poids. Il avait les mêmes yeux que lors de son coup de folie, cette nuit lointaine dans l'Aile des vierges.

Il n'y avait pas un bruit qui provienne de la chambre. Maggie recula sur le palier, résistant à la force d'attraction, édifiant les barrages cérébraux.

« Je ne t'ai pas utilisé pour mon ascension sociale, murmura-t-elle. Je t'ai aimé follement. »

Il ne répondit pas, presque minéral.

« Je ne t'ai pas quitté pour de l'argent, continua-t-elle,

au bord des larmes. Même si j'ai voulu que tu le croies. Je ne pouvais rien te donner, John. Je n'étais pas bonne pour toi. »

Impassible, il la considéra des pieds à la tête, comme s'il mesurait le chemin parcouru avec un autre que lui, pour qui elle aurait été meilleure.

Maggie sentit les barrages s'écrouler, libérant les larmes. Elle recula de nouveau, au bord du malaise.

« Je suis mariée », balbutia-t-elle, épuisée.

John haussa un sourcil plein d'ironie.

« La belle affaire », dit-il.

47

Maggie avait fini par accepter la cigarette que Richard avait roulée pour elle, puis s'était endormie sur le canapé, blottie dans ses bras, sans même ôter sa robe.

Elle avait pleuré silencieusement tout le long du trajet du *Waldorf-Astoria* jusqu'à Hancock Street, et il était terrifié. Quand elle avait voulu faire arrêter la voiture sur le pont de Brooklyn, simplement pour respirer l'air frais qui montait de l'East River, il avait refusé, craignant manifestement qu'elle franchisse le parapet.

« Tu me parleras quand tu voudras, Martha, s'était-il agacé en relançant le chauffeur. Mais tu me parleras. »

Elle n'avait rien dit en rentrant, tirant longuement des bouffées de la cigarette, mais Richard avait semblé considérer que le cannabis – ou Dieu sait ce que c'était d'autre – était un progrès suffisant, et il n'avait pas insisté.

Mais au petit matin, il avait réclamé son dû au-dessus du plateau de petit déjeuner qu'il avait préparé. Des œufs brouillés, des toasts, une orange pressée, un café. Elle était affamée. « Les effets de l'herbe », affirma-t-il doctement. En tout cas, elle ne recommencerait jamais. Son esprit voguait encore dans des sphères désagréablement cotonneuses.

« David t'a fait du mal ? commença Richard. Le coup du *Waldorf-Astoria*... C'est une maîtresse qu'il cache là-bas ? »

Mais Maggie comprenait bien que cette hypothèse n'était qu'une façon ordonnée d'entamer la conversation. Elle n'aurait jamais versé tant de larmes sur une infidélité de David. C'était d'ailleurs un alinéa souterrain de leur contrat prénuptial, et Richard le savait très bien.

Maggie se recroquevilla dans le plaid qui recouvrait sa robe Dior – cette robe, Seigneur, elle ne ressemblait plus à rien. Froissée, tachée de noir – une traînée de mascara qu'elle avait sans doute étalée sans même s'en rendre compte.

Elle remonta les pans sous son menton – maintenant, elle avait froid, alors que le soleil tapait sur la vitre.

« J'étais domestique dans un château du Kent », commença-t-elle. Et cela sonnait comme l'incipit de *La Ferme africaine* de Karen Blixen.

Elle lui raconta l'étrangeté de la rencontre, la liberté qui y présidait, les étreintes furieuses et les tendres réveils. Les infinies discussions sur l'oreiller, les délicieuses joutes verbales. Elle lui raconta l'émerveillement amusé du début, et la sidération de l'amour, ensuite.

« Ces trois mois avec John, dit-elle, c'était comme s'il y avait une cinquième saison. »

Elle lui raconta le vertige qui voyait s'éloigner les principes fondateurs d'Augusta et d'Elizabeth

O'Neill – cet affranchissement, meurtri au chevet de Will Fuller, qu'elle s'était juré de regagner. Elle lui raconta l'aiguille à tricoter, ce sentiment de nocivité qui ne la quittait plus depuis son premier mariage, et que David Alexander contribuait, malgré lui, à effacer.

Elle lui raconta les douleurs fantômes de son ventre. Les mains de John, le parfum de John, partout sur elle, en elle, tout le temps. Cette façon qu'elle avait d'apprivoiser l'absence, sa vie comme une stase.

« Mais plus on résiste à une pensée, plus on lui donne une consistance », observa Richard.

Comme si Maggie ne le savait pas.

Elle regardait son ami, le seul qu'elle avait mais qui la connaissait si peu, avec cette impression de l'avoir toujours trahi. Richard était abasourdi, émerveillé, bouleversé. Richard était tout du désir du genre humain, la quête inavouée de l'*hubris*. Sa façon de butiner la vie cachait une aspiration à l'absolu. Il n'avait jamais pu aimer aussi violemment que son esprit mystique le réclamait. Alors il ne comprenait pas la fuite, le suicide amoureux de celle à qui Dieu ou un homme avait donné ce privilège.

« Tu es folle, folle à pleurer, épilogua-t-il. Sous prétexte de protéger cet homme de ta petite personne libérée, tu es comme Philoctète dans la mythologie grecque, à souffrir sans cesse sur son île de sa blessure et de sa solitude… Mais, veux-tu que je te dise ? Tu mérites toute la souffrance que j'ai vue sur toi cette nuit. »

Ils restèrent là, sans parler, côte à côte pendant un long moment. Puis Maggie se leva, hébétée par le récit qu'elle avait déroulé pour la première fois.

« Il faut que je me prépare, dit-elle d'une voix absente. J'ai un déjeuner.

— C'est bien ce que je disais. La pire des solitudes. Alors que cet homme n'est qu'à un pont d'ici.

— Il me déteste, Richard. J'ai au moins réussi ça. »

Cette entrevue sur le palier du *Waldorf-Astoria* était le seul élément manquant à cette histoire, se dit-elle, le principal : sa fin.

Il y aurait sans doute quelques jours difficiles, mais Maggie O'Neill savait composer avec la désolation.

« C'était merveilleux, ma chérie.

— Attends, je vais le faire. »

David n'était pas adroit avec ses boutons de manchettes. L'élégance était pour lui un travail, moins important que tout autre. Au milieu de la rotonde de l'hôtel de ville, Maggie retira ses gants et prit le temps de se pencher soigneusement sur ses poignets – un costume anthracite dont la veste de style *drape cut*, prisée par les silhouettes athlétiques américaines, définissait ses épaules et affinait sa taille par un jeu de plis verticaux dont Richard lui avait expliqué toute la subtilité.

« Voilà », dit-elle en tapotant sa main. Il se pencha sur elle pour déposer un baiser sur sa joue. Maggie contempla la coupole à caissons soutenue par dix colonnes corinthiennes, l'escalier en marbre qui menait au deuxième étage. *Voilà*, se répéta-t-elle. *Voilà ce vaste espace qui est le mien.*

« Tu rentres, ce soir ? demanda David. Je serai là tard. Le conseil municipal.

— Non. Si ça ne t'ennuie pas, je reste quelques jours à Hancock Street.

— Comme tu veux. »

Il n'avait pas l'air plus contrarié que cela, se dit Maggie. En fait, c'était comme si sa présence dans sa vie était un challenge, et qu'il avait besoin de repos autant qu'elle.

« C'était merveilleux, hier soir, reprit-il. Tu as été merveilleuse. Pour la fondation, je pense qu'il faut envisager le local de Brooklyn, tu verras avec Florence Mayweather… Tu déjeunes avec elle, n'est-ce pas ?

— Oui, j'y vais.

— Brooklyn est une bonne idée. Moins huppé que Manhattan.

— Je sais, David. »

Il sembla hésiter, cherchant quelque chose dans le visage de sa femme qui serait moins coupant que cette expression polie qu'elle lui renvoyait. Puis l'embrassa de nouveau et rejoignit la Salle Bleue où la presse l'attendait pour sa conférence hebdomadaire. David avait instauré ce rendez-vous de transparence que Maggie considérait comme une esbroufe – elle savait bien que le local de la fondation, par exemple, ne passait pas par un appel d'offres régulier, mais par l'époux de Florence Mayweather, un des plus gros donateurs de la campagne électorale.

« Bien sûr, Florence, dit-elle un peu plus tard en déposant sa serviette sur ses genoux. Nous y réfléchissons, mais je ne vous cache pas que Brooklyn emporte les suffrages de David.

— C'est une ancienne brasserie, le croiriez-vous ?

— Une brasserie ?

— Oui, un endroit où l'on faisait de la bière,

Martha. Lorsque Donald l'a acheté en 1939, les cuves y étaient toujours. Et une odeur, ma chère, une odeur ! Mais rassurez-vous, Donald en a fait un endroit fabuleux. La verrière est extraordinaire. »

Il y avait autour de la table de *Ritelli's*, un restaurant italien huppé de Greenwich Village, un quarteron de femmes qui auraient fait les belles pages de *Harper's Bazaar* – d'ailleurs, deux malabars en costume les protégeaient des journalistes importuns, mains croisées sur la ceinture. Une photo, une seule, avaient-ils autorisée. Un camaïeu de soie parme, rose et blanche, de cosmopolitans givrés et de bouquets de pivoines aussi parfaitement ronds que les lampes Tiffany qui baignaient l'alcôve, rien dans cette image parfaite de la *high society* new-yorkaise n'était laissé au hasard. Martha Alexander, l'épouse du maire, Florence Mayweather, celle du plus gros promoteur immobilier de la ville, Mary Sonntag, femme du doyen de la NYU et cette blonde épouse du directeur de la Wildlife Conservation Society, elles étaient toutes la moitié d'un homme, son attelage qu'on envoyait acter les discussions viriles autour d'un chariot de petits gâteaux, une fois que les décisions avaient été prises.

Quelle comédie, se dit Maggie, maussade.

Cette femme, cette blonde, la queue de comète de la Wildlife Conservation Society, Maggie aurait aimé qu'elle ne soit pas là. La vie était une vraie chienne, parfois. Elle réclama un nouveau cosmo, attendant que la catastrophe se produise.

« Martha, ma chère, comment avez-vous trouvé votre compatriote, ce sublime Britannique, hier soir ?

— Je l'ai trouvé comme vous dites, grinça-t-elle. Britannique. »

Les trois autres rirent joliment, une rivière de cristal dans une flûte à cocktails. Maggie était ivre, de cosmo et de fatigue, de cette ivresse intérieure qui vous tient encore droite mais vous donne l'impression de marcher sous l'eau. La blonde, elle, avait déjà les yeux en chasse, étouffant discrètement un hoquet derrière un diamant gros comme le *Ritz*.

« Eh bien, terminons vite ce déjeuner pour aller voir les éléphants.

— Pardon ? fit Maggie.

— Au zoo du Bronx, ma chère. Sir Lyon-Thorpe nous attend. »

Maggie arrangea une mèche de cheveux derrière son oreille. Ce chignon qui menaçait de s'écrouler. Elle avait trouvé une épingle sur sa jupe tout à l'heure. Richard, qui l'avait coiffée ce matin, n'était pas complètement à son ouvrage.

« C'était prévu, renchérit Florence Mayweather. Vous n'avez pas changé d'avis, ma chère, j'espère, le chauffeur est commandé. »

Ce silence.

« J'avoue que je n'ai pas eu le temps de regarder mon emploi du temps à la mairie. David avait une conférence et… »

Elle resta là, la bouche ouverte, à chercher ses mots.

« Oh, justement, éluda la blonde d'un geste de la main. Monsieur le maire est bien occupé, vous avez le droit de vous amuser un peu. Encore un cosmo, mesdames ? Ensuite une salade rapide fera l'affaire, allons au zoo. »

Maggie hocha la tête, s'excusa et alla vomir son cosmo dans les toilettes en marbre.

48

Avant d'être un arrondissement dont le maire de New York, David Alexander, avait entrepris de réhabiliter les quartiers insalubres, avant d'être le carrefour des gangs, des putes, des dealers, un chaudron social où les habitants du sud de Central Park ne s'aventuraient que par meutes les journées de match au Yankee Stadium, le Bronx était une rivière – la seule rivière d'eau douce de New York.

Elle bruissait là, filant entre les rochers et un entrelacs de feuillus, curieux paysage d'une verte densité à un jet de pierres du métro aérien qui semblait éventrer les baraques grises et rouges d'où le linge pendait, à peine sec et déjà sale.

La rivière Bronx formait une frontière entre les espèces protégées du zoo, dont on veillait à recréer le milieu naturel, et les populations venues en majorité de Porto Rico et des États ségrégationnistes, entassées dans des logements lépreux, fournaises en été, glacières en hiver. La mortalité par balles y explosait toutes les statistiques.

Mais *homo homini lupus est*, « l'homme est un loup pour l'homme », avaient repris les philosophes.

À côté, s'occuper des vrais animaux n'était jamais décevant. C'est du moins ce que pensait la blonde de la Wildlife Conservation Society – elle se prénommait Meredith, Meredith, bon Dieu, pourquoi fallait-il que Maggie n'arrive pas à le retenir ?

Peut-être parce que l'alcool lui était monté à la tête, que les remugles d'herbe de Richard continuaient à lui polluer le cerveau, et que cette poule blonde n'avait pas arrêté de caqueter depuis leur départ de Greenwich Village.

Dépasser Central Park en auto était en soi une expérience frissonnante. On arrivait en territoire hostile, où une limousine chargée de quatre femmes embijoutées conduite par un chauffeur en livrée pouvait s'attirer une volée de cailloux – ou même pire, s'était excitée Florence Mayweather.

Maggie était morte de peur, mais le taux de criminalité du nord du parc n'avait rien à y voir. Deux fois, trois fois, elle fut sur le point de demander au chauffeur de faire demi-tour – mais Dieu sait quelles rumeurs les trois passagères répandraient dans son dos, elle ne les connaissait pas assez pour estimer leur pouvoir de nuisance – « Mrs Alexander a fait un caprice pour éviter le Bronx », « La femme du maire n'a pas respecté son engagement, peut-être est-elle enceinte ? » Il y avait une infinité de ragots possibles, dont les trois quarts atterriraient en bas d'une colonne du *New York Post* après avoir survolé tous les services à thé de la ville.

Maggie finit par sortir de la voiture, déséquilibrée – Seigneur, elle avait vraiment abusé du cosmo, et ce soleil qui lui tapait sur la tête semblait faire rétrécir son chapeau, comme si quelqu'un cherchait à lui broyer le crâne entre ses mains.

Elle jeta un œil à ses compagnes d'équipée. Les trois femmes ne semblaient pas plus sobres qu'elle, mais leur ivresse légère se manifestait avec gaieté, alors que Maggie avait le cœur au bord des lèvres et une désastreuse envie de pleurer.

Elle étira un sourire lorsque le conservateur du site, un homme petit, pâle et rond évoquant davantage un guichetier de Wall Street qu'un zoologue, la gratifia d'un baisemain, et elle se composa un air de circonstance – discret, intéressé, alors qu'il les guidait dans les allées, entre les bâtiments inspirés de l'architecture des Beaux-Arts.

« Notre zoo a été créé en 1899, disait-il. Savez-vous que nous sommes les premiers à avoir sorti les animaux de leurs cages pour les placer dans un environnement semblable à leur milieu d'origine ?

— Oui, j'ai lu des articles, souffla Maggie.

— Notre but est d'éduquer les visiteurs à la protection des espèces… Faire progresser les études zoologiques… C'est pour cela que… »

Cette marche accompagnée était interminable. Les volières, les buffles derrière les fossés, les singes de la forêt tropicale artificielle, en temps habituel cela devait être passionnant, surtout pour qui comme Maggie n'avait jamais vu d'aussi près d'autres animaux que moutons, chevaux et un chaton du Kent.

Mais, à travers les brumes de son esprit, de plus en plus épaisses, assourdie par les bouillons de son sang dévalant ses artères, vacillant sur ses talons, elle gravissait son Golgotha.

Ils franchirent une arche luxuriante, pénétrant – tel que

l'indiquait sans sommation le panneau de bois – en AFRIQUE, et ces dames se répandirent en exclamations à la vue des deux éléphants, montagnes grises et tranquilles.

Et il était là, John, qui ôtait ses gants épais, pareils à ceux d'un jardinier, pour venir les saluer. Un gilet beige boutonné sur une chemise marine au col défait, une veste sable, un chapeau large. *Ni tout à fait le même, ni tout à fait un autre*, aurait dit le poète – Maggie vacillait sous le souffle lyrique de sa présence en ce lieu incongru.

Quand John déposa sa bouche sur le dos de sa main, d'une manière peut-être – peut-être – plus appuyée que l'exigeaient les convenances, elle éprouva le contraste familier de la douce chaleur de ses lèvres avec l'éperon de la fine moustache, son cerveau traître lui restituant en une bouffée assassine la somme de tous les fragments de son corps qui en gardaient le souvenir.

« Mrs Alexander », dit-il, et elle vit dans ses yeux limpides qu'il n'était pas surpris.

Oh, il avait dû bien s'amuser à l'attendre – Maggie O'Neill embourgeoisée, emberlificotée dans son collier de perles et son étole en renard sous sa toque de grand couturier parisien.

Mais déjà John Lyon-Thorpe était passé d'un baisemain à un autre, engourdissant de son élégance caractéristique le gynécée charmé. Maggie appellerait un taxi, après tout cela. Elle serait incapable de supporter les commentaires papillonnants des autres femmes.

L'attention générale s'étant détournée d'elle un instant, elle eut un vertige, passant d'un talon sur l'autre, se disant que le pire était passé. « Ce ne sont pas les premiers éléphants du zoo, disait John, vaguement moqueur face à ces dames qui s'extasiaient si fort. Saviez-vous qu'en 1884 on a mesuré la stabilité du pont de Brooklyn en le faisant traverser par vingt et un pachydermes ? » Et déjà il revenait sur Maggie, avec un sourire dont elle seule devait percevoir l'ironie.

« Mrs Alexander, dit-il. Avez-vous déjà touché la peau d'un éléphant ? »

Non.

« Ce sont des animaux curieux. »

Non. Non.

« Alors que le terme pachyderme signifie “peau épaisse” en grec, celle des éléphants est très sensible au soleil. »

Monstre. Oh, monstre...

Maggie secoua la tête. John la regardait, flegmatique, tandis que les autres femmes s'extasiaient sur cette fondamentale découverte dermatologique.

« Je vais vous montrer, continua-t-il. Je vous assure que c'est une sensation étrange. »

Se demandant combien de paires d'yeux étaient braquées sur elle, et si ce n'était pas le moment le plus cruel de son existence, elle dut le suivre comme un automate, contournant l'éléphant comme si John voulait la torturer à l'abri des regards.

Quand il prit ses mains, Maggie ferma les yeux, percevant les exclamations des femmes que le conservateur avait guidées vers le second pachyderme. Puis elle fit face à l'image mythique des doigts de John emprisonnant les siens, ses poignets ombrés de brun, les articulations fortes, les phalanges adroites, les ongles soignés d'aristocrate. Il portait toujours sa chevalière aux armoiries des Lyon-Thorpe. Mais plus d'alliance.

Et elle capitula sous la force douce qui plaquait ses

paumes contre la peau de l'éléphant, dure et brûlante comme un rocher au soleil, glissant en une caresse intenable. C'était une couche caverneuse, percluse d'excoriations, sous lesquelles on sentait une vie battante, l'esprit d'une aventure.

« Arrête », murmura-t-elle.

John serra ses mains à lui faire mal, se penchant dans son cou. « C'est une chose que je m'étais juré de te faire connaître, Maggie, chuchota-t-il. Voilà au moins une promesse que j'ai pu respecter. » Puis, d'un geste sec, il la libéra.

Maggie entendit ses grands pas s'éloigner vers le barnum des pipelettes, recula à l'abri d'un arbre et, à bout de forces, s'affaissa sur le tapis d'herbes couchées.

« Je vais bien, s'agaça Maggie.

— Peut-être faut-il quérir un médecin ? suggéra le conservateur.

— Je vais bien.

— Il n'y a que des vétérinaires ici, dit Meredith.

— Je vous assure que… »

Maggie tenta de se lever, se renfonça dans le fauteuil où on l'avait portée. Qui, d'ailleurs ? Certainement aucune des femmes. Ni le chétif conservateur.

« Sans doute un coup de chaleur. Je pense qu'il faut laisser un peu d'air à Mrs Alexander. »

Bien sûr que c'était lui. John.

Le conservateur guida ces dames vers la sortie de ce qui devait être son bureau, une pièce minuscule chargée de statuettes d'animaux en plâtre sans doute peintes par des enfants, de diplômes et de photos officielles en tout genre épinglés au mur sans formalité ni ostentation.

Maggie se tenait appuyée sur les accoudoirs d'un fauteuil en velours rouge qui faisait la paire avec un autre, face à une table croulant sous des piles de *National Geographic* qui lui semblèrent un instant comme les falaises de sable de Folkestone.

John avait fermé la porte sur la promesse de raccompagner Mrs Alexander sitôt qu'elle se sentirait mieux – et tout le monde avait trouvé cela normal, comme si le fait d'être aussi britannique qu'elle lui donnait sinon une prérogative, du moins un meilleur jugement.

« Ne me touche pas, le prévint-elle alors qu'il s'installait dans le fauteuil d'à côté.

— Ce n'est pas mon intention. (Il haussa un sourcil, fouillant dans la poche de sa veste.) Cependant, il semble qu'avec toi je me découvre une vocation de garde-malade.

— Si tu allumes une cigarette, je te jure que... Appelle un taxi. S'il te plaît.

— J'ai un chauffeur. Reste tranquille et prends un peu d'eau. (Il lui tendit un verre, repoussant son paquet de cigarettes au fond de sa poche.) Alors, ce coup de chaleur ? »

Maggie avala une gorgée avec précaution, priant pour qu'une nausée ne la submerge pas. Elle n'osait pas le regarder. Elle l'aurait voulu que tout était encore un peu flou, de toute façon.

« J'ai bu trop de cocktails au déjeuner, lâcha-t-elle en se renfonçant dans le fauteuil, les yeux mi-clos.

Et j'ai fumé de l'herbe cette nuit. Du cannabis, quelque chose comme ça. »

Elle voulait simplement lui montrer qu'elle vivait. Alors que c'était juste un aveu de faiblesse qu'il avait bien entendu.

« Et pourquoi as-tu fait cela ? Maggie. »

Elle entrouvrit les yeux. Qu'il dise son prénom ainsi l'aurait fait renoncer à tout – à David, à l'Amérique – et pour commencer, aux mystifications. Alors elle lui répondit, murmurante : « Parce que j'avais peur. »

Elle entrevit sa main dépourvue d'alliance attraper le verre dans lequel elle avait bu, elle entrevit ses lèvres dans la même eau, et sa poitrine se souleva sous l'effet de la connexion qui se faisait de nouveau – mon Dieu, elle avait été dans ses bras, tout à l'heure, elle s'en souvenait, maintenant.

« Ma chère, dit-il en reposant le verre, il fut un temps où tu étais moins effarouchée par ma personne. Mais ne t'inquiète pas, je disparaîtrai dans une petite heure, comme le lapin d'un mauvais tour de magie. »

Cet accent qu'il avait comme personne d'autre ici. Maggie ferma les yeux deux infinies secondes, juste pour elle, goûtant cette façon de parler si britannique, d'une courtoise ironie.

On toqua à la porte, et le conservateur apparut, gêné d'entrer dans son propre bureau.

« Comment va Mrs Alexander ? demanda-t-il d'une voix moelleuse que Maggie avait souvent entendue chez les infirmières du Centre médical.

— Oh, je vais mieux, merci.

— Magnifique. Ces dames sont parties. Je dois rentrer, mon épouse reçoit, ce soir. Nous habitons à Riverdale, et… »

Et aussi improbable que ce fût, Riverdale se trouvait tout près d'ici, dans le Bronx, oui oui, une sorte d'enclave cossue, mais heureusement Sir Lyon-Thorpe avait un chauffeur pour redescendre sur Manhattan, alors tout irait bien pour Mrs Alexander, si elle pouvait saluer Monsieur le maire pour lui ? Puis le bonhomme s'éclipsa, rassuré par les joues roses de Maggie qui s'était redressée sur son fauteuil, prête à bondir sur ce faux espoir.

Une fois la porte refermée sur son calvaire, elle se noya dans le verre d'eau, voyant John réunir ses affaires en silence – son chapeau, un sac en cuir. Elle était tout à fait réveillée, à présent, une sueur froide perlant à son front. Mais elle avait du mal à se situer, dans le cycle de cette journée qui avait commencé à un moment confus du gala de l'hôtel de ville. Quelle heure pouvait-il être, maintenant ? « 6 h 30 », lui répondit John alors qu'elle ne s'était même pas entendue poser la question.

Il avait jeté un œil à sa montre – l'une de ces montres de famille que Maggie avait souvent vues à son poignet, et la pensée lui vint que c'était peut-être un héritage de Sir Albert. Le souvenir du vieillard tournant dans les ifs, si longtemps remisé avec tout le reste dans les ruines de Sheperd House, lui donna envie de pleurer.

Elle refusa rageusement l'aide de John pour se lever, il l'abandonna en s'inclinant et sortit sans plus de cérémonie pour attraper au vol un employé du zoo qui passait par là. *Ses précieux éléphants*, se dit-elle en voyant l'autre type hocher la tête.

Puis, dans un tressautement du temps, ils furent à l'arrière d'une Bentley, un espace confiné derrière la vitre de courtoisie et les reflets fumés de la casquette d'un chauffeur inconnu. Se mêlaient les parfums de peau, de brillantine, de vanille poivrée et de mélancolie.

Bon Dieu, il fallait bien que ce silence mortifère cesse.

« Pourquoi es-tu partie, Maggie ? »

On y était.

Maggie sentait le poids du regard de John alors qu'elle s'accrochait à la vision du monde extérieur, la frange verte du parc qui se déroulait à la fenêtre.

« Je n'aurais pas pu te donner ce que tu voulais, murmura-t-elle.

— Et qu'est-ce que je voulais, selon toi ?

— Ce que je t'avais promis. Une famille, en Afrique. Je n'aurais pas pu respecter ma parole. » Elle se retourna vers lui, se sentant plus forte de la vérité qu'elle détenait. « Je ne pouvais plus avoir d'enfant avec toi, John. Et c'était ma faute. Encore une fois je ne te donnais pas le choix.

— Crois-tu que je ne le savais pas ? »

Sur le font plissé, Maggie vit glisser le voile opaque d'un gâchis insensé. Elle ouvrit la bouche et resta ainsi, muette. Il prit sa main, la serrant à lui faire mal, comme sur le ventre de l'éléphant.

« Crois-tu que je sois resté cinq jours entiers à ton chevet sans savoir précisément ce qu'on te faisait, ce qui devait te sauver ? Entendre tout ce que tu m'as dit, ces jours-là, alors que tu délirais dans mon cou, c'était tout ce qui comptait pour moi. Des enfants, j'en avais déjà. Je voulais te le dire quand tu irais mieux, tu ne m'en as pas laissé le temps. »

Et comme il l'avait fait au zoo, juste avant qu'elle

ne tombe, il libéra sa main, la jetant presque sur le cuir de la Bentley.

« Tu étais tout ce que je voulais, Maggie. Et toi, après toutes tes promesses d'amour, tu es partie. »

Il considéra un moment le bazar de remords et de stupeur qui désorganisait le visage de Maggie, puis tourna la tête vers la silhouette gris et or du *Waldorf-Astoria* qui s'approchait.

« Où vas-tu, demanda-t-il d'un ton sec. L'hôtel de ville, Brooklyn ? Le chauffeur te conduira où il te plaira.

— Non ! »

Fébrile, elle saisit sa main avant qu'il ne toque à la vitre, le contact de sa peau la fit bouillir, son cœur se déchaîna et la seconde d'après Maggie embrassait John comme si sa vie en dépendait – le piquant de ses lèvres, le goût de sa bouche, la caresse de son nez contre le sien, tout lui était nécessaire.

De l'amour, elle s'imaginait que c'était ce qui lui avait le plus manqué : embrasser et être embrassée. Elle refusait de l'être par ses amants de deux nuits, qui s'échouaient toujours dans son cou alors qu'elle détournait la tête, concentrée sur le mécanisme intime qui lui apporterait sa gratification.

Oh Seigneur, oui, cela lui avait tellement manqué.

« Que veux-tu, Maggie ? souffla John à son oreille.

— Toi. Je te veux toi, frémit-elle.

— Vraiment ? (Il eut un petit rire triste.) Pour la vie ou quelques heures ?

— J'ai donné ma parole… »

Son front contre sa poitrine, à quoi bon continuer. Il savait ce que c'était. Elle le sentit hocher la tête. Ce ne serait que quelques heures soustraites à un contrat.

49

Maggie avait lu les philosophes – Platon théorisant que l'amour est désir et le désir est manque, Spinoza lui opposant qu'aimer est se réjouir.

Maggie aurait voulu que saint Augustin la raisonne – *Amabam amare*, « Ce que nous aimons c'est aimer » –, mais saint Augustin la renvoyait à John, tout la renvoyait à John, les premiers temps en Amérique. *Aime et fais ce que tu veux*.

Maggie avait torturé la Cendrillon en elle, qui avait croisé le prince tombant à pic – oui, ce n'était peut-être qu'une simple construction mentale, cette folie, allez, réfléchis, dis-moi ? En d'autres lieux, en d'autres circonstances, tu aurais trouvé John Lyon-Thorpe aussi illusoire que Rhett Butler, n'est-ce pas, fichue romantique ?

Toutes ces années à New York, il s'était agi de rationaliser ses sentiments.

Alors Maggie avait étudié le cœur, le système limbique dans les livres du Centre médical, elle avait étudié l'irrigation sanguine et les neurotransmetteurs comme elle se serait penchée sur le moteur d'un avion pour trouver une explication à l'envol.

Maggie avait considéré Freud, selon qui la sexualité était le nœud de tous les conflits de la vie psychique, elle avait écouté Richard désespérer de la théorie de l'âme sœur.

Maggie avait fait tout cela, en presque cinq ans, mais elle n'avait toujours rien compris.

Parce qu'il n'y avait rien à comprendre à cette magie des sens. Pourquoi tout de John, sa peau, sa bouche, son sexe, était meilleur pour elle. Ses belles mains qui glissaient sur son corps tendu – « Mon Dieu, Maggie, je t'ai manqué si fort ? » Ses mots impérieux, irrésistibles.

Elle se concentrait sur les boutons de chemise de son amant, les défaisant minutieusement, sourcils froncés, pour ne pas se laisser emporter trop vite, alors que sa poitrine se soulevait de façon erratique – « Laisse-moi faire », disait-il, guidant ses doigts ailleurs, vers le désir brûlant qui la pénétrait, ce point précis, ce soupir particulier qu'elle n'avait jamais réussi à oublier avec d'autres hommes.

Ensuite John tenait ses mains emprisonnées dans les siennes, son corps plaquant le sien sur le matelas en de profondes et exquises poussées puis la contraignait à l'attente, refusant ses baisers – « Dis-le-moi encore, Maggie. » Dans ses yeux Maggie se perdait, balbutiait des mots d'amour et des prières, sentant sa délivrance arriver puis de nouveau s'éloigner.

Puis il la libéra et pendant quelques secondes d'éternité, elle fut au-dessus de tout.

Quel contresens que cette dépendance à l'autre qui parvenait à l'absolu affranchissement des lois terrestres – qu'importaient les philosophes et toutes les femmes O'Neill.

« Aime et fais ce que tu veux, murmura-t-elle après, caressant le velouté de son ventre.

— J'y compte bien durant ces quelques heures », répondit-il, serrant sa nuque contre son torse brun.

Maggie se dégagea pour lui faire face sur l'oreiller. John enroula une mèche de ses cheveux autour de sa chevalière et eut une petite grimace.

« Blonde, dit-il.

— Ça ne te plaît pas ?

— Ce n'est pas toi. »

Lui n'avait presque pas changé – juste des rides un peu plus creusées par le soleil, au coin des yeux. C'était une bêtise, cette histoire de Cendrillon intérieure. À des milliers de kilomètres de Sheperd House, cinq ans plus tard, Sir John Lyon-Thorpe était ce qu'il avait toujours été – un homme réel, charnel, celui que Maggie O'Neill aimait en toute conscience. Rien de moins, rien de plus, nul besoin de décorum à ces sentiments-là.

« Quand es-tu parti ? demanda-t-elle. As-tu respecté ta parole ?

— Jour pour jour, ma chère. Même si la vie m'était devenue plus difficile depuis que ma femme m'a triomphalement annoncé ta fuite. Lestée, semble-t-il, d'un beau petit paquet de livres sterling. Le prix du silence, selon elle. »

Maggie se redressa sur un coude. *Vous lui direz que j'ai pris l'argent. Cela l'aidera à me détester.* Pippa-ma-chère avait été la plus zélée des complices.

« J'ai rendu l'argent », souffla-t-elle, consciente

qu'il lui aurait suffi de le refuser pour ne pas avoir honte.

John la considéra un moment, imperturbable.

« Je sais, finit-il par lâcher. Car malheureusement le Dr Heady est mort, et ta lettre a été portée à Sheperd House. J'y conserve quelques espions.

— Le Dr Heady est mort ?

— Une crise cardiaque, en 1948. »

Maggie était bouleversée. Elle avait quitté cet homme si bon, qu'elle aurait voulu être son père, sur un drame qu'il ne s'était peut-être jamais pardonné. Pourquoi ne lui avait-elle pas écrit plus tôt ? Parce que, comme d'habitude, elle n'avait pensé qu'à elle. Elle en eut les larmes aux yeux, John s'en aperçut.

« Pour te consoler, Colin est mort aussi, ma chère. Tombé raide à l'office en repassant mon journal. J'en porterai la culpabilité à vie… Mais, crois-le ou non, sa rouquine de veuve s'est remariée avec son remplaçant, un Écossais. Il y a eu une véritable beuverie à l'office. »

Mi-rieuse mi-mélancolique, Maggie attrapa sa main nue.

« Depuis quand es-tu divorcé ?

— Je ne le suis pas. Ma femme n'y tient pas, et ça ne m'est plus nécessaire. (Il laissa passer une seconde pointue comme un regret.) Je rentre à Sheperd House quelques semaines par an, ce qui satisfait la gentry. »

Il y eut un silence sonore. Maggie ne voulait pas qu'il lui parle de l'Afrique – pas tout de suite.

« Avez-vous continué à trousser des soubrettes, après mon départ, Monsieur ? badina-t-elle alors.

— Ah. (Il fit mine de réfléchir.) Voyons…

— J'espère au moins que vous avez donné

satisfaction à Kitty, dit-elle, pensant aux dentelles cachées de la gringalette.

— Kitty ?

— Katherine. Les cheveux coupés, te souviens-tu ?

— Ah, eh bien, non, malheureusement. Elle est partie en même temps que toi. J'ai dû jeter mon dévolu sur Mrs Stanfield. »

La grosse Bertha, l'obusier de l'Aile des vierges. Maggie éclata de rire. Elle sentait la fièvre la mordre de nouveau. Et il ne leur restait qu'un morceau de nuit. Il fallait qu'elle lui dise.

« John, mon mariage… c'est une union de deux intérêts. David avait besoin de moi, j'avais besoin de lui.

— Je m'en contrefous, Maggie.

— Un arrangement, insista-t-elle. Comme toi et Pippa-ma-chère à Sheperd House.

— À la différence près que mon arrangement avait une limite dans le temps. Et le tien ? »

Alertée par les yeux verts qui passaient au brun, Maggie sentit venir un vent sombre.

« Je suppose qu'avant une dizaine d'années je…

— Parfait », coupa-t-il.

Jusqu'où comptait-elle accompagner David ? Au Sénat ? Plus haut encore ? Combien de temps, rien n'était écrit. Comme s'il avait entendu ses pensées tomber dans le vide, John embrassa son front, caressa ses cheveux. Sa rapide ascension sociale ne semblant pas être un sujet pour lui, contrairement à ce qu'il lui avait lancé à la soirée de gala. Elle était une femme fulgurante, il le savait, il l'aimait pour cela.

« J'espère que tu es heureuse. »

Maggie hésita. L'était-elle ? Elle ne s'était jamais posé la question. Elle avait connu plusieurs formes de désespoir, qu'elle avait toutes laissées en Angleterre. Alors elle savait simplement qu'elle n'était pas désespérée.

« Je t'aime, résuma-t-elle, parce qu'il n'y avait rien d'autre à répondre.

— Ce qui est tout à fait regrettable », souffla-t-il.

Retrouvant son assurance, Maggie roula sur lui, dégageant les draps, appuyant ses mains sur son torse.

« Conquérante, Maggie O'Neill ? murmura John. Voilà l'image que j'ai gardée de vous.

— Oui. Mais juste un instant. »

La vérité, c'est qu'elle aimait qu'il la désarme et la submerge – pire, elle en avait besoin. John la reposait d'elle-même. Il l'avait toujours fait.

« C'est un ranch, sur l'île de Lamu. Je t'avais parlé de Lamu, n'est-ce pas ? Mais je vais souvent sur le continent. Avec quelques autres, nous luttons contre la contrebande d'ivoire, les safaris sauvages dans les réserves protégées du Kenya. Pendant ce temps, Baptiste et Vicky gèrent l'entreprise familiale.

— Vicky ? » Maggie eut un coup au cœur. Qui était Vicky ? Bien sûr, elle n'avait pas le droit de…

« Ma fille, dit John en lui pinçant la hanche. Victoria. Son frère et sa sœur contribuent à faire de Sheperd House le dernier endroit couru du Kent, mais Victoria, elle, est partie avec moi. (Elle le sentit sourire.) Elle envoie des bateaux en Europe toutes les semaines, surveille les cargaisons. Du café, du thé, des graines, parfois des métaux et des pierres précieuses. Elle mène les équipages à la baguette. Une vraie emmerdeuse, comme toi.

— Mon Dieu, mais quel âge a-t-elle ?

— Dix-huit ans. Mais Baptiste est en charge, en mon absence. (Il ramena Maggie sur lui.) Un Noir et une jeune femme à la tête d'un fleuron de l'industrie portuaire, voilà qui devrait satisfaire à tes exigences d'égalité.

— Sous vos airs d'aristocrate vaniteux, un révolutionnaire sommeillait, Sir John Lyon-Thorpe. Je l'ai toujours su.

— Non, Maggie O'Neill. J'aime bien trop mes privilèges. Celui de trousser des soubrettes, par exemple. »

Riant doucement sous la caresse tranquille, Maggie percevait des bribes de sa vie à travers deux optiques différentes, la première d'une grande précision alors que la seconde était floue comme un songe. D'un côté l'hôtel de ville de New York. De l'autre un ranch à Lamu. Comment vivait-on sur une île africaine ? Elle s'imaginait en robe légère, débarrassée des contingences sociales. Que ferait-elle, là-bas ? Sans doute s'occuperait-elle des femmes, des enfants. Un centre social, des écoles, serait-ce possible ? Serait-elle utile dans ce pays comme elle l'était ici ?

John ne disait rien, la laissant à ses pensées. Elle connaissait ses codes de gentleman : jamais il ne la mettrait dans une situation de conflit. « Quand repars-tu ? lui demanda-t-elle d'une voix un peu éraillée.

— Dans six heures. » Y avait-il de l'espoir, malgré tout, dans le ton presque interrogateur qu'il avait ?

« En bateau ?

— Oh, Seigneur, non. Le voyage a été beaucoup trop long. En avion.

— Je n'ai jamais volé.

— Tu le feras un jour. »

Et ce fut tout. Les heures restantes, ils s'occupèrent à chasser les affres de la séparation – inévitable. Ils donneraient bonne figure à leurs adieux. Quels adieux, d'ailleurs ? Les semaines, les mois pourraient bien passer qu'il y aurait à jamais la possibilité de l'autre.

Et puis Maggie n'était pas masochiste – elle commençait même à s'aimer un peu : si la vie lui était insupportable, elle prendrait l'avion. Avec cette simple idée elle ferait front aux jours plus mauvais que d'autres.

« As-tu retrouvé Clemmie ? » lui demanda-t-elle au moment de lâcher sa main, dans l'escalier de secours du *Waldorf-Astoria* qu'elle avait déjà emprunté la veille, à l'abri des regards. Décidément, elle était faite pour les couloirs parallèles.

« Clemmie ? Non. Clemmie est à Albert, et seulement à lui », répondit-il. Il souriait, élégant dans le désespoir, pour elle.

« Écris-moi », lui dit-elle, lui offrant le même visage. Clemmie, perdue à jamais. Maggie, elle, voulait que quelque chose témoigne du passage de John dans sa vie. Que quelqu'un sache un jour, plus tard, si jamais…

Il rangea dans la poche de sa gabardine le papier qu'elle lui tendait, embrassa son poignet.

Puis ils reprirent chacun leur chemin.

50

À la maison de Brooklyn Heights, Lupita s'était vu adjoindre une cuisinière qu'elle bombardait de regards dédaigneux. La fille était française, baragouinait à peine l'anglais, et servait des menus sophistiqués et légers qui faisaient honte à la *soul food* de Harlem. Jésus, comment pouvait-on manger un filet de saumon sauce mousseline et ne pas crever de faim après ? lisait-on dans les yeux incrédules de Lupita.

Maggie avait cédé à David. D'accord, on organiserait des dîners informels à Brooklyn, mais pas plus d'une fois par mois. Il fallait commencer à s'assurer des amitiés pour la réélection. Et des soutiens pour le Sénat, plus tard.

La popularité de David Alexander ne se démentait pas, mais celle de Martha Alexander grimpait en flèche depuis que sa fondation avait pris ses quartiers dans l'ancienne brasserie. On y avait embauché des assistantes sociales, organisé des groupes d'écoute pour les femmes. Maggie était de toutes les soirées de levée de fonds, et Monsieur le maire lui faisait la part belle dans les journaux. Pas un article sans qu'il ne loue son engagement. Pas une inauguration de quartier sans qu'il ne l'emmène avec lui. David n'était pas dupe : il ne lui suffisait pas d'allonger quelques pots-de-vin et de construire de nouvelles tours à Brownsville pour conserver son image de politicien progressiste, Martha était une partie essentielle de son capital.

Même si souvent, elle lui échappait. « Qu'as-tu fait à tes cheveux ? s'était-il étonné quelques mois auparavant, alors qu'elle réapparaissait après presque deux jours d'absence.

— Blonde, ce n'était pas moi.

— Je te préférais ainsi. Pour les photos… »

Il avait renoncé devant son air buté.

Il s'y était fait – de toute façon, ils se voyaient si peu. Tant que Martha se montrait l'hôtesse parfaite des dîners mensuels, que ses cheveux soient blond clair ou blond foncé, tout allait à David.

Ce dîner-ci, alors que l'hiver approchait, avait un avant-goût de Noël. Marie, la jeune cuisinière, avait farci des cailles de foie gras, conservé la belle couleur verte des asperges en les plongeant dans un bain de glace sous l'œil morne de Lupita qui s'était vengée en dressant la table la plus fabuleuse qui soit – une féerie de cristal et d'argent, un chemin de table scintillant comme des diamants dans la neige.

« Merveilleux », s'exclama Florence Mayweather. Celle-ci, Maggie aurait préféré ne jamais la revoir. La dernière fois, c'était au zoo, au printemps. Elle s'était demandé quels cancans la petite troupe alcoolisée avait pu répandre dans son dos, puis avait effacé cela de son esprit. Elle n'avait pas le temps d'y penser.

Il y avait autour de la table trois conseillers municipaux, leurs décoratives épouses, Don Mayweather, l'influent magnat de l'immobilier, et sa caquetante moitié.

La perfidie fut servie en même temps que le dessert, un baba au rhum aussi imbibé que Florence Mayweather.

« Oh, ma chère Martha, vous souvenez-vous de ce terrible coup de chaleur au zoo, ce printemps ? Comme le dirait Don, nous n'avions pas sucé de la glace, n'est-ce pas, Don, c'est ce que tu dis toujours ?

— Mon épouse est une alcoolique mondaine, tressauta son gros mari, ravi.

— Nous le sommes toutes, s'esclaffa l'une des autres femmes, le nez dans son champagne.

— Un coup de chaleur ? s'enquit David.

— Oh oui, mon Dieu, Martha caressait ce monstrueux éléphant avec ce splendide Anglais, Sir Lyon-Thorpe, venu d'Afrique. Et d'un coup, elle est tombée. »

David s'essuya le coin de la bouche, lui jetant un œil curieux. « Tu ne m'as rien dit.

— Ce n'était rien. Je n'ai pas voulu t'inquiéter inutilement.

— Sir Lyon-Thorpe s'est-il occupé de vous ? renchérit Florence. Nous avons quasiment été chassées par le conservateur.

— Je me suis remise rapidement et j'ai pris un taxi. Vraiment pas de quoi en faire un drame », répondit Maggie, minérale. David la regarda de nouveau furtivement. Que lui passait-il par la tête à ce moment-là ? se demanda-t-elle. Était-il capable de soupçons, de jalousie ?

« Le zoo, dit-il, reprenant l'assurance souriante du politicien. La Wildlife Conservation Society y fait des merveilles.

— Oh, les éléphants, David, renchérit Florence, si vous aviez vu ces montagnes !

— J'avoue que je n'ai que peu d'intérêt pour les animaux, Florence. Les hommes et les femmes habitant New York sont ma priorité. (Il s'essuya le coin de la bouche, semblant ménager son effet.) D'ailleurs, saviez-vous que le Bronx organisait des zoos humains, au début du siècle ?

— Non ? s'exclama l'assemblée.

— J'en ai entendu parler, en effet », asséna Don Mayweather.

David regarda Maggie, et dans sa manière imperceptible de changer de stature, elle reconnut l'élan qu'il prenait pour impressionner les foules – l'impressionner, elle.

« À cet égard, l'histoire d'Ota Benga est effrayante. Elle est représentative de la morgue des peuples nantis sur les non-Occidentaux.

— Ota Benga ? » répéta quelqu'un. Le public était ferré.

« Ota Benga, un Pygmée ramené du Congo par un homme d'affaires américain. Après avoir été présenté au Muséum d'histoire naturelle, le pauvre bougre a été exposé au zoo du Bronx, dans la cage des singes. Il montrait ses dents, qu'il avait pointues et effilées comme des silex. (David laissa passer un silence, très professionnel.) Heureusement, les ecclésiastes baptistes noirs ont eu raison de cette ignominie au bout d'un mois. (Nouveau silence.) Ota Benga est allé d'orphelinat en orphelinat. Et il a fini par se suicider d'une balle dans le cœur, dix ans plus tard. »

Il y eut de nouvelles exclamations au-dessus des

flûtes de cristal, des mains machinalement portées à la poitrine.

« Doux Jésus, conclut Florence Mayweather. Vous avez raison, David. »

À propos de quoi, elle ne savait plus exactement, à moitié ivre et complètement captivée, comme les autres. Maggie aimait ces moments où David était au-dessus du lot. Elle le gratifia d'un sourire complice par-dessus son épaule, pendant que la perruche Mayweather reprenait ses esprits et revenait au point de départ.

« Pour ne rien vous cacher, dit-elle d'un ton badin, après ce malaise avec l'éléphant, nous nous sommes dit que vous attendiez peut-être un heureux événement… »

Voilà donc ce qu'elle a imaginé pour ramener l'attention sur elle, se dit Maggie. C'était le moment de renvoyer cette idiote à son indiscrétion crasse. Elle ne réfléchit pas davantage, l'interrompit avec un sourire froid : « C'est impossible, Florence. Je ne peux pas avoir d'enfant. David et moi songeons à adopter. »

Il y eut un silence à couper au couteau autour de la table. Ces choses-là ne se disaient pas. On avait finalement une conception assez variable de l'inconvenance, dans la haute société américaine : on pouvait gloser sur un possible adultère au-dessus d'une tranche de gâteau, mais révéler une chose aussi simple que l'infertilité vous faisait vous étrangler avec votre champagne. Il ne fallait pas monter trop haut dans les tripes.

David serra la main de Maggie sous la table. « David et moi sommes pour la transparence, dit-elle sans se démonter. Cela arrive malheureusement à beaucoup de femmes sans qu'il faille en avoir honte. »

Une nouvelle pression sur sa main. Un sourire discret, cette fois. Une fois de plus, Maggie s'attirait l'admiration de son mari, qui devait probablement être en train de calculer toutes les retombées positives de la soirée au-dessus du baba au rhum.

« Bravo », fit en effet l'une des femmes. Une autre hocha la tête, puis la dernière, tandis que Florence Mayweather faisait briller ses yeux, les mains jointes d'une admiration pompeuse.

Cela suffit pour que David dépose un baiser public sur la joue de sa précieuse épouse.

« Tu as bien fait, il faut justement qu'on en parle, dit David en dénouant sa cravate.

— De quoi ? demanda Maggie, alertée.

— De l'adoption. Bob dit qu'il faudrait s'orienter vers les orphelins de Harlem, ce serait plus…

— Mon Dieu, David, il ne s'agit pas d'une opération de campagne ! Ce sont de vrais enfants à élever, pas d'une couleur sur une affiche électorale ! »

Elle était sidérée, c'était tellement contraire à son discours humaniste du dîner. Mais depuis quelque temps, David ne jurait que par Bob Edwards, un collègue qu'il avait débauché de son ancien cabinet d'avocats pour le conseiller. Bob-ci, Bob-ça.

David s'interrompit dans son geste, sa cravate autour de la main comme s'il était sur le point de s'étrangler. « Justement, balbutia-t-il. Autant s'occuper d'enfants qui en ont vraiment besoin.

— Tous les enfants ont besoin qu'on s'occupe d'eux, David. Être orphelin est une chose affreuse, que ce soit à Harlem ou dans le Kent. Toi et moi avons de bonnes raisons de le savoir.

— Je sais, chérie. Excuse-moi. Je pense qu'il faudrait faire avancer le dossier. »

La vérité était que Maggie n'avait aucune envie d'adopter. Elle s'était dit, tout à l'heure, que le fait d'informer les convives de ce projet suffirait. On pouvait tenir longtemps sur une intention, c'est ce que lui avait appris la politique.

Un enfant ne se quittait pas comme un mari. Et David ne pouvait s'imaginer que la porte de sortie entrouverte dans sa tête lui donnait l'air suffisant pour rester à ses côtés, efficace, souriante, et pas trop malheureuse.

John lui écrivait presque toutes les semaines. Avec les aléas du courrier international, elle recevait parfois deux lettres en même temps, de deux dates différentes. Au-delà des mots, lire son écriture l'avait frappée d'émotion. Cette griffe déliée relevait d'un intime qui lui restait jusque-là inconnu. Tout juste auparavant avait-elle vu sa signature sur ses bulletins de gages, à Sheperd House.

John lui racontait les réserves du Masai Mara et de Shimba Hills, le parc de Tsavo tellement immense qu'il fallait marcher des heures avant de trouver les animaux, ôter les pièges des trafiquants. Il avait un style assez lyrique – une excellente éducation l'avait baigné de littérature. Maggie lui répondait de façon plus concise, d'une petite écriture serrée, jouait d'ironie sur la haute société new-yorkaise. Terminait sur des mots d'amour, parfois d'une folle indécence. Et cela la comblait presque jusqu'au prochain échange.

« Il faudrait aussi… hésitait David. Chérie, cela m'ennuie de t'en parler, mais Bob pense qu'il faudrait te débarrasser de l'appartement de Hancock Street. Les mauvaises langues commencent à répandre des choses sur la solidité de notre mariage. Tu as vu que…

— Cela faisait partie du contrat, David, coupa-t-elle, maudissant Bob Edwards. Et Richard y habite.

— Mais enfin, ce garçon a un appartement à Manhattan, que fait-il dans le tien à Brooklyn ?

— Je ne sais pas. Je crois qu'il aime veiller sur mes affaires. »

Maggie ôta sa robe, un simple fourreau de soie vert émeraude, la jeta sur le lit conjugal et s'approcha de la fenêtre qui donnait sur la skyline de Manhattan. Elle sentait l'inertie de son mari derrière elle, son inquiétude. Elle n'avait pas le droit de le maltraiter ainsi, de souffler en permanence le chaud et le froid. Il lui avait beaucoup donné.

« Je vais y réfléchir », dit-elle, dégrafant son soutien-gorge, faisant glisser sa culotte. Puis elle lui tendit la main, un peu gauche. « Viens, David. C'est une belle nuit. »

51

Richard s'en fichait.

« Je paierai le loyer, mais tu garderas l'appartement tel qu'il est », dit-il, ravi de son idée.

Richard brillait d'un éclat intérieur, ses yeux semblaient frappés d'un perpétuel étonnement, comme s'il était resté longtemps devant une œuvre d'art à vouloir en découvrir tous les détails. Lorsque Maggie avait inauguré avec David le département de peinture européenne au Metropolitan Museum of Art, elle avait vu ce même regard de Richard, planté devant une huile de Cézanne représentant un paysage dont elle n'avait pas saisi la subtilité – pour elle, dont l'esprit résolument cartésien ne prédisposait pas à l'art, ce n'était que des taches de couleur, mais pour Richard un monde s'ouvrait.

Richard était amoureux et quelqu'un l'aimait en retour. Maggie en était certaine. « Le garder tel qu'il est ? répéta-t-elle, attentive.

— Ça ne changera rien pour toi. Tu seras juste débarrassée du loyer.

— Mais ce n'est pas une question d'argent, Richard. C'est juste que l'appartement peut apparaître comme une sorte de… garçonnière aux yeux des journalistes. Une garçonnière pour moi. (Elle leva les yeux au ciel.) C'est du moins ce que dit cette punaise de Bob Edwards. »

Une sorte d'éclair de joie intempestive passa dans les yeux de Richard, qui étira son corps dégingandé sur le canapé. « C'est sûr, dit-il, sourire aux lèvres. Un couple sans enfant, madame qui dispose d'une garçonnière, cela sent le mariage arrangé à plein nez.

— Richard…

— Mais si ton nom disparaît du bail, les apparences sont sauves. (Son sourire s'élargit, il ouvrit ses mains :) Et je te promets de ne toucher à rien, y compris au petit paquet de lettres qui se trouve dans ton placard à vieux vêtements. À l'allure où il grossit, il te sera impossible de les cacher dans la belle maison conjugale, de toute façon. »

Triomphant, il goba un des chocolats que Maggie avait apportés. À l'approche de Noël, elle et David croulaient sous les confiseries. Elle ouvrit la bouche, entre surprise et agacement, restant muette quelques secondes.

« Richard, je t'interdis de lire ces lettres, finit-elle par dire.

— On dirait du Hemingway.

— Quel… salopard !

— C'était un compliment, chérie, s'étonna-t-il. Les grands espaces, la passion qui en transpire, franchement je me demande ce que tu fais encore ici. » Agile, il attrapa la main avant qu'elle ne le gifle. Les joues rouges, les dents serrées, Maggie ne savait que répondre. « Je n'en ai lu qu'une, protesta Richard. Et encore, juste un petit bout !

— Ce que je ne comprends pas, espèce d'imbécile, c'est que tu me l'avoues. (Elle se rassit, ébahie.) Avec cette nouvelle tête d'amoureux transi que tu as, sans doute crois-tu que tout est aussi simple pour les autres que pour toi. »

Le sourire de Richard s'effaça et il s'assit à son tour, ses yeux de faon plantés dans les siens. « Non, dit-il tout à fait sérieusement. Ce n'est pas simple pour moi non plus. Je ne suis pas Truman Capote, figure-toi. Je ne peux pas me promener de cocktail en cocktail en séduisant les minets avec mon amusante silhouette de vieux bébé et ma voix de fausset sous les applaudissements des mondains. À moi, il ne me reste que les mondes interlopes ou la clandestinité. »

Touchée, Maggie s'enfonça dans son fauteuil.

« Excuse-moi, Richard.

— La tienne, de clandestinité, c'est une sorte de… (Il chercha ses mots.) Snobisme romanesque, veux-tu que je te dise. Quel risque prendrais-tu à partir au bout du monde avec l'homme que tu aimes ? Et David, le pauvre David abandonné, y gagnerait peut-être même en popularité. »

À voir les prunelles assombries de son ami, Maggie se sentit favorisée, pompeuse. Mais pouvait-elle expliquer à Richard, cet elfe idéaliste, pourquoi elle ne se donnait pas le choix ? Elle avait déjà bien suffisamment enfreint les codes familiaux pour ne pas détruire ce qu'elle était en train de construire.

Mais Richard comprenait. À moitié. « Ton problème, dit-il en se rallongeant, la boîte de chocolats sur la poitrine, ce n'est pas la morale. C'est l'ambition.

— Peut-être, répondit-elle d'un ton sec.

— C'est triste.

— Ça l'est, parfois. Mais tu ne peux pas me juger, Richard.

— Oh, tu sais, je te jugerais moins sévèrement si tu trompais David par simple vice. Mais je vois cette carapace que tu t'es construite pour contenir tes sentiments.

— Je ne trompe pas David, s'insurgea-t-elle. John était là avant. Il l'a toujours été. »

Richard la regarda longuement, secouant la tête. « C'est bien ce que je te dis », se désespéra-t-il. Capitulant, Maggie alla s'asseoir près de lui, enlaçant les genoux de son ami, y posant sa joue. Elle ne faisait jamais cela. Surpris, il ne bougea pas.

« Richard, dit-elle doucement. Qui est-ce ? » Elle sentit son genou tressaillir. « Qui donc ? » bluffa-t-il. Comme elle ne répondait pas, il soupira. « Quelqu'un que je pourrais détruire par amour. (Il eut un rire triste.) Et, crois-moi, ce paradoxe, il n'y a qu'à moi que cela arrive. »

David Alexander avait fort à faire avec les tours HLM de Brownsville. Soucieux de son image de rénovateur, il signait les permis de construire à tour de bras. Mais la population originelle, composée en majeure partie de Juifs blancs des classes moyennes, s'insurgeait devant l'arrivée en masse des migrants noirs et hispaniques des ghettos, craignant la même flambée de délinquance que dans le Bronx ou à Harlem. À tort ou à raison. Monsieur le maire, lui, en rajoutait dans l'utopie : ces nouveaux quartiers seraient des modèles d'intégration. Maggie imaginait bien que les marchés publics étaient aussi un excellent moyen pour son mari de s'attirer de nouveaux soutiens. Si elle faisait mine de fermer les yeux sur ces petits arrangements – ce qui importait, c'est que les gens aient un toit –, ce n'était pas le cas de Bob Edwards qui, après une énième lettre de menaces arrivée sur le bureau du maire, ne cachait pas son inquiétude.

« Bon sang, David, grogna-t-il. S'il est si important pour toi de laisser une trace architecturale de ton mandat, construis plutôt une arche dans un parc ! »

C'était un homme abrupt, souvent caustique. Il ne prenait jamais de gants, c'était bien là la seule qualité que Maggie lui trouvait. Bob Edwards était aussi brun que son épouse, mannequin-cabine chez Saks, était blonde. Les deux faisaient la paire, glamour, glacés comme le papier de *Harper's Bazaar*, et Maggie se doutait que l'investissement de Bob auprès de son mari portait sur du long terme. Il lui succéderait à la mairie lorsque David Alexander serait appelé à de plus hautes fonctions, c'était écrit sur son front lisse.

« Cela devient dangereux, l'avertit Bob, sans même jeter un œil à Maggie. Brownsville est un vrai chaudron.

— J'irai les calmer, répondit négligemment David, penché sur son agenda.

— Je doute que la vision du maire entouré d'un service de sécurité contribue à calmer les esprits. »

Maggie posa le courrier qu'elle était en train de consulter. Elle ne passait pas souvent dans le bureau de son mari, qui y avait fait déplacer le magnifique écritoire de George Washington de la salle du Gouverneur, où il était exposé, pour son usage personnel. La pièce, qui donnait sur le parc, n'était que tentures rouges et lourds meubles géorgiens, et Maggie s'y sentait étouffer. Et puis l'omniprésence de Bob Edwards l'agaçait. Elle devait être la seule à sentir le mépris qu'il avait pour elle, la petite intrigante anglaise.

« J'irai avec toi, David, dit-elle.

— Vous n'y pensez pas, répliqua Bob. Ce n'est pas une visite de courtoisie.

— Bob, laissa-t-elle tomber froidement. Il ne vous aura pas échappé que j'ai l'habitude des populations en difficulté.

— Certes, mais il ne s'agit pas là de régler des problèmes de logement ou de garde d'enfant dans un bureau. »

Seigneur, ce pédant phallocrate avait-il autant de mépris pour son rôle ? Elle eut une envie furtive mais intense de lui sauter à la gorge – sais-tu ce que je sacrifie, espèce d'arriviste ?

Sentant le vent mauvais, David posa son stylo.

« Ce ne sont pas les pauvres, qu'il faut rassurer, Martha. Mais les classes moyennes qui craignent pour leur coin de gazon, Bob a raison. Je connais bien les habitants de Brownsville, j'irai seul. »

À cet instant Maggie sentit tous les doutes du monde s'abattre sur elle. Que faisait-elle là, face à ces deux hommes qui s'écoutaient l'un l'autre, la reléguant au rang d'outil à n'utiliser qu'en cas d'absolue nécessité ? Oh, ce n'était pas un accrochage plus violent qu'un autre – David avait peut-être même raison. C'était l'accumulation de petites déceptions, d'une sensation d'oisiveté, de comédie mondaine mal digérée et de cette nouvelle complicité entre David et Bob qui la renvoyait à jouer les utilités.

Elle posa son tas d'enveloppes sur l'écritoire de George Washington, jeta un œil par la fenêtre. Il faisait déjà nuit. Ainsi étaient ses journées, d'une longueur inutile.

Dès demain, elle investirait son bureau sous la verrière de la fondation, à Brooklyn. Ce serait un vrai travail, comme avant. Au diable les petits-fours et les rubans à couper. Ce fut décidé en une percutante seconde.

Sinon, elle allait faire une grosse bêtise.

52

Maggie reprit un rythme ancien, aménageant son emploi du temps d'une manière un peu brutale : si les élégantes de l'Upper East Side tenaient à s'afficher avec la femme du maire, il leur faudrait traverser le pont de Brooklyn et se contenter d'un café dans l'unique salon de thé de Williamsburg, ouvert par un Russe de noblesse déchue dont le palais tenait dorénavant entre quatre murs jaunes où régnaient des reproductions dorées d'icônes orthodoxes, deux douzaines de chaises dépareillées et un percolateur qui faisait un bruit terrible. Les *kulich* et autre *vatrouchka* étaient des pâtisseries délicieuses, mais ces dames ne le sauraient jamais puisque leur monde s'arrêtait à l'angle sud de Central Park et aux choux à la crème du *Ritz-Carlton*.

Maggie régulait le flux des curieux au moyen d'une fiche qu'elle faisait remplir par les secrétaires. On y demandait des informations qu'elle ne voulait pas trop intrusives : lieu d'habitation, motif de la visite. Elle ne recevait pas personnellement mais étudiait soigneusement les dossiers, les solutions à leur apporter, et faisait parfois la surprise d'une visite dans le bureau d'une assistante sociale. Les gens qui étaient là la voyaient arriver comme une sorte d'Evita Perón. Cela la gênait.

Au début, David ne cacha pas sa contrariété. « Mon Dieu, lui rétorqua-t-elle, nous sommes tellement loin du contrat où il était question que je commence des études de médecine… » En conflit, elle passa quelques nuits à Hancock Street, que Richard avait repris à son nom. Même si l'appartement n'avait en rien changé, comme il l'avait promis, Maggie ne le considérait plus comme le sien, et, avec une certaine amertume, s'obligeait à prévenir de sa visite. Il lui semblait qu'elle n'avait plus de véritable chez-elle. Et elle craignait de mettre inopinément les pieds dans l'histoire d'amour de Richard, qu'il semblait poursuivre avec fièvre, amaigri, éternellement absent même quand il se cantonnait à son canapé.

John envoyait toujours ses lettres à cette adresse. Maggie passait des nuits entières à lui écrire. C'était un véritable journal qu'ils tenaient l'un pour l'autre. Blasé, Richard ne commentait pas.

Puis David sembla tirer avantage de la retraite mondaine de sa femme : Bob lui avait transmis quelques échos admiratifs qui rebondissaient entre les murs des salons. Quelle abnégation ! Quel engagement de Mrs Alexander ! Florence Mayweather ne tarissait plus d'éloges dans les cocktails – « Martha fait des merveilles entre les murs de l'ancienne brasserie, vous savez, cette magnifique verrière que Don lui a trouvée… »

Pour une fois, Maggie apprécia le concours politique de Bob Edwards – et le pépiement opportuniste de Flo la Bêcheuse.

C'était un jour presque comme un autre. Maggie se levait toujours plus tôt que David – ce matin-là en particulier. Le Dr Lemming venait lui rendre visite à la fondation, et elle en était heureuse. Elle avait longtemps eu l'impression d'avoir trahi celle qui avait su cerner la femme utile qui était en elle et lui avait donné l'occasion de s'exprimer.

Il était question d'un rapprochement entre la fondation et le Centre médical de Bedford-Stuyvesant – et ce n'était pas une façon de rendre la politesse, mais une vraie cohérence. Il en allait des soins de santé de milliers de personnes qui n'avaient pas les moyens de payer une assurance. « On trouvera les moyens de financer, avait promis David, conseillé par un Bob illuminé. C'est tout un système à inventer. Et New York deviendra une vitrine pour le pays. »

Ce matin-là, Maggie ouvrit la porte à Lupita le sourire aux lèvres, avala un café et les deux beignets que la domestique lui apportait quotidiennement mais qui finissaient toujours par rassir dans le compotier. L'enthousiasme lui donnait faim. Elle avait la sensation parfaite de toucher à l'accomplissement, d'une caresse de fierté venue de là-haut dans le ciel s'il existait – et d'avoir enfin sa place au milieu de ce gynécée militant.

David l'avait embrassée dans la cuisine, assez grognon au-dessus de ses œufs brouillés. Il avait une mauvaise journée devant lui, Maggie n'avait pas écouté pourquoi, tout à son projet personnel.

« Martha, vraiment, nous allons faire de grands progrès ensemble », dit le Dr Lemming, un peu plus tard.

Aucune femme dans New York ne portait les cheveux aussi courts qu'elle. Le chignon sec s'était envolé, comme si le médecin n'avait plus le temps pour ces emberlificotages. Maggie vit dans cette ascèse la conséquence étrange de sa propre démission – elle avait créé un besoin au Centre médical, et en avait abandonné les suites au Dr Lemming pour aller courir les soirées mondaines.

« Je voulais vous dire, docteur… hésita-t-elle.

— Je m'appelle Helen, Martha. »

Seigneur, avait-elle jamais imaginé que le Dr Lemming ait un prénom – a fortiori un mari, des enfants, des petits-enfants ? Une fois de plus, Maggie se posait la question : s'intéressait-elle vraiment aux autres, ou n'étaient-ils que les béquilles de ses ambitions avortées ? Il faudrait qu'elle entame une psychothérapie, comme beaucoup de femmes de ce pays qui en avaient les moyens. Cette idée, qu'elle avait longtemps jugée dangereuse, s'était installée.

« Helen », dit-elle, hochant la tête. Et pendant qu'elles discutaient, s'emballaient, Maggie attrapa une image fugitive – Elizabeth, rentrant du travail dans son uniforme de sage-femme, cachant sa fatigue pour lire le journal avec elle. Sa mère avait la même façon de pencher la tête qu'Helen Lemming sur les plans qu'elles traçaient ensemble, de deux écritures dissemblables et complémentaires.

Le téléphone en bakélite sur son bureau ne sonnait presque jamais. Les secrétaires filtraient les appels, c'était la seule privauté que s'était accordée Maggie. Pour le reste, la pièce était aussi petite que celle dans laquelle elle officiait au Centre Bedford-Stuyvesant – en arrivant, le Dr Lemming avait jeté un œil surpris aux murs nus.

Mais ce matin le téléphone sonna. Et la dernière chose que vit Maggie avant que tout bascule fut la plaquette en laiton gravée à son nom qu'elle n'avait toujours pas fait visser à la porte.

La plaquette avait été posée près du téléphone noir, toujours emballée dans son papier de soie. Par transparence, on distinguait les mêmes lettres basiques et sobres que la police de la machine à écrire repoussée de l'autre côté du bureau scolaire.

Mrs Martha Alexander.

« Oui, répondit-elle, agacée.

— Martha, fit la voix de Bob Edwards. On a tiré sur David. »

53

« Laisse-moi fixer ça. Tu peux enfiler tes gants ? »

La voix de Richard lui parvenait comme si elle s'était trouvée sous l'eau, mais Maggie était terriblement consciente de ce qui lui arrivait : si l'effet des anxiolytiques ne se dissipait pas, elle ne pourrait pas suivre le corbillard à pied jusqu'à la cathédrale Saint-Patrick.

Elle n'avait jamais pris de médicament de sa vie, en dehors des cinq jours à l'hôpital de Folkestone. Son organisme vierge de toute drogue y réagissait donc violemment. Comme à l'herbe de Richard.

Elle avait reçu une première injection deux jours après la mort de David, quand en se réveillant à Hancock Street elle avait pris de plein fouet la violence du deuil. Auparavant, elle ne s'en était pas vraiment rendu compte, occupée qu'elle était à filer droit entre des murs mouvants de vacarme et de stupeur.

Toutes ces mains à serrer, ces condoléances à recevoir dans les couloirs de l'hôtel de ville.

Mais ce matin-là, après deux jours sans cris, sans larmes, et un sommeil pathologique, elle s'était sentie partir. Son cœur en tant qu'organe envahissait sa poitrine dont elle s'imaginait le nœud sinusal comme un élastique prêt à rompre. Sous la force des contractions, ses poumons semblaient s'être rétractés, Maggie s'étranglait, elle n'avait plus d'air. « C'est comme quand tu te casses une jambe, avait dit Richard, hasardeux. Quand la douleur est chaude, tu n'as pas mal. Les jours d'après sont les pires… »

Personne n'aurait su estimer la magnitude du séisme qui la secouait. Il s'agissait de toute une vie de résistance, de dents serrées, de barrage à la déveine et aux sensibleries qui l'avait exténuée. Elle n'avait plus rien d'O'Neill, de Fuller, d'Alexander. Maggie était juste un corps à bout.

Richard l'avait aidée à respirer, son front contre le sien, puis avait demandé aux gardes postés dans une voiture devant la maison d'aller chercher le Dr Lemming au Centre, tout près.

Mercredi, jeudi, vendredi – trois piqûres qui plongeaient Maggie dans une élégante léthargie pendant qu'on décidait des obsèques de son mari à sa place.

Il y aurait un cortège sur la Cinquième Avenue, de Central Park où la population se rassemblerait jusqu'à Saint-Patrick. Oui, avait dit Maggie. Le président Truman serait au premier rang. D'accord. Une réception à l'hôtel de ville. Oui. Jusqu'aux obsèques, le cercueil serait exposé sous la rotonde. D'accord. Ouvert, fermé ? Le débat avait porté sur le travail des thanatopracteurs. David avait reçu les deux balles dans le dos, s'était-elle étonnée intérieurement, mollement. Elle avait vu David, son visage était très beau.

Ouvert, avait-elle réussi à lâcher. Et tout le monde s'était retourné. « Martha, il faudra tenir, lui avait chuchoté Bob Edwards, ensuite. Arrêtez ces foutues piqûres, je sais que vous le pouvez. »

Samedi. Et Richard qui arrangeait sa voilette, piquant une épingle dans sa toque. « Es-tu allé voir le courrier ? bredouilla-t-elle. Une lettre…

— Tu me l'as déjà demandé hier. Et avant-hier. Il t'a envoyé un télégramme.

— Que dit-il ?

— Seigneur. (Richard récita patiemment :) « Sincères condoléances. STOP. Sois forte. STOP. John Lyon-Thorpe. »

— Il ne dit pas qu'il m'aime ? Qu'il pense à moi ?

— Non, ce serait malvenu. Ces médicaments te font régresser, Martha.

— J'ai peur, Richard. »

Il arrangea une dernière mèche sous la toque et l'enveloppa de ses bras. « Tu vas très bien t'en sortir, chérie. »

La chaleur du corps de Richard, son affection l'irradièrent. Maggie se massa les mains méthodiquement, pinçant chaque phalange pour y faire revenir la vie. Combien de temps lui restait-il avant que la voiture la conduise au parc ? Une heure, trajet compris. Elle allait y arriver. Elle ferait honneur à David.

C'était un voisin de la famille Alexander, un vieillard chétif que le service d'ordre n'avait pas vu venir. « Tu fais honte à ton père qui a construit sa propre maison », avait-il rugi. Des témoins avaient dit qu'il empestait l'alcool, que l'un de ses bras paraissait plus long que l'autre, quand on y repensait.

David l'avait salué, souriant – Mr Verbinski –, et s'était retourné, comme si cette apostrophe était plus insignifiante que les autres, qui attendaient de l'autre côté de la rue sur des pancartes. Alors le vieux avait tendu le bras droit. Des vieux pistolets, tout le monde en avait, dans le coin – des héritages qu'on se transmettait dans des boîtes capitonnées, depuis la guerre de Sécession. Du décoratif qui servait aussi d'assurance contre les cambriolages.

David Alexander avait été tué par deux balles yankees vieilles de quatre-vingt-cinq ans – les mêmes qui avaient servi à libérer les esclaves des États confédérés dont les tours de Brownsville abriteraient les descendants. C'était une boucle funeste, dont les deux extrémités tournaient dans le vide sans parvenir à se refermer.

L'une des balles avait déchiré l'aorte, l'autre avait transpercé le poumon droit, provoquant un collapsus – c'est ce qu'avait dû expliquer le chirurgien du Roosevelt Hospital, médusé, à Maggie qui exigeait tous les détails. Les veuves habituelles ne se piquaient pas de médecine au chevet du mort. Celle-ci avait hoché la tête, plusieurs fois, sans verser une larme. Est-ce qu'une balle faisait mal ? avait-elle demandé. Non, pas sur le coup. David s'était-il vu mourir ? Probablement pas. Le cerveau avait rapidement cessé d'être oxygéné.

Bien. Bien. Il fallait la laisser avec son mari, maintenant.

Anéanti, Bob Edwards avait fait sortir les quelques personnes qui se trouvaient dans la chambre, dont Maggie ignorait pour la plupart qui elles étaient.

Et elle s'était assise au chevet de David, rabattant le drap pour caresser son visage.

« Il faudra choisir ses vêtements », avait murmuré la voix de Bob dans son dos.

Puis il était parti.

« Bob avait raison. C'était dangereux », avait-elle dit à David en peignant ses cheveux du bout des doigts. Elle s'attendait à ce qu'il lui réponde, il avait l'air si peu mort.

Maggie se souvenait de Will Fuller, immobile et froid sur sa chaise, son visage émacié, ses cheveux rares, les stigmates de la maladie. Will Fuller faisait une dépouille convenable. David, lui, n'avait rien d'attendu. Il avait un corps de nageur olympique, sa peau était lisse. Cette façon d'irradier la santé sur ce lit blanc avait quelque chose d'obscène.

Maggie avait rapproché sa chaise, posé la tête sur l'épaule de son mari et était restée là longtemps, les yeux grands ouverts sur le drap qui ne bougeait pas.

C'était lundi.

Samedi.

En moins d'une semaine, un homme de trente-six ans plein d'avenir pouvait être mort et enterré.

Saisie par ce vertige, Maggie prit le bras de Bob Edwards pour descendre de la voiture. La foule était d'une densité silencieuse, galvanisante. Quelques flocons tombaient sur le parc, sur sa voilette. Maggie releva la tête, vit l'affût du canon sur lequel reposait le cercueil recouvert du drapeau américain.

Elle se redressa imperceptiblement, plantant ses talons, serrant les dents.

Souriant, presque.

Mon Dieu, David, regarde. Tu l'as fait.

54

L'assassinat de David Alexander avait bouleversé tout le pays, et bien au-delà des frontières. L'image de cette jeune veuve, infiniment seule au côté du président Truman, ses pas menus sur le bitume qu'on avait débarrassé de la neige pour tracer le sillon du canon, sa frêle dignité, tout cela avait marqué les esprits.

On n'avait pu sortir le père de David de sa maison médicalisée, il n'avait pas compris ce qui était arrivé à son fils. Sa sœur et son beau-frère étaient sa seule famille. À l'église, le premier rang semblait court. Et le visage de Martha Alexander, mis à nu sous la voilette relevée, irradiait les journaux depuis deux semaines.

« Faites quelque chose pour que cela cesse, Bob, maugréa-t-elle au téléphone.

— Je ne peux pas, Martha, et vous le savez bien. Il faut que nous parlions. Rapidement. C'est important.

— Seigneur, rit-elle amèrement, que peut-il y avoir d'important, maintenant ? Je suis occupée, Bob. »

Elle avait repris son travail le lundi suivant les obsèques. Il ne lui restait plus que cela pour vivre

– psychologiquement, s'entend. Financièrement, Martha Alexander n'avait aucun souci à se faire. Compte tenu des circonstances, la pension de veuvage votée par le conseil était considérable, et son président, maire par intérim, l'avait assurée de son soutien. Tu parles, Charles, s'était-elle dit en retirant ses mains des siennes, poliment souriante. Tu rêves de moi en bonne fée pour les élections. C'était un gros type falot au nom imprononçable qui aurait bien besoin de ses incantations pour faire oublier le charisme de David Alexander.

Et Bob Edwards, qui voulait *parler*. Rapidement. C'est important. Il le lui avait répété au moins trois ou quatre fois, elle ne comptait plus, elle n'avait pas le temps. Le nez dans ses dossiers. Mrs Ortello, du Queens, avait trois mois d'arriérés de loyer, et un enfant en bas âge. Mrs Silberman, de Williamsburg, était déjà expulsée. Il faudrait envoyer la jeune Rosie T. chez le Dr Lemming.

Maggie ne savait même pas si la nouvelle municipalité suivrait les engagements de David au sujet de la fusion avec le Centre médical Bedford-Stuyvesant.

Alors elle avait d'autres préoccupations que de *parler* à Bob Edwards, retourné à son cabinet d'avocats de Park Avenue.

Lupita ne devait qu'à un cheveu d'avoir gardé son poste – et c'était littéral. Maggie voulait faire table rase, mais la vision du dos de la domestique, le matin où elle voulait lui faire part de son licenciement, l'avait arrêtée. Penchée sur le plan de travail, Lupita vidait son sac de courses – les deux beignets, un litre de lait. Et un sachet de ces céréales que David aimait tant.

La domestique s'était interrompue, avait posé doucement le sachet et s'était appuyée sur ses mains. Ce faisant, une mèche s'était détachée de son chignon toujours impeccable, roulant dans son col blanc. Lupita n'était plus à ce qu'elle faisait – ses courses, sa coiffure. Lupita, qui traversait Manhattan tous les matins depuis un an et demi, sauf le dimanche, était triste, et avait peur.

Alors Maggie avait reculé sans bruit et fait mine de revenir dans la pièce. « Lupita, avait-elle lancé. Je rentrerai tard du travail, dorénavant. Aurez-vous la gentillesse de me préparer quelque chose à manger, de temps en temps ? » La domestique s'était rapidement redressée et lui avait adressé un sourire mouillé. Bien sûr, Madame. Merci.

La cuisinière française, elle, avait été remerciée. Maggie garderait la maison, mais il n'était plus question de dîners mondains.

Aussi, quand elle passa la porte ce soir-là, Lupita s'affola. « Madame, dit-elle, il reste du poulet au réfrigérateur, mais Mr Edwards vous attend au salon et ça ne fera pas assez…

— Qu'est-ce qu'il fait là ?

— Il attend depuis une heure, voulez-vous que j'aille faire des courses ?

— Inutile, il ne restera pas pour le dîner. Vous pouvez rentrer chez vous, Lupita. »

Fulminant, Maggie tapa son parapluie contre le mur et se débarrassa de son manteau. Il n'avait pas cessé de neiger depuis les obsèques.

Bob Edwards était élégamment posé dans le fauteuil club de David, son pantalon remontant sur ses jambes croisées dévoilant des chaussettes hors de prix – *probablement de l'angora ou un genre d'animal mort*, se dit Maggie, parée à l'attaque.

« Bob, je ne vous ai pas invité.

— Bonjour, Martha, dit-il en repliant son journal. Il y a parfois urgence à forcer des portes. »

Il n'avait pas l'air de rigoler. Résignée, Maggie alla ouvrir le meuble bar, en tira une bouteille de bourbon et deux verres épais. « Allez-y, crachez le morceau, dit-elle en servant. Je n'ai pas toute la soirée. Je me lève tôt pour travailler.

— Justement, Martha. C'est ce dont nous devons parler. Votre avenir.

— Sérieusement ? (Elle eut un rire sec.) Bob, mon grand, vous n'avez strictement plus aucun droit de vous mêler de ma vie.

— Certes, mais j'ai une proposition à vous faire.

— J'ai un travail, merci.

— Asseyez-vous, Martha. S'il vous plaît. »

Elle hésita, avala une gorgée de whisky qui la fit grimacer, et obtempéra – on en finirait plus vite. Bob Edwards se pencha en avant, ouvrit les mains : « Je vous propose de devenir la première femme maire de New York. »

Il y eut un flottement, une zone grise entre la comédie burlesque et la tragédie grecque. Maggie happa un peu d'air – le whisky lui avait râpé la gorge.

« Vous plaisantez ?

— Absolument pas. (Il déplia le journal.) Ceci est le *Washington Post* – pas le *New York Times*, ce qui serait logique, mais le *Washington Post*, Martha ! La capitale fédérale. Et on y parle de vous. Le don de David Alexander à New York : sa femme. Même chose dans le *Boston Globe* ou le *San Francisco Chronicle*, je suis prêt à le parier.

— Je voudrais qu'on arrête, dit-elle froidement. J'aimerais qu'on me laisse travailler.

— Vous êtes populaire, Martha.

— Je suis anglaise, Bob.

— Américaine par votre mariage, la naturalisation a été proposée par le conseil. Nous sommes tous des immigrés, ici. C'est ainsi que cette ville s'est construite. Et votre image est solide. Il faut battre le fer pendant qu'il est chaud.

— Le fer ? s'exclama-t-elle. Vous parlez de l'assassinat de David ?

— Tout à fait. Et je parle de faire fructifier son héritage. »

Quel cynisme, se dit-elle. Maggie avala une nouvelle gorgée, hoqueta. Curieusement, elle ne détestait pas autant les cyniques qu'elle méprisait les hypocrites. Elle savait parler avec ces gens-là.

« Quel héritage ? dit-elle. David est resté moins d'un an à l'hôtel de ville.

— Et nous savons vous et moi qu'il s'est un peu perdu en chemin. Ses idées étaient progressistes, sa manière de faire commençait à les corrompre…

— Seigneur, oui, heureusement qu'il est mort », railla-t-elle.

Ils se regardèrent en silence. Aucun d'eux ne pensait cela. Ils auraient fini par faire entendre raison à David, une fois l'euphorie de l'élection dissipée, ils le savaient tous les deux. Maggie s'enfonça dans son fauteuil, épuisée.

« C’est à vous de reprendre le flambeau, Bob.

— Je ne peux pas. Mais je peux être derrière vous. À deux, nous ferons de grandes choses. »

Mon Dieu, combien de fois avait-elle entendu cela ? Encore une association. Elle ne serait jamais que la moitié d’un projet.

« Je salue votre opportunisme, mais je ne veux être la femme de paille de personne.

— Il n’en est pas question. Je sais que la plupart des idées de David venaient de vous. Je saurai vous aider à les réaliser.

— Faites-le vous-même.

— Je ne peux pas. »

Maggie remplit de nouveau les deux verres. Le premier lui était monté directement à la tête, et elle aurait besoin du second pour dormir.

« Oh, arrêtez, Bob. Vous aviez prévu d’être le successeur de David depuis longtemps.

— Je ne peux pas, Martha. Il n’y a que vous.

— Bob, ne soyez pas aussi mélodramatique. Si vous voulez ma bénédiction et mon parrainage, finissons-en, je vous les donne. (Elle soupira :) Je ferai même des apparitions publiques avec vous, si vous y tenez.

— Je ne peux pas. »

Il la regardait intensément. Surprise, elle avala d’un trait le reste de son whisky.

« Mais enfin, pourquoi, Bob ?

— Parce que si on fouille dans ma vie, on y trouvera Richard. Et que les Américains ne sont pas prêts pour ça. »

55

Maggie repoussa le coin de son sandwich au bord de l'assiette, croquant dans un pickle qui restait, espérant que le vinaigre agirait comme un détergent sur le mal de tête qu'elle se traînait depuis ce matin. « Tu aurais pu me le dire, rumina-t-elle.

— Je suis heureux qu'il l'ait fait, répondit Richard.

— Tu te permets de lire mon courrier, d'occuper mon appartement…

— C'est le mien, maintenant.

— … d'entrer à tel point dans ma vie que je me demande parfois si tu ne portes pas mes vêtements…

— Tes robes, le soir. Et je m'admire dans le miroir.

— Imbécile. Et tu ne me rends même pas la politesse en me donnant un nom. Un simple nom.

— Qu'est-ce que ça aurait changé ? »

Maggie le regarda étirer sa longue silhouette, interdite. « Rien, reconnut-elle. J'aurais peut-être moins détesté Bob. (Elle plissa les lèvres :) Même s'il m'a bien manipulée. Car je suppose que me débarrasser de Hancock Street c'était pour ça, pour vous laisser un nid d'amour ?

— Bob n'y a jamais mis les pieds. Il détesterait que sa vie privée gouverne sa politique. Il a une éthique.

— Oui, pas comme David, n'est-ce pas ? »

Richard lui fit signe de baisser d'un ton. Heureusement, ils étaient les seuls clients attablés au *déli* déserté en milieu d'après-midi, mais on n'était jamais à l'abri de cet agitprop qui manipulait les faits. Maggie voyait des journalistes partout – le serveur ici, la nouvelle secrétaire à la fondation, cela tournait à l'obsession. « Justement, avait dit Bob. Au lieu d'en faire une paranoïa, utilisez-la. »

Elle plongea dans son verre d'eau. Elle n'avait encore rien décidé. En dehors du confinement de son bureau, de sa place dans le lit conjugal qu'elle avait délimitée par un paquet de couvertures, elle n'avait plus aucun repère. Le temps, surtout, se délitait, auquel une balise manquait.

« Pas de courrier ? » murmura-t-elle, vaincue d'office. Richard le lui aurait déjà donné. Il lui jeta un œil en peine.

« Non. Rien depuis le télégramme.

— Combien de temps ?

— Je ne sais pas, Martha. Deux semaines. Tu connais l'irrégularité des services postaux, depuis le temps. (Il soupira.) Ce que je ne comprends pas, c'est pourquoi tu n'es pas partie en Afrique.

— Au lendemain de la mort de mon mari ? Oh, mon Dieu, Richard, John n'est pas un homme d'occasion. Il mérite d'être… (Elle secoua la tête, à bout de mots.) Choisi. Tu comprends ?

— Je comprends que tu es une illuminée. »

D'une certaine manière, elle l'était : Maggie lui raconta Clemmie, l'émerveillement de Sir Albert, le seul sentiment qui avait survécu au naufrage. L'amour et la joie, ce qui cautionnait Spinoza. Le reste – l'amertume, la rancœur – avait été anéanti sous la ferveur du souvenir. « Oui, ce que tu veux, c'est être une muse, à voleter comme ça dans le ciel », conclut Richard, ébahi. Puis, tout à sa science amoureuse du moment : « Mais à un moment, il faut se colleter avec la réalité, ma vieille. Et je t'assure que cela fait plus de bien que de mal.

— Est-ce que la femme de Bob est au courant ?

— Mauvaise. Ne change pas de sujet.

— J'essaye juste de voir les barrières qu'un être humain est capable de franchir par amour.

— Je ne sais pas si elle l'est. Ce n'est pas ma partie du problème. »

Bon, se dit Maggie. Se préserver et préserver l'autre, Richard était sans doute plus proche de sa propre conception du couple qu'il voulait bien le croire. Et elle était curieuse :

« Et comment as-tu compris que… hésita-t-elle. Comment as-tu compris que Bob était comme toi ?

— Parce qu'il agitait un petit drapeau où il y avait écrit *Je suis de la jaquette* partout où il allait, tu n'as pas remarqué ?

— Crétin.

— Non, sérieusement… (Richard réfléchit.) L'amour, c'est ce que les mots ne peuvent pas dire.

— C'est joli. C'est de qui ?

— De moi. »

Maggie remplit son verre d'eau, qu'elle avala à longues gorgées appliquées, comme un analgésique. Elle était perpétuellement déshydratée, n'arrivait à étancher ni sa soif ni son tourment. Seigneur, pourquoi n'écrivait-il pas ?

« Il va le faire, répondit Richard à sa question muette. Laisse-lui du temps. Comme toi, il ne veut pas s'imposer. Vous vous êtes bien trouvés, Jane Eyre et… je ne sais plus comment il s'appelle.

— Edward Rochester.

— C'est ça. Sauf que le tien chasse l'éléphant.

— Il ne les chasse pas, il les protège.

— Eh bien, sans doute qu'il les protège actuellement très loin d'un bureau de poste. C'est tout. »

Maggie chassa ses idées sombres comme elle avait appris à le faire, en se dissociant d'elle-même : « En fait… dit-elle. Je crois que j'ai besoin que les jours ne changent pas. Pour retrouver mon chemin.

— Hum. Et ce chemin-là, tu penses qu'il te conduit à l'hôtel de ville ?

— Ce serait ce qu'il y a de plus logique, si on réfléchit au parcours et à l'opportunité…

— Mon Dieu, mon Dieu ! s'esclaffa Richard. On dirait du Bob Edwards. Tu vas accepter ?

— Je ne sais pas encore. Est-ce que j'ai le choix ?

— Oh, Martha. Je t'en prie. Ne pense pas à Bob, ni à moi. Pense à toi. »

Elle réfléchit, soucieuse qu'il ne prenne pas son ambition mesurée pour la vanité boursouflée d'une parvenue.

« Entendu. Alors mets-toi à ma place, Richard. J'ai vidé des poissons dans une conserverie, j'ai été domestique, fille de salle dans un dispensaire. Pendant tout ce temps, je savais que j'étais dans le mauvais corps, la mauvaise époque, la mauvaise vie. Le Dr Lemming m'a fait renaître. Et Bob me promet que je suis utile.

(Elle le fixa, eut un frémissement.) Comment la fille que j'étais pourrait-elle refuser de l'entendre ? »

Un des soirs suivants où la neige avait cessé de tomber et le temps s'était radouci – elle ne savait même pas si l'on était jeudi, vendredi, ou même encore en janvier –, Maggie se fit conduire au cimetière Green-Wood, qui longeait Prospect Park sur plusieurs blocs à Brooklyn.

Derrière le monumental portail gothique semblant sorti d'un film de Murnau, les terrains vallonnés étaient plantés d'arbres centenaires, de croix largement espacées, de mausolées d'importance et de tombes de petites gens qui, tous ensemble, regardaient la skyline de Manhattan. L'ultime communion new-yorkaise, que l'on soit puissant ou misérable.

Il y avait là Samuel Morse, l'inventeur du télégraphe, Henry Steinway, le mythique fabricant de pianos, Louis Comfort Tiffany. Et, au point culminant d'une colline frangée des eaux grises d'un lac, David L. Alexander, maire de New York, assassiné à trente-six ans.

La pierre tombale était du même marbre blanc que la rotonde de l'hôtel de ville, comme les deux colonnes corinthiennes qui soutenaient le sceau de la ville de New York – *Sigillum civitatis novi eboraci.*

Comment tant de fleurs pouvaient-elles résister aux grands froids, se demanda Maggie en déplaçant un pot de cyclamens qui cachait le prénom de son mari.

Elle pensa au petit monticule de terre sur le cercueil de Will Fuller, là-bas, au cimetière marin. À la croix de bois vernis, au bouquet sec que personne ne venait plus changer. Et se dit que sa vie à elle se mesurait ainsi, par l'écart entre deux tombes.

« David », dit-elle.

En rentrant, elle appela Bob Edwards.

56

Trois semaines, un mois, deux. Pas de courrier d'Afrique. Maggie passait des heures à dompter l'angoisse.

Derrière l'agitation, les sourires d'apparat, John était sa douleur fantôme. La rémission d'une nuit, l'année dernière, l'apaisement de la correspondance, ensuite, ne faisaient que souligner le silence dans lequel elle se débattait, réveillée en pleine nuit par des attaques de panique qu'elle soignait au whisky. La bouteille était en retrait sur sa table de nuit, comme premier remède aux angoisses. Elle savait ne pas en abuser – ses journées étaient longues.

Peut-être était-il gravement malade. Amoureux d'une autre. Peut-être était-il mort, comme David, se disait-elle, dangereusement absente. Est-ce que la vie lui ferait encore cela ? Après, il n'y aurait plus rien.

Maggie avait songé à envoyer un télégramme au majordome Bernard, à Sheperd House, mais Seigneur, si John était mort elle aurait voulu garder l'illusion qu'il ne le soit pas.

Alors elle n'écrivait qu'à lui, l'homme vivant, chaud, sans jamais lui avouer son désarroi – elle ne serait pas une pleureuse, il ne l'aimerait plus. Elle lui avait donné son numéro de téléphone, comme ça, sans insister. Comment réagirait-elle à sa voix, mon Dieu, quelle folie…

Que voulait-elle vraiment qu'il soit pour elle ? Une croyance ? Une échappatoire ? Assommée, elle se rendormait sur ces questions pas très claires, dont le corollaire était que John en avait eu assez d'attendre, tout simplement.

Singulièrement, ces terreurs nocturnes lui donnaient une énergie vengeresse. Maggie répondait à presque toutes les sollicitations de Bob Edwards : une interview pour le *New York Times* sur l'héritage politique de David Alexander. Un pèlerinage photographique sur ses traces, à Brownsville, pour une exposition à l'hôtel de ville. Un portrait dans *Harper's Bazaar*.

Maggie avait ses limites, il fallait que cela ait du sens. « Hors de question de livrer je ne sais quel secret de beauté à *Vogue* ou des recettes de cuisine à *Good Housekeeping* », avait-elle averti Bob. Elle voulait parler de David, des projets qu'il n'avait pas eu le temps de mettre en place, de sa fondation. Elle y réussissait et impressionnait.

L'élection aurait lieu en novembre, ce qui laissait huit mois pour installer l'idée de Martha Alexander en femme providentielle – et renforcer celle de la ville de New York comme figure de proue de l'Amérique. D'après Bob, on commençait à ressentir les prémisses d'une exaltation populaire. Frappés par la sidération, les habitants de Brownsville étaient acquis à la cause de l'enfant du pays assassiné dans leurs rues. Le conseil avait reporté à la future magistrature la construction de nouvelles tours, il faudrait être réaliste et pédagogue, disait Bob.

Maggie aurait affaire au maire par intérim dont elle avait appris à prononcer le nom. Ne comptant pas lui abandonner son statut officieux de candidat du Labor américain, *Gi-de-on Schlum-wer-ger* instillait le doute sur la légitimité de Mrs Alexander alors même que sa demande de naturalisation avait été approuvée par le président Truman en personne.

Maggie trouvait la démarche vertigineuse : avait-elle vraiment envie d'aller au bout, et de renoncer à être anglaise ? Qu'en auraient pensé ses aïeules ? Elle n'avait aucune réponse.

« Si nous passons l'écueil Schlumwerger, calculait Bob, nous aurons Impelliterri en face chez les démocrates. Et le Tammamy Hall. Une véritable machine de guerre.

— Les gens en ont assez, des machines de guerre.

— Justement, Martha. Il faut jouer les contrepoids en usant de votre fraîcheur. De votre logique. De votre sensibilité euh… particulière.

— Si vous envisagez mon charme féminin en tant que slogan électoral, je crois que je vous gifle, Bob.

— J'essaye de faire attention aux mots, sourit-il, mais il faut se dire la vérité : cela va compter.

— Juste un peu moins que mon veuvage, j'imagine ?

— Martha. Encore une fois, ne nous mentons pas. Il faut se battre avec vos armes. Le principal est de gagner pour appliquer nos idées, n'est-ce pas ? »

Lors de ces réunions secrètes organisées dans le salon de la maison de Brooklyn Heights, Maggie laissait à Bob le fauteuil club de David. Quand elle doutait, il usait d'un argument imparable : « Bon sang,

Martha, votre pays d'origine a une toute jeune reine qui règne sur les 400 millions d'habitants du Commonwealth, vous pouvez bien gouverner 8 millions de New-Yorkais ! » Bob ne doutait de rien. Et il terminait toujours par la même chose : « Martha, il faudra trouver une date et un lieu symbolique pour votre déclaration de candidature, j'y réfléchis. » Ce à quoi elle répondait : « Laissez-moi un peu réfléchir à votre place. » Pour gagner du temps.

Cette fois, après une nouvelle nuit d'angoisse domptée au whisky, après une nouvelle lettre qui n'en finissait plus d'arriver, Maggie répondit : « En avril. Pendant *Sakura Matsuri*. Au Jardin botanique.

— *Sakura* quoi ? s'étonna Bob, vaguement inquiet.

— *Matsuri*. La fête des cerisiers en fleur. C'est symbolique, porteur d'espoir. C'est là que j'ai passé ma première journée avec David. »

Une vague de nostalgie s'échoua lentement entre eux. David, le gosse du Queens qui aimait tant sa ville. Et elle le lui rendait bien, maintenant. Sans doute de sa colline la voyait-il s'illuminer rien que pour lui, dans la nuit de Green-Wood.

« Bien, fit Bob, repoussant son verre. Bien. Quelle bonne idée. Martha, vous devriez faire de la politique. »

« Helen, au sujet de ce projet avec le Centre médical, je mettrai toute mon énergie dans la campagne.

— Alors vous allez vraiment le faire ? sourit le Dr Lemming.

— Oh oui. Mais je vais avoir besoin de votre aide

pour rédiger mon projet sur la politique de la santé. Cette petite réforme que nous voulions commencer. »

Maggie aurait pu soulever des montagnes.

En début d'après-midi, Richard avait osé franchir les portes de la fondation – alors qu'il craignait tout ce qui lui rappelait de près ou de loin les quatre murs du bureau d'aide sociale entre lesquels il avait débarqué, complètement défait, quelques années auparavant. Tout vêtu de noir, son chapeau sur l'œil et son étui à saxophone sur le dos, il avait décidé de célébrer le printemps à sa façon en jouant sous les ormes de Prospect Park en plein après-midi.

Dans ses mains, une lettre, à l'écriture si reconnaissable, venue d'Afrique. « Ouvre, avait dit Richard.

— Pas devant toi, avait balbutié Maggie.

— Oh que si, ma chérie. S'il t'annonce son remariage, je veux être là pour te ramasser. »

Oh, Seigneur, peu importait qu'il ait le projet d'épouser sa baronne ou une nouvelle soubrette.

John était vivant.

Maggie avait ouvert l'enveloppe en tremblant, arrondissant sa bouche en silence sur chaque mot qu'il avait écrit, comme une petite fille à l'école.

Rien de grave.

Dominée par son tempérament, elle lui en voulut mécaniquement pendant quelques secondes – d'être juste vivant, en bonne santé, et de l'aimer encore ?

Car il ne s'agissait pas d'autre chose que du temps du deuil qu'il avait respecté, en incurable gentleman, d'un voyage à Londres qui ne lui avait laissé aucun répit, d'un autre au Tanganyika et au Zanzibar pour créer une confédération de zoologues et de défenseurs de la faune africaine.

Maggie riait pour rien, un point d'exclamation, une virgule, reniflant ses larmes délicieusement salées. Le goût de la délivrance. *Je t'aime*, disait-il. Pas d'invitation, pas de promesse de visite, aucun rendez-vous, juste cela.

Alors ce rendez-vous avec le Dr Lemming, ensuite, bénéficiait d'une euphorie constructive. John faisait tant de choses en Afrique qu'il entraînait Maggie à en faire autant ici. Tous les deux menaient à bien leurs projets, échangés dans un lit de Sheperd House. Il y avait cet amarrage entre eux, qui les faisait aller sur le bon chemin, à la bonne vitesse.

Qu'importait la distance.

57

Les jours décisifs approchaient.

Le 4 avril, Martha Alexander annoncerait sa candidature à la mairie de New York sous les cerisiers en fleur du Jardin botanique de Brooklyn. Bob Edwards terminait de constituer une équipe de campagne, dont Maggie retoquait des noms pour des motifs qui le laissaient coi. « Si j'ai un avantage sur vous, Bob, disait-elle, c'est ce que j'appellerai les cocktails perfides.

— Pardon ?

— Les cocktails perfides. Toutes ces heures que j'ai passées à me piquer la ruche avec les épouses de toute la monarchie new-yorkaise. Les conseillers, les juges, les entrepreneurs… C'est fou ce qu'une femme désœuvrée devient bavarde sous les effets d'un cosmo. Alors si je vous dis qu'Untel n'est pas souhaitable à l'Éducation, c'est peut-être parce que des étudiantes sortent à l'aube de sa garçonnière de Columbia. Peut-être. Et si je refuse Untel aux Finances, c'est peut-être parce qu'il a des actions dans un casino d'Atlantic City, dont même Mrs Untel ignore comment il les a achetées – elle voit juste les valises de billets en revenir, et cela suffit à la contenter. Peut-être.

— Je vois. Les cocktails perfides. Comme conseiller sécurité, que pensez-vous de…

— Lui, son problème est anatomique. Mais je ne sais pas en quelle mesure cela peut le décrédibiliser…

— Martha ! »

Elle riait. Parfois, cela rendait Bob fou. Il marmonnait, tournait en rond.

Maggie prenait son engagement à cœur, mais elle ne voulait pas qu'il fasse d'elle une autre femme – rigide, monolithique. Et puis elle avait imposé Helen Lemming comme conseillère à la Santé, c'était le principal.

Pour les autres, elle se contentait de donner son avis.

Lorsque Richard s'était proposé à la Culture, Bob lui avait jeté un regard si glacial que Maggie en avait recraché son café. Elle voyait rarement les deux hommes ensemble, mais quand c'était le cas, elle s'amusait *in petto* de cette intimité qu'ils s'évertuaient à cacher et de cette différence si flagrante entre eux : Bob les pieds sur terre, Richard qui semblait toujours être l'évaporation de lui-même.

Il en allait donc de ce mystère dans tous les couples, se disait-elle : fallait-il se ressembler, comme John et elle, ou se compléter, comme Bob et Richard ? La seule règle était qu'il n'y en avait pas.

Le lendemain de son discours, le 5 avril, Martha Alexander prêterait serment d'allégeance lors de sa cérémonie de naturalisation devant le tribunal.

« Je déclare, par le présent acte, renoncer et faire abjuration d'obéissance et de fidélité à toute puissance étrangère, prince, potentat, État ou souverain desquels j'ai été le sujet ou citoyen… »

Ce ne serait pas si compliqué de ne plus être anglaise, n'est-ce pas ? Il suffirait de quelques phrases.

Maggie se disait que le meilleur moyen d'y arriver serait de ne pas prêter attention aux mots qui sortiraient de sa propre bouche, de se contenter de les réciter comme un passage d'*Ulysse* de James Joyce que tout le monde dans les dîners prétendait avoir lu mais auquel personne ne comprenait rien.

À bien y réfléchir, Maggie ne pensait pas qu'Augusta et Elizabeth O'Neill aient jamais été patriotes. Elles mettaient leur féminisme au-dessus des territoires. Non, devenir américaine l'éloignerait surtout de Will Fuller. Mais de John, aussi ? Elle aimait tant sa manière d'être anglais.

Deux semaines avant les jours décisifs. « Votre discours, Martha ? – J'y travaille, Bob. – Ne soyez pas trop… militante. Il doit y en avoir pour tout le monde. »

Dix jours.

Une semaine. « Faites-moi relire. – Un peu de patience. »

Trois jours. « C'est parfait. »

« Bon Dieu, Bob, je n'ai pas besoin qu'une rédactrice de mode choisisse mes vêtements.

— Je m'en occuperai, intervint Richard.

— Il ne s'agit pas d'un magazine de mode, mais d'un prêt du grand magasin Saks, rectifia Bob.

L'assistante se propose de vous aider, comme elle le fait avec n'importe quelle cliente.

— Je vais m'en occuper, insista Richard.

— N'importe quelle cliente, tu parles, Charles, s'agaça Maggie. Mes mensurations vont faire le tour des cocktails perfides.

— Vos mensurations sont parfaites, Martha.

— Je peux m'en occuper ? demanda Richard.

— Je veux bien accepter le coiffeur, je n'ai jamais su faire. Mais pas question d'être pincée, tripotée par une vendeuse de chez Saks où s'approvisionne la moitié de l'Upper East Side.

— Je veux bien m'en occuper…

— Ma femme travaille chez Saks, Martha. Les employées ont une clause de confidentialité. Arrêtez cette pruderie qui vous va bien mal… Et merde, Richard, tu veux bien cesser de jouer les cousettes ? »

Bob était à bout. À deux jours de la déclaration, tout semblait lui poser problème. La taille de l'estrade. La météo changeante. Le nombre de branches de cerisiers japonais dans l'axe des photographes. Et maintenant, ses vêtements – comme si Maggie était capable de mélanger des pois et des carreaux ou de se présenter en nuisette transparente.

Bob s'écroula dans le fauteuil club alors que Lupita, alertée, lui apportait un whisky.

Professionnel, Richard estimait les tissus sur portant qu'on venait de livrer. S'il faisait chaud, il y aurait des auréoles sur la soie, s'il faisait frais le coton ferait négligé. La pluie battait la fenêtre, il faudrait que cela cesse. Bob avala son whisky cul sec.

« Bon Dieu, maugréa Maggie, fait-on tant d'histoires

pour un costume d'homme ? Une veste, une cravate, terminé.

— Tu dénigres mon métier, ma chérie, observa Richard. David reconnaissait lui-même s'habiller comme un plouc avant de te rencontrer – et de me rencontrer moi, par extension. »

Maggie sourit. Seigneur, le costard de Richard lors de leur première soirée au Blue Moon. Dix fois trop large, cette couleur beurre frais par-dessus le marché, et avec ces plis, mon Dieu…

« Tiens, regarde ! s'exclama Richard. La couleur de tes yeux. Du jersey de coton, c'est parfait. »

Triomphant, il exposa une robe cintrée au décolleté trapèze et à la jupe crayon, d'un vert d'eau tout à fait raccord avec le cadre printanier du Jardin botanique. « Avec le boléro assorti, expliqua-t-il à Bob qui sirotait son deuxième whisky. Il y a une toque, aussi, mais puis-je me permettre de vous suggérer une folie ? Pas de chapeau, ni de gants, mes amis ! Cela donnera une image moins figée, plus active. »

Un silence recueilli s'ensuivit : Richard était un génie.

Maggie s'affala sur le sofa, réclama un verre, ferma les yeux en attendant. Elle était épuisée. Le ciel noir qui les avait obligés à allumer les lampes du salon en plein après-midi, le murmure hypnotique de la pluie sur les carreaux, ce confinement, tout concourait à rendre chimérique l'événement à venir. La vie semblait les avoir oubliés tous les trois, dans cette maison isolée sur la colline.

Pas pour longtemps, soupira-t-elle. Quelque part, le téléphone sonnait. « Madame, c'est pour vous, dit Lupita.

— Je prends, soupira Bob.

— Non, c'est personnel », rétorqua Lupita, farouche.

Maggie fit glisser ses pieds nus sur le carrelage frais, ajustant machinalement son pantalon corsaire noir. Avec ce chemisier sans manches noué à la taille, elle avait presque froid.

« Maggie », dit-il. Oh, Seigneur. Elle se laissa glisser contre le mur, la main sur l'oreille pour mieux l'entendre. « John… Tu sembles si près », répondit-elle simplement. Il y eut un silence intimement partagé. « Vas-tu bien ? reprit-il.

— Oui. Oui, je vais bien. »

Elle souriait. Elle avait envie qu'on lui laisse le temps de sourire, de ne pas parler parce qu'il le fallait, de simplement être là, avec lui.

« Où es-tu ? demanda-t-elle. À Londres, en Afrique ? » Elle avait besoin de l'imaginer, maintenant. Un nouveau silence, vibrant.

« Non, répondit-il. Je suis au *Waldorf-Astoria.* »

Maggie ne s'entendit pas répondre, le sang battant à ses oreilles, le combiné claqua, elle se cogna douloureusement à la console.

« Bob, dit Richard. Attends-toi à une catastrophe. »

58

Les yeux grands ouverts, Maggie caressait la main déployée sur ses seins nus, lovée en chien de fusil au creux du corps chaud de son amant. Ses vêtements humides édifiaient un monticule saugrenu sur le tapis luxueux – le jersey noir du pantalon bon marché, les fleurs de coton froissées du chemisier formaient un contraste remarquable avec la soie minutieusement tissée, qui en disait long sur l'urgence et l'abandon.

Maggie était partie de chez elle comme elle était, enfilant ses ballerines, raflant son sac sur la commode, oubliant son parapluie et les deux hommes qui étaient dans son salon. La pluie l'avait submergée, coulant en rigoles froides sous sa blouse fleurie, trempant ses cheveux remontés en chignon bâclé qui avait fini par s'écrouler dans son cou. À croire que les taxis ne passaient jamais sur sa colline.

Elle avait réussi à arrêter une berline jaune sur Lafayette Avenue. Le chauffeur avait jeté un œil menaçant sur ses vêtements mouillés : « Si vous abîmez mes sièges, je vous fais payer le double de la course. » Puis, vaguement inquiet, dans le rétroviseur : « Ça va, madame ? On s'est déjà vu, non ? »

Il n'aurait pu reconnaître Martha Alexander sous les mèches défaites de Maggie O'Neill, sous ce corps palpitant aux élans juvéniles – ses mains agrippées à la moleskine, sa poitrine en avant comme pour mieux fendre l'air du pont de Brooklyn.

Maggie avait traversé l'East River dans un rêve, laissé sans vérifier une liasse de billets au chauffeur ébahi, monté l'escalier de service du *Waldorf-Astoria*, compté les étages, les numéros sur les portes.

La lente oscillation dans les bras de John, sa nuque dans sa main, ce grand calme à peine murmurant. Puis la déferlante, l'envol des vêtements sur la soie du tapis.

Il faisait déjà nuit.

« Tu dors ? » murmura-t-elle.

Elle ne voulait pas vraiment le réveiller. Il n'avait pas parlé depuis qu'il s'était retiré d'elle et l'avait installée dans ses bras, leurs souffles comme la fin d'un orage. Elle aimait ce silence amoureux. Elle pensait que, peut-être, ne pas parler, ne pas bouger arrêterait le temps.

« Non, dit-il. Je ne dors pas.

— Reste comme tu es, s'il te plaît. John. Ne dis rien. »

Il respecta son vœu, muet, immobile, un long moment. Maggie bougea un peu, goûtant les reliefs du paysage qu'il lui offrait dans le noir – les longues plaines de sa peau, ses forêts, ses sillons. Ce faisant, elle était terriblement consciente du sort que cette vie leur avait jeté, à irrémédiablement être nus et couchés.

« Si on me demandait maintenant quel rêve je voudrais exaucer, sais-tu ce que ce serait ? murmura-t-elle.

— Gagner la mairie de New York.

— Me promener à ton bras.

— L'un va sans l'autre, ma chère. Les New-Yorkais ne te le pardonneraient pas. »

Maggie imaginait sa main au creux du coude de John, ses grands pas qu'il ajusterait pour marcher à son rythme. Ils longeraient la rivière Hudson, les lampadaires en fer forgé et les bancs frangés de fine pelouse, sous l'écho cotonneux des bateaux qui traversaient jusqu'au New Jersey. Ils feraient un si beau couple – élégant et enfin debout.

Pourquoi était-il à New York ? Était-il venu la chercher ? Elle repoussa cette question déchirante et le drame qui se jouerait alors entre eux.

« Des éléphants ? » se rassura-t-elle. *Seigneur, faites qu'il ne soit venu que pour ces éléphants. Et qu'il revienne toujours*.

« Non, cette fois, ce sont des singes. L'avantage des singes, c'est qu'ils prennent l'avion.

— Pourquoi ne m'as-tu pas prévenue de ton arrivée ?

— Pour me laisser le choix de te voir ? »

Et d'être une fois de plus confronté à cette fatalité. Rester allongés dans la pénombre d'une chambre de luxe dont ils n'avaient même jamais regardé les murs.

« Toi, me pardonneras-tu ? » murmura Maggie. *De ne pas marcher à ton bras. De ne pas aller en Afrique. De n'être pas celle que tu attendais*. Bien sûr qu'il avait compris.

« Mon Dieu, Maggie, au point où nous en sommes, il ne s'agit pas de pardon. Je sais ce que je fais. Je suis fier d'être un homme que tu as aimé, et tu seras ma Clemmie, chérie. (Il prit un ton léger.)

Estimons-nous heureux, nous avons réussi une histoire d'amour immortelle.

— Tu n'as jamais eu l'intention de me demander de partir avec toi, n'est-ce pas ? »

Dans la lumière dansante qui montait de la rue à travers les rideaux à moitié tirés, il la regarda longuement.

« Maggie, que veux-tu que je te dise ? Rejoins-moi en Afrique si tu perds les élections ? Toi et moi méritons mieux que cela. Je n'ai pas envie d'être le cadeau de consolation d'une loterie, vois-tu. Et toi, même si tu perds cette fois, tu n'es qu'au début d'un destin. Tu entreras dans l'histoire. D'une façon ou d'une autre. »

Seigneur, se dit-elle. Fallait-il qu'il l'aime, pour lui donner ainsi sa bénédiction. Valait-elle seulement ce sacrifice ? *J'y penserai demain*, songea Maggie, éperdue, comme Scarlett O'Hara.

« Reviendras-tu me voir souvent ? demanda-t-elle. Me feras-tu cette surprise-là ?

— Non, ma chère. J'en ai fini avec le zoo du Bronx. » Oh, mon Dieu, ces secondes brutales qui dégringolaient comme la terre au flanc d'une tombe. « Et avec moi, dit-elle, absente.

— Maggie O'Neill, répondit-il, caressant ses cheveux. Comme disait notre ami saint Augustin : *Elle n'est plus là où elle était, mais elle est maintenant partout où je suis*. Je m'en contenterai, puisqu'il le faut. Encore une fois, soyons heureux que cette histoire nous soit arrivée. »

Maggie hocha la tête. *J'y penserai demain*, se répétait-elle comme un mantra. *J'y penserai demain. J'y penserai demain*.

En attendant que la nuit finisse, elle ne voulait qu'aucune larme ne gâche leurs derniers souvenirs.

Elle avait quitté John alors qu'il dormait. Il n'y aurait pas de dernière étreinte. Elle avait bien veillé à ne pas se laisser happer par le sommeil, comme aux matins lointains de Sheperd House où il fallait remonter l'escalier de service avant que ne s'éveille l'Aile des vierges.

Après l'amour, elle avait voulu que leur ultime discussion soit légère, pour qu'il ne se doute pas qu'elle fuirait en pleine nuit. Qu'il n'y aurait pas d'autre petit matin. Avant qu'il ne parte dimanche, à l'heure où elle prononcerait son serment d'allégeance aux États-Unis et où le dernier lien entre John Lyon-Thorpe et Maggie O'Neill se dissoudrait dans sa nouvelle nationalité.

Alors elle lui avait demandé des nouvelles de Sheperd House, comme un médecin détournerait l'attention d'un malade du sort funeste qui l'attendait – elle avait vu le Dr Heady, puis Helen Lemming faire cela.

« Est-ce qu'Annie la Rousse traite bien son nouvel époux ?

— Ils faut croire, puisqu'ils ont eu des jumeaux.

— Non ?

— Si. Une partie des combles a été transformée en nurserie. »

John avait étouffé un bâillement. Maggie le surveillait. Il fallait qu'il s'endorme vite, elle était au bord des larmes.

« Y retournes-tu souvent ? avait-elle murmuré.

— J'étais dans le Kent, il n'y a pas longtemps… Mais… (Nouveau bâillement.) Mais j'ai dû descendre… Au *Grand Hotel*.

— Au *Grand Hotel* ? »

Vite, se disait Maggie en caressant son torse. Vite, endors-toi, mon amour. Le *Grand Hotel*. Cette nuit au *Grand Hotel* de Folkestone. Elle était à bout, ses lèvres tremblaient si fort qu'elle ne pourrait plus lui parler.

« Oui… J'ai divorcé… Alors… » Et John avait sombré. Maggie avait ramassé ses vêtements sur le tapis, s'était habillée sans bruit et, les mains jointes sur ses sanglots, avait descendu l'escalier de secours.

59

Deux jours.

« Je ne sais pas pourquoi vous êtes partie si vite hier, Martha. Je vous demande seulement de… Enfin, faites attention. Si quelqu'un vous voit au *Waldorf*, ce sera comme si vous bafouiez David.

— Je n'irai plus au *Waldorf*, Bob. Et merci, Richard, pour ta discrétion. »

Maggie foudroya son ami du regard. Richard s'était enfoncé dans son fauteuil. Tout dans son attitude réservée, presque raide, disait : *Tu sais ce que je pense de tout cela.*

Oui, Maggie savait. L'amour plus fort que la vie – alors, la politique, n'en parlons pas. La fidélité de Richard envers Bob avait fort à faire avec l'affection qu'il portait à Maggie, son idéalisme, son besoin d'absolu.

Mais il n'y avait personne d'autre qu'elle qui puisse faire réussir leur projet, Maggie savait cela aussi. Changer la vie des gens, même un peu. Pour les femmes, briser le plafond de verre.

« Ne vous inquiétez pas, Bob. Je ferai tout ce qu'il faut faire. »

Plus qu'un jour.

Bob était presque euphorique, ce qui lui ressemblait peu. « Il fera très beau, demain, au Jardin botanique, Martha. Pas de pluie, un grand soleil. »

Comme si une simple garantie météorologique les absoudrait de tous les problèmes : des cernes sous les yeux de Maggie que même le whisky ne parvenait plus à endormir ; des états de transe dans lesquels l'épuisement et la fuite en avant la jetaient ; des dix nouveaux projets qu'elle avait par minute, auxquels il fallait mettre le holà : « Martha, s'inspirer de la France pour cette histoire de congés payés, c'est très bien mais il faut tenir compte de la réalité de… Oui, Martha, les mères doivent avoir un emploi protégé, je suis sûr que… Votre dossier d'adoption ? Êtes-vous sûre maintenant que David n'est plus… » Et il en allait ainsi de tout, jusqu'à la robe qu'elle devrait porter demain et qu'elle voulut changer dix fois, au grand dam de Richard.

« Calme-toi, ma chérie, finit-il par lui dire entre ses dents. Réfléchis à ce que tu fais, tranquillement.

— Je sais ce que je fais, Richard. C'est le jour le plus important de ma vie.

— Vraiment ? Eh bien, il faut que tu te reposes. Bob, il faut qu'elle se repose. »

Bob leva un œil de ses papiers, toujours installé dans le fauteuil club de David. Lui non plus ne semblait pas avoir fermé l'œil depuis des jours. « Oui, Martha. Pour l'amour du ciel, essayez de dormir cette nuit. »

Richard attrapa Maggie par le bras. Elle n'avait

aucune envie de se coucher, de se retrouver seule là-haut, et il dut la guider fermement dans l'escalier. « Maggie, lui dit-il une fois la porte de sa chambre refermée.

— Maggie ? »

Jamais Richard ne l'avait appelée ainsi. « Oui, Maggie, répéta-t-il, plantant ses yeux de faon dans les siens. N'oublie pas qu'une nuit, tu m'as tout raconté.

— Je ne veux pas que tu m'appelles Maggie », balbutia-t-elle.

Il lâcha son bras, passa sa main dans ses cheveux artistiquement décoiffés. Cette incroyable dégaine qu'il avait, cette beauté avant-gardiste, se dit-elle, parce qu'à ce moment-là elle ne voulait penser à rien d'autre qui ne soit pas agréable et rassurant comme lui. Elle procédait ainsi, en ce moment, canalisant ses idées.

« Maggie, dit-il encore une fois. Parle à ta grand-mère. Parle à ta mère. Parce que c'est bien pour elles que tu es là, non ? »

Il pointa les deux portraits sur le mur, et sortit en refermant doucement la porte.

Ces images. Augusta en suffragette. Elizabeth en garçonne. Toutes deux si utiles, si solides. Combien de femmes leur devaient-elles une certaine forme de liberté ?

Mais elles-mêmes, avaient-elles été si libres ? Un combat à mener suffisait-il à être heureuse ? Maggie se souvenait d'une vague succession d'hommes dans la vie d'Elizabeth, personne de marquant. Sauf l'image rêvée du Dr Heady. Mais elle avait mis du temps à comprendre que si sa mère aimait furtivement les intellectuels, les hommes engagés dans ce qu'ils croyaient, que ce soit la politique, le militantisme syndical ou le journalisme, elle supportait mal ceux qui auraient vocation à rester. Alors elle les choisissait mouvants, accaparés par leur cause. Comme elle.

Peut-être n'était-ce qu'une question de caractère, et non pas de ce principe de vie moderne qu'elle érigeait en exemple à sa fille. Peut-être que cela ne concernait qu'Elizabeth O'Neill et sa seule psyché. Et, dans cette étrange clairvoyance que l'extrême fatigue donne parfois, Maggie se demandait si sa mère ne l'avait pas trompée. Si elle avait été si bonne pour elle. Peut-être pouvait-on à la fois combattre et aimer – et cela, jamais elle ne le lui avait dit. Jamais elle ne le lui avait prouvé. Et peut-être même pouvait-on choisir. Mais c'était là l'ultime tabou des O'Neill.

Plus que quelques heures.

Maggie avait tenu à rendre visite à David. Les deux mains posées sur le marbre, elle lui avait lu les premières lignes de son discours, sous l'œil lointain de Bob Edwards qui avait trouvé le moyen d'alerter un photographe, posté derrière un arbre.

Plus loin, au Jardin botanique, l'estrade était dressée, les cerisiers fleurissaient, le soleil frappait d'un doigt céleste le centre de la scène.

Cette nuit, Maggie avait bien dormi, comme si son corps et son esprit capitulaient, et qu'elle ne pouvait plus gérer ni l'un ni l'autre. Le réveil avait été frais, calme. Cette journée décisive qui s'ouvrait la dominerait tout entière. Elle n'aurait qu'à se laisser faire. C'était son destin qu'elle allait embrasser. Il fallait lui faire confiance.

Elle avait si souvent répété son discours sous l'oreille attentive de Bob qu'elle n'aurait même plus besoin de regarder ses papiers. « Soyez naturelle, Martha, avait-il dit. Et tout ira bien. »

Richard l'avait aidée à passer sa robe – « Ce vert de tes yeux, tu es sublime » –, le coiffeur avait enroulé ses cheveux sur sa nuque, comme un nœud de satin blond foncé – « Pourquoi ne pas repasser au clair ? » avait-il suggéré. Elle ne savait pas. Peut-être.

Puis, sous les applaudissements, elle avait grimpé les quatre marches de l'estrade – un, deux, trois, quatre.

Fait les huit pas vers le micro – un, deux, trois, quatre, cinq, six, sept, huit.

Bien droits.

Comme une ligne de fracture.

ÉPILOGUE

5 avril 2010 – New York

Michelle Obama avait salué Talia, serrant ses mains dans les siennes, la remerciant pour le soutien actif de sa grand-mère pendant l'élection présidentielle de 2008.

« Pour cela, elle s'est même mise aux réseaux sociaux, lui rappela Talia, souriante. Et ça n'a pas été une mince affaire. Mais cela nous permet de mieux correspondre. Alors, vous remercierez le Président. »

Puis la First Lady s'était effacée. C'était maintenant une histoire de famille. Dans le public du musée, il y avait bien d'autres membres, venus de Chicago, Seattle, Tampa. Ils se rejoindraient ensuite dans la maison de Talia, à Harlem, qui ne serait jamais assez grande pour contenir toutes les voix, les rires, les souvenirs qui faisaient les mille vies de cette généalogie extraordinaire.

Il y eut des éclats de lumière, du larsen, des lignes noires mouvantes, puis l'écran géant s'alluma sous les applaudissements. « Mon Dieu, Mamita, entends ça », murmura la jeune femme.

Et une petite déesse dorée, noueuse, aux cheveux blancs et aux yeux verts enchâssés dans un soleil de rides, apparut dans un flot de printemps – du crêpe ancien, rouge à pois blancs.

Mamita. C'est ainsi que sa nombreuse descendance adoptive appelait celle qui était née Martha O'Neill, quatre-vingt-dix ans plus tôt dans le Kent, en Angleterre.

« Merci, dit Maggie sous l'onde d'affection qui ne faiblissait pas. (Elle eut un petit rire, comme un roucoulement.) Seigneur, moi qui pensais que New York m'avait oubliée... »

Comme l'avait supposé Talia, la déclaration fut brève. Voici bien longtemps que sa grand-mère n'avait plus pris la parole en public. Alors, dès qu'elle vit que le ton faiblissait, la jeune femme fit un signe à Myriam, la chargée de communication, et après un ultime remerciement, le tissu qui cachait la plaque à l'entrée de la galerie glissa.

Et de là-haut, volant au-dessus de tous, les yeux de Mamita se posèrent sur les lettres gravées. Sans fioritures, comme elle l'avait souhaité.

Galerie africaine John et Maggie Lyon-Thorpe

Dans le silence qui précéda les applaudissements, Maggie porta doucement sa main à sa gorge, arrangeant le col de sa robe – achetée dans une boutique de Folkestone, Kent, Angleterre, au printemps 1946, avec ses gages de soubrette.

Cette robe même sous laquelle elle avait couru nue, le long de la falaise des Leas, vers un train qui revenait de Londres sous une pluie battante.

Celle-là même qu'elle avait fébrilement échangée contre le fourreau vert d'eau qu'elle portait au *Sakura Matsuri* de 1952, à Brooklyn.

Ce jour-là, sur l'estrade ombrée de cerisiers en fleur, elle avait commencé son discours, celui qui était prévu, mille fois répété, où elle déclarerait sa candidature à la mairie de New York.

Après quelques phrases bien calibrées, sa gorge s'était nouée, et Martha Alexander s'était tue. À jamais.

Il y avait eu cette ligne de fracture lorsqu'elle avait fait ses premiers pas sur l'estrade, cet horizon qui l'avait saisie et qui n'était pas le sien.

Un verre d'eau apporté par Bob Edwards, leurs regards qui s'étaient croisés où chacun avait lu l'irrévocable et la déroute, les murmures inquiets qui frissonnaient sur l'assistance.

Alors Maggie O'Neill avait improvisé une déclaration adaptée d'une autre, entendue adolescente – celle d'Edward VIII, abdiquant pour l'amour de Wallis Simpson. Elle revoyait sa mère, Elizabeth O'Neill, lever les yeux au ciel et objecter âprement au romantisme affecté du roi.

Mais cela n'avait désormais plus aucune importance.

« Je ne pourrai supporter aucune responsabilité sur mes épaules de femme, sans être soutenue dans cette tâche par une vie personnelle heureuse. J'espère que vous pourrez me le pardonner. »

Plus d'un demi-siècle plus tard, Maggie ne se souvenait plus précisément de ses propres mots ni des réactions brouillonnes de l'assemblée.

Mais elle n'oublierait jamais la course jusqu'à

Hancock Street, la robe arrachée au placard, comme si le simple fait de la porter suffirait à ce que John soit toujours au *Waldorf-Astoria*, à l'attendre.

Il y était, ses valises bouclées, son regard incrédule.

« Qu'as-tu fait, Maggie ? Bon sang, tu es folle, ma chérie, tu es folle… »

Et ses bras, ses mains, son parfum, ensuite.

Sur l'écran géant du Muséum d'histoire naturelle de Manhattan, cinquante-huit ans plus tard, défilaient les images d'une vie.

Celle, en noir et blanc, d'un mariage civil à Londres où l'on n'avait invité personne, saisie par l'objectif d'un employé de mairie qui avait servi de témoin.

D'autres, en couleurs, d'une famille adoptive qui s'agrandissait sans cesse, à Lamu, au Kenya. Des racines africaines qui s'étaient étendues jusqu'en Angleterre et aux États-Unis.

Un portrait de Maggie Lyon-Thorpe, en blouse blanche et turban coloré, au dispensaire qu'elle avait baptisé du nom du Dr George Heady. Un autre au volant d'une camionnette, au Sahel – c'était longtemps après.

Un portrait de John Lyon-Thorpe, magnétique sous son chapeau sable. Ses yeux verts qui la regardaient, une cigarette fichée entre ses dents.

Ils avaient eu tous les matins du monde, des nuits rien qu'à eux, des engueulades homériques.

Jamais, jamais Maggie n'avait regretté.

John était mort en 1970, abattu par des trafiquants d'ivoire.

Maggie avait voulu mourir aussi.

Leurs enfants adoptés, et tous les autres, ne lui en avaient pas donné le temps, relevant Mamita, lui montrant l'urgence, la nécessité.

Comme pour s'y perdre, Maggie était partie au Yémen, au Soudan, en Somalie, creuser des puits, assainir l'eau, livrer des graines, avec Vicky, sa belle-fille. Et Baptiste, le géant noir qui avait longtemps veillé sur elles.

Maggie s'était résolue à poursuivre sa vie dans le bonheur de John, des dix-huit années à ses côtés.

Et de cette cinquième saison à Sheperd House.

Comme Dian Fossey, assassinée plus tard au Rwanda où elle étudiait les gorilles, John Lyon-Thorpe était devenu une icône de la cause animale.

Pour Maggie, il était simplement l'âme sœur, l'improbabilité d'une rencontre, le hasard de deux petits points sur une mappemonde, tous les deux au bon endroit, pour une fois.

Lorsque la communication avec le Muséum fut coupée, dans son ranch au bout du monde, Maggie Lyon-Thorpe resta quelques instants assise, songeant à tous ceux que l'on n'avait pas vus sur l'écran géant, mais qui avaient fait sa vie, chacun à leur manière.

Will Fuller, dont elle avait fait recouvrir le monticule de terre d'une pierre tombale gravée à son nom.

Le mausolée de David Alexander, lui, était le plus visité du cimetière de Green-Wood.

Bob et Richard, qui en 1969 avaient participé à l'éclosion du mouvement LGBT à travers les émeutes de Stonewall contre un système juridique jugé homophobe. À cette époque, Bob Edwards s'était installé à Hancock Street depuis déjà longtemps.

Après la défection de Martha Alexander, la vie politique avait repris son cours normal à New York. Démocrate. Républicain. L'alternance molle. Bob n'avait plus rien à y faire. Ni rien à cacher. Lui et Richard avaient eu d'autres causes à défendre. D'autres combats tragiques à mener. Maggie n'avait plus de nouvelles depuis le milieu des années 1990. Elle préférait ignorer pourquoi. À cette époque, elle participait à l'installation d'hôpitaux de fortune pour contenir l'épidémie de sida en Afrique.

Le Dr Lemming, qui, par retour de courrier, lui avait pardonné sa fuite amoureuse. Maggie n'avait ensuite pas poursuivi de correspondance avec elle. Elle lui devait tant, et lui avait tant promis. Inutile de chercher à se donner bonne conscience.

Pippa-ma-chère. Ah, Pippa-ma-chère. La déesse du Kent s'était mariée trois fois, avait divorcé deux, puis était morte centenaire. Selon Vicky qui s'était rendue aux obsèques, ordre avait été donné aux invités de trinquer au gin, boisson favorite de sa mère.

Et puis, il y avait quelqu'un d'autre.

Un jour qu'ils étaient de passage à Londres, Maggie et John s'étaient rendus chez Selfridges, le grand magasin sur Oxford Street. Il faisait si froid, Seigneur, Maggie n'avait plus l'habitude, il lui fallait une écharpe. Elle tenait le bras de John, son gant posé sur son coude, son mari adaptait son grand pas pour suivre le sien. Ils avaient enfin tout le temps du monde.

Et il y avait ce chignon blond, derrière le comptoir, sur ce petit visage qui s'était tourné vers eux, rose et souriant. Incrédule.

Kitty.

Maggie gardait une photo de Kitty et elle, dans un square londonien, avec deux petites filles aux cheveux aussi épais que leur mère. Le papa, un représentant en dentelles et colifichets, grand et doux, avait pris la photo. Dessus, on voyait aussi un chat tenu en laisse, vieux de douze ans, devenu énorme.

C'était il y a longtemps.

Allez, se dit-elle. *Voilà qui est fait.*

Maggie éteignit l'ordinateur. Ce qui était amusant, c'est que tout le monde pensait qu'elle ne savait pas s'en servir. C'était faux. Elle s'intéressait aux nouvelles technologies, adorait surfer sur Internet. Écrire des commentaires assassins sur les sites des journaux, sous pseudonyme. Déclarer sa flamme à Barack Obama, sous son vrai nom.

Aujourd'hui, elle avait demandé qu'on la laisse seule. Besoin de personne pour une visioconférence, elle avait encore de bons yeux, et de bonnes oreilles. *Le reste...* se dit-elle en se levant.

Ses jambes ne la portaient presque plus. Ses hanches commençaient elles aussi à... Bref, résuma-t-elle, chassant ce tout dernier soir d'un revers de canne et d'un demi-sourire.

Maggie avança jusqu'à la terrasse qui surplombait le chenal de Mkanda. Sous un enroulement nuageux, elle y avait laissé glisser les cendres de John, un matin de 1970. On en ferait de même pour elle, et leurs corps qui s'étaient tant aimés se mêleraient de nouveau.

Tout était écrit.

Cette plaque, au Muséum, serait un endroit où leurs enfants et leurs petits-enfants pourraient se recueillir. C'était la seule raison pour laquelle elle avait accepté l'hommage.

Voilà qui est fait, se répéta-t-elle en goûtant le vent, satisfaite.

Il y avait cette petite fiole, dans le tiroir de son bureau en osier, qu'une femme, dont nul autre ne saurait jamais qui elle était, avait rapportée du dispensaire où Maggie ne pouvait plus se rendre – où elle n'était plus utile.

Cette femme, une soignante, une attentive, qui comme de nombreuses ici en connaissait beaucoup sur la vie. Ses lumières, ses ombres. Sa fin.

« Ce sera doux », lui avait-elle dit.

Oh, bien sûr que cela le serait.

Doux.

Sensuel.

Cette nuit, John attendrait Maggie au bout du couloir, sous l'Aile des vierges.

John, splendide, sa badine battant sa botte au rythme de ses grands pas.

Ses yeux – les mêmes que les siens.

Son parfum.

Ses mains.

La vie avait appris à Maggie à ne croire en rien, sauf en cela : les mains de John.

Et au pli amusé d'une moustache devant un fou rire.

« Perdue ? demanderait-il.

— Nouvelle », répondrait-elle.

Cet ouvrage a été composé et mis en page
par FACOMPO, LISIEUX

Imprimé en France par CPI
en février 2019
N° d'impression : 3032171

S28979/01